D1723764

Vázquez-Figueroa · Tuareg

Alberto
Vázquez-Figueroa

Tuareg

Roman

Die Originalausgabe erschien bei
Plaza & Janés, S.A., Editores, Barcelona
© 1981 by Alberto Vázquez-Figueroa

Aus dem Spanischen von Hartmut Zahn

Das Glossar befindet sich am Schluß des Buches.

Lizenzausgabe für die Büchergilde Gutenberg
Frankfurt am Main, Olten, Wien
mit freundlicher Genehmigung der
C. Bertelsmann Verlag GmbH, München
Alle deutschen Rechte bei
C. Bertelsmann Verlag GmbH, München 1986
Gesamtherstellung
Mohndruck Graphische Betriebe GmbH
Gütersloh
ISBN 3 7632 3418 7

Für meinen Vater

Allah ist groß. Er sei gepriesen!

Vor vielen Jahren, als ich jung war und meine Beine mich tagelang über Sand und Gestein hinweg zu tragen vermochten, ohne Müdigkeit zu verspüren, erfuhr ich irgendwann, mein jüngerer Bruder sei krank geworden. Obwohl drei Tagesmärsche seine *khaima* von meiner trennten, war die Liebe stärker als die Trägheit. Ohne Furcht machte ich mich auf den Weg, denn wie gesagt: ich war jung und stark, und ich ließ mich durch nichts entmutigen.

Am zweiten Tag erreichte ich in der Abenddämmerung ein Gebiet mit sehr hohen Dünen, eine halbe Tagesreise vom Grab des Heiligen Omar Ibrahim entfernt. Ich erkletterte eine der Dünen mit der Absicht, nach menschlichen Behausungen Ausschau zu halten und dort um Gastfreundschaft zu bitten. Da ich jedoch nichts entdeckte, beschloß ich, die Nacht im Windschatten der Düne zu verbringen.

Der Mond hätte schon hoch am Himmel stehen müssen – hätte es Allah nicht gefallen, ihn in jener Nacht zu verbergen –, als ich von einem so unmenschlichen Schrei geweckt wurde, daß ich fast den Verstand verlor und mich, von panischer Angst gepackt, zusammenkauerte. So verharrte ich, und der gräßliche Schrei ertönte ein zweites Mal, gefolgt von so zahlreichen Klagelauten, daß ich unwillkürlich an die Seele eines Verdammten denken mußte, die mit ihrem Geheul die Erde zu durchdringen vermochte. Plötzlich hörte ich, wie jemand im Sand scharrte, und dann verstummte das Geräusch, um gleich darauf an anderer Stelle erneut hörbar zu werden. Dies wiederholte sich an fünf oder sechs Orten, und die ganze Zeit nahm das herzzerreißende Klagen kein Ende. Vor Angst hätte ich mich am liebsten verkrochen, und ich zitterte am ganzen Körper.

Doch das war noch nicht alles, was ich zu erdulden hatte, denn unversehens vernahm ich ein mühseliges Keuchen – und dann warf mir jemand eine Handvoll Sand nach der anderen ins Gesicht. Meine Vorfahren mögen mir verzeihen, aber ich gestehe, daß ich, von wahnwitziger Furcht gepackt, aufsprang und davonrannte, als wäre mir der leibhaftige *saitan*, der gesteinigte Unhold, auf den Fersen. Meine Schritte verlangsamten sich erst, als die Sonne mir den Weg erhellte und die großen Dünen hinter mir am Horizont verschwunden waren.

Bald darauf gelangte ich zur *khaima* meines Bruders, dessen Zustand sich nach dem Willen Allahs so sehr gebessert hatte, daß er sich meine Schilderung der Schreckensnacht anhören konnte. Als ich die Geschichte genauso erzählt hatte, wie ich sie euch gerade erzählt habe, lieferte mir ein Nachbar die Erklärung für jenen Vorfall, indem er an mich weitergab, was er einst von seinem Vater erfahren hatte.

Und dies waren seine Worte:

›Allah ist groß. Er sei gepriesen!

Vor vielen Jahren gab es zwei mächtige Familien, die Zayed und die Atman. Sie haßten sich, und sie hatten schon soviel Blut vergossen, daß sie damit für alle Zeiten ihr Vieh hätten rot färben können. Das bislang letzte Opfer war ein junger Atman gewesen, und deshalb sann seine Familie auf Rache.

Eines Tages geschah es, daß die Zayed in den Dünen, wo du geschlafen hast, unweit des Grabes des Heiligen Omar Ibrahim, ihre *khaima* aufschlugen. Alle Männer waren umgekommen, und so lebte in dem Zelt nur noch eine Mutter mit ihrem Sohn. Die beiden wähnten sich in Sicherheit, denn sogar bei Familien, die sich sehr haßten, galt es als unwürdig, sich an einer Frau und an einem Kind zu vergreifen.

Eines Nachts erschienen jedoch die Feinde. Sie fesselten die arme Mutter, die stöhnte und weinte. Ihren kleinen Sohn nahmen sie mit, denn sie hatten vor, ihn lebendig in einer der Dünen zu begraben.

Die Fesseln waren stark, aber bekanntlich gibt es nichts Stärkeres als die Liebe einer Mutter. Es gelang der Frau, sich zu befreien, doch als sie ins Freie trat, hatten sich schon alle davongemacht. Sie erblickte lediglich eine Unzahl hoher Dünen, und sie lief von einer zur anderen, scharrte im Sand und rief nach ihrem Sohn, wissend, daß er innerhalb kürzester Zeit ersticken würde und daß sie die einzige war, die ihn retten konnte.

Als der Morgen graute, suchte sie noch immer. Sie suchte auch noch am nächsten Tag und am übernächsten, denn Allah hatte ihr in seiner Milde die Wohltat des Wahnsinns erwiesen, damit sie weniger litte und nicht verstünde, wieviel Bosheit in den Menschen wohnt.

Die unglückliche Frau wurde nie wieder gesehen, aber es heißt, daß sich ihr Geist nachts in den Dünen unweit des Grabes des Heiligen Ibrahim herumtreibt, jammernd und unablässig suchend. So scheint es tatsächlich zu sein, denn du selbst hast dort ahnungslos geschlafen und bist ihr begegnet.‹«

»Gelobt sei Allah, der Barmherzige, der dir gestattet hat, wohlbehalten zu entkommen, deine Reise fortzusetzen und hier in unserem Kreise am Feuer zu sitzen.«

»Er sei gelobt!«

Der Alte seufzte laut und vernehmlich. Dann wandte er sich an die jüngeren seiner Zuhörer, die die alte Geschichte heute zum ersten Mal vernommen hatten, und sagte:

»Ihr seht also, daß Haß und Streit zwischen Familien zu nichts führen, es sei denn zu Angst, Wahnsinn und Tod. Glaubt mir, in den vielen Jahren, die ich an der Seite der Meinigen im Kampf gegen die Ibn-Aziz, unsere Erzfeinde aus dem Norden, verbracht habe, vermochte ich darin nie etwas Gutes zu sehen, das als Rechtfertigung hätte dienen können, denn die Räubereien der einen werden mit den Raubzügen der anderen bezahlt und die Toten auf beiden Seiten haben keinen Preis, sondern sie führen nur dazu, daß es noch mehr Tote gibt, bis es in den *khaimas* an starken Armen mangelt und die Söhne ohne die Stimme des Vaters aufwachsen.«

Minutenlang schwiegen alle, denn sie mußten über die Lehren nachdenken, die die Geschichte des alten Suilem enthielt. Sie sofort zu vergessen, wäre ungehörig gewesen, denn dann hätte ein so geachteter Mann vergeblich Stunden seines Schlafes geopfert und um seiner Zuhörer willen seine Kräfte verausgabt.

Schließlich gab Gacel, der jene alte Geschichte schon viele Dutzend Male gehört hatte, mit einer Handbewegung das Zeichen, daß es nun Zeit war, sich zur Ruhe zu begeben. Dann ging er allein fort, wie er es jeden Abend tat, um zu prüfen, ob das Vieh zusammengetrieben worden war, ob die Sklaven seine Befehle ausgeführt hatten, ob seine Familie friedlich schlief und ob in seinem kleinen »Reich« Ordnung herrschte. Dieses Reich bestand aus vier Kamelhaarzelten, einem halben Dutzend *seribas* aus miteinander verflochtenem Schilfrohr, einem Brunnen, neun Palmen und ein paar Ziegen und Kamelen. Danach erkletterte er ohne Hast – auch dies tat er jeden Abend – die hohe, feste Düne, die sein Lager gegen die Ostwinde schützte. Im Mondschein betrachtete er von dort oben den Rest seines Reiches: die sich endlos erstreckende Wüste, ungezählte Tagesmärsche durch Sand, über Gestein, Berge und Geröllhalden hinweg. Hier herrschte er, Gacel Sayah, mit absoluter Macht, denn er war der einzige *amahar*, der sich in dieser Gegend niedergelassen hatte – und außerdem gehörte ihm der einzige Brunnen weit und breit.

Er saß gern auf jenem Gipfel und dankte Allah für die tausendfachen Segnungen, mit denen er überschüttet worden war: eine wohlgeratene Familie, gesunde Sklaven, gutes Vieh, fruchtbringende Palmen und das höchste Geschenk, nämlich aufgrund seiner Geburt zu den Edlen der *kel-tagelmust*, zu den »Männern mit dem Schleier« zu gehören, also zu den unbezähmbaren *imohar*, die bei anderen Sterblichen unter dem Namen *tuareg* bekannt waren.

Nach Süden, Osten, Norden und Westen gab es nichts –

nichts, das die Macht von Gacel, dem »Jäger«, hätte einschränken können. Nach und nach hatte er sich immer weiter von den bewohnten Gegenden entfernt, um sich weitab in der Wüste niederzulassen. Dort konnte er ganz allein sein mit seinen wilden Tieren: den scheuen Mendesantilopen, denen er tagelang unten in der Ebene auflauerte; den Mähnenschafen auf den hohen, sich vereinzelt aus dem Sandmeer erhebenden Bergen; den Wildeseln, Wildschweinen, Gazellen und den riesigen Schwärmen der Zugvögel.

Gacel war vor der stetig vorrückenden Zivilisation geflohen, hatte sich der Macht der Eindringlinge und der wahllosen Ausrottung der Wüstentiere zu entziehen versucht. Überall in der Sahara, von Timbuktu bis zu den Ufern des Nils, galt seine Gastfreundschaft als beispiellos, aber er stürzte sich auch voller Wut auf die Karawanen der Sklavenhändler, die unbesonnen genug waren, sich auf sein Territorium vorzuwagen.

»Mein Vater hat mich gelehrt«, sagte er, »immer nur eine einzige Gazelle zu töten, auch wenn die Herde dann flieht und es drei Tage kostet, sie wieder einzuholen. Ich kann mich von drei Tagesmärschen erholen, aber niemand kann eine unnötig getötete Gazelle wieder zum Leben erwecken.«

Gacel wurde Zeuge, wie die Franzosen im Norden des Landes die Antilopen und fast überall im Atlasgebirge die Mähnenschafe ausrotteten. In der *hammada*, auf der anderen Seite der großen *seguia*, die vor Tausenden von Jahren ein wasserreicher Fluß gewesen war, verschwanden nach und nach die schönen Mendesantilopen. Deshalb hatte er sich für diese entlegene Gegend hier entschieden, die aus Geröllhalden, endlosen, sandigen Ebenen und schroffen Bergen bestand, vierzehn Tagesmärsche von El-Akab entfernt. Niemand außer ihm, Gacel, erhob Anspruch auf diesen unwirtlichsten Teil der unwirtlichsten aller Wüsten.

Für immer waren die glorreichen Zeiten vorbei, in denen die Tuareg Karawanen überfielen oder mit lautem Geheul französische Truppen angriffen. Auch die Tage der Raubzüge voller Kampf und Tod gehörten der Vergangenheit an. Damals hatten die Tuareg frei wie der Wind die Wüste durchstreift. Stolz hatten sie sich »Freibeuter der Wüste« und »Herren der Sahara« nennen lassen, vom südlichen Atlas bis zu den Ufern des Tschad-Sees. Vergessen waren die Bruderkriege von einst und die Gefechte, an die sich die Alten noch immer gern erinnerten. Damals hatte der Niedergang der *imohar*, der »Freien«, begonnen. Einige der tapfersten Krieger wurden bei den Franzosen Lastwagenfahrer, andere wurden Soldaten bei der regulären Truppe oder verkauften Stoffe und Sandalen an Touristen in grellbunten Hemden.

An dem Tag, als sein Vetter Suleiman der Wüste den Rücken kehrte, um in der Stadt zu leben und für Geld stundenlang Ziegelsteine zu schleppen, schmutzig und von Zementstaub bedeckt – an jenem Tag begriff Gacel, daß er fliehen mußte, um der letzte, ganz auf sich gestellte *targi* zu werden.

Und so war er nun hier, und mit ihm war seine Familie. Tausendmal hatte er Allah schon dafür gedankt, denn in all den Jahren – es waren so viele, daß er sie nicht mehr zu zählen vermochte – hatte er seinen Entschluß nicht ein einziges Mal bereut, wenn er allein des Nachts auf dem Gipfel der Düne saß und nachdachte.

In der Welt hatten sich während dieser Zeit seltsame Dinge zugetragen, die als wilde Gerüchte bis zu Gacel drangen, wenn er einem der wenigen Reisenden begegnete. Er freute sich, daß er all dies nicht aus nächster Nähe miterlebt hatte, denn die längst überholten Nachrichten sprachen von Tod und Krieg, von Haß und Hunger, von großen Umwälzungen, die sich immer mehr beschleunigten, von Veränderungen, auf die niemand stolz sein konnte und die auch für niemanden Gutes verhießen.

Eines Nachts, als er dort oben saß und die Sterne betrachtete, die ihm schon so oft den Weg durch die Wüste gewiesen hatten, entdeckte er plötzlich ein neues, strahlend helles Gestirn, das mit großer Geschwindigkeit eine Bahn über den Himmel zog, zielstrebig und unaufhaltsam, jedoch ohne die wahnwitzige Hast der flüchtigen Sternschnuppen, die unversehens aufleuchteten, um sofort wieder im Nichts zu verschwinden. Zum erstenmal hatte

Gacel das Gefühl, daß ihm das Blut in den Adern erstarrte, denn weder in seinem eigenen Gedächtnis noch in der Überlieferung seiner Vorfahren oder in den alten Legenden war die Rede von einem Himmelskörper, der Nacht für Nacht erschien und immer denselben Kurs über den Himmel verfolgte.

Im Lauf der Jahre kamen dann viele andere hinzu, bis sie eine rastlose Meute bildeten, die den uralten Frieden des Firmaments störte. Welche Bewandtnis es mit ihnen hatte, vermochte er nicht in Erfahrung zu bringen – er nicht und auch nicht der alte Senegalese Suilem, der Vater von fast all seinen Sklaven. »Noch nie sind die Sterne so verrückt über den Himmel gehuscht, Herr«, meinte Suilem. »Niemals zuvor war es so, und das kann bedeuten, daß sich das Ende der Zeiten nähert.«

Gacel befragte einen Reisenden, der ihm jedoch keine Antwort zu geben vermochte. Er fragte noch einen zweiten, und dieser meinte zögernd und voller Zweifel: »Ich glaube, daß die Franzosen dahinterstecken.«

Daran mochte Gacel jedoch nicht glauben. Er hatte zwar viel von den Erfindungen der Franzosen gehört, doch hielt er sie nicht für so verrückt, daß sie ihre Zeit damit verschwenden könnten, den Himmel mit noch mehr Sternen zu füllen. »Es muß sich um ein göttliches Zeichen handeln«, sagte er sich. »Es ist wohl ein Hinweis, daß Allah uns etwas mitteilen will – aber was?«

Er mühte sich, im Koran eine Antwort zu finden, aber im Koran stand nichts über Sternschnuppen von mathematischer Präzision. So fand er sich denn im Lauf der Zeit mit ihnen ab und gewöhnte sich an ihren Anblick, was nicht heißen soll, daß er sie fraglos hinnahm.

In der klaren, reinen Luft der Wüste, in der finsteren Nacht dieses Landes, in dem in einem Umkreis von Hunderten von Kilometern kein anderes Licht zu sehen war, hätte man glauben mögen, daß das gestirnte Firmament so weit herabreichte, daß es fast den Wüstensand streifte. Oft streckte Gacel die Hand aus, als könnte er mit den Fingerspitzen jene funkelnden Lichter berühren.

Lange saß er so da, allein mit seinen Gedanken. Später stieg er dann ohne Eile hinab, um einen letzten Blick auf das Zeltlager und das Vieh zu werfen. Nachdem er sich überzeugt hatte, daß keine hungrigen Hyänen und schlauen Schakale seine kleine Welt bedrohten, war es auch für ihn Zeit, sich schlafen zu legen.

Am Eingang seines Zeltes, dem größten und bequemsten von allen, blieb er kurz stehen und lauschte. Sofern das Klagen des Windes noch nicht zu vernehmen war, verdichtete sich die tiefe Stille so sehr, daß sie sogar dem Gehör eines Menschen schädlich sein konnte.

Gacel liebte diese Stille.

Jeden Morgen sattelte der alte Suilem oder einer seiner Enkel das Lieblingskamel seines Herrn, des *amahar* Gacel, und wartete damit vor dem Eingang des Zeltes. Jeden Morgen ergriff der Targi sein Gewehr, kletterte auf den Rücken des langbeinigen *mehari* und ritt in eine der vier Himmelsrichtungen davon, um nach Wild Ausschau zu halten.

Gacel liebte sein Kamel, wie nur ein Mann der Wüste ein Tier zu lieben vermag, von dem oft sein Leben abhängt. Heimlich, wenn ihn niemand hören konnte, redete er mit dem Kamel, als könnte es ihn verstehen. Er nannte es *r'orab*, den Raben, und spottete auf diese Weise über das besonders helle Fell, das oftmals kaum vom Wüstensand zu unterscheiden war, so daß das Tier vor dem Hintergrund einer hohen Düne fast unsichtbar war.

Diesseits von Tamanrasset gab es kein schnelleres und ausdauernderes Mehari. Ein reicher Kaufmann, Herr über eine Karawane von mehr als dreihundert Tieren, hatte Gacel einmal fünf Kamele für das Mehari geboten, aber Gacel war nicht darauf eingegangen. Er wußte, daß R'Orab das einzige Kamel der Welt war, das ihn in der sogar finstersten Nacht zu seinem Zeltlager zurückbringen konnte, falls ihm eines Tages bei einem seiner einsamen Streifzüge etwas zustoßen sollte. Häufig schlief er ein, vom schaukelnden Gang des Tieres gewiegt und von Müdigkeit übermannt, und mehr als einmal geschah es, daß seine Familie ihm am Eingang seiner *khaima* aus dem Sattel half und ihn zu seinem Schlaflager geleitete.

15

Die Franzosen behaupteten, Kamele seien dumme, grausame und rachsüchtige Tiere, deren Gehorsam man durch Schreie und Schläge erzwingen müsse, doch ein echter *amahar* wußte, daß ein gutes Wüstenkamel, besonders ein reinrassiges, bestens gepflegtes und abgerichtetes Mehari, so treu und klug wie ein Hund sein konnte, aber natürlich tausendmal nützlicher in dieser Landschaft aus Sand und Wind.

Das ganze Jahr über behandelten die Franzosen alle Kamele gleich, ohne zu begreifen, daß die Tiere in den Monaten der Brunft reizbar und gefährlich werden konnten, besonders wenn die Hitze mit den Ostwinden zunahm. Deshalb wurden die Franzosen in der Wüste nie gute Reiter, und deshalb gelang es ihnen nie, die Tuareg zu beherrschen, sondern sie wurden von diesen in den Jahren der Kämpfe und Fehden immer wieder besiegt, obwohl sie in der Überzahl und besser bewaffnet waren.

Später gelang es dann den Franzosen, die Oasen und Brunnen unter ihre Kontrolle zu bringen. Sie verschanzten sich mit ihren Kanonen und Maschinengewehren an den wenigen Wasserstellen im flachen Land. Die »Söhne des Windes«, jene freien, unbezähmbaren Reiter, mußten sich vor etwas beugen, das seit Anbeginn der Zeiten ihr ärgster Feind gewesen war: der Durst.

Aber die Franzosen empfanden keinen Stolz, die »Männer mit dem Schleier« besiegt zu haben, denn in Wirklichkeit gelang es ihnen nicht, sie in einem offenen Krieg niederzuzwingen. Weder Schwarze aus dem Senegal noch Lastwagen oder gar Panzer vermochten etwas in einer Wüste auszurichten, die von einem Ende bis zum anderen von den Tuareg mit ihren Meharis beherrscht wurde.

Die Tuareg waren nicht sehr zahlreich und lebten zudem weit verstreut, wohingegen die Soldaten aus der Hauptstadt oder aus anderen Kolonien wie Heuschreckenschwärme einfielen. Eines Tages war es soweit, daß in der Sahara kein Kamel, kein Mann, keine Frau und kein Kind an einem Brunnen trinken konnte, ohne die Franzosen um Erlaubnis zu fragen.

An jenem Tag legten die *imohar* die Waffen nieder, weil sie nicht mitansehen konnten, wie ihre Familien zugrunde gingen. Von da an waren sie dazu verurteilt, in Vergessenheit zu geraten. Sie waren nun ein Volk ohne Daseinsberechtigung, denn man hatte ihnen die Grundlagen ihrer Existenz entzogen: Freiheit und Kampf.

Aber noch lebten hier und dort einzelne Familien wie diejenige von Gacel. Sie hausten irgendwo in den Weiten der Wüste, doch ihnen gehörten nicht mehr Scharen von stolzen, hochmütigen Kriegern an, sondern es gab nur noch Männer, die in ihrem Inneren aufbegehrten und im übrigen die Gewißheit hatten, daß sie nie wieder die gefürchteten Männer des Schleiers, des Schwertes und der Lanze sein würden.

Dennoch waren die *imohar* auch weiterhin die Herren der Wüste, von der *hammada* bis zum *erg* oder zu den windgepeitschten, hohen Bergen. Die echte Wüste bestand nämlich nicht aus den spärlichen Oasen und Brunnen, sondern aus Tausenden von Quadratkilometern in ihrem Umkreis. Fernab der Wasserstellen gab es keine Franzosen, keine senegalesischen Askaris, ja nicht einmal Beduinen, denn da diese die Sandwüsten und steinigen Ebenen nicht kannten, hielten sie sich an die Karawanenwege, die von Oase zu Oase, von einer menschlichen Siedlung zur nächsten führten. Die Beduinen fürchteten die unermeßliche Weite dieses Landes.

Einzig die Tuareg, und ganz besonders die Einzelgänger unter ihnen, wagten sich ohne Furcht ins »Land der Leere«, das auf den Landkarten als weißer Fleck verzeichnet war. An heißen Tagen herrschte dort mittags eine Temperatur, die das Blut zum Kochen brachte. Hier gediehen nicht einmal die zähesten aller Dornenbüsche, und sogar die Zugvögel flogen in großer Höhe über dieses Gebiet hinweg.

Gacel hatte in seinem Leben schon zweimal einen solchen weißen Fleck, ein »Land der Leere« durchquert. Das erste Mal war es ein Tapferkeitsbeweis gewesen. Er wollte zeigen, daß er ein würdiger Nachfahre des legendären Turki war. Das zweite Mal – er war inzwischen ein erwachsener Mann – ging es ihm darum, sich selbst zu beweisen, daß er noch immer derselbe Gacel war, der in jungen Jahren sein Leben riskiert hatte.

Die Wüste aus Sand, Sonne und Hitze, dieser trostlose, den Geist verwirrende Ofen, übte auf Gacel eine seltsame Faszination aus. Ihrem Zauber war er eines Abends vor vielen Jahren erlegen, als er im Schein des Feuers zum ersten Mal von der Großen Karawane hatte reden hören: Siebenhundert Männer und zweitausend Kamele waren von einem »weißen Fleck« verschluckt worden, und nie wieder hatte man eine Spur von Mensch und Tier gefunden.

Diese Karawane, die als die größte galt, die jemals von den reichen *haussa*-Kaufleuten zusammengestellt worden war, hatte sich auf dem Weg von Gao nach Tripoli befunden. Sie wurde geführt von den erfahrensten Kennern der Wüste. Ausgewählte Meharis trugen auf ihren Rücken ein wahres Vermögen an Elfenbein, Ebenholz, Gold und Edelsteinen.

Ein Onkel zweiten Grades, nach dem Gacel benannt worden war, bewachte damals mit seinen Männern die Karawane. Auch er verschwand für immer, als hätte er nie existiert oder als wäre er nur eine Erscheinung in einem Traum gewesen.

In den Jahren danach wagten viele Männer das unsinnige Abenteuer, nach der verschollenen Karawane zu suchen, getrieben von der eitlen Hoffnung, in den Besitz von Reichtümern zu gelangen, die nach dem Buchstaben des Gesetzes dem gehörten, der sie dem Wüstensand entreißen konnte. Doch der Sand wahrte sein Geheimnis; er konnte alles zudecken und Städte, Festungen, Oasen, Männer und Kamele unter sich begraben. Von den Armen seines Verbündeten, des Windes, getragen, kam er mit unerwarteter Wucht daher und senkte sich über die Reisenden in der Wüste, deckte sie zu und verwandelte sie in eine der zahllosen Dünen des *erg*.

Wie viele Männer an dem Traum zugrunde gingen, die sagenumwobene Karawane zu finden, das wußte niemand zu sagen, und die Alten warnten die jüngeren Männer immer wieder vor solch einem aberwitzigen Unternehmen.

»Was die Wüste haben will, das gehört ihr«, pflegten sie zu sagen. »Allah schütze den, der versucht, ihr eine Beute zu entreißen . . .«

Gacel hatte nur einen Wunsch: Er wollte hinter das Geheimnis kommen und den Grund erfahren, warum so viele Männer und Tiere spurlos verschwunden waren. Als er sich zum ersten Mal bis ins Herz des »Landes der Leere« vorwagte, begriff er. Er konnte sich jetzt vorstellen, daß nicht nur siebenhundert, sondern auch sieben Millionen Menschen von dieser tischebenen Öde verschlungen werden könnten. Verwunderlich wäre höchstens gewesen, wenn es überhaupt jemandem gelungen wäre, hier lebendig herauszukommen.

Gacel kam durch – zweimal! Aber es gab nicht viele *imohar* wie ihn, und deshalb achteten die »Männer des Schleiers« ihn, Gacel, den »Jäger«, den einsamen *amahar*, der sich in einem Land behauptete, das zu beherrschen sich noch nie ein anderer angemaßt hatte.

Eines Morgens standen sie plötzlich vor seiner *khaima*. Der alte Mann hatte schon fast die Schwelle des Todes überschritten, und der junge, der ihn während der letzten Tage auf der Schulter getragen hatte, konnte nur noch ein paar Worte flüstern, bevor er ohnmächtig zu Boden sank.

Gacel befahl, das beste Zelt für die beiden herzurichten. Seine Sklaven und seine Söhne kümmerten sich Tag und Nacht um sie. Es war ein verzweifelter Kampf, mit dem Ziel, die beiden Männer – aller Erfahrung zum Trotz – in der Welt der Lebenden zurückzuhalten. Ohne Kamele, ohne Wasser, ohne Führer und ohne selbst zu den Wüstenbewohnern zu zählen, mußte es als ein himmlisches Wunder erscheinen, daß es den beiden gelungen war, den heftigen, dichten Schirokko der letzten Tage zu überleben.

Allem Anschein nach waren sie länger als eine Woche ziellos zwischen den Dünen und der Steinwüste umhergeirrt. Sie wußten selbst nicht zu sagen, woher sie kamen, wie sie hießen und wohin sie unterwegs waren. Man hätte glauben können, sie seien unversehens mit einer der Sternschnuppen zur Erde gestürzt; Gacel besuchte sie jeden Morgen und dann noch einmal am Nachmittag. Ihr städtisches Aussehen und ihre Kleidung, die sich so schlecht für die Wüste eignete, bereiteten ihm ebenso Kopfzerbrechen wie die unverständlichen Sätze, die sie im Schlaf sagten – in einem so reinen, gebildeten Arabisch, daß der Targi mit ihnen kaum etwas anfangen konnte.

Endlich, in der Abenddämmerung des dritten Tages,

stellte er fest, daß der Jüngere der beiden zu sich gekommen war. Seine erste Frage lautete, ob sie noch weit von der Grenze entfernt seien.

Gacel blickte ihn überrascht an.

»Grenze?« wiederholte er. »Welche Grenze? Die Wüste hat keine Grenzen – jedenfalls kenne ich keine.«

»Trotzdem muß es eine geben«, beharrte der andere. »Sie verläuft irgendwo hier in dieser Gegend . . .«

»Die Franzosen brauchen keine Grenzen«, wandte Gacel ein. »Sie beherrschen die Sahara von einem Ende zum anderen.«

Der Unbekannte stützte sich auf den Ellbogen und betrachtete ihn verwundert.

»Franzosen?« sagte er. »Die Franzosen sind schon seit Jahren fort . . . Wir sind jetzt unabhängig«, fügte er hinzu. »Die Wüste gehört nun freien, unabhängigen Nationen. Wußtest du das nicht?«

Gacel dachte kurz darüber nach. Jemand hatte ihm irgendwann einmal gesagt, daß ganz weit oben im Norden ein Krieg tobte und daß die Araber versuchten, das Joch der *roumis* abzuschütteln. Aber er, Gacel, hatte dem keine Bedeutung beigemessen, denn die Anfänge jenes Krieges reichten in eine Zeit zurück, an die sich nicht einmal sein Großvater hatte erinnern können. Für ihn, Gacel, bedeutete Unabhängigkeit die Möglichkeit, allein durch das Land zu streifen. Niemand hatte sich die Mühe gemacht, ihn aufzusuchen und ihm mitzuteilen, daß er einer neuen Nation angehörte.

Er schüttelte den Kopf und sagte: »Nein, das wußte ich nicht.« Und ein wenig verwirrt fügte er hinzu: »Ich wußte auch nicht, daß es eine Grenze gibt. Wer könnte schon eine Grenze durch die Wüste ziehen? Wer will verhindern, daß der Wind den Sand von einer Seite auf die andere trägt? Wer könnte den Menschen untersagen, diese Grenze zu überschreiten?«

»Die Soldaten.«

Gacel blickte den anderen verblüfft an. »Soldaten? In der ganzen Welt gibt es nicht genug Soldaten, um eine Grenze in der Wüste zu bewachen! Außerdem haben die Soldaten Angst vor der Wüste.« Er lächelte leise unter dem Schleier, der sein Gesicht bedeckte und den er in Gegenwart von Fremden nie ablegte. »Nur wir, die *imohar*, fürchten die Wüste nicht. Soldaten ergeht es hier wie verschüttetem Wasser: der Wüstensand verschluckt sie.«

Der junge Mann wollte etwas sagen, aber der Targi sah ihm an, wie müde er war, und drückte ihn zurück in die weichen Kissen.

»Du mußt dich schonen«, mahnte er. »Du bist noch sehr schwach. Morgen reden wir miteinander. Vielleicht geht es dann auch deinem Freund besser.« Er wandte sich um und warf einen Blick auf den Alten. Zum ersten Mal begriff er, daß der Mann wohl nicht so alt war, wie er zunächst geglaubt hatte, obwohl er weißes, schütteres Haar und ein zerfurchtes Gesicht mit tiefen Falten hatte. »Wer ist das?« fragte er.

Der andere zögerte sekundenlang. Dann schloß er die Augen und sagte langsam mit leiser Stimme: »Ein Weiser. Er erforscht die Geschichte unserer Ahnen. Wir waren unterwegs nach Dajbadel, aber dann hatte unser Lastwagen eine Panne.«

»Bis Dajbadel ist es sehr weit«, bemerkte Gacel, aber der junge Mann hörte ihn nicht mehr. Er war in tiefen Schlaf gefallen. »Sehr, sehr weit, Richtung Süden . . . Soweit bin ich noch nie gekommen.«

Lautlos verließ er das Zelt. Draußen im Freien hatte er plötzlich ein flaues Gefühl in der Magengegend. Es war wie eine Vorahnung, und er hatte bisher noch nie so empfunden. An diesen beiden so harmlos wirkenden Männern war etwas, das ihn beunruhigte. Sie trugen keine Waffen, und ihr Äußeres deutete auf keine Gefahr hin, aber sie waren umgeben von einer unsichtbaren Aura der Furcht – und genau diese Furcht spürte Gacel.

». . . erforscht die Geschichte unserer Ahnen . . .«, hatte der Jüngere der beiden gesagt. Aber das Gesicht des anderen trug die Spuren von soviel Leid, wie sie sich auch während der Woche des Durstes und des Hungers in der Wüste nicht in seine Züge hätten graben können.

Gacel blickte sich in der Abenddämmerung um, als könnte er dort die Antwort auf seine Fragen finden. Der Geist, von dem er als Targi beseelt war, und die tausendjährigen Überlieferungen der Wüste sagten ihm unüberhörbar, daß er richtig gehandelt hatte, als er die beiden Fremdlinge unter seinem Dach aufnahm, denn Gastfreundschaft war das erste Gebot des ungeschriebenen Gesetzes, dem alle *imohar* gehorchten. Doch der Instinkt eines Menschen, der gewohnt ist, sich von seinen Vorahnungen leiten zu lassen, und der sechste Sinn, der ihn so viele Male vor dem Tod bewahrt hatte, flüsterten ihm ein, daß er ein großes Risiko eingegangen war und daß die beiden Männer den Frieden bedrohten, den er sich mit soviel Mühe erkämpft hatte.

Plötzlich stand Laila neben ihm, und seine Augen freuten sich an der süßen Gegenwart und der erblühenden Schönheit des Mädchens. Sie war halb Kind, halb Frau und hatte dunkle Haut. Den älteren Männern zum Trotz, die meinten, ein *amahar* dürfe nicht die Ehe mit einer Frau aus den Reihen der verachteten *iklan*-Sklaven eingehen, hatte er sie zu seiner Frau gemacht.

Sie setzte sich neben ihn, schaute ihn unverwandt aus ihren riesigen schwarzen Augen an, die stets voller Leben und geheimnisvoller Spiegelungen waren, und fragte mit leiser Stimme: »Du machst dir Sorgen wegen dieser Männer, nicht wahr?«

»Nein, nicht ihretwegen«, antwortete er nachdenklich, »sondern wegen etwas, das sie wie ein Schatten oder ein Geruch umgibt.«

»Sie kommen von weit her, und alles, was von weit her kommt, beunruhigt dich, weil meine Großmutter vorausgesagt hat, daß du nicht in der Wüste sterben wirst.« Mit einer scheuen Gebärde streckte sie ihre Hand aus und berührte leicht die seine. »Meine Großmutter hat sich oft getäuscht«, fuhr sie fort. »Bei meiner Geburt prophezeite sie mir eine düstere Zukunft, aber dann wurde ich die Frau eines Edlen, fast eines Fürsten.«

Gacel lächelte sie zärtlich an. »Ich erinnere mich an deine Geburt«, sagte er. »Es kann nicht viel länger als fünfzehn Jahre her sein . . . Deine Zukunft hat kaum begonnen . . .«

Es schmerzte ihn, sie traurig gemacht zu haben, denn er liebte sie. Als *amahar* durfte er sich zwar Frauen gegenüber nicht allzu weich zeigen, aber immerhin war sie die Mutter des letzten seiner Söhne. Deshalb öffnete er jetzt die Faust und umschloß ihre Hand mit der seinen.

»Vielleicht hast du recht, und die alte Khaltoum hat sich geirrt«, meinte er. »Niemand kann mich zwingen, die Wüste zu verlassen und in der Ferne zu sterben.«

Sie schwiegen lange und ließen die Stille der Nacht auf sich wirken. Gacel fühlte, wie ihn erneut ein Gefühl des Friedens durchströmte.

Gewiß, die dunkelhäutige Khaltoum hatte ein Jahr im voraus die Krankheit prophezeit, die dann seinen Vater unter die Erde brachte. Sie hatte auch die große Dürre vorausgesagt, die die Brunnen versiegen und jeden Grashalm in der Wüste verdorren ließ, so daß Hunderte von Tieren starben, obwohl sie von Anbeginn an Durst und Trockenheit gewöhnt waren. Die alte Sklavin redete aber auch oftmals um des Redens willen, und ihre Visionen schienen häufig eher die Ausgeburt eines greisen Gehirns als echte Vorahnungen zu sein.

»Wer lebt am anderen Ende der Wüste?« brach Laila schließlich das lange Schweigen. »Ich bin noch nie über die Berge von Huaila hinausgekommen.«

»Menschen, viele Menschen«, antwortete Gacel. Er dachte über seine Erlebnisse in El-Akab und in den Oasen des Nordens nach. Kopfschüttelnd fuhr er fort: »Dort gefällt es den Menschen, sich auf engstem Raum zusammenzuscharen oder in engen, übelriechenden Häusern zu wohnen. Sie machen viel Lärm und schreien sich grundlos an, sie bestehlen und betrügen sich und sind wie Tiere, die nur in einer Herde leben können.«

»Warum?«

Gern hätte er eine Antwort darauf gegeben, denn Lailas Bewunderung für ihn erfüllte ihn mit Stolz. Aber er wußte keine. Er war ein *amahar*, geboren und aufgewachsen in der Einsamkeit dieses großen, leeren Landes. Mochte er sich noch so sehr den Kopf zerbrechen, so konnte er dennoch nicht begreifen, was die vielen Menschen zueinandertrieb und was es mit jenem Herdentrieb auf sich hatte, dem die Männer und Frauen anderer Stämme offenbar so bereitwillig nachgaben.

Gacel bewirtete mit Freuden alle seine Besucher und liebte es, mit anderen Menschen rund um ein Feuer zu sitzen, alte Geschichten zu erzählen und die kleinen Vorkommnisse des Alltags zu besprechen. Doch später, wenn die Glut langsam erlosch und das schwarze Kamel, das auf seinem Rücken den Schlaf herbeibrachte, lautlos und unsichtbar durch das Zeltlager schritt, begab sich ein jeder zu seinem abseits gelegenen Zelt, um mit sich allein zu sein, in tiefen Zügen zu atmen und sich an der Stille zu erfreuen.

In der Sahara hatte jeder Mensch die Zeit, den Frieden und die geeigneten Lebensumstände, um zu sich selbst finden zu können. Er konnte den Blick auf die Ferne, aber auch auf sein Inneres richten, die ihn umgebende Natur betrachten und über all die Dinge nachdenken, die er nur aus den heiligen Büchern kannte. In den fernen Städten hingegen, in den Dörfern und sogar in den winzigen Berbersiedlungen gab es keinen Frieden, keine Zeit und keine Weite. Dort betäubten sich die Menschen mit Lärm und unnötigen Problemen, sie zankten sich untereinander und stritten mit Fremden, so daß man immer den Eindruck hatte, daß es im Leben jener Menschen viel bedeutsamere Dinge gab als alles, was einem selbst wichtig war.

»Ich weiß es nicht«, gab Gacel schließlich widerwillig zu. »Ich habe nie herausgefunden, warum sich die Menschen so verhalten, warum sie so eng beieinander leben und voneinander abhängig sind . . . Ich weiß es nicht . . .«, sagte er noch einmal. »Und ich habe auch noch niemanden getroffen, der es mir genau erklären konnte.«

Das Mädchen betrachtete ihn lange. Vielleicht staunte sie darüber, daß der Mann, der ihr ganzes Leben bestimmte und von dem sie alles gelernt hatte, was sich im Leben zu wissen lohnte, auf eine ihrer Fragen keine Antwort wußte. Soweit sie zurückdenken konnte, war Gacel immer alles für sie gewesen: zuerst der Herr, der für sie, das Kind von *iklan*-Sklaven, fast so etwas wie ein Gott war, und dem nicht nur sie mit Leib und Leben gehörte, sondern auch ihre Eltern, ihre Brüder, deren Vieh und alles andere, woraus ihre Welt bestand. Später, als sie heranwuchs und zum ersten Mal ihre Regel hatte, war er es gewesen, der sie eines Tages zur Frau machte. Er hatte sie zu sich in sein Zelt gerufen und sie genommen, bis sie vor Lust stöhnte, ähnlich wie die anderen Sklavinnen, wenn nachts der Ostwind wehte. Bald war er ihr Geliebter geworden, der ihr wie im Flug das Paradies eröffnete. Nun war er wirklich ihr Herr, dem sie nicht nur als Sklavin gehörte, denn jetzt besaß er auch ihre Seele und wohnte in ihren Gedanken. Er erweckte in ihr geheime Wünsche und nie gekannte Instinkte.

Sie sagte lange nichts, aber als sie gerade sprechen wollte, wurde sie durch das Erscheinen des ältesten Sohnes ihres Gatten daran gehindert. Er kam von der am weitest entfernten *seriba* auf sie zugelaufen.

»Die Kamelstute wird bald werfen, Vater!« rief er. »Und die Schakale machen die Runde . . .«

Er begriff sofort, daß das Gespenst seiner Furcht greifbare
Formen annahm, als er am Horizont eine Staubwolke erblickte, die wie eine Säule in den Himmel ragte und dort
lange reglos verharrte, denn um diese mittägliche Stunde
strich nicht der leiseste Windhauch über die endlose
Ebene. Die Fahrzeuge – denn um mechanische Fahrzeuge
mußte es sich handeln, sonst wären sie nicht so schnell näher gekommen – zogen in der glasklaren Luft der Wüste
einen schmutzigen Schweif aus Qualm und Staub hinter
sich her.

Bald wurde aus dem entfernten Brummen der Motoren
ein lautes Dröhnen, das die Skorpione, die Wüstenfüchse
und die Schlangen erschreckte. Schließlich war auch das
Kreischen von Bremsen zu hören, und wütende Stimmen
bellten Befehle, nachdem die Fahrzeuge fünfzehn Schritte
vom Zeltlager entfernt in einer Wolke aus Schmutz und
Staub zum Stehen gekommen waren. Bei ihrem Anblick
erstarrte alles, was lebte und sich bewegte, zur Reglosig-
keit. Die Augen des Targi, seiner Frau, seiner Söhne, seiner Sklaven und sogar seiner Tiere waren unverwandt auf
die Säule aus Staub und auf die mechanischen, dunkel-
braunen Monster gerichtet. Furchtsam wichen die Kinder
und die Tiere davor zurück, während die Sklavinnen sich
eilig im hintersten Winkel ihrer Zelte verkrochen, um sich
den Blicken der Fremdlinge zu entziehen.

Gacel trat ohne Hast vor. Er zog den Schleier vors Gesicht, wie es ihm als edlem Targi, der die Überlieferungen
achtete, geziemte. Auf halbem Weg zwischen den An-

27

kömmlingen und der größten *khaima* blieb er stehen und machte dadurch wortlos klar, daß die Fremdlinge erst näher treten durften, wenn er es ihnen gestattete und sie als seine Gäste aufnahm.

Als erstes fiel ihm das schmutzige Grau der staubigen, verschwitzten Uniformen auf, dann die stählerne Feindseligkeit der Karabiner und Maschinengewehre und schließlich der widerwärtige Geruch, der den Stiefeln und Lederriemen entströmte. Am Ende blieb sein Blick voller Verwunderung auf einem hochgewachsenen Mann ruhen, der einen blauen Gesichtsschleier und einen gewickelten Turban trug. Er erkannte ihn als Mubarrak-ben-Sad, einen *amahar* aus dem »Volk der Lanze«, der einer der geschicktesten und verläßlichsten Fährtensucher der Wüste war. Er genoß weithin einen Ruhm, der fast dem von Gacel Sayah, dem »Jäger«, gleichkam.

»Assalamu aleikum«, sagte Gacel zur Begrüßung.

»Metulem metulem«, erwiderte Mubarrak. »Wir suchen zwei Männer, zwei Fremdlinge . . .«

»Sie sind meine Gäste«, sagte Gacel ruhig. »Und sie sind krank.«

Der Offizier, der offenbar den kleinen Trupp befehligte, trat ein paar Schritte vor. Die Sterne am Ärmel seiner Uniform blitzten, als er den Targi mit einer Handbewegung beiseite schieben wollte, doch Gacel machte eine rasche Bewegung und versperrte ihm den Weg ins Zeltlager.

»Diese Männer sind meine Gäste«, betonte er noch einmal.

Der Offizier blickte ihn verständnislos an, als wüßte er nicht, was die Worte des Targi bedeuteten. Gacel begriff augenblicklich, daß er keinem Mann aus der Wüste gegenüberstand. Seine Art sich zu bewegen und der Ausdruck seiner Augen sprachen von einer fremden Welt und fernen Städten. Gacel wandte sich Mubarrak zu, der ihn sofort verstand und dem Offizier erklärte:

»Die Gastfreundschaft ist bei uns heilig. Sie ist Gesetz und älter als der Koran.«

Der Uniformierte mit den Sternen am Ärmel zögerte sekundenlang; er reagierte fast ungläubig auf die scheinbar absurde Erklärung und schickte sich an weiterzugehen.

»An diesem Ort vertrete *ich* das Gesetz«, sagte Gacel mit scharfer Stimme, »und hier gilt nur ein Gesetz!«

Der andere war schon an ihm vorbei, aber Gacel packte ihn mit ganzer Kraft am Unterarm, drehte ihn herum und zwang ihn, ihm in die Augen zu sehen.

»Unsere Überlieferungen sind tausend Jahre alt, aber du zählst kaum fünfzig«, sagte er leise und mit gepreßter Stimme. »Laß meine Gäste in Frieden!«

Der Offizier machte nur eine Handbewegung: mit metallischem Klicken wurden zehn Karabiner entsichert. Der Targi sah, daß die Mündungen der Waffen auf seine Brust gerichtet waren, und er begriff, daß jeder Widerstand vergeblich wäre. Mit einer herrischen Geste schüttelte der Uniformierte die Hand ab, die ihn noch immer umklammert hielt, zog die Pistole, die in seinem Gürtel steckte, und ging geradewegs auf das größte der Zelte zu.

Er verschwand im Eingang, und ein paar Sekunden später ertönte ein trockener, harter Knall. Der Uniformierte kam wieder heraus und gab zweien seiner Soldaten einen Wink. Sie liefen zu ihm hin, gingen hinter ihm her ins Zelt und schleppten den alten Mann ins Freie. Er warf den Kopf hin und her und weinte leise vor sich hin, als wäre er aus einem langen, süßen Traum in die bittere Wirklichkeit zurückgekehrt.

Die Männer gingen an Gacel vorbei und kletterten auf einen der Lastwagen. Der Offizier nahm vorne in der Fahrerkabine Platz. Er starrte Gacel feindselig an und schien um einen Entschluß zu ringen. Schon befürchtete Gacel, daß die Prophezeiung der alten Khaltoum sich nicht bewahrheiten, sondern daß man ihn hier an Ort und Stelle erschießen würde, tief im Herzen der Wüste, doch dann gab der Offizier dem Fahrer des Lastwagens ein Zeichen, und die Fahrzeuge fuhren in der Richtung davon, aus der sie gekommen waren.

Mubarrak, der *amahar* aus dem »Volk der Lanze«, sprang auf den letzten Lastwagen. Seine Augen waren starr auf den Targi gerichtet, bis er von der Staubwolke verschluckt wurde. Aber in diesen wenigen Augenblicken begriff Mubarrak, was in Gacels Seele vorging. Angst stieg in ihm auf. Es war nicht ratsam, einen *amahar* vom

»Volk des Schleiers« zu demütigen, das war Mubarrak klar. Es war nicht ratsam, ihn zu demütigen und ihn dann am Leben zu lassen.

Aber genausowenig wäre es ratsam gewesen, ihn umzubringen und so einen Krieg zwischen Brudervölkern zu entfachen. Gacel Sayah hatte Freunde und Verwandte, die nicht umhingekommen wären, in den Kampf zu ziehen. Das Blut dessen, der nur versucht hatte, den alten Gesetzen der Wüste Geltung zu verschaffen, hätten sie mit noch mehr Blut gerächt.

Gacel selbst blieb äußerlich ganz ruhig. Er blickte dem sich entfernenden Konvoi nach, bis sich Staub und Lärm gänzlich in der Ferne verloren hatten. Erst dann begab er sich ohne Hast zu dem großen Zelt, vor dem sich schon seine Söhne, seine Frau und seine Sklaven drängten. Er hätte das Zelt nicht betreten müssen, denn er wußte bereits, was ihn erwartete. Der junge Mann lag noch genauso da wie bei ihrem letzten Gespräch. Seine Augen waren geschlossen. Der Tod hatte ihn im Schlaf überrascht. Ein kleines, rotes, kreisrundes Loch in der Stirn war die einzige Veränderung, die an ihm festzustellen war. Gacel betrachtete ihn lange mit einer Mischung aus Schmerz und Wut. Dann rief er Suilem zu sich.

»Begrabt ihn!« befahl er. »Und sattelt danach mein Kamel!«

Zum ersten Mal in seinem Leben widersetzte sich der alte Suilem dem Willen seines Herrn: Nach einer Stunde trat er wieder ins Zelt, warf sich Gacel zu Füßen und wollte ihm die Sandalen küssen. »Tu es nicht!« bettelte er. »Du wirst nichts damit erreichen!«

Angewidert trat Gacel einen Schritt zurück. »Glaubst du etwa, ich könnte eine solche Kränkung einfach hinnehmen?« fragte er mit heiserer Stimme. »Glaubst du, ich könnte in Frieden weiterleben, nachdem ich zugelassen habe, daß man einen meiner Gäste ermordet und den anderen fortschleppt?«

»Aber was konntest du dagegen tun?« wandte der alte Suilem ein. »Sie hätten dich auch umgebracht!«

»Ich weiß, doch ich werde mich für diese Beleidigung rächen!«

»Aber was bringt dir das ein?« beharrte der dunkelhäutige Suilem. »Kannst du damit etwa einen Toten zum Leben erwecken?«

»Nein, aber ich werde diesen Leuten beweisen, daß man nicht unbestraft einen *amahar* beleidigen kann. Das ist der Unterschied zwischen deiner Rasse und meiner, Suilem! Die *iklan* nehmen Kränkungen und Knechtschaft hin. Ihr seid damit zufrieden, Sklaven zu sein. Das habt ihr im Blut und vererbt es vom Vater auf den Sohn, von Generation zu Generation. Ihr werdet immer Sklaven sein!« Er unterbrach sich und strich gedankenverloren mit den Fingern über die Klinge des langen Schwertes, das er der Truhe entnommen hatte, in der er die wertvollsten seiner Habseligkeiten verwahrte. »Aber wir, die Tuareg«, fuhr er fort, »sind ein freies Volk von Kriegern, und das sind wir immer gewesen, weil wir nie eine Beleidigung oder Erniedrigung hingenommen haben.« Er schüttelte den Kopf und schloß: »Dabei soll es auch bleiben.«

»Aber die anderen sind in der Überzahl!« widersprach Suilem. »Und sie sind sehr mächtig.«

»Das stimmt«, pflichtete ihm der Targi bei. »Doch es ist gut so. Nur ein Feigling tritt gegen jemanden an, von dem er weiß, daß er schwächer ist als er selbst. Ein solcher Sieg würde ihn nicht edler machen. Und nur ein Dummkopf kämpft gegen einen Gleichstarken, weil dann das Glück den Kampf entscheiden müßte. Ein *amahar*, ein echter Krieger meines Volkes, sucht sich immer einen stärkeren Gegner. Denn wenn ihm der Sieg lacht, hat sich seine Anstrengung tausendmal gelohnt. Stolz auf sich selbst, wird er dann seinen Weg fortsetzen.«

»Und wenn sie dich töten? Was wird aus uns?«

»Wenn sie mich töten, wird mein Kamel geradewegs ins Paradies galoppieren, wie es uns Allah verheißen hat. Es steht nämlich geschrieben, daß dem die Ewigkeit sicher ist, der im Kampf für eine gerechte Sache fällt.«

»Aber du hast meine Frage nicht beantwortet«, beharrte der Sklave. »Was wird dann aus uns? Aus deinen Söhnen, deiner Frau, deinen Herden und deinen Dienern?«

Gacel zuckte schicksalsergeben mit den Achseln. »Habe ich jemals den Beweis geliefert, daß ich euch alle schützen kann?« fragte er. »Wenn ich zulasse, daß sie einen meiner Gäste umbringen – muß ich dann nicht auch fürchten, daß sie meine Familie vergewaltigen und ermorden?« Er beugte sich ein wenig vor und forderte den alten Suilem mit einer entschlossenen Handbewegung auf, sich zu erheben. »Geh nun! Sattle mein Kamel und lege meine Waffen bereit!« befahl er. »Ich reite im Morgengrauen los. Du wirst dich darum kümmern, daß unser Zeltlager abgebaut wird, und dann sollst du meine Familie weit fort führen, zum *guelta* in den Huaila-Bergen, an die Stelle, wo meine erste Frau gestorben ist.«

Schon vor dem Morgengrauen kam Wind auf. Jeder neue Tag wurde von diesem Wind angekündigt. Sein nächtliches Heulen verwandelte sich in bitteres Klagen, bevor eine Stunde später jenseits der felsigen Hänge des Huaila-Gebirges der erste Lichtstrahl den Himmel erhellte.

Gacel lauschte mit offenen Augen. Er betrachtete das Dach seiner *khaima* mit den altvertrauten Stützpfosten. Im Geist sah er kugelige Dornenbüsche, die vom Wind über Sand und Geröll getrieben wurden, immer unterwegs, immer auf der Suche nach einem Ort, an dem sie sich festkrallen könnten, nach einer endgültigen Heimat, in der sie zur Ruhe kommen könnten und vom ewigen Herumirren quer durch Afrika erlöst wären. Im milchigen Licht des frühen Morgens, das von unzähligen winzigen, in der Luft schwebenden Staubpartikeln gefiltert wurde, tauchten diese Büsche wie Geister aus dem Nichts auf, stürzten sich auf Menschen und Tiere, um sich ebenso schnell, wie sie gekommen waren, in der unendlichen, grenzenlosen Leere wieder zu verlieren.

»Irgendwo muß es eine Grenze geben, das weiß ich genau«, hatte der junge Mann voller Angst und Verzweiflung gesagt. Und jetzt war er tot!

Noch nie zuvor hatte jemand zu Gacel von Grenzen gesprochen, denn Grenzen hatte es in der Sahara nie gegeben.

»Welche Grenze könnte auch den Sand und den Wind aufhalten?« dachte er.

Er wandte sein Gesicht wieder der Nacht zu und versuchte zu verstehen, aber es gelang ihm nicht. Jene Männer waren bestimmt keine Verbrecher gewesen, doch einen von ihnen hatte man umgebracht und den anderen wer weiß wohin verschleppt. Kein Mensch durfte so kaltblütig ermordet werden, mochte er auch noch soviel Schuld auf sich geladen haben. Vor allem durfte dies nicht geschehen, während er unter dem schützenden Dach eines *amahar* schlief.

Mit dieser Angelegenheit mußte es eine seltsame Bewandtnis haben, aber Gacel kam nicht dahinter. Nur eines war klar: Das älteste Gesetz der Wüste war gebrochen worden. Und das konnte kein *amahar* hinnehmen.

Die alte Khaltoum kam Gacel in den Sinn, und er spürte, wie sich die Furcht gleich einer kalten Hand um sein Herz legte. Er beugte sich über Laila und blickte in ihre glänzenden, wachen Augen, in denen sich der Schein des ersterbenden Feuers spiegelte. Sie tat ihm leid, denn sie war kaum fünfzehn Jahre alt. Ihre Nächte würden leer sein ohne ihn. Auch sich selbst bedauerte er. Denn auch seine Nächte würden leer sein, wenn sie nicht mehr an seiner Seite ruhte.

Er strich ihr übers Haar und spürte, wie sie ihm diese Geste dankte, denn sie öffnete ihre großen, scheuen Gazellenaugen noch weiter.

»Wann wirst du zurückkommen?« flüsterte sie, und es war mehr ein Flehen als eine Frage.

»Ich weiß es nicht«, antwortete er kopfschüttelnd. »Sobald ich die Gerechtigkeit wieder hergestellt habe.«

»Was bedeuten denn die beiden Männer für dich?«

»Nichts«, gestand er ein. »Nichts – bis gestern. Aber es geht eigentlich nicht um sie. Es geht um mich, doch das verstehst du wohl nicht.«

Laila verstand genau, aber sie sagte nichts. Sie drückte sich noch enger an ihn, als erhoffte sie von ihm Kraft oder Wärme. In einem letzten Versuch, ihn zurückzuhalten, streckte sie die Arme nach ihm aus, aber er erhob sich und trat ins Freie.

Draußen sang der Wind noch immer sein sanftes Klagelied. Es war kalt. Gacel hüllte sich enger in seine *gandura*. Unwillkürlich erschauerte er, und er wußte nicht, ob es die

Kälte war oder die furchtbare Leere der Nacht, die vor ihm lag, wie ein Meer von schwarzer Tinte, das ihn verschlingen wollte. Doch da tauchte Suilem mit R'Orab aus der Finsternis auf und reichte ihm die Zügel.

»Ich wünsche dir Glück, Herr«, sagte er und verschwand, als hätte ihn der Erdboden verschluckt.

Gacel zwang das Kamel in die Knie, kletterte auf seinen Rücken und gab ihm mit dem Hacken einen leichten Stoß gegen den Hals.

»Schiaaaa!« rief er. »Vorwärts!«

Das Kamel brüllte übellaunig, kam schwerfällig hoch und blieb völlig reglos auf seinen vier Beinen stehen, den Kopf in den Wind gereckt, als wartete es auf etwas.

Der Targi richtete das Tier nach Nordosten und gab ihm mit dem Hacken einen stärkeren Stoß als zuvor, damit es sich in Bewegung setzte.

Im Eingang von Gacels *khaima* zeichnete sich eine schattenhafte Gestalt ab. Lailas Augen funkelten in der Nacht. Gleich darauf waren Reiter und Kamel verschwunden, als hätte der Wind sie wie einen Dornenbusch mit sich fortgetragen.

Noch ließ das fahle Licht des Morgengrauens auf sich warten, und Gacel mußte seine Augen anstrengen, um den Kopf seines Kamels zu erkennen, aber er brauchte nicht mehr Helligkeit. Er wußte, daß es im Umkreis von mehreren hundert Kilometern kein Hindernis gab. Der Instinkt des Wüstenbewohners und die Fähigkeit, sich mit geschlossenen Augen zu orientieren, wiesen ihm sogar in der finstersten Nacht den Weg.

Dies war eine Fertigkeit, die nur Männer wie er besaßen, Männer, die in der Sahara geboren und aufgewachsen waren. Ähnlich wie eine Brieftaube, ein Zugvogel oder ein Walfisch in den Tiefen des Ozeans wußte ein Targi stets, wo er sich befand und wohin er unterwegs war. Norden, Süden, Osten und Westen: Wasserstellen, Oasen, Sandpisten, Berge, »Leeres Land«, Dünentäler, steinige Ebenen . . . Die weite Sahara mit ihrer ganzen Vielfalt spiegelte sich in den Tiefen von Gacels Gehirn, erzeugte eine Art Widerhall, aber er wurde sich dessen nie ganz bewußt.

Als die Sonne aufging, saß er noch immer auf seinem Mehari. Die Sonne stieg höher, bis sie über seinem Kopf stand. Ihre Kraft nahm rasch zu. Sie ließ den Wind verstummen, und ihr Licht prallte auf die Erde. Der treibende Sand kam zur Ruhe, die Dornenbüsche rollten nicht mehr hin und her. Eidechsen krochen aus ihren Höhlen. Die Vögel blieben unten am Boden. Sie wagten nicht mehr, sich in die Luft zu schwingen, als die Sonne den Zenit erreichte.

Der Targi brachte sein Kamel zum Stehen und ließ es niederknien. Dann pflanzte er sein langes Schwert und sein altes Gewehr in den Sand, um zwischen ihnen und dem Sattelhorn eine kleine Zeltplane aus grobem Tuch aufzuspannen.

Er flüchtete sich in den Schatten, lehnte den Kopf gegen die Flanke des weißen Kamels und war gleich darauf eingeschlafen.

Ein Geruch, der in der Wüste von allen Menschen am sehnlichsten herbeigewünscht wird, weckte Gacel und ließ seine Nasenflügel erbeben. Er schlug die Augen auf, rührte sich aber nicht. Er atmete tief und traute sich kaum, zum Himmel aufzublicken, denn er fürchtete, daß alles nur ein Traum war. Als er schließlich den Kopf nach Westen wandte, erblickte er weit hinten über dem Horizont eine große, dunkle, verheißungsvolle, lebenspendende Wolke. Sie war anders als jene weißen Wolken, die manchmal in großer Höhe von Norden her über den Himmel zogen und verschwanden, ohne die eitle Hoffnung auf ein bißchen Regen erfüllt zu haben.

Jene graue, tiefhängende, prachtvolle Wolke sah so aus, als enthielte sie das gesamte segensreiche Wasser der Welt. Sie war wahrscheinlich die schönste Wolke, die Gacel in den letzten fünfzehn Jahren gesehen hatte, die schönste seit dem großen Unwetter, das Lailas Geburt vorausgegangen war. Es hatte dazu geführt, daß die Großmutter dem Mädchen eine düstere Zukunft weissagte, denn der ersehnte Regen war so stark, daß er einen reißenden Strom bildete, der Zelte und Tiere mit sich fortriß, Nutzpflanzen vernichtete und eine Kamelstute ertrinken ließ.

R'Orab bewegte sich unruhig, verdrehte den langen Hals und richtete die bebenden Nüstern auf den Vorhang aus Wasser, der das Licht des Tages zerteilte und das Gesicht der Landschaft veränderte, während er rasch näher kam. Das Kamel brüllte leise, und dann drang aus seiner Kehle eine Art Schnurren, als wäre es eine riesige, zufriedene Katze. Gacel erhob sich langsam, nahm dem Tier Sattel und Zaumzeug ab und entledigte sich selbst seiner Kleidung, die er sorgsam über die dornigen Büsche breitete, damit sie möglichst viel Regen abbekamen. Barfuß und splitternackt wartete er darauf, daß die ersten Tropfen in den Sand fielen, bevor das Wasser wie ein reißender Bach herabstürzte und seine Sinne zuerst mit einem leisen Plätschern, dann mit einem donnernden Rauschen betörte. Er würde den Regen auf der Haut fühlen wie eine Liebkosung, im Mund die Frische und Reinheit des Wassers auskosten und den köstlichen Duft der feuchten Erde einatmen, während rings um ihn ein dichter Dunst vom Boden aufstiege. Da war sie endlich, die wunderbare, fruchtbringende Vereinigung von Himmel und Erde. Noch am selben Nachmittag würde die Sonne den schlafenden Samen der *achab*-Sträucher wecken, so daß die Pflanzen innerhalb kürzester Zeit die weite, ebene Fläche mit ihrem Grün überziehen und diese Gegend der Wüste verzaubern würden. Allerdings wären sie schon nach ein paar Tagen wieder verblüht und würden abermals in einen langen Schlaf fallen, bis der nächste Regenschauer sie wiederum zum Leben erwecken würde. Doch vielleicht vergingen bis dahin erneut fünfzehn Jahre.

Wie schön er war, der wilde, ungebundene *achab!* In beackertem Boden, in der Nähe einer Wasserstelle oder unter der sorgsamen Pflege eines Bauern, der ihn tagtäglich bewässerte, wollte er nicht gedeihen. Er war wie der Geist der Tuareg: Ähnlich wie diese Menschen hatte der *achab* es fertiggebracht, die Jahrhunderte in der Stein- und Sandwüste zu überdauern, in einer Gegend, die von den meisten Menschen gemieden wurde.

Der Regen durchtränkte Gacels Haar und befreite seinen Körper von einer Schorfschicht aus Schweiß und Schmutz, die Monate, vielleicht sogar Jahre alt sein mochte. Er half mit den Fingernägeln nach, und dann suchte er sich einen flachen, porösen Stein, mit dem er seine Haut abscheuerte, bis sie immer heller wurde. Das Regenwasser, das an ihm herabrann, war fast indigoblau, denn die nicht sehr beständige Färbung seiner Kleidung hatte im Lauf der Zeit jeden Quadratzentimeter seines Körpers imprägniert.

Zwei lange Stunden stand Gacel so im Regen, fröstelnd, aber glücklich. Er mußte gegen die Versuchung ankämpfen, kehrtzumachen und nach Hause zu reiten, um den Regen zu nutzen. Er wollte Gerste pflanzen, die Ernte abwarten und sich im Kreis der Seinen jener wunderbaren Gabe erfreuen, die Allah ihm zu schicken geruht hatte. Vielleicht war der Regen ein Fingerzeig dafür, daß er daheimbleiben sollte, in seiner kleinen Welt. Vielleicht sollte er jene Beleidigung vergessen, von der ihn nicht einmal alles Wasser dieser dicken Regenwolke reinzuwaschen vermocht hätte. Aber Gacel war ein Targi, und sein eigenes Unglück wollte es, daß er wohl einer der letzten echten Tuareg des Flachlandes war. Nie würde er vergessen, daß man ihm einen Gast unter seinem eigenen Dach ermordet und einen zweiten mit Gewalt verschleppt hatte.

Sobald die Wolke nach Süden weitergewandert war und die Nachmittagssonne seinen Körper und seine Kleidung getrocknet hatte, zog er sich wieder an, sattelte das Kamel und setzte seinen Weg fort. Zum ersten Mal verschmähte er Wasser und Regen, Leben und Hoffnung. Er wandte sich von etwas ab, das sein eigenes Herz und das seiner Lieben noch vor zwei Tagen mit unbändiger Freude erfüllt hätte.

Bei Anbruch der Nacht suchte er sich eine kleine Düne, scharrte mit den Händen den noch feuchten Sand beiseite, bettete sich in die Kuhle und bedeckte sich fast gänzlich mit trockenem Sand, denn er wußte, wie kalt es kurz vor Tagesanbruch sein konnte. Dann würde der Wind die Wassertropfen, die noch auf den Steinen und dem dürren Gestrüpp glänzten, zu Rauhreif gefrieren lassen.

In der Wüste konnte die Differenz zwischen Mittagshitze und Morgenkälte kurz vor Sonnenaufgang bis zu fünfzig Grad betragen. Aus eigener Erfahrung wußte Gacel, daß jene Kälte dem unvorsichtigen Reisenden in die Knochen kriechen und ihn krankmachen konnte, so daß die schmerzenden Gelenke seines Körpers tagelang steif blieben und sich weigerten, den Befehlen des Willens unverzüglich Folge zu leisten.

Drei Jäger waren vor längerer Zeit in den Ausläufern des kargen Huaila-Gebirges erfroren aufgefunden worden. Gacel erinnerte sich noch an den Anblick ihrer Leichen. Die Männer hatten sich eng aneinandergekauert und waren so im Tode miteinander verschmolzen worden. Das hatte sich in jenem kalten Winter ereignet, als die Tuberkulose auch Gacels kleinen Sohn Bisrha hinweggerafft hatte. Die Gesichter der Toten schienen zu lächeln. Später, als die Sonne ihre Körper allmählich austrocknete, boten sie mit ihrer pergamentenen Haut und ihren gebleckten Zähnen einen makabren Anblick.

Dies war ein grausames Land, denn hier konnte ein Mann innerhalb weniger Stunden an Hitze, aber auch an

Kälte sterben. Manch ein Kamel hatte schon tagelang vergeblich nach Wasser gesucht, um dann eines Morgens nach einem Unwetter in einem reißenden Strom zu ersaufen. Ja, dies war ein grausames Land, aber Gacel konnte es sich nicht vorstellen, in einem anderen zu leben. Es wäre ihm nie eingefallen, den Durst, die Hitze und die Kälte in dieser grenzenlosen Weite gegen die Bequemlichkeiten einer engen Welt ohne Horizont einzutauschen. Jeden Tag dankte er Allah, das Gesicht nach Osten gen Mekka gewandt, für die Gnade, daß er dort leben durfte, wo er lebte, und daß er ein Mann aus dem gesegneten »Volk des Schleiers« war.

Vor dem Einschlafen verlangte es ihn nach Laila, und beim Erwachen stellte er fest, daß sich der straffe Frauenkörper, den er im Traum an sich gedrückt hatte, in Sand verwandelt hatte – Sand, der ihm durch die Finger rieselte.

Der Wind klagte leise. Es war die Stunde des Jägers. Gacel blickte zu den Sternen auf. Sie verrieten ihm, wie lange es noch dauern würde, bis das Licht des Tages sie am Firmament erlöschen ließe. Er rief in die Finsternis hinaus, und sein Mehari, das kauend seinen Hunger an den von Tau benetzten, struppigen Büschen stillte, antwortete ihm leise. Gacel sattelte es und setzte ohne anzuhalten seinen Weg fort, bis er am frühen Nachmittag fünf dunkle Flekken entdeckte, die sich am Horizont über der mit Steinen bedeckten Ebene abhoben. Es war das kleine Zeltlager von Mubarrak-ben-Sad, dem *amahar* vom »Volk der Lanze«, der die Soldaten zu Gacels *khaima* geführt hatte.

Gacel verrichtete seine Gebete und setzte sich dann auf einen glatten Stein, um den Sonnenuntergang zu betrachten. Er hing düsteren Gedanken nach, denn er ahnte, daß die letzte friedliche Nacht seines Lebens vor ihm lag. Im Morgengrauen würde er die *elgebira* des Krieges, der Rache und des Hasses öffnen müssen. Kein Mensch vermochte jemals vorauszusagen, wieviel Tod und Gewalt sie enthielt.

Er versuchte, die Beweggründe zu verstehen, die Mubarrak dazu verleitet hatten, mit der heiligsten Tuareg-Tradition zu brechen, aber es gelang ihm nicht. Mubarrak war ein Führer durch die Wüste und ohne Zweifel ein guter, aber als Targi durfte er sich nur dazu hergeben, Karawanen zu führen, Wild aufzuspüren oder ein paar Franzosen auf einer ihrer seltsamen Expeditionen zu begleiten, wenn sie nach Spuren aus der Zeit seiner Vorfahren suchten ...

Als Mubarrak-ben-Sad an jenem Morgen die Augen aufschlug, lief ihm ein kalter Schauer über den Rücken. Seit längerem schon überfiel ihn das Grauen im Schlaf, aber jetzt suchte es ihn sogar im wachen Zustand heim. Instinktiv wandte er sein Gesicht dem Eingang der *seriba* zu, als ahnte er, daß er dort den Menschen erblicken würde, vor dem er sich so sehr fürchtete. Und tatsächlich: Keine dreißig Schritte entfernt stand, auf den Knauf seiner langen, in die Erde gerammten *takuba* gestützt, Gacel Sayah, der edle *amahar* vom Kel-Tagelmust. Er war gekommen, um Rechenschaft zu fordern.

Mubarrak ergriff seinerseits sein Schwert und trat aufrecht, würdevoll und ohne Hast vor. Fünf Schritte von Gacel entfernt blieb er stehen.

»Assalamu aleikum!« grüßte er mit der von den Tuareg bevorzugten Formel.

Er erhielt keine Antwort und hatte eigentlich auch keine erwartet. Auf die Frage: »Warum hast du das getan?« hingegen war er innerlich vorbereitet.

»Der Oberst in der Garnison von Adoras hat mich gezwungen.«

»Niemand kann einen Targi zu etwas zwingen, das er nicht will . . .«

»Ich arbeite schon seit drei Jahren für sie. Ich stehe offiziell als Führer im Dienst der Regierung und konnte mich nicht weigern.«

»Aber du hattest wie ich geschworen, nie für die Franzosen zu arbeiten!«

»Die Franzosen sind fort. Jetzt sind wir ein freies Land.«

Innerhalb von wenigen Tagen hatten Gacel zwei verschiedene Menschen dasselbe gesagt. Plötzlich erinnerte er sich, daß weder die Soldaten noch der Offizier die Uniformen der verhaßten Kolonialmacht getragen hatten. Unter ihnen war kein Europäer gewesen, und keiner hatte mit dem für die Franzosen typischen harten Akzent gesprochen. An ihrem Lastwagen hatte auch die sonst unvermeidliche blau-weiß-rote Fahne gefehlt.

»Die Franzosen haben immer unsere Traditionen geachtet«, murmelte Gacel schließlich, als spräche er zu sich selbst. »Warum sollten sie jetzt nicht mehr respektiert werden, wo wir angeblich frei sind?«

Mubarrak zuckte mit den Achseln. »Die Zeiten ändern sich«, sagte er.

»Nicht für mich!« war die Antwort. »Erst wenn die Wüste eine einzige Oase geworden ist, erst wenn das Wasser in Strömen durch die *seguias* fließt und der Regen so reichlich auf unsere Köpfe fällt, wie wir es uns wünschen – erst dann werden sich die Sitten und Gebräuche der Tuareg ändern. Vorher nicht!«

Mubarrak wirkte äußerlich ruhig, als er fragte: »Soll das heißen, daß du gekommen bist, um mich zu töten?«

»Ja, deshalb bin ich hier.«

Mubarrak nickte schweigend. Er hatte verstanden. Mit einem langen Blick umfaßte er alles, was ihn umgab. Er betrachtete die noch feuchte Erde und die winzigen Knospen der *achab*, die zwischen Steinen und Geröll zum Licht strebten.

»Der Regen war schön«, sagte er schließlich.

»Sehr schön.«

»Bald wird die ganze Ebene blühen, aber einer von uns beiden wird es nicht mehr sehen.«

»Daran hättest du denken müssen, bevor du die Fremdlinge zu meinem Zeltlager führtest.«

Unter dem Schleier verzogen sich Mubarraks Lippen zu einem kleinen Lächeln. »Da hatte es noch nicht geregnet«, erwiderte er. Dann griff er nach seiner *takuba* und zog den geschmiedeten Stahl ganz langsam aus der Lederscheide. »Ich hoffe von ganzem Herzen, daß dein Tod keinen Krieg zwischen unseren Stämmen auslöst«, fuhr er fort.« Niemand außer uns selbst soll für unsere Fehler bezahlen.«

»So sei es!« bestätigte Gacel. Er beugte sich vor und wartete auf den Angriff des anderen.

Der ließ jedoch auf sich warten, denn sowohl Mubarrak

42

als auch Gacel waren keine Krieger mehr, die mit Schwert und Lanze fochten, sondern Männer, die sich an Feuerwaffen gewöhnt hatten. Im Lauf der Zeit waren die langen *takubas* zur reinen Zierde verkümmert. Sie wurden nur noch bei Feiern, an Festtagen und anläßlich von unblutigen Schaukämpfen eingesetzt. Bei solchen Kämpfen ging es mehr um den äußeren Effekt als um die Absicht, den Gegner zu verwunden: Die Schwerthiebe prallten von ledernen Schutzschilden ab oder wurden geschickt pariert.

Doch jetzt gab es keine Schilde und auch keine Zuschauer, die die Zweikämpfer bewunderten, welche aufeinander einschlugen, daß die Funken sprühten, zugleich jedoch darauf bedacht waren, sich gegenseitig nicht zu verletzen. Nein, diesmal standen sich zwei Feinde mit der Waffe in der Hand gegenüber, und jeder der beiden war entschlossen, den anderen zu töten, um nicht selbst getötet zu werden.

Wie konnte ein Schlag ohne Schild pariert werden? Wie konnte man aufeinander losgehen oder einen Sprung rückwärts machen, ohne sich eine Blöße zu geben, wenn der Gegner einem keine Zeit ließ, auf die eigene Deckung zu achten?

Die beiden Tuareg blickten sich in die Augen, jeder versuchte, die Absicht des anderen zu erraten. Langsam und vorsichtig umkreisten sie sich, während aus den *khaimas* Männer, Frauen und Kinder traten, um ihnen sprachlos vor Staunen zuzusehen. Es wollte ihnen nicht in den Kopf, daß es sich hier nicht um ein spielerisches Duell, sondern um einen Kampf auf Leben und Tod handelte.

Schließlich wagte Mubarrak den ersten Ausfall, der eher wie eine schüchterne Frage wirkte, als wollte er herausfinden, ob es bei diesem Zweikampf wirklich um Sein oder Nichtsein ging.

Die Erwiderung – sie zwang ihn, einen Satz rückwärts zu machen, um der wütenden Klinge seines Gegners um Haaresbreite zu entgehen – ließ ihm das Blut in den Adern gefrieren. Gacel Sayah, *amahar* des gefürchteten Volkes vom Kel-Tagelmust, trachtete ihm nach dem Leben, daran war nicht zu zweifeln. In dem beidhändig geführten Schlag, den er soeben ausgeteilt hatte, hatte soviel Rach-

sucht und Haß gelegen, als wären jene beiden Unbekannten, denen er vor nicht allzulanger Zeit Schutz gewährt
hatte, seine Lieblingssöhne gewesen und als hätte Mubarrak-ben-Sad die beiden eigenhändig ermordet.

Gacel empfand jedoch keinen echten Haß. Er war nur
darauf aus, die Gerechtigkeit wiederherzustellen, und es
wäre ihm nicht edelmütig erschienen, einen anderen Targi
zu hassen, nur weil er seine Arbeit verrichtet hatte, mochte
diese Arbeit auch falsch und verächtlich sein. Außerdem
wußte Gacel, daß Haß genau wie Angst, Unbesonnenheit,
Liebe oder jedes andere tief empfundene Gefühl ein
schlechter Begleiter für einen Mann der Wüste war. Um in
diesem Land, das das Schicksal ihm zur Heimat bestimmt
hatte, zu überleben, bedurfte es großer Ruhe und Gelassenheit. Hier brauchte man Kaltblütigkeit und Selbstbeherrschung. Diese Eigenschaften mußten stets stärker
sein als jedes Gefühl, das einen Mann dazu verleiten
konnte, Fehler zu machen, denn die meisten Fehler waren
nicht wieder gutzumachen.

Gacel fühlte sich in diesem Augenblick als Richter, vielleicht auch als Scharfrichter, aber weder der eine noch der
andere hatte Veranlassung, sein Opfer zu hassen. Die
Wucht des doppelhändigen Schwerthiebes und der In-
grimm, mit dem er geführt worden war, stellten in Wirklichkeit nur eine Warnung dar. Er war eine klare Antwort
auf eine unzweideutige Frage des Gegners gewesen.

Wieder griff Gacel an, und dabei wurde ihm schlagartig
bewußt, wie unangemessen sein langes Gewand, der volu-
minöse Turban und der breite Schleier für einen solchen
Kampf waren. Die *gandura* wickelte sich um Arme und
Beine, die *nails* mit ihrer dicken Sohle und den dünnen
Riemen aus Antilopenleder rutschten auf dem von scharfkantigen Steinen übersäten Boden, und der *litham* hinderte
ihn daran, die Lage deutlich zu überblicken und seine Lungen mit soviel Sauerstoff zu füllen, wie er ihn gerade jetzt
benötigte.

Mubarrak war jedoch genauso gekleidet, und folglich
bewegte er sich ebenso unsicher.

Die stählernen Klingen teilten die Luft, ihr böses Zi-
schen erfüllte die Stille des Morgens. Eine zahnlose Alte

schrie entsetzt auf und flehte die Umstehenden an, jemand möge doch diesen räudigen Schakal umbringen, der im Begriff sei, ihren Sohn zu ermorden.

Mubarrak hob mit einer gebieterischen Geste den Arm. Niemand rührte sich. Der Ehrbegriff der »Söhne des Windes«, der sich so sehr von dem der Beduinen unterschied – diese waren »Söhne der Wolken« und lebten in einer Welt aus Niedrigkeit und Verrat –, dieser Ehrbegriff forderte, daß ein Kampf zwischen zwei Kriegern mit Würde und Edelmut ausgetragen wurde, mochte er auch für einen der beiden den Tod bringen.

Gacel war auf unverzeihliche Weise beleidigt worden. Deshalb mußte er den Beleidiger töten. Er vergewisserte sich, daß er einen festen Stand hatte, holte tief Luft, stieß einen Schrei aus und stürzte vor. Seine Waffe zielte auf die Brust des Gegners, doch dieser schlug sie mit einem harten, trockenen Schlag seines eigenen Schwertes beiseite.

Wieder standen sie sich reglos gegenüber und blickten sich an. Dann hob Gacel seine *takuba* hoch über den Kopf, als wäre sie ein großer Hammer. Mit beiden Händen führte er den Schlag von oben nach unten und drehte sich dabei einmal um die eigene Achse. Jeder Anfänger in der Kunst des Fechtens hätte diese Unvorsichtigkeit ausgenutzt, um ihn mit einem gerade geführten Stoß zu erledigen, doch Mubarrak begnügte sich damit, rasch auszuweichen und abzuwarten. Er verließ sich mehr auf seine Kraft als auf seine Geschicklichkeit. Er packte seine Waffe mit beiden Händen und führte einen seitlichen Schlag, der so wuchtig war, daß er die Taille eines stärkeren Mannes als Gacel durchtrennt hätte, doch Gacel stand nicht mehr an der Stelle, an der er soeben noch gestanden hatte.

Schon brannte die Sonne heiß vom Himmel herab. Die beiden Kämpfer waren schweißüberströmt, ihre feuchten Hände umschlossen mit unsicherem Griff die metallenen Knäufe der Schwerter, die sie erneut gegeneinander erhoben. Sie betrachteten sich abschätzend, und dann gingen sie wie auf Kommando aufeinander los. Im letzten Augenblick wich Gacel jedoch zurück. Es kümmerte ihn nicht, daß die Spitze von Mubarraks Waffe den Stoff seiner *gan-*

dura durchtrennte und die Haut seiner Brust ritzte. Blitzschnell stach er zu und durchbohrte den Bauch seines Gegners, so daß das Schwert am Rücken herausragte.

Mubarrak hielt sich noch einige Augenblicke lang auf den Beinen, aber es waren Gacels Schwert und dessen stützender Arm, die ihn am Fallen hinderten. Als Gacel die Waffe herauszog und dabei das Gedärm des Gegners zerfetzte, brach jener zusammen und blieb zusammengekrümmt im Sand liegen. Schweigend, ohne ein Wort der Klage wollte er das langsame Sterben erdulden, das ihm vom Schicksal zugedacht war.

Wenige Augenblicke später, als der Rächer ohne ein Gefühl des Stolzes und des Glücks zu seinem wartenden Kamel schritt, ging die zahnlose Alte in die größte der *khaimas*, packte ein Gewehr, lud es und ging zu der Stelle zurück, wo sich ihr Sohn lautlos im Staub krümmte. Die Alte zielte auf seinen Kopf.

Mubarrak öffnete die Augen, und die alte Frau las in seinem Blick die grenzenlose Dankbarkeit eines Mannes, der wußte, daß sie gekommen war, um ihn vor langen Stunden hoffnungslosen Leidens zu bewahren.

Gacel hörte den Knall des Schusses im selben Augenblick, als sich sein Kamel in Bewegung setzte. Er blickte sich nicht um.

Es war, als hätte er die Antilopenherde schon von weitem gespürt, lange bevor er sie sah. Plötzlich wurde er sich seines Hungers bewußt. Die beiden letzten Tage hatte er sich von ein paar Handvoll Hirsemehl und Datteln ernährt, während er sorgenvoll der Auseinandersetzung mit Mubarrak entgegensah. Aber jetzt knurrte ihm allein schon beim Gedanken an ein gutes Stück Fleisch der Magen.

Langsam näherte sich Gacel dem Rand der *gara*, einem niedrigen Tafelberg. Sein Kamel führte er am Zügel und achtete darauf, daß der Wind immer gegen ihn stand, damit die Antilopen keine Witterung aufnehmen konnten. Die Herde graste in der von kurzem, spärlichem Gestrüpp bewachsenen Niederung, die in grauer Vorzeit einmal eine Art Lagune oder die besonders breite Stelle eines Flußbettes gewesen sein mußte. Hier hatte der Schoß der Erde noch immer ein wenig Feuchtigkeit bewahrt. Vereinzelte Tamarisken und ein halbes Dutzend Zwergakazien ragten in den Himmel. Gacel stellte zufrieden fest, daß sein Jagdinstinkt ihn auch diesmal nicht im Stich gelassen hatte. Dort hinten nämlich, im Licht der Nachmittagssonne, grasten oder schliefen die Mitglieder einer großen Familie jener schönen Tiere, deren langes Gehörn und rötliches Fell ihn, Gacel, geradezu aufzufordern schienen, eines von ihnen zu erlegen.

Er lud sein Gewehr mit einer einzigen Kugel, denn so konnte er der Versuchung widerstehen, für den Fall, daß der erste Schuß danebenging, ein zweites Mal aufs Geratewohl zu feuern, während das scheue Wild schon mit langen Sätzen die Flucht ergriff. Gacel wußte aus Erfahrung, daß ein zweiter, fast auf gut Glück abgefeuerter Schuß selten ins Schwarze traf und nur eine Verschwendung dargestellt hätte, zumal Munition in der Wüste so selten war wie Wasser. Er ließ sein Mehari frei, das sich unverzüglich ans Grasen machte, wobei es mit sicherem Instinkt nur die nahrhaftesten und saftigsten der Pflanzen fraß, die nach dem Regen überall zu sprießen begonnen hatten. Gacel bewegte sich lautlos vorwärts; geduckt huschte er von einem großen Stein zu einem vom Wind zerzausten Busch, von einer kleinen Düne zu einem Strauch, bis er schließlich an einer geeigneten Stelle innehielt. Von einem niedrigen, steinigen Hügel aus erblickte er in dreihundert Schritt Entfernung deutlich die schlanke Silhouette eines großen Bockes, der die Herde anführte. »Wenn du ein Männchen erlegst, tritt bald ein anderes, jüngeres an seine Stelle und deckt die Weibchen«, hatte ihm einst sein Vater erklärt. »Aber wenn du ein Weibchen tötest, dann tötest du auch die Jungtiere und die Kinder dieser Jungtiere, von denen sich deine Söhne und die Söhne deiner Söhne hätten ernähren können.«

Gacel legte an und zielte sorgfältig, um den Bock mit einem Blattschuß ins Herz zu treffen. Aus dieser Entfernung wäre ein Kopfschuß zweifellos wirksamer gewesen, aber als gläubiger Moslem konnte Gacel nicht das Fleisch eines Tieres essen, dem er nicht selbst die Kehle durchschnitten hatte, betend und das Gesicht nach Mekka gerichtet, wie der Prophet es befohlen hatte. Durch einen sofortigen Tod wäre die Antilope für ihn ungenießbar geworden. Deshalb ging er lieber das Risiko ein, daß das verletzte Tier zu fliehen versuchte. Er wußte, daß es mit einer Kugel in der Lunge nicht weit kommen würde.

Plötzlich hob der Bock den Kopf und witterte, wobei er sich scheu umblickte. Dann, nach einer kleinen Ewigkeit, die in Wahrheit wohl nur ein paar Minuten dauerte, ließ er den Blick über die Herde schweifen, um sich zu vergewissern, daß keine Gefahr drohte. Schließlich machte er sich wieder daran, an einer Tamariske zu knabbern.

Erst als Gacel ganz sicher war, daß der Schuß nicht danebengehen würde und daß das Wild nicht unvermutet einen Sprung oder sonst eine unerwartete Bewegung machen würde, zog er ganz langsam den Abzug durch. Zischend zerteilte die Kugel die Luft, und gleich darauf brach der Bock in die Knie, als wären ihm mit einem einzigen Sensenhieb alle vier Beine abgesäbelt worden oder als hätte sich unter ihm urplötzlich wie durch Zauberei der Wüstenboden aufgetan.

Die weiblichen Tiere schauten ungerührt und ohne Angst zu ihrem Anführer hinüber, denn der Knall des Schusses hatte in der Stille zwar wie ein Donnerschlag geklungen, war für sie jedoch nicht mit dem Bild von Gefahr und Tod verbunden. Erst als sie einen Mann mit wehenden Gewändern und einem Dolch in der Faust auf sich zulaufen sahen, rannten sie davon und verloren sich bald in den Weiten des flachen Landes.

Gacel trat zu dem sterbenden Bock, der eine letzte Anstrengung machte, sich zu erheben und seiner Herde zu folgen. Doch etwas in ihm war zerbrochen. Nichts gehorchte mehr seinem Willen. Nur seine großen, unschuldigen Augen spiegelten das Ausmaß seiner Angst, als der Targi ihn am Gehörn packte, seinen Kopf nach Mekka drehte und ihm mit einem raschen Schnitt seines rasiermesserscharfen Dolches die Kehle durchschnitt. Das Blut schoß pulsierend aus der Wunde, es bespritzte die Sandalen und den Saum der *gandura*, aber Gacel achtete nicht darauf. Er war zufrieden, daß er wieder einmal seine Schießkunst unter Beweis gestellt und das Wild genau an der richtigen Stelle getroffen hatte.

Als sich die Nacht herabsenkte, saß er noch immer da und aß. Die ersten Sternbilder waren noch nicht am Himmel erschienen, da schlief er schon, von einem Strauch gegen den Wind geschützt und vom erlöschenden Feuer gewärmt.

Das Lachen der Hyänen weckte ihn. Der Geruch der Antilope hatte sie herbeigelockt. Auch die Schakale trieben sich in der Nähe herum. Deshalb schürte Gacel das Feuer und scheuchte die Aasfresser möglichst weit in die Finsternis zurück. Er legte sich auf den Rücken, blickte zum Himmel auf, lauschte dem Rauschen des Windes und dachte darüber nach, daß er am Tag zuvor einen Mann getötet hatte. Zum ersten Mal im Leben hatte er einen anderen Menschen umgebracht, und das bedeutete, daß sein Leben künftig nie wieder so sein würde wie früher. Er fühlte sich nicht schuldig, denn er hielt seine Sache für gerecht, doch war er besorgt über die Möglichkeit, daß er einen jener Stammeskriege ausgelöst hatte, von denen die Alten soviel erzählten. Bei diesen Fehden kam immer irgendwann der Augenblick, an dem niemand mehr so recht zu sagen wußte, aus welchem Grund all das Blut vergossen wurde und wer damit angefangen hatte. Dabei konnten es sich gerade die Tuareg, die wenigen *imohar*, die noch durch die Wüste zogen und die ihren Traditionen und Gesetzen treu waren, überhaupt nicht leisten, sich gegenseitig auszurotten, denn sie hatten schon alle Hände voll damit zu tun, sich gegen das Vordringen der Zivilisation zu behaupten.

Gacel rief sich die seltsame Empfindung ins Gedächtnis zurück, die seinen ganzen Körper durchzuckt hatte, als er fast ohne Anstrengung das weiche Fleisch von Mubarraks Unterleib mit dem Schwert durchbohrt hatte. Fast glaubte er noch einmal den heiseren Laut zu vernehmen, der sich in jenem Augenblick der Kehle seines Gegners entrungen hatte. Beim Herausziehen der Klinge war es Gacel vorgekommen, als hafte an der Spitze seiner *takuba* das Leben des besiegten Feindes. Beklommen dachte er an die Möglichkeit, daß er die Waffe vielleicht wieder eines Tages gegen einen Menschen richten müßte. Aber dann erinnerte er sich an den trockenen Knall des Schusses, der seinen schlafenden Gast das Leben gekostet hatte, und er tröstete sich damit, daß die Schuldigen eines solchen Verbrechens nicht auf Vergebung hoffen konnten.

Gacel hatte erfahren, wie bitter Ungerechtigkeit schmeckte, und genauso bitter war es, Unrecht zu sühnen. Mubarrak zu töten hatte ihm nicht das geringste Vergnügen bedeutet, sondern nur ein Gefühl tiefer Niedergeschlagenheit und Leere in ihm zurückgelassen. Der alte Suilem hatte recht: Rache konnte die Toten nicht zum Leben erwecken.

Irgendwann stellte sich Gacel die Frage, warum das ungeschriebene Gesetz der Gastfreundschaft für die Tuareg schon immer so wichtig gewesen war, daß es vor allen anderen Gesetzen, sogar denen des Koran, Vorrang hatte. Er versuchte sich vorzustellen, wie das Leben in der Wüste wäre, wenn ein Reisender nicht mehr die unerschütterliche Gewißheit haben konnte, daß man ihn jederzeit in einer menschlichen Siedlung willkommen hieß, ihm Hilfe zukommen ließ und Achtung entgegenbrachte.

In einer der alten Geschichten war die Rede von zwei Männern, die sich einst so sehr haßten, daß einer der beiden – es war der Schwächere – sich eines Tages vor der *khaima* seines Feindes einfand und diesen um Gastfreundschaft ersuchte. Auf die Wahrung der Überlieferung bedacht, nahm der Targi den Gast auf und bot ihm seinen Schutz, doch nach zwei Monaten hatte er es derartig satt, die Gesellschaft des anderen ertragen und ihn durchfüttern zu müssen, daß er ihm versprach, ihn in Frieden ziehen zu lassen und ihm nie wieder nach dem Leben zu trachten. Das mußte sich vor vielen, vielen Jahren zugetragen haben, aber seither hatte sich aus jener Begebenheit bei den Tuareg ein Brauch entwickelt, mittels dessen sie ihre Streitigkeiten und Fehden beilegten.

Wie hätte er, Gacel, reagiert, wenn Mubarrak in seinem Zeltlager erschienen wäre, um ihn um Gastfreundschaft und Vergebung für seine Verfehlung zu bitten? Er wußte es nicht zu sagen, aber wahrscheinlich hätte er sich wie jener Targi in der alten Legende verhalten. Es wäre ihm widersinnig erschienen, eine schlimme Tat zu begehen, um jemanden zu bestrafen, der sich derselben Tat schuldig gemacht hatte.

Damals, als die Düsenflugzeuge anfingen, in großer Höhe die Wüste zu überqueren, und als Lastwagen begannen, die bekannteren Pisten zu befahren, so daß sich Gacels Volk immer weiter in die schwer zugänglichen Einöden der Wüste zurückziehen mußte, hätte niemand vorhersagen können, wie lange dieses Volk noch im Flachland sein Leben würde befristen können. Für Gacel jedoch stand fest, daß das Gesetz der Gastfreundschaft so lange als heilig betrachtet werden mußte, wie noch einer der Seinen in der Endlosigkeit der menschenleeren, von Sand und Geröll bedeckten *hammada* lebte, denn andernfalls würde kein Reisender mehr das Wagnis eingehen, die Wüste zu durchqueren.

Nein, Mubarraks Verfehlung war durch nichts zu rechtfertigen. Er, Gacel Sayah, wollte anderen Menschen, die keine Tuareg waren, vor Augen führen, daß die Gesetze und Bräuche seines Volkes in der Sahara auch künftig respektiert werden mußten, denn diese Gesetze und Bräuche gehörten untrennbar zu seiner Welt. Ohne sie gab es keine Hoffnung auf ein Überleben.

Der Wind frischte auf, und mit ihm kam der Tag. Die Hyänen und Schakale begriffen, daß die Hoffnung auf ein Stück Antilopenfleisch sich zerschlagen hatte. Knurrend und jaulend machten sie sich davon, um, wie alle Tiere der Nacht, ihren dunklen Bau unter der Erde aufzusuchen. Da gab es den *fennek*, den Wüstenfuchs mit seinen langen Ohren, aber auch die Wüstenratte, die Schlange, den Hasen und den gewöhnlichen Fuchs. Sie alle würden schon schlafen, wenn die Sonne auf die Wüste herabzubrennen begann. Sie schonten ihre Kräfte, bis die Schatten der Nacht das Leben wiederum erträglich machten in dieser trostlosesten Gegend des Planeten Erde. Anders als in anderen Teilen der Welt entfaltete sich hier nachts die regste Tätigkeit, und der Tag diente der Ruhe.

Einzig der Mensch hatte es in all den Jahrhunderten nicht vollbracht, sich gänzlich an die Nacht anzupassen: Bei Anbruch des Tages machte sich Gacel also auf die Suche nach seinem Kamel, das in einer Entfernung von etwas mehr als einem Kilometer auf dem Boden lag und wiederkäute. Er ergriff die Zügel und setzte ohne Hast seine Reise nach Westen fort.

Der militärische Außenposten von Adoras umfaßte eine
Oase, die fast die Form eines Dreiecks hatte. Dort gab es
ungefähr hundert Palmen und vier Brunnen. Die Oase lag
mitten in einem riesigen, von Dünen bedeckten Gebiet
und war ständig vom Wüstensand bedroht, der sie völlig
umzingelt hatte.

Tatsächlich war es ein Wunder, daß es sie überhaupt
noch gab, denn der Sand schützte sie zwar einerseits vor
dem Wind, verwandelte sie aber andererseits in einen
Backofen, in dem das Thermometer um die Mittagszeit
nicht selten auf siebzig Grad kletterte.

Die drei Dutzend Soldaten, aus denen die Garnison bestand, verbrachten die Hälfte ihrer Zeit damit, im Schatten
der Palmen ihr Schicksal zu verfluchen. Ansonsten waren
sie damit beschäftigt, Sand zu schaufeln – ein verzweifelter Versuch, die Wüste zurückzudrängen und den schmalen, ungepflasterten Weg freizuhalten, der die einzige Verbindung zur Außenwelt darstellte. Über ihn wurde die
Garnison alle zwei Monate mit Proviant und Post belie-
fert. Seit vor dreißig Jahren ein halbirrer Oberst auf die absurde Idee gekommen war, die Armee müsse unbedingt
jene vier Brunnen unter ihre Kontrolle bringen, galt Adoras zuerst bei den Kolonialtruppen und später, nach der
Unabhängigkeit, bei den eigenen Streitkräften des Landes
als eine Art »Himmelfahrtskommando«. Von den Männern, die am Rand des Palmenhaines begraben lagen, waren neun eines »natürlichen« Todes gestorben, und sechs
hatten sich selbst das Leben genommen, weil sie sich nicht

damit abfinden konnten, in dieser Hölle ihr Dasein fristen zu müssen.

Wenn ein Richter einen zum Galgen oder zu lebenslänglicher Haft verurteilten Verbrecher zu fünfzehn Jahren Zwangsarbeit in Adoras begnadigte, dann wußte er genau, was er tat, mochte der »Begnadigte« anfänglich auch glauben, man habe ihm tatsächlich eine Gunst erweisen wollen.

Kommandant der Garnison und zugleich Oberbefehlshaber über ein Gebiet von der halben Größe Italiens, in dem allerdings höchstens achthundert Menschen lebten, war ein Hauptmann namens Kaleb-el-Fasi. Er war seit sieben Jahren in Adoras und büßte hier dafür, daß er einen jungen Leutnant umgebracht hatte, nachdem jener damit gedroht hatte, gewisse Unregelmäßigkeiten bei der Verwaltung der Regimentskasse aufzudecken. Kaleb-el-Fasi war zum Tod verurteilt worden, aber sein Onkel, der berühmte General Obeid-el-Fasi, ein Held des Unabhängigkeitskrieges, hatte durchgesetzt, daß sein Neffe, der während des Freiheitskampfes sein Adjutant und Vertrauter gewesen war, zur Bewährung auf einen Außenposten versetzt wurde, den kein anderer Berufsoffizier freiwillig übernommen hätte, es sei denn, er hätte sich in einer ähnlichen Lage wie Kaleb-el-Fasi befunden.

Vor drei Jahren hatte Hauptmann Kaleb einmal anhand der Personalakten ausgerechnet, daß die Soldaten seines Regimentes den Tod von insgesamt zwanzig Menschen, fünfzehn Vergewaltigungen, sechzig bewaffnete Raubüberfälle sowie eine Unzahl von Diebstählen, Betrügereien und geringeren Vergehen auf dem Gewissen hatten. Um eine solche »Streitmacht« zu befehligen, hatte Kaleb deshalb all seine Erfahrung, Schlauheit und Brutalität aufbieten müssen. Nur ein Mann wurde noch mehr gefürchtet als er: seine rechte Hand Malik-el-Haideri, ein dünner, ziemlich kleiner Kerl, der irgendwie schwächlich und krank wirkte, jedoch so grausam, hinterlistig und tollkühn war, daß er es geschafft hatte, diesen Haufen wilder Tiere unter seine Kontrolle zu bringen. Er hatte schon fünf Mordanschläge und zwei Messerstechereien überlebt.

Malik war die natürlichste aller »natürlichen Todesursachen« in Adoras: Zwei der Selbstmörder hatten sich eine Kugel in den Kopf geschossen, weil sie es nicht ertrugen, wie er mit ihnen umsprang.

Jetzt saß Malik gerade auf dem Kamm der höchsten Düne, die sich im Osten der Oase auftürmte. Es war eine alte *ghourds* von mehr als hundert Metern Höhe. Außen hatte sie im Lauf der Zeit eine goldgelbe Färbung angenommen, und im Inneren war sie so hart geworden, als bestünde sie nicht aus Sand, sondern aus Stein. Sergeant Malik beobachtete gleichgültig, wie seine Männer den Sand »junger« Dünen fortschaufelten, die den Brunnen am Rand der Oase zu verschütten drohten. Plötzlich richtete er sein Fernglas auf einen einzelnen Reiter, der unversehens aufgetaucht war, auf einem weißen Mehari saß und ohne Eile geradewegs auf die Oase zuritt. Malik fragte sich verwundert, was wohl ein Targi in dieser Gegend zu suchen hatte. Schon seit sechs Jahren kamen die Tuareg nicht mehr zu den Brunnen von Adoras, sondern machten einen weiten Bogen um die Garnison und deren Besatzung. Auch die Karawanen der Beduinen machten hier immer seltener Rast, um ihre Wasservorräte aufzufüllen und ein paar Tage auszuruhen. Sie hielten sich dann stets so weit abseits wie möglich, versteckten ihre Frauen und vermieden jeden Kontakt mit den Soldaten. Beim Aufbruch zeigten sie sich jedesmal erleichtert, wenn es zu keinen Zwischenfällen gekommen war. Die Tuareg hingegen verhielten sich ganz anders. Früher, als sie noch an den Wasserstellen haltmachten, taten sie dies erhobenen Hauptes, wirkten stolz und trotzig, und sie erlaubten ihren Frauen sogar, unverschleiert, mit nackten Armen und Beinen zwischen den Palmen herumzulaufen. Es kümmerte sie nicht, daß die Soldaten seit Jahren keine Frau gehabt hatten. Wenn sich einer der Kerle eine Frechheit herausnahm, griffen die Tuareg sofort zu ihrem scharfen Dolch oder zum Gewehr.

Seitdem vor Jahren bei einer Auseinandersetzung zwei Tuaregkrieger und drei Soldaten umgekommen waren, zogen die »Söhne des Windes« es vor, einen Bogen um die Garnison zu machen. Doch nun kam jener einsame Reiter unbeirrt näher. Gerade überquerte er den Kamm der letzten Düne und hob sich deutlich mit seinen flatternden Gewändern vom Abendhimmel ab. Wenig später verschwand er zwischen den Palmen. Am nördlichen Brunnen hielt er an, kaum hundert Meter von den ersten Barakken entfernt.

Malik hatte es nicht eilig. Er rutschte den Abhang der Düne hinab, ging quer durch das Lager und trat zu dem Targi, der gerade sein Mehari tränkte. Manche dieser Tiere konnten bis zu hundert Liter Wasser auf einmal zu sich nehmen.

»Assalamu aleikum!« grüßte Malik.

»Assalam!« erwiderte Gacel.

»Ein schönes Kamel hast du da – und ein sehr durstiges.«

»Wir kommen von weit her.«

»Woher?«

»Von Norden.«

Sergeant Malik-el-Haideri haßte den Gesichtsschleier der Tuareg, denn er wollte immer wissen, mit wem er es zu tun hatte, und versuchte stets, vom Gesichtsausdruck anderer Menschen abzulesen, ob sie die Wahrheit sagten oder schwindelten. Bei den Tuareg war dies jedoch nie möglich, denn ihr Gesichtsschleier hatte nur einen schmalen Spalt für die Augen – und diese Augen kniffen sie außerdem beim Reden zusammen oder schlossen sie sogar ganz. Auch der Klang ihrer Stimme wurde durch den Schleier entstellt. Malik mußte sich deshalb mit der Antwort zufriedengeben, zumal er selbst gesehen hatte, daß der Targi von Norden her gekommen war. Wie hätte er auch ahnen können, daß Gacel in einem großen Bogen um die Oase herumgeritten und in Wirklichkeit aus Süden gekommen war?

»Wohin willst du?«

»Nach Süden.« Gacels Mehari hatte sich inzwischen zufrieden und mit prall gefülltem Bauch hingelegt. Er selbst machte sich daran, ein wenig Reisig für ein kleines Lagerfeuer zu sammeln.

»Du kannst mit den Soldaten essen«, meinte Malik.

Gacel schlug eine Decke zurück, und eine halbe Antilope kam zum Vorschein. Sie war mit geronnenem Blut überkrustet, aber das Fleisch war noch saftig. »Wenn du willst, kannst *du* mit *mir* essen – als Gegenleistung für dein Wasser.«

Sergeant Malik spürte, wie ihm das Wasser im Mund zusammenlief. Seit zwei Wochen hatten seine Männer kein einziges Stück Wild erlegt, denn im Lauf der Jahre waren die wilden Tiere immer weiter in die Wüste zurückgedrängt worden, und unter den Soldaten gab es keinen einzigen echten Beduinen, der mit der Wüste und deren Bewohnern vertraut war.

»Das Wasser gehört allen«, erwiderte Malik. »Aber deine Einladung nehme ich gerne an. Wo hast du die Antilope geschossen?«

Gacel lächelte innerlich über die plumpe Falle. »Im Norden«, antwortete er.

Als er genügend Zweige gesammelt hatte, setzte er sich auf die Decke. Er nahm Feuerstein und Lunte zur Hand, aber Malik hielt ihm eine Schachtel Streichhölzer hin.

»Nimm die hier«, sagte er. »Damit geht es viel leichter.«

Wenig später, als Gacel ihm die Streichhölzer zurückgeben wollte, wies er sie zurück: »Behalte sie! Im Lagerschuppen gibt es jede Menge davon.«

Malik hatte sich Gacel gegenüber niedergelassen und schaute zu, wie dieser die Keulen der Antilope auf den Ladestock seines alten Gewehres spießte, um sie langsam über dem kleinen Feuer zu braten.

»Suchst du im Süden Arbeit?«

»Nein, ich suche eine Karawane.«

»Um diese Zeit kommen hier keine Karawanen durch. Die letzte hat vor einem Monat bei uns haltgemacht.«

»Meine Karawane wartet auf mich«, war die rätselhafte Antwort. Und da der Sergeant ihn verständnislos anstarrte, fügte Gacel im selben Tonfall hinzu: »Sie wartet schon seit fünfzig Jahren auf mich.«

Jetzt schien Malik zu begreifen. Er betrachtete den Targi eingehender. »Die Große Karawane!« rief er schließlich aus. »Suchst du etwa nach der sagenumwobenen Großen Karawane? Du bist verrückt!«

»Es ist keine Sage. Mein Onkel war mit dabei. Außerdem bin ich nicht verrückt! Mein Vetter Suleiman, der für einen Hungerlohn Ziegelsteine schleppt – *der* ist verrückt!«

»Viele haben schon nach der Karawane gesucht, aber kein einziger ist lebend zurückgekehrt.«

Gacel wies mit einer Kopfbewegung auf die mit Steinen bedeckten Gräber, die zwischen den spärlichen Palmen hindurch am anderen Ende der Oase zu erkennen waren. »Sie sind bestimmt nicht toter als die dort drüben, aber wenn sie die Karawane gefunden hätten, wären sie steinreich geworden.«

»Das ›Land der Leere‹ kennt keine Gnade, dort gibt es kein Wasser und keine einzige Pflanze, von der sich dein Kamel ernähren könnte. Nirgends findest du Schatten oder einen Orientierungspunkt, an den du dich halten könntest. Es ist die Hölle!«

»Das weiß ich«, bestätigte der Targi. »Ich war schon zweimal dort.«

»Du warst im ›Land der Leere‹?« fragte Malik ungläubig.

»Ja, zweimal.«

Der Sergeant brauchte Gacels Gesicht nicht zu sehen, um zu begreifen, daß er die Wahrheit gesagt hatte. Maliks Interesse war erwacht, denn er lebte schon lange genug in der Sahara, um vor einem Mann Hochachtung zu empfinden, der sich ins »Land der Leere« begeben hatte und heil zurückgekehrt war. Solche Männer konnte man zwischen Marokko und Ägypten an den Fingern einer einzigen Hand abzählen. Nicht einmal Mubarrak-ben-Sad, der der Garnison offiziell als Führer in der Wüste diente und der als einer der besten Kenner dieses von Geröll und Sand bedeckten Landes galt, konnte sich einer solchen Leistung rühmen.

»Aber ich kenne einen, der es geschafft hat«, hatte Mubarrak dem Sergeanten irgendwann einmal während einer ausgedehnten Expedition zum Huaila-Massiv versichert. »Ich kenne einen *amahar* vom Kel-Tagelmust, der war dort und ist sogar wieder zurückgekehrt . . .«

»Was fühlt man, wenn man mittendrin ist?« wollte Malik wissen.

58

Gacel warf ihm einen langen Blick zu, dann antwortete er achselzuckend: »Nichts. Man muß alle Gefühle draußen lassen. Auch alle Ideen und Vorstellungen muß man draußen lassen. Es kommt darauf an, wie ein Stein zu leben, und man darf keine einzige überflüssige Bewegung machen, die den Wasserverbrauch erhöht. Sogar nachts muß man sich so langsam bewegen wie ein Chamäleon. Nur wenn es dir gelingt, dich gegen Hitze und Durst unempfindlich zu machen, hast du eine winzige Überlebenschance. Aber vor allem muß man die Todesangst überwinden und ruhig bleiben.«

»Warum hast du das getan? Warst du auf der Suche nach der Großen Karawane?«

»Nein, ich suchte in mir nach den Spuren meiner Vorfahren. Sie haben das ›Land der Leere‹ besiegt.«

Malik schüttelte abwehrend den Kopf. »Niemand besiegt das ›Land der Leere‹«, sagte er voller Überzeugung. »Der Beweis dafür ist, daß alle deine Vorfahren tot sind, aber das ›Land der Leere‹ ist noch genauso unerforscht wie an dem Tag, als Allah es schuf.« Er machte eine Pause, schüttelte erneut den Kopf und stellte sich wie im Selbstgespräch die Frage: »Warum hat Allah das wohl getan? Warum hat er, der so große Wunder vollbringen konnte, auch diese Wüste geschaffen?«

Die Antwort klang ebenso vermessen wie die Frage selbst: »Damit er hinterher die *imohar* schaffen konnte.«

Malik lächelte belustigt. »So wird es wohl sein«, meinte er. Und mit einem Blick auf die Antilopenkeule fuhr er fort: »Ich mag es nicht, wenn das Fleisch zu stark gebraten ist.« Gacel zog den Ladestock aus dem Fleisch, reichte Malik eines der beiden Stücke und machte sich daran, mit seinem scharfen Dolch dicke Scheiben von dem anderen abzuschneiden. »Falls du jemals in Not gerätst, koche oder brate das Fleisch nicht, sondern iß es roh. Verzehre jedes Tier, das dir in die Quere kommt, und trinke sein Blut! Aber beweg dich dabei nicht, bewege dich überhaupt nicht!«

»Ich werde daran denken«, meinte der Sergeant. »Ich werde daran denken, aber ich bete zu Allah, daß er mich vor einer solchen Notlage behütet.«

Schweigend beendeten sie die Mahlzeit. Sie tranken einen Schluck frisches Wasser aus dem Brunnen, dann erhob sich Malik und reckte sich zufrieden. »Ich muß jetzt gehen«, sagte er. »Der Hauptmann erwartet meinen Bericht, und ich muß noch meinen Kontrollgang machen. Wie lange wirst du hierbleiben?«

Gacel hob die Schultern zum Zeichen, daß er es nicht wußte.

»Ich verstehe. Bleib, solange du willst, aber halte dich von den Baracken fern! Die Wachen haben Befehl, ohne Vorwarnung zu schießen.«

»Warum?«

Sergeant Malik-el-Haideri lächelte vielsagend, dann wies er mit einer Kopfbewegung auf ein Holzhäuschen, das abseits der anderen stand. »Der Hauptmann hat keine Freunde«, erläuterte er. »Er hat keine, und ich habe auch keine, aber ich kann mich um mich selbst kümmern.« Mit diesen Worten ließ er Gacel stehen.

Schon vertieften sich die Schatten zwischen den Palmen der Oase. Die Stimmen der Soldaten, die mit geschulterten Schaufeln müde und verschwitzt zurückkehrten, waren klar und deutlich zu vernehmen. Die Männer sehnten sich nach einer Mahlzeit und dem Strohsack, auf dem sie sich für ein paar Stunden ins Reich der Träume flüchten konnten, weit fort von Adoras, dieser Hölle auf Erden.

Fast ohne Abenddämmerung färbte sich der Himmel zuerst rot und wurde dann schwarz. Überall in den Hütten wurden Karbidlampen angezündet. Einzig das Häuschen des Hauptmanns hatte Fensterläden, so daß niemand sehen konnte, was im Inneren vor sich ging. Bei Anbruch der Dunkelheit bezog ein Wachtposten keine zwanzig Schritte von der Haustür entfernt Stellung, das Gewehr im Anschlag.

Eine halbe Stunde später ging die Tür auf, und eine hochgewachsene, schlanke Gestalt zeichnete sich im Türrahmen ab. Auch ohne die Sterne an der Uniform hätte Gacel den Mann wiedererkannt, der seinen Gast getötet hatte. Der Mann blieb ein paar Augenblicke lang ruhig stehen, atmete in vollen Zügen die Nachtluft ein und zündete sich eine Zigarette an. Im Schein der kleinen Flamme sah

Gacel wieder in allen Einzelheiten dieses Gesicht und die stahlharten Augen, die so verächtlich geblitzt hatten, als jener Mann behauptet hatte, *er* sei das Gesetz. Gacel fühlte sich versucht, zum Gewehr zu greifen und den Kerl mit einem einzigen Schuß zu erledigen, tat jedoch nichts dergleichen, sondern beschränkte sich darauf, den Mann zu beobachten. Dabei malte er sich aus, wie sich der Hauptmann wohl fühlen würde, wenn er wüßte, daß der von ihm erniedrigte und beleidigte Targi neben einem erlöschenden Lagerfeuer an einer Palme lehnte und darüber nachsann, ob er ihn, den Hauptmann, sofort umbringen oder ob er die Tat auf später verschieben sollte.

Für all die Männer aus der Stadt, die es in die Wüste verschlagen hatte, eine Wüste, die zu lieben sie nie lernen würden, sondern die sie haßten und aus der sie gern um jeden Preis geflohen wären – für diese Leute waren die Tuareg nichts weiter als ein Bestandteil der Landschaft. Sie konnten nicht nur keinen Targi vom anderen unterscheiden, sondern waren auch nicht in der Lage, zwei langgestreckte *sif*-Dünen mit ihren Wellenkämmen aus Sand voneinander zu unterscheiden, selbst wenn eine halbe Tagesreise zwischen diesen Dünen lag.

Als Stadtmenschen hatten sie keinen Sinn für die Zeit, den Raum, die Gerüche und die Farben der Wüste. Genausowenig begriffen sie den Unterschied zwischen einem Krieger aus dem »Volk des Schleiers« und einem *amahar* vom »Volk des Schwertes«, oder den Unterschied zwischen einem *amahar* und einem Sklaven, oder den Unterschied zwischen einer echten, freien und starken *targia* und einer armen beduinischen Haremsklavin.

Gacel hätte zu dem Hauptmann gehen und sich mit ihm eine halbe Stunde lang über die Nacht, die Sterne, den Wind und die Tiere der Wüste unterhalten können, ohne daß der Mann in ihm den »verfluchten, stinkenden Bettler« wiedererkannt hätte, der vor fünf Tagen versucht hatte, sich ihm zu widersetzen. Viele Jahre lang hatten die Franzosen vergeblich versucht, die Tuareg zum Ablegen des Gesichtsschleiers zu bewegen. Am Ende hatten sie sich eingestehen müssen, daß sie gescheitert waren und daß es ihnen nie gelingen würde, einen Targi vom anderen allein aufgrund der Stimme und der Gesten zu unterscheiden.

Weder Malik noch der Hauptmann oder all die zum Sandschaufeln verurteilten Soldaten waren Franzosen, aber eines hatten sie gemeinsam: Sie kannten die Wüste nicht und verachteten ihre Bewohner.

Als der Hauptmann seine Zigarette zu Ende geraucht hatte, ließ er den Stummel in den Sand fallen, grüßte lustlos den Wachtposten und schloß die Tür. Geräuschvoll schob er den schweren Riegel vor. Im Lager gingen nach und nach die Lichter aus. Bald lag die Oase in tiefem Schweigen da. Nur das Rauschen der Palmwedel in der leichten Brise war zu vernehmen; dann und wann heulte in der Ferne ein hungriger Schakal. Gacel wickelte sich in seine Decke, legte den Kopf auf den Sattel und warf einen letzten Blick auf die Baracken und die unter einem roh zusammengezimmerten Sonnendach aufgereihten Militärfahrzeuge. Wenig später war er eingeschlafen.

Im Morgengrauen erkletterte er die fruchtbarste der Palmen und warf von oben büschelweise reife Datteln hinab. Er verstaute sie in einem Sack, füllte seine *gerbas* mit Wasser und sattelte sein Mehari, das geräuschvoll protestierte, denn gern wäre es noch länger am schattigen Brunnen geblieben.

Die Soldaten kamen aus den Baracken, gingen in die Dünen, um zu pinkeln, oder wuschen sich im Wassertrog neben dem größten der Brunnen das Gesicht. Auch Sergeant Malik-el-Haideri trat aus seiner Behausung. Mit raschen, zielstrebigen Schritten ging er auf Gacel zu.

»Du reitest fort?« erkundigte er sich, obwohl diese Frage in jeder Hinsicht überflüssig war. »Ich dachte, du wolltest dich hier ein paar Tage ausruhen.«

»Ich bin nicht müde.«

»Das sehe ich – und ich spüre es auch. Es tut manchmal gut, mit einem Fremden zu reden. Dieser Abschaum hier denkt nur ans Klauen und an Weiber.«

Gacel antwortete nicht. Er war vollauf damit beschäftigt, alle Bündel so festzuzurren, daß er sie beim schaukelnden Gang des Kamels nicht schon nach fünfhundert Metern verlor. Malik stellte sich auf die andere Seite des Tieres und legte mit Hand an. »Vorausgesetzt, der Hauptmann gibt mir Urlaub – würdest du mich dann mitnehmen auf die Suche nach der Großen Karawane?«

Der Targi machte eine abwehrende Geste. »Nein, das ›Land der Leere‹ ist nichts für dich. Nur Männer wie wir, die *imohar*, können uns hineinwagen.«

»Aber ich würde drei Kamele beisteuern! Wir könnten mehr Wasser und Proviant mitnehmen. Wenn wir die Karawane finden, reicht es für uns beide. Ich würde dem Hauptmann einen Teil abgeben, außerdem könnte ich mir meine Versetzung erkaufen, und es würde trotzdem noch genügend übrigbleiben für den Rest meines Lebens. Nimm mich mit!«

»Nein.«

Sergeant Malik resignierte scheinbar. Sein Blick schweifte langsam über die Palmen, die Baracken und schließlich über die Sanddünen, die den Militärstützpunkt in alle vier Himmelsrichtungen umschlossen. Ständig drohten sie, die Oase endgültig unter sich zu begraben. Sie machten aus der Garnison ein Gefängnis, das keine Gitter brauchte.

»Noch elf Jahre!« sagte Malik leise vor sich hin. »Falls ich hier jemals rauskomme, werde ich ein alter Mann sein, aber man hat mir sogar meine Pensionsberechtigung abgesprochen. Was soll dann aus mir werden?« Zu Gacel gewandt fuhr er fort: »Wäre es nicht besser, tapfer zu sein und notfalls in der Wüste zu sterben, wenn man dafür die Chance erhält, daß sich alles schlagartig ändert?«

»Vielleicht.«

»Das ist doch genau das, was du vorhast, nicht wahr? Du setzt lieber alles auf eine Karte, statt dein Leben lang Ziegelsteine zu schleppen.«

»Ich bin ein Targi, aber du . . .«

»Ach, geh zum Teufel mit deinem Stolz!« rief Malik wütend. »Glaubst du etwa, du bist etwas Besseres, nur weil du von klein auf daran gewöhnt bist, die Hitze und den Durst auszuhalten? Ich habe mich die ganze Zeit mit diesen Schweinehunden da drüben herumschlagen müssen, und ich weiß nicht, was schlimmer ist, das schwöre ich dir! Na mach schon, hau ab! Wenn ich mich eines Tages auf die Suche nach der Großen Karawane mache, dann ganz allein. Ich brauche dich nicht dazu!«

Hinter dem Schleier verzogen sich Gacels Lippen zu einem Lächeln, aber das konnte der andere nicht sehen. Er befahl seinem Kamel aufzustehen, ergriff die Zügel und ritt langsam in südlicher Richtung davon.

Sergeant Malik-el-Haideri folgte Gacel mit den Blicken, bis der Targi im Labyrinth der Dünentäler verschwunden war. Denn drehte er sich um und kehrte nachdenklich zur größten der Baracken zurück.

Hauptmann Kaleb-el-Fasi schlief immer so lange, bis das Dach seiner Hütte in der Sonne glühend heiß wurde, und das geschah Tag für Tag gegen neun Uhr morgens, obwohl Kaleb-el-Fasi seine Behausung an der geschütztesten Stelle der Oase hatte bauen lassen, im Schatten der Palmen. Nicht selten fuhr er nachts erschrocken aus dem Schlaf hoch, wenn Datteln auf das Blechdach prasselten.

Seine morgendlichen Gebete pflegte der Hauptmann zwei Schritte vor der Tür seiner Hütte zu verrichten. Dann setzte er sich in den Trog neben dem großen Brunnen, wusch sich mit lautem Planschen und ließ sich gleich an Ort und Stelle von Sergeant Malik über alle Vorfälle Bericht erstatten. Meist gab es jedoch so gut wie nichts zu melden.

An diesem Morgen allerdings schien Kaleb-el-Fasis Untergebener etwas auf dem Herzen zu haben. Er war von einem Eifer beseelt, den man bei ihm nicht gewohnt war. »Dieser Targi – der will nach der Großen Karawane suchen«, sagte er.

»Na und?«

»Ich hab ihn gefragt, ob er mich mitnehmen will, aber er hat nein gesagt.«

»Er ist eben nicht so dumm, wie du glaubst! Aber seit wann interessierst du dich für die Große Karawane?«

»Seit ich zum ersten Mal von ihr gehört habe. Angeblich war sie mit Waren im Wert von zehn Millionen Francs unterwegs. Heutzutage wären das viele Elfenbein und all die Edelsteine das Dreifache wert.«

»Davon haben schon viele geträumt, und viele haben dafür mit dem Leben bezahlt.«

»Lauter Abenteurer, die ihre Expedition nicht gewissenhaft vorbereitet haben, mit gesichertem Nachschub und geeigneter Ausrüstung.«

Hauptmann Kaleb-el-Fasi warf dem Sergeanten Malik einen langen Blick zu, in den er besonders viel Tadel und Strenge zu legen versuchte. »Willst du damit sagen, ich soll Männer und Material der Streitkräfte für die Suche nach dieser Karawane bereitstellen?« fragte er mit vorgetäuschter Entrüstung.

»Warum nicht?« war die unverblümte Antwort. »Die ganze Zeit befiehlt man uns, sinnlose Expeditionen durchzuführen, um nach neuen Brunnen zu suchen oder um nachzuzählen, ob noch alle Nomaden da sind. Einmal haben uns ein paar Ingenieure sechs Monate lang durch die Gegend gescheucht, weil sie glaubten, es gebe hier irgendwo Erdöl.«

»Ja, und sie haben es tatsächlich gefunden.«

»Richtig, aber was hat es uns gebracht? Strapazen, Scherereien, Unzufriedenheit in der Truppe – und drei Männer, die mit einem Jeep voll Dynamit in die Luft geflogen sind!«

»Wir hatten Befehl von oben.«

»Ich weiß, aber es liegt bei Ihnen, mich mit irgendeiner Mission zu betrauen, zum Beispiel ›Überlebenstraining im Land der Leere‹. Stellen Sie sich vor, wir würden mit einem Riesenvermögen zurückkehren! Die Hälfte für das Heer, die andere Hälfte für uns beide und die Truppe. Glauben Sie nicht, daß man mit dem Geld ein paar Generäle milder stimmen könnte, wenn man es geschickt anstellt?«

Der Hauptmann antwortete nicht gleich. Er tauchte bis über den Kopf in den Wassertrog und verharrte so ein paar Sekunden lang, vielleicht um nachzudenken. Nachdem er wieder aufgetaucht war, meinte er, ohne Malik anzublicken. »Für das, was du mir da eben vorgeschlagen hast, könnte ich dich einlochen lassen!«

»Und was hätten Sie davon? Macht es etwa einen Unterschied, ob man im Bau sitzt oder hier draußen? Noch ein bißchen mehr Hitze, weiter nichts! Immerhin wäre es im Bau längst nicht so heiß wie im ›Land der Leere‹.«

»Bist du wirklich so verzweifelt?«

»Genauso sehr wie Sie! Wenn wir nicht irgend etwas unternehmen, kommen wir hier nie raus, das wissen Sie! Irgendwann kriegt einer von den Scheißkerlen den Koller und knallt uns einfach ab.«

»Bis jetzt sind wir mit ihnen immer fertig geworden.«

»Ja, aber wir haben viel Glück gehabt«, gab Malik zu bedenken. »Wie lange soll das noch so weitergehen? Wir werden älter, unsere Kräfte lassen nach, und früher oder später machen uns die Kerle kalt.«

Hauptmann Kaleb-el-Fasi, Oberkommandierender des gottverlassenen Militärpostens von Adoras, legte den Kopf in den Nacken und betrachtete lange die Wipfel der Palmen, deren Wedel nicht der leiseste Lufthauch bewegte. Durch sie schimmerte ein so hellblauer Himmel hindurch, daß er fast schon weiß wirkte. Die Augen schmerzten, wenn man zu lange hinaufschaute.

Der Hauptmann dachte an seine Familie: Nach seiner Verurteilung hatte seine Frau die Scheidung erwirkt, seine Söhne hatten ihm nie eine einzige Zeile geschrieben, seine Freunde und Bekannten hatten seinen Namen aus ihrem Gedächtnis getilgt, nachdem sie ihn jahrelang wegen seiner angeblich glänzenden Fähigkeiten umschmeichelt hatten. Und nun war er hier, mitten unter Dieben, Mördern und Rauschgiftsüchtigen, die einen mörderischen Haß auf ihn hatten. Ohne zu zögern würden sie ihm von hinten ein Bajonett in den Leib stoßen oder eine Bombe unter sein Feldbett legen.

»Was bräuchtest du denn dafür?« erkundigte sich der Hauptmann schließlich, ohne sich umzudrehen. Er bemühte sich, seine Stimme möglichst uninteressiert klingen zu lassen.

»Einen Lastwagen, einen Jeep und fünf Männer. Ich nehme auch Mubarrak-ben-Sad, den Targi, mit. Er soll uns führen. Außerdem brauche ich Kamele.«

»Wie lange soll das Unternehmen dauern?«

»Vier Monate. Aber einmal wöchentlich könnten wir über Funk Kontakt aufnehmen.«

Jetzt blickte der Hauptmann Malik doch an. »Ich kann niemanden dazu zwingen, dich zu begleiten. Angenommen, du kommst nicht zurück und die Sache sickert durch – dann werde ich an die Wand gestellt.«

»Ich weiß, wer von den Männern gern mitmachen würde und wer schweigen kann. Die anderen dürfen nichts erfahren.«

Der Hauptmann stieg bedächtig aus dem Wassertrog, schlüpfte in eine kurze weiße Hose und fuhr mit den Füßen in die *nails*. Er überließ es der warmen Luft, seine nasse Haut zu trocknen.

»Ich glaube, du bist so verrückt wie dieser Targi«, meinte er und schüttelte ungläubig den Kopf. »Aber vielleicht hast du recht, und dein Plan ist besser, als hier rumzusitzen und auf den Tod zu warten.« Er machte eine kurze Pause und fuhr dann fort: »Wir müßten natürlich einen triftigen Grund für ein so zeitraubendes Unternehmen finden – auch für den Fall, daß du nicht zurückkehrst.« Seine Lippen verzogen sich zu einem Grinsen.

Auch Malik grinste. Er freute sich, daß er sich durchgesetzt hatte, aber im Grunde war er sich von Anfang an sicher gewesen. Seit der Targi sich in aller Frühe davongemacht hatte, hatte Malik pausenlos darüber nachgegrübelt, wie er dem Hauptmann sein Vorhaben am überzeugendsten darlegen könnte. Und je gründlicher er die Angelegenheit in allen Details durchdacht hatte, desto größer war seine Gewißheit geworden, daß sein Vorgesetzter ihm die Erlaubnis erteilen würde.

Die beiden Männer gingen nebeneinander auf die große Baracke zu, in der sich die Schreibstube befand.

»Ich habe mir schon einen Grund zurechtgelegt«, sagte Malik.

Der Hauptmann blieb stehen und blickte ihn fragend an.

»Sklaven«, fuhr Malik fort.

»Sklaven?«

»Ja. Es könnte doch sein, daß der Targi, der heute früh weitergeritten ist, mir von Sklavenhändlern erzählt hat, die mit einer Karawane durch unser Gebiet ziehen. Der

Sklavenhandel hat ja tatsächlich wieder auf alarmierende Weise zugenommen.«

»Das weiß ich. Aber die Sklavenhändler ziehen in Richtung Rotes Meer und versorgen die Länder, in denen Sklaverei noch nicht verboten ist.«

»Richtig«, stimmte ihm Malik bei. »Aber was hindert uns daran, einer Meldung nachzugehen und später zu behaupten, es sei eine Falschmeldung gewesen?« Er lächelte spöttisch. »Wir könnten dann sogar erwarten, daß man uns für unseren Eifer und unsere Einsatzbereitschaft lobt.«

Sie betraten die Schreibstube, einen großen Raum, in dem es nur zwei Schreibtische gab. Schon zu dieser morgendlichen Stunde war es in der Baracke drückend heiß. Der Hauptmann ging geradewegs auf eine große Landkarte des Militärbezirks zu, die die ganze hintere Wand bedeckte.

»Manchmal frage ich mich, wie sie dich überhaupt schnappen und in diese gottverlassene Gegend versetzen konnten, wo du doch so schlau bist . . . Wo willst du mit der Suche anfangen?«

Malik wies ohne Zögern auf einen großen, gelblichen Fleck, in dessen Mitte sich eine schneeweiße Fläche befand. Dort gab es nicht die geringste Spur von einem Weg, einem Kamelpfad, einem Brunnen oder gar einer menschlichen Siedlung.

»Hier, genau in der Mitte von Tikdabra. Logischerweise hätte die Karawane südlich an Tikdabra vorbei gemußt, aber falls sie vom Weg abgekommen ist und sich weiter im Norden zwischen den Dünen verirrt hat, muß sie zwangsläufig irgendwann auf dieses ›Land der Leere‹ gestoßen sein – und dann war es zum Umkehren zu spät. Die Anführer der Karawane konnten nur noch versuchen, die Brunnen von Moulay-el-Akbar zu erreichen. Aber sie haben es nicht geschafft.«

»Das ist nichts weiter als eine Theorie. Genausogut könnte sich die Karawane woanders befinden.«

»Mag sein, aber sie *ist* nicht woanders! Jahrelang ist die Gegend südlich von Tikdabra durchkämmt worden, und danach hat man sogar im Osten und schließlich im Westen gesucht. An Tikdabra selbst hat sich noch niemand herangetraut. Das heißt: Niemand von denen, die es versucht haben, ist zurückgekehrt.«

Der Hauptmann stellte eine überschlägige Rechnung auf: »Das Gebiet ist über fünfhundert Kilometer lang und dreihundert Kilometer breit. Es besteht aus Dünen und tischebenen Landstrichen. Es wäre wohl leichter, einen Floh in einer ganzen Herde von Reitkamelen zu finden!«

Maliks Antwort konnte nicht deutlicher sein: »Ich habe elf Jahre Zeit zum Suchen.«

Der Hauptmann ließ sich in einen wackeligen, mit Gazellenleder bezogenen Sessel fallen, kramte nach einer Zigarette, zündete sie in aller Ruhe an und starrte auf die Landkarte, die er längst auswendig kannte, denn sie hatte schon an jenem Tag dort gehangen, an dem er hier eintraf. Er kannte die Wüste und wußte deshalb, was es bedeutete, sich in einen *erg* wie Tikdabra hineinzuwagen. Ein solches Gebiet bestand aus einer ununterbrochenen Folge sehr hoher und langgestreckter Wanderdünen, die den gigantischen Wellen eines stürmischen Meeres ähnelten. Ständig mußten Männer und Kamele darauf gefaßt sein, bis zur Brust in trügerischem Treibsand zu versinken. Diese Dünen bildeten jedoch nur eine Art Schutzwall um ein scheinbar grenzenloses, tischebenes Land, das Tag für Tag in der sengenden Sonne flimmerte. Ein Mensch konnte dort im grellen Licht kaum etwas sehen. Die Hitze war so groß, daß das Atmen schwerfiel und das Blut von Mensch und Tier fast zu kochen begann.

»Nicht einmal eine Eidechse kann dort überleben«, murmelte der Hauptmann schließlich. »Jeder, der bereit ist, dir dorthin zu folgen, hat eindeutig den Wüstenkoller! Mir kann es nur recht sein, wenn du mir solche Leute vom Hals schaffst.« Er öffnete einen kleinen Panzerschrank, der unmittelbar neben dem Schreibtisch im Fußboden eingemauert und normalerweise unter ein paar losen Brettern verborgen war, griff hinein, zog ein Bündel Geldscheine heraus und zählte sie. Dann sagte er kopfschüttelnd: »Die Kamele wirst du wohl bei den Beduinen beschlagnahmen müssen. Es ist nicht genug Geld da, und unsere Kamele kann ich dir nicht geben.«

»Mubarrak wird mir helfen, welche zu beschaffen«, erwiderte Malik und wandte sich zur Tür. »Wenn Sie nichts dagegen haben, rede ich jetzt mit den Männern.«

Der Hauptmann erwiderte Maliks Gruß mit einer lässigen Handbewegung. Er schloß den Safe, legte die Füße auf den Tisch, betrachtete lange stumm die Landkarte und lächelte kaum merklich. Offenbar freute er sich, daß er auf Maliks Vorschlag eingegangen war. Schlimmstenfalls würde er sechs Männer und einen Targi-Führer verlieren, von den Fahrzeugen einmal abgesehen. Aber niemand würde darüber von ihm Rechenschaft fordern, denn dergleichen galt in diesen Breitengraden fast als normal. Viele Patrouillen waren schon auf Nimmerwiedersehen verschwunden. Ein Fehler des Anführers, eine Motorpanne oder eine gebrochene Achse reichten aus, um aus einer Routinefahrt eine heillose Tragödie zu machen. Damit rechnete man wohl sogar, denn warum sonst hätte man aus den Garnisonen und Gefängnissen des Landes den schlimmsten Abschaum ausgerechnet nach Adoras geschickt? Eigentlich hätte keiner dieser Männer lebend in die Zivilisation zurückkehren dürfen, denn die Gesellschaft hatte sie für immer verstoßen und war nicht bereit, sie wieder in ihren Schoß aufzunehmen. Es störte deshalb niemanden, daß diese Verbrecher sich gegenseitig bei Messerstechereien umbrachten, an Fieber starben, bei routinemäßigen Patrouillen umkamen oder auf der Jagd nach einem sagenumwobenen Schatz für immer verschwanden. Die Große Karawane gab es wirklich, irgendwo dort unten im Süden – darin waren sich alle einig. Sie konnte sich ja nicht einfach in Luft aufgelöst haben. Der kostbarste Teil ihrer Ladung würde sicher unbeschadet viele Jahre, nein, Jahrhunderte überdauern. Mit nur einem winzigen Teil dieses Schatzes könnte er, Hauptmann Kaleb-el-Fasi, Adoras für alle Zeiten den Rücken kehren und sich wieder in Frankreich niederlassen, beispielsweise in Cannes, wo er im *Hotel Majestic* mit einer hübschen Verkäuferin aus einer Boutique in der Rue d'Antibes ein so schönes Leben geführt hatte. Am Ende hatte er der Kleinen versprochen, daß er eines Tages kommen und sie holen würde, aber seitdem waren Jahre vergangen.

Damals hatten sie am frühen Nachmittag immer die großen Fenster geöffnet, von denen aus man den Swimming-
pool, die *Croisette* und den Strand überblicken konnte. Sie
hatten sich geliebt, bis es dunkel wurde, und waren dann
irgendwo essen gegangen, ins *Moulin de Mougens, El Oasis*
oder *Chez Félix*. Die Krönung des Abends war stets ein Ca-
sinobesuch gewesen, bei dem sie immer nur auf die Zahl
Acht setzten.

Der Preis, den er für jene Tage bezahlen mußte, war
hoch, seiner Meinung nach zu hoch. Das Schlimmste waren wohl nicht die Wüste, die Hitze und die Eintönigkeit,
sondern die Erinnerungen und die Gewißheit, daß er, sofern er überhaupt lebend aus Adoras herauskäme, nicht
mehr in der Lage sein würde, die Hotels, Restaurants und
Mädchen von Cannes wie damals zu genießen.

In seine Erinnerungen versunken, saß er da. Es machte
ihm nichts aus, daß ihm der Schweiß über den ganzen
Körper lief, während sich die Temperatur in der Baracke
zur Backofenhitze steigerte. Bald würde eine Ordonnanz
mit einer Schüssel viel zu fetten Kuskus' kommen. Tag für
Tag verzehrte er diese Mahlzeit ohne Appetit und spülte
jeden Bissen mit lauwarmem, trübem und leicht bracki-
gem Wasser hinunter. An dieses Wasser hatte er sich auch
nach so langer Zeit noch nicht gewöhnt. Noch immer bekam er davon Durchfall, obwohl er es schon seit Jahren
trank . . .

Später, als die Sonne schon senkrecht am Himmel stand
und so gnadenlos herabbrannte, daß keine Fliege mehr einen Flügel bewegte, durchquerte der Hauptmann langsam
den verlassen daliegenden Palmenhain und suchte dann
wieder Zuflucht in seiner Baracke; tagsüber ließ er die Tür
und alle Fenster weit offenstehen, damit ihm auch nicht
der leiseste Lufthauch entging. Dies war die Stunde der
gaila, der geheiligten Siesta in der Wüste. Während der
vier heißesten Stunden des Tages nämlich waren die Menschen – und auch die Tiere – gezwungen, sich reglos im
Schatten aufzuhalten, sonst liefen sie Gefahr, zuviel Wasser auszuschwitzen oder von einem Hitzschlag niederge-
streckt zu werden.

Die Soldaten schliefen schon in ihren Unterkünften.

Nur ein einziger Wachtposten hielt sich unter einem Sonnendach aus Zweigen mühsam auf den Beinen. Um nicht gänzlich einzuschlafen, strengte der Mann sich an, die Augen einen Spaltbreit offen zu halten, gerade weit genug, damit das von den weißen Dünen zurückgeworfene Sonnenlicht ihn nicht vorübergehend erblinden ließ.

Eine Stunde später hätte man glauben können, die Garnison von Adoras sei ausgestorben. Die Quecksilbersäule des Thermometers, das in der Sonne gewiß geplatzt wäre, blieb gefährlich dicht unter dem 50-Grad-Strich stehen. Da sich kein Lüftchen regte, wirkten die Palmwedel so leblos und starr, als wären sie nicht echt, sondern an den Himmel gemalt.

Mit weit aufgerissenen Mündern, die Gesichter von Schweiß bedeckt, lagen die Soldaten in verrenkten, unnatürlichen Posen wie zerbrochene Gliederpuppen in dieser höllischen Bruthitze und schnarchten. Sie hatten nicht einmal die Kraft, die Fliegen zu verscheuchen, die sich auf der Suche nach ein wenig Feuchtigkeit sogar auf ihre Zungen setzten. Jemand sagte etwas mit lauter Stimme im Schlaf. Es klang fast wie eine Klage. Ein Korporal wachte auf und fuhr mit vor Schreck geweiteten Augen hoch. Sekundenlang hatte er das furchtbare Gefühl, ersticken zu müssen, denn seine Lungen weigerten sich, die heiße Luft einzuatmen.

Ein spindeldürrer Schwarzer, der schlaflos in einer Ecke kauerte, glotzte den Korporal starr an, bis der sich wieder beruhigt hatte. Dann schloß auch der Schwarze die Augen, aber er schlief nicht. In seinem Kopf überstürzten sich die Gedanken, seit der Sergeant ihn in das große Geheimnis eingeweiht hatte: In vier Tagen sollte das verrückte Abenteuer beginnen, das darin bestand, sich auf der Suche nach einer verschollenen Karawane in das unwirtlichste Gebiet der Welt vorzuwagen. Wahrscheinlich würde niemand mit dem Leben davonkommen, aber war das nicht besser, als ein Leben lang Sand zu schaufeln, bis man eines Tages selbst von den anderen im Sand verscharrt wurde?

Auch Hauptmann Kaleb-el-Fasi schnarchte leise in seiner Baracke. Vielleicht träumte er von der verirrten Karawane und ihrem Schatz. Jedenfalls schlief er so fest, daß er nicht aufwachte, als sich sekundenlang die Gestalt eines hochgewachsenen Menschen in der offenen Tür abhob, um gleich darauf ohne das leiseste Geräusch zu dem Feldbett zu huschen. Der Unbekannte lehnte sein altes, schweres Gewehr, ein Erinnerungsstück aus der Zeit des *senoussi*-Aufstandes gegen die Franzosen und Italiener, an die Wand und zog eine lange, scharfe *gumia* aus dem Gürtel. Als die Spitze des Dolches die Kehle des Hauptmanns berührte, ließ sich Gacel Sayah auf den Rand der Strohmatratze sinken, hielt dem Schlafenden mit einer Hand den Mund zu und verstärkte zugleich den Druck der Waffe.

Die rechte Hand des Hauptmanns griff reflexartig nach dem Revolver, der immer neben dem Bett auf dem Fußboden lag, doch der Targi schob ihn in aller Ruhe mit dem Fuß fort. Dann beugte er sich über den Liegenden und flüsterte mit heiserer Stimme:

»Wenn du schreist, schneide ich dir die Kehle durch! Hast du verstanden?«

Er wartete ab, bis der andere ihm zu verstehen gab, daß er begriffen hatte. Gacel sah, wie der Hauptmann tief Luft holte, aber er dachte nicht daran, den Druck des Dolches zu verringern. Ein dünnes Rinnsal aus Blut lief über den Hals des zu Tode erschrockenen Offiziers und vermischte sich mit dem Schweiß, der in Strömen floß.

»Weißt du, wer ich bin?«

Der Hauptmann nickte kaum merklich.

»Warum hast du meinen Gast umgebracht?«

Der Hauptmann schluckte, dann riß er sich zusammen und flüsterte tonlos: »Ich hatte meine Befehle, strenge Befehle! Den Jüngeren der beiden sollten wir umbringen, aber den Alten nicht.«

»Warum?«

»Ich weiß es nicht.«

Die Spitze des Dolches drang ein Stück tiefer in die Kehle ein.

»Warum?« fragte der Targi noch einmal.

»Ich weiß es nicht, das schwöre ich!« antwortete der Hauptmann fast schluchzend. »Man erteilt mir Befehle, und ich muß sie befolgen. Es bleibt mir nichts anderes übrig, als zu gehorchen!«

»Wer gab dir den Befehl?«

»Der Gouverneur der Provinz.«

»Wie heißt er?«

»Hassan-ben-Koufra.«

»Wo wohnt er?«

»In El-Akab.«

»Und der andere, der Alte? Wo ist er jetzt?«

»Wie soll ich das wissen? Sie haben ihn mitgenommen, das ist alles.«

»Warum?«

Hauptmann Kaleb-el-Fasi antwortete nicht. Vielleicht begriff er, daß er schon zuviel gesagt hatte, vielleicht gab er das Spiel schon verloren, oder vielleicht kannte er die Antwort wirklich nicht. Verzweifelt überlegte er, wie er den Eindringling, aus dessen Augen unerbittliche Härte sprach, loswerden könnte.

Wo zum Teufel bleiben meine Männer? Warum kommt mir niemand zu Hilfe? fragte sich der Hauptmann.

Der Targi verlor die Geduld. Er verstärkte den Druck seines Dolches. Mit der anderen Hand drückte er dem Offizier die Kehle zu, bevor dieser vor Schmerz laut aufschreien konnte.

»Wer ist der alte Mann?« fragte Gacel flüsternd. »Und warum haben sie ihn mitgenommen?«

»Er heißt Abdul-el-Kebir.« Dies sagte der Hauptmann mit einer Stimme, als wäre nun alles gesagt, aber er wußte, daß der Name dem Targi nichts bedeutete. Gacel blickte ihn fragend an. Er wartete offenbar auf eine Erklärung.

»Du weißt nicht, wer Abdul-el-Kebir ist?«

»Ich habe noch nie von ihm gehört.«

»Er ist ein Mörder, ein schmutziger Verbrecher! Und du setzt für ihn dein Leben aufs Spiel!«

»Er war mein Gast.«

»Das ändert nichts daran, daß er ein Mörder ist.«

»Ein Mörder, der bei mir zu Gast war!« Gacel machte eine rasche Bewegung mit dem Handgelenk und trennte die Halsschlagader mit einem sauberen Schnitt durch.

Er sah zu, wie der Hauptmann sich im Todeskampf aufbäumte. Dann wischte er sich die Hände an dem schmutzigen Laken ab, ergriff den Revolver und das Gewehr, ging zur Tür und spähte ins Freie.

Der Wachtposten stand noch immer an derselben Stelle und kämpfte mit dem Schlaf. Kein Lüftchen regte sich in der Oase. Alles wirkte wie ausgestorben.

Gacel schlich von Palme zu Palme, erreichte die vorderste Düne und kletterte rasch den sandigen Abhang hinauf. Fünf Minuten später war er verschwunden, als hätte ihn der Erdboden verschluckt.

Es war schon spät am Nachmittag, als Sergeant Malik-el-Haideri die Leiche des Hauptmanns entdeckte.

Sein fast hysterisches Geschrei war überall in der Oase zu hören und bewirkte, daß die Männer ihre Schaufeln fallen ließen und zu der kleinen Baracke rannten, aber Malik machte dem Gedränge ein Ende, indem er die Soldaten mit Fußtritten ins Freie beförderte.

Als er endlich allein war, setzte er sich neben der Leiche und der von Fliegen bedeckten Blutlache auf einen Hocker und verfluchte sein Pech. Hätte der Hundesohn, der das getan hatte, nicht noch vier Tage warten können!

Er empfand keine Trauer und auch nicht den leisesten Anflug von Mitgefühl für den Hauptmann, den – seiner Meinung nach – schlimmsten aller Hundesöhne. Daran änderte auch die Tatsache nichts, daß sie beide Seite an Seite so viele Jahre in dieser Hölle verbracht und von Zeit zu Zeit sogar fast so etwas wie ein zusammenhängendes Gespräch geführt hatten. Malik war felsenfest davon überzeugt, daß Hauptmann Kaleb-el-Fasi den Tod verdient hatte, und es wäre ihm egal gewesen, wo ihn dieser Tod ereilte, nur nicht hier und ausgerechnet zu diesem Zeitpunkt. Jetzt würde man ihm einen neuen Kommandanten vor die Nase setzen, einen, der nicht besser oder schlechter war, sondern einfach nur anders. Sicher dauerte es wieder Jahre, bis er den Neuen gründlich durchschaute, seine schwachen Punkte erkannte und so zu seinen eigenen Zwecken einsetzen konnte, wie es ihm bei Kaleb-el-Fasi schließlich gelungen war.

Malik dachte besorgt an die Ermittlungen der Mord-
kommission, die sicherlich sehr langwierig sein würden.
Nicht einmal er selbst hätte zu sagen gewußt, wer der
Mörder war, obwohl er die wilden Gesellen, die sich jetzt
keine fünf Schritte von der Tür der Baracke entfernt die
Köpfe heißredeten, besser kannte als jeder andere.

Jeder von ihnen konnte der Mörder sein. Vielleicht wird
man sogar mich selbst verdächtigen, sagte sich Malik.
Schließlich hatte er nicht weniger Grund gehabt als die anderen, dem Menschen den Tod zu wünschen, der seinen
Untergebenen das Leben so schwergemacht hatte.

Er mußte unbedingt den Täter finden, bevor sich jemand in die Angelegenheit einschaltete. Ja, es kam darauf
an, den Fall schleunigst zu lösen, wenn er Scherereien vermeiden wollte! Malik schloß die Augen und ging im Geiste den Kreis der Verdächtigen durch. Als er damit fertig
war, ergriff ihn ein Gefühl tiefster Niedergeschlagenheit.
Die Zahl derjenigen, die mit ziemlicher Wahrscheinlichkeit unschuldig waren, betrug nicht einmal ein Dutzend.
Jeder andere hätte dem Hauptmann mit dem größten Vergnügen die Kehle durchgeschnitten.

»Moulay!« brüllte Malik.

Ein riesiger, grobschlächtiger Kerl trat ins Zimmer. Er
wirkte blaß, unbeholfen und furchtsam. Dicht bei der Tür
blieb er stehen und rührte sich nicht. »Zu Be-befehl, Ser-
sergeant!« stammelte er.

»Du hattest Wache, als es passierte?«

»Ja-jawohl, Sergeant!«

»Und du hast niemanden gesehen?«

»Ich muß wohl für ein paar Augenblicke im Stehen eingeschlafen sein.« Die Stimme des riesigen Kerls wurde
fast zu einem Schluchzen. »Wer hätte auch gedacht, daß
jemand mitten am Tag . . .?«

»*Du* bestimmt nicht! Wahrscheinlich wirst du dafür an
die Wand gestellt! Wenn du nicht den Täter findest, wird
man dich verantwortlich machen!«

Moulay schluckte, holte tief Luft und hob flehend die
Arme. »Aber ich war es nicht! Warum hätte ich so etwas
tun sollen? Wir wollten doch in vier Tagen aufbrechen
und nach dieser Karawane suchen!«

»Wenn du noch einmal die Karawane erwähnst, werde ich persönlich dafür sorgen, daß du an die Wand gestellt wirst! Und ich würde abstreiten, jemals mit dir darüber gesprochen zu haben. Wem wird man wohl mehr glauben – dir oder mir?«

»Verstehe«, gab Moulay klein bei. »Es soll nicht wieder vorkommen. Ich wollte ja nur sagen, daß ich einer von den wenigen bin, die ein Interesse daran hatten, daß dem Hauptmann *nichts* passierte.«

Sergeant Malik-el-Haideri stand auf, nahm ein Päckchen Zigaretten vom Tisch, das dem Toten gehört hatte, und zündete sich eine an. Das schwere silberne Feuerzeug steckte er seelenruhig in die Tasche.

»Was du sagst, ist richtig«, meinte er. »Sogar *sehr* richtig, aber es stimmt auch, daß du Wache hattest. Es war deine Pflicht, auf jeden zu schießen, der sich dieser Baracke näherte. Verdammt! Wenn ich den Kerl erwische, ziehe ich ihm das Fell bei lebendigem Leib über die Ohren, das schwöre ich dir!«

Malik warf einen letzten Blick auf die Leiche. Dann wandte er sich um und ging hinaus. Vor der Tür blieb er im Schatten stehen und ließ seinen Blick über die Gesichter der Soldaten wandern. Keiner fehlte.

»Hört zu!« sagte Malik. »Wir müssen diese Angelegenheit unter uns ausmachen, sonst schickt man uns ein paar Offiziere, die uns das Leben noch schwerer machen. Moulay hatte Wache, aber ich glaube nicht, daß er es war. Alle anderen schliefen angeblich in der großen Baracke. Oder war einer von euch draußen?«

Die Soldaten blickten sich an, als verdächtigten sie sich gegenseitig. Ihnen war klar, was hier auf dem Spiel stand, und die Möglichkeit, daß man eine Untersuchungskommission schicken könnte, machte ihnen Angst.

Nach einer Weile meldete sich ein Korporal und sagte zaghaft:

»Ich glaube nicht, daß einer von uns draußen war. Es war höllisch heiß, und es hätte mich gewundert, wenn sich jemand an einem solchen Tag draußen herumgetrieben hätte.«

Die anderen murmelten beifällig.

Malik dachte kurz nach. Dann fragte er: »Wer war auf der Latrine?«

Drei Männer hoben den Arm. Einer von ihnen beeilte sich zu sagen: »Ich war nur zwei Minuten weg. Der da hat mich gesehen, und ich habe ihn gesehen.« Der Mann wandte sich dem Dritten zu: »Und wer hat dich gesehen?«

Der dünne Schwarze drängte sich durch die Reihen der anderen nach vorn. »Ich!« sagte er. »Der da ging zu den Dünen und kam ohne Umweg zurück. Die beiden anderen habe ich auch gesehen ... Ich konnte nicht schlafen, deshalb weiß ich mit Sicherheit, daß keiner länger als drei Minuten fort war. Nur Moulay war die ganze Zeit draußen.« Der Schwarze machte eine kleine Pause, dann fügte er unbefangen hinzu: »Und natürlich Sie, Sergeant!«

Sergeant Malik trat unbehaglich von einem Bein auf das andere. Für den Bruchteil einer Sekunde drohte er seine Haltung zu verlieren. Er spürte, wie ihm kalter Schweiß den Rücken hinablief. Schnell drehte er sich zu Moulay um, der noch immer reglos an der Tür stand, und warf ihm einen vernichtenden Blick zu. »Von euch war's keiner, und ich war's auch nicht. Wir sind hier die einzigen Menschen im Umkreis von hundert Kilometern. Ich glaube, daß du ...« Mitten im Satz brach er ab wie jemand, dem plötzlich eine Erleuchtung gekommen ist. Dann stieß er einen Fluch aus, der gleichzeitig so etwas wie ein Freudenschrei war. »Der Targi! Herrgott nochmal! Der Targi! Korporal!«

»Zu Befehl, Sergeant!«

»Wie war das doch gleich mit dem Targi, der euch nicht in sein Zeltlager hineinlassen wollte? Erinnerst du dich an den Kerl?«

Der Korporal zuckte ratlos mit den Achseln. »Alle Tuareg sehen ähnlich aus, wenn sie den Gesichtsschleier tragen«, sagte er.

»Aber könnte es nicht derselbe gewesen sein, der hier gestern gerastet hat?«

Der spindeldürre Schwarze antwortete anstelle des Korporals: »Ja, er könnte es gewesen sein, Sergeant! Ich war auch dabei. Der Targi war groß und schlank. Er trug eine blaue *gandura* ohne Ärmel und darunter eine zweite, die weiß war. An seinem Hals hing ein kleiner, roter Lederbeutel. Vielleicht war es auch ein Amulett.«

Sergeant Malik schnitt dem Schwarzen mit einer Handbewegung das Wort ab. Er seufzte tief, und es war ihm anzumerken, wie erleichtert er war. »Ich wette, daß er es war. Der verdammte Hurensohn hat sich hierher getraut und vor unserer Nase den Hauptmann abgemurkst! Korporal! Sperr Moulay ein! Wenn er abhaut, lasse ich dich erschießen! Und stell sofort Funkverbindung mit der Hauptstadt her. Ali!«

»Zu Befehl, Sergeant!« antwortete der Schwarze.

»Mach sofort alle Fahrzeuge bereit! Wir nehmen soviel Wasser, Benzin und Proviant mit wie möglich. Den Schweinehund finden wir, und wenn er sich mitten in der Hölle versteckt!«

Eine halbe Stunde später wurde in der Garnison von Adoras eine so lebhafte Aktivität entfaltet wie noch nie, seit es diesen Stützpunkt gab und seit hier große, von Süden kommende Karawanen haltmachten.

In der Nacht rastete er kein einziges Mal. Das Kamel
führte er am Zügel. Ein bleicher Mond und Tausende von
Sternen beleuchteten ihm den Weg, so daß er die Umrisse
der Dünen und die gewundenen Passagen zwischen ihnen
erkennen konnte. Diese *gassi*, wie sie in der Sprache seines
Volkes hießen, waren trügerische, vom Wind vorgezeich-
nete Wege, die manchmal einfach aufhörten. Immer wieder mußte Gacel mühsam einen Abhang aus weichem
Sand hochklettern. Keuchend und strauchelnd zog er sein
Mehari am Zügel hinter sich her. Das Tier protestierte wütend gegen eine solche Strapaze, denn normalerweise
durfte es sich um diese nächtliche Stunde ausruhen und
irgendwo im Flachland ungestört auf Futtersuche gehen.

Als sie endlich den *erg* erreicht hatten, legten sie eine
Rast ein, aber sie dauerte nur wenige Minuten. Vor ihnen
erstreckte sich bis zum Horizont eine unermeßliche
Ebene. Sie war übersät von Millionen und Abermillionen
schwarzer Steine, die in der Sonnenhitze zersprungen waren. Der Boden bestand aus Sand, der fast so grob war wie
Kies. Bei normaler Windstärke rührte sich dieser Sand
nicht; nur die wütendsten Stürme rissen ihn mit sich fort.

Gacel wußte, daß er von jetzt an unterwegs auf keinen
einzigen Strauch, keine *gara* und nicht einmal auf das aus-
getrocknete Bett eines Flusses stoßen würde. Bei Ritten
durch die *hammada* waren solche Flußtäler keine Selten-
heit, aber hier konnte man höchstens damit rechnen, daß
die Monotonie der Landschaft durch einen tiefergelege-
nen Salzsee mit scharfkantigen Ufern unterbrochen

wurde. Ein Reiter war in dieser Gegend genauso unübersehbar wie jemand, der eine an einem Besenstiel befestigte rote Fahne geschwenkt hätte.

Gacel wußte, daß in einem solchen Gelände kein anderes Kamel es mit seinem Mehari aufnehmen konnte. Wegen der zahllosen spitzen und messerscharfen Steine, von denen manche einen halben Meter hoch waren, bildete dieser Teil der Wüste zudem ein nahezu unüberwindliches Hindernis für alle mechanischen Fortbewegungsmittel.

Und wenn er sich nicht sehr täuschte, dann würden die Soldaten, falls sie überhaupt die Verfolgung aufnahmen, mit Jeeps und Lastwagen auf ihn Jagd machen, denn sie waren nicht in der Wüste zu Hause und folglich nicht daran gewöhnt, lange Fußmärsche zu machen oder tagelang auf dem Rücken eines Kamels hin und her zu schaukeln.

Als der Morgen graute, hatte Gacel die Dünen schon weit hinter sich gelassen. Sie waren nur noch als verschwommene Wellenlinien am Horizont zu erkennen. Gacel ging davon aus, daß sich die Soldaten jetzt in Marsch setzten. Zuerst einmal würden sie mindestens zwei Stunden lang über die von ihnen angelegte Sandpiste durch die Dünen fahren, bis sie ziemlich weit östlich von der Stelle, an der sich Gacel befand, das flache Land erreichten. Und selbst wenn eines der Fahrzeuge direkten Kurs auf den *erg* nahm, würde es dessen Rand erst mehrere Stunden später erreichen, wenn die Sonne schon hoch am Himmel stand. Gacel hatte also einen sicheren Vorsprung. Er stieg ab, machte ein kleines Feuer und briet darüber die schon ziemlich übelriechenden Reste der Antilope. Dann verrichtete er sein Morgengebet, das Gesicht nach Osten gen Mekka gewandt. Das war auch die Richtung, aus der seine Verfolger kommen würden. Er aß mit gutem Appetit, und nachdem er das erlöschende Feuer mit Sand zugedeckt hatte, ergriff er die Zügel seines Kamels und machte sich wieder auf den Weg. Die Sonne wärmte ihm schon den Rücken.

Er ging schnurgerade nach Westen, fort von Adoras und dessen wohlbekannter Umgebung, fort auch von El-

Akab, das rechter Hand weiter im Norden liegen mußte. Gacel hatte beschlossen, daß El-Akab sein nächstes Ziel sein sollte. Aber er war ein Targi, also ein Mann der Wüste, für den die Zeit – Stunden, Tage, ja sogar Monate – keinerlei Bedeutung hatte. Er wußte, daß sich El-Akab irgendwo dort hinten befand. Die Stadt gab es schon seit Jahrhunderten, und sie würde auch noch da sein, wenn in der Wüste schon alle Spuren von ihm, Gacel, und sogar von seinen Enkelkindern verweht wären. Er konnte jederzeit kehrtmachen und denselben Weg noch einmal zurücklegen, sobald die entnervten Soldaten die Suche nach ihm aufgegeben hätten. Jetzt sind sie wütend, sagte er sich, aber in einem Monat werden sie vergessen haben, daß es mich gibt.

Als die Mittagsstunde nahte, hielt Gacel bei einer kaum merklichen Bodenvertiefung an, zwang sein Mehari, in die Knie zu gehen, und legte Steine rund um die Kuhle. Dann rammte er sein Schwert und seine Flinte in den Boden, spannte die Decke zu einem Sonnendach und kroch darunter. Schatten war um diese Tageszeit äußerst wichtig. Es dauerte kaum eine Minute, da war Gacel schon eingeschlafen. Niemand wäre in der Lage gewesen, ihn aus mehr als zweihundert Meter Entfernung zu entdecken.

Als er aufwachte, schien ihm die Sonne, die schon dicht über dem Horizont stand, ins Gesicht. Er spähte zwischen den Steinen hindurch und erblickte eine Staubwolke, die ein einzelnes Fahrzeug hinter sich herzog. Es fuhr langsam, als zögerte es, die schützenden Dünen hinter sich zu lassen und sich in die unwirtlichen Weiten des *erg* hineinzuwagen.

Sergeant Malik trat auf die Bremsen, schaltete die Zündung aus und ließ den Blick in aller Ruhe über die endlose, tischebene Fläche gleiten. Man hätte meinen können, daß hier ein Riese zum Spaß schwärzliche, scharfkantige Felsbrocken verstreut hatte. Stets mußte man darauf gefaßt sein, daß einem diese Steine die Reifen zerschnitten oder ein Loch in die Ölwanne schlugen.

»Ich gehe jede Wette ein, daß dieser Scheißkerl da drin

ist«, meinte er und zündete sich mit knappen Bewegungen eine Zigarette an. Ohne sich umzusehen streckte er eine Hand aus. Ali, der Schwarze, legte den Hörer des Sprechfunkgerätes hinein. »Korporal!« rief Malik. »Kannst du mich hören?«

Die Antwort schien von weither zu kommen: »Ja, ich höre Sie, Sergeant! Haben Sie schon etwas gefunden?«

»Nichts. Und du?«

»Keine Spur.«

»Habt ihr schon Kontakt mit Amalrik aufgenommen?«

»Ja, vor einer Weile. Er weiß auch nicht mehr als wir. Ich hab ihn losgeschickt, Mubarrak zu holen. Mit ein bißchen Glück erreicht er Mubarraks Zeltlager noch vor Einbruch der Nacht. Um sieben gibt er per Funk Meldung.«

»Verstanden«, sagte Malik. »Ruf mich an, sobald du mit ihm gesprochen hast. Ende.«

Malik legte auf, stieg auf seinen Sitz und suchte erneut mit dem Fernglas die steinige Ebene ab. Nach einer Weile sprang er übelgelaunt herunter und drehte seinen Männern den Rücken zu, um zu pinkeln. Die anderen ergriffen die Gelegenheit, um es ihm gleichzutun.

»Ich an seiner Stelle würde mich auch in diese Hölle flüchten«, brummte Malik laut und vernehmlich. »Er kommt dort schneller vorwärts und braucht nicht einmal nachts haltzumachen, während unsere Autos in alle Bestandteile auseinanderfallen würden.« Er knöpfte seine Hose zu, ergriff die Zigarette, die er auf die Kühlerhaube des Jeeps gelegt hatte, und nahm einen tiefen Zug. »Wenn wir wenigstens wüßten, welche Richtung er eingeschlagen hat!«

»Vielleicht reitet er nach Hause«, meldete sich Ali. »Aber das wäre in entgegengesetzter Richtung, nach Südosten.«

»Nach Hause!« rief Malik höhnisch. »Bist du schon mal einem dieser verfluchten ›Söhne des Windes‹ begegnet, der ein Zuhause hat? Beim ersten Anzeichen von Gefahr brechen sie ihre Zelte ab und schicken ihre Familie bis zu tausend Kilometer weit weg in eine abgelegene Gegend.« Er schüttelte energisch den Kopf. »Dieser Targi ist jetzt dort zu Hause, wo er sich gerade mit seinem Kamel befindet, irgendwo zwischen dem Atlantik und dem Roten Meer. Genau das ist der Vorteil, den er uns gegenüber hat: Er braucht nichts und niemanden.«

»Was sollen wir also machen?«

Malik beobachtete, wie die Sonne den Himmel rot färbte. Gleich würde sie ganz verschwunden sein. Er machte eine resignierte Handbewegung. »Wir werden nichts machen«, meinte er dann. »Schlagt das Lager auf und kocht etwas zu essen! Die ganze Nacht wird abwechselnd Wache geschoben! Jedem, der dabei einschläft, schieße ich höchstpersönlich eine Kugel in den Kopf. Habt ihr das verstanden?«

Er wartete die Antwort nicht ab, sondern entnahm dem Handschuhfach eine Landkarte, breitete sie auf der Motorhaube aus und studierte sie sorgfältig. Er wußte, daß diese Karte nicht zuverlässig war, denn die Dünenfelder veränderten sich ständig, die Wege wurden unter dem Sand begraben, und mancher Brunnen versiegte. Malik wußte auch aus eigener Erfahrung, daß die Leute, die eine Landkarte wie diese gezeichnet hatten, kein einziges Mal in den *erg* hineingefahren waren, um das Gelände genau zu vermessen. Sie hatten sich mit der annähernden Form und Größe zufriedengegeben. Auf hundert Kilometer mehr oder weniger war es ihnen dabei nicht angekommen. Doch in der Stunde der Wahrheit konnten hundert Kilometer über Leben und Tod entscheiden, beispielsweise wenn ein Jeep einen Achsenbruch hatte und man zu Fuß weitergehen mußte. Einen Augenblick lang war Malik versucht, das ganze Unternehmen abzublasen und den Befehl zur Rückkehr in die Garnison zu erteilen. Schließlich und endlich hatte Hauptmann Kaleb-el-Fasi ein solches Ende tausendfach verdient! Hätte Malik den Targi nicht gekannt, dann wäre er jetzt tatsächlich umgekehrt und hätte den Fall nach einer entsprechenden Meldung an seine Vorgesetzten auf sich beruhen lassen. Er fühlte sich jedoch persönlich verhöhnt und beleidigt. Einer von diesen lumpigen »Söhnen des Windes« hatte ihn an der Nase herumgeführt und ihn hinter seinem dreckigen *litham* ausgelacht, während er ihm, Malik, diese absurde Geschichte über die Große Karawane und ihre Schätze erzählte.

Und ich hab ihm sogar geholfen, seine Sachen auf dem Kamel festzuzurren! Ich hab ihm Wasser gegeben und zugesehen, wie er sich angeblich auf eine lange Reise vorbereitete. Aber er hat sich hinter der erstbesten Düne versteckt und ist am selben Tag zurückgekommen, sagte sich Malik. Wieder ließ er den Blick über die weite Ebene schweifen, die sich schon in ein graues Einerlei ohne erkennbare Einzelheiten verwandelte. »Wenn ich dich erwische, ziehe ich dir die Haut in Streifen vom Leib, das schwöre ich!« murmelte er.

Gacel verrichtete sein Abendgebet, hängte sich einen kleinen, mit ein paar Handvoll Datteln gefüllten Ledersack über die Schulter und setzte seinen Weg nach Westen fort. Während er sich in der Dämmerung verlor, die sich schon der Wüste bemächtigt hatte, griff er dann und wann in den Beutel und verzehrte ohne Hast eine der Datteln. Er wußte, daß er nun die ganze Nacht gleichmäßig weitermarschieren mußte, um einen unüberbrückbaren Abstand zwischen sich und seine Verfolger zu bringen.

Das Kamel hatte sich tags zuvor sattgetrunken, und es lagen keine ausgedehnten Ritte oder sonstigen Strapazen hinter ihm. Es war wohlgenährt und stark, sein Fell glänzte, und sein Buckel war prall. Das bedeutete, daß es bei gleicher Gangart über Kraftreserven für mehr als eine Woche verfügte. Solch ein Tier konnte ohne weiteres einhundert Kilo Körpergewicht verlieren, bevor ihm eine Schwächung anzumerken war.

Was Gacel selbst anbetraf, so war diese Flucht für ihn nichts weiter als ein Spaziergang, denn er war an lange Streifzüge durch die Wüste gewöhnt. Zahllose Male war er der Spur eines flüchtigen Wildes gefolgt oder hatte nach einer stattlichen Herde gesucht, die sich verirrt hatte. Es gefiel Gacel, in der Wüste ganz auf sich gestellt zu sein. Dies war das Leben, das er von ganzem Herzen liebte. Zwar dachte er immer wieder an seine Familie, und nachts oder in der Hitze des frühen Nachmittags sehnte er sich nach Laila, aber andererseits traute er sich zu, so lange auf sie zu verzichten, wie es unumgänglich war. Bevor er sie wiedersah, mußte er seine schwere Aufgabe hinter sich bringen. Es galt, für die ihm zugefügte Beleidigung Vergeltung zu üben.

Als später der Mond am Himmel erschien und ihm den Weg erhellte, registrierte Gacel dies mit einem Gefühl der Dankbarkeit. Gegen Mitternacht tauchte in der Ferne die silbrigglänzende Fläche einer *sebkha* auf. Dieser ausgedehnte Salzsee erstreckte sich vor ihm wie ein versteinertes Meer, dessen anderes Ufer er nicht zu erkennen vermochte.

Gacel bog nach Norden ab und wanderte in einiger Entfernung an dem Salzsee entlang. An den schlammigen Ufern solcher Seen gab es nämlich meist Milliarden von Moskitos. Nach Sonnenaufgang und in der Abenddämmerung bildeten sie richtige Wolken, die die Sonne verdunkelten, und sie machten jedem Menschen und jedem Tier, das ihnen zu nahe kam, das Leben zur Hölle. Gacel hatte Kamele gesehen, die vor Schmerz wahnsinnig geworden waren, wenn sich die Moskitos über sie hergemacht und auf Nüstern und Augen faustgroße Klumpen gebildet hatten. Solche Kamele waren imstande, ihren Reiter und dessen gesamte Habe abzuwerfen, um wie von Sinnen davonzurennen und nie wieder gesehen zu werden.

Das Ufer einer solchen *sebkha* mußte man folglich bis zur Mittagszeit meiden. Wenn die Sonne hoch am Himmel stand, versengte sie die Flügel der Moskitos, die unvorsichtig genug waren, einen Flugversuch zu machen. Die anderen verkrochen sich während der Stunden der größten Hitze, und es war, als gebe es sie nicht. Dabei waren sie die größte Plage, mit der Allah die ohnehin von tausendfacher Mühsal heimgesuchten Wüstenbewohner strafen konnte, wenn es ihm beliebte.

Gacel kannte diesen Salzsee nicht, aber viele Reisende hatten ihm davon erzählt. Im übrigen unterschied er sich höchstens hinsichtlich seiner Ausdehnung von den vielen anderen, die er schon mit eigenen Augen gesehen hatte.

Vor vielen, vielen Jahren, als die Sahara noch ein großes Meer gewesen war, das sich dann irgendwann zurückzog, hatte sich das Wasser in den zahlreichen Bodensenken gesammelt. Diese Seen trockneten im Lauf der Zeit langsam aus, und auf ihrem Grund bildete sich eine Salzschicht, die in der Mitte nicht selten mehrere Meter dick war. In vielen Fällen wurden solche Salzseen von unterirdischen Strömen gespeist, deren brackiges Wasser sich nach einem Regenfall in sie ergoß. So kam es, daß es in Ufernähe meist einen Geländestreifen gab, wo der Sand ständig feucht war und einen salzigen Brei bildete. Die Sonne brannte darauf nieder und überzog diesen Sumpf mit einer harten Kruste wie bei einem frischgebackenen Brot. Immer mußte ein Reiter fürchten, daß die Kruste unter ihm einbrach. Dann versank er in einem Brei, der die Beschaffenheit von halbgeschmolzener Butter hatte. Er verschlang sein Opfer innerhalb von Minuten und war gefährlicher als der trügerische *fesch-fesch*, der Treibsand, der einen Mann mitsamt seinem Kamel so schnell verschlucken konnte, als hätten sie nie existiert.

Gacel fürchtete den unberechenbaren *fesch-fesch*, auf den nie ein äußeres Anzeichen hindeutete. Aber er hielt ihm auch die Schnelligkeit zugute, mit der er seine Opfer vernichtete. Der breiige Sand am Ufer der Salzseen jedoch spielte mit seiner Beute wie mit einer Fliege, die im Honig gefangen war. Zentimeter für Zentimeter sank man in ihn ein, ohne die geringste Hoffnung auf ein Entkommen. Es war die qualvollste Todesart, die man sich vorstellen konnte.

Aus diesem Grund hatte Gacel die Richtung geändert und strebte ohne Eile nach Norden. Er wollte einen Bogen um diese scheinbar grenzenlose weiße Fläche machen. Für ihn war der Salzsee ein weiteres Hindernis, das die Natur zwischen ihn und seine Verfolger legte. Der tückische Sand würde jedes Fahrzeug verschlingen, das sich zu weit vorwagte.

»Mubarrak ist tot! Der Hundesohn hat ihn mit seinem Schwert aufgespießt. Amalrik schwört, daß es ein fairer Zweikampf gewesen ist und daß die Sad-Sippe deshalb keine Stammesfehde anfangen will. Für sie ist der Fall erledigt.«

»Für uns leider nicht. Haltet die Augen offen, bis ihr weitere Anweisungen erhaltet!«

»Geht in Ordnung, Sergeant! Ende.«

Malik wandte sich Ali zu. »Ich muß sofort mit dem Außenposten von Tidikelt sprechen, genauer gesagt mit Leutnant Rahman. Sag mir Bescheid, sobald die Verbindung hergestellt ist!«

Er machte ganz allein einen nächtlichen Spaziergang. Die Sterne und der Mond schienen auf die hohen Dünen herab, die sich hinter ihm erhoben, und übergossen sie mit einem goldenen Schein. Malik mußte sich eingestehen, daß er sich freute, hier am Rand des *erg* zu sein, mochten auch entbehrungsreiche Tage vor ihm liegen. Er bereute es nicht, daß er sich auf das schwierige Abenteuer eingelassen hatte, einen Mann zu jagen, der die Wüste ohne Zweifel viel besser kannte, als er sie jemals kennen würde. Dieser Mann konnte ihn an der Nase herumführen, als wäre er ein Kamel, das auf ein Kaninchen Jagd macht. Dennoch: Dies war eine echte Jagd, und sie gab Malik das Gefühl, endlich wieder unterwegs zu sein. Er kam sich so aktiv, vielleicht sogar fast so jung vor wie damals, als er in der verwinkelten Kasbah französischen Offizieren auflauerte, um ihnen einen Dolch in den Bauch zu rennen und gleich darauf blitzschnell im Gewirr der tausend Gassen unterzutauchen, oder wie damals, als er im Europäerviertel eine Bombe in ein Café geworfen hatte. Das war an dem Tag gewesen, als sie in der vollen Überzeugung, daß der Tag der Befreiung nahe sei, endlich mit aller Gewalt losgeschlagen hatten.

Es war ein schönes Leben gewesen, aufregend und ganz anders als die Eintönigkeit des Daseins in der Kaserne nach dem Unabhängigkeitskrieg oder gar die schreckliche Verbannung in Adoras mit dem nutzlosen, nicht enden wollenden Kampf gegen den Sand.

»Ich will diesen dreckigen Targi fangen!« murmelte Malik vor sich hin. »Ich will ihn lebend haben, damit ich ihm den Schleier runterreißen und ihm ins Gesicht blicken kann. Auch er soll mich sehen können, damit er begreift, daß ich der letzte war, über den er sich lustig gemacht hat.«

Malik hatte eine ganze Nacht auf seinem Feldbett wachgelegen und darüber nachgedacht, wie es wäre, wenn er den Targi auf der Suche nach der Großen Karawane ins »Land der Leere« begleiten würde. Er hatte sich die Abenteuer ausgemalt, die sie gemeinsam erleben würden, und er hatte daran gedacht, wieviel er von dem anderen lernen könnte. Schließlich war der Kerl nicht nur einmal, sondern schon zweimal im »Land der Leere« gewesen.

In jener Nacht war Gacel für Malik fast zu einem Freund geworden, der ihm die Hoffnung auf eine bessere Zukunft wiedergegeben hatte. Doch wenige Stunden später hatte der Targi seine, Maliks, Träume gleich zweimal zerstört, indem er sich zuerst weigerte, ihn mitzunehmen, und anschließend dem Hauptmann die Kehle durchschnitt, kurz nachdem es Malik gelungen war, den Hauptmann von seinen Plänen zu überzeugen.

Nein, der »Sohn des Windes«, der so etwas mit ihm machen konnte, ohne sein Leben verspielt zu haben, war noch nicht geboren!

»Sergeant! Der Leutnant ist am Apparat!«

Malik lief zum Jeep. »Leutnant Rahman?« rief er in die Sprechmuschel.

»Ja, ich bin's. Haben Sie den Targi geschnappt?«

»Noch nicht, Herr Leutnant, aber ich habe den Eindruck, daß er versucht, den großen *erg* südlich von Tidikelt zu durchqueren... Wenn Sie mir genügend Leute schicken, könnte ich ihm den Weg abschneiden, bevor er die Berge von Sidi-el-Madia erreicht.«

Kurzes Schweigen. Dann meinte der Leutnant zweifelnd: »Aber das sind von hier aus fast zweihundert Kilometer, Sergeant...«

»Ich weiß«, erwiderte Malik. »Aber wenn er es bis Sidi-el-Madia schafft, gibt es auf der ganzen Welt nicht genügend Soldaten, um ihn zu finden. Die Gegend ist das reinste Labyrinth.«

Leutnant Rahman legte sich sorgfältig eine Antwort zurecht. Für den Sergeanten Malik empfand er dieselbe Verachtung wie für Hauptmann Kaleb-el-Fasi, über dessen Tod er sich gefreut hatte. Überhaupt hatte er nichts für Leute übrig, die irgendwann in Adoras landeten. Sie waren der Abschaum der Streitkräfte dieses Landes, und diesen Streitkräften hätte er mehr Sauberkeit und Anstand gewünscht. Ganoven wie Malik hatten bei ihnen nichts zu melden. Für sie war sogar ein Posten in einer gottverlassenen Garnison wie Adoras zu schade.

Wenn dieser Targi die Unverfrorenheit besessen hatte, sich mitten in diese Hölle hineinzubegeben, den Hauptmann zu töten und sich anschließend unbehelligt aus dem Staub zu machen, dann war er, Leutnant Rahman, insgeheim auf seiner Seite, obwohl er die Motive des Targi nicht kannte. Zugleich war sich Rahman aber darüber im klaren, daß das Ansehen der Truppe auf dem Spiel stand. Wenn er sich weigerte, Malik Unterstützung zu schicken, und wenn der Targi deshalb entkam, dann würde der Sergeant nicht zögern, ihm, Rahman, die Schuld in die Schuhe zu schieben und ihn bei seinen Vorgesetzten anzuschwärzen.

Rahman wußte, daß es nur noch ein paar Jahre dauern konnte, bis er zum Hauptmann und damit zum Oberbefehlshaber des gesamten Militärbezirks befördert wurde. Falls es ihm gelang, den Mörder eines Offiziers dingfest zu machen, mochte jener Offizier auch ein Schweinehund gewesen sein, dann konnte sich die Zeit bis zur Beförderung eventuell noch verkürzen.

Rahman seufzte. »Na gut, Sergeant«, sagte er. »Wir brechen im Morgenrauen auf. Ende.«

Rahman legte das Mikrofon auf den Tisch, schaltete das Gerät ab und blieb reglos sitzen. Er starrte das Funkgerät an, als erwarte er von dort eine Antwort.

Souads Stimme riß ihn aus seinen Grübeleien und holte ihn in die Wirklichkeit zurück: »Die Angelegenheit gefällt dir nicht, stimmt's?« Ihr Kopf erschien kurz in der Küchentür.

»Nein, natürlich nicht«, gab Rahman zu. »Ich tauge nicht als Polizist, und ich bin auch nicht dafür da, um einem Mann quer durch die Wüste nachzujagen, nur weil er etwas getan hat, das er für gerecht hält.«

»Aber wozu gibt es Gesetze?« wandte Souad ein und setzte sich ans andere Ende des langen Tisches. »Wir sind ein modernes, unabhängiges Land, in dem alle Menschen gleich behandelt werden müssen. Wenn jeder seinen eigenen Sitten und Gebräuchen folgen würde, wäre unser Land nicht zu regieren. Wie könnte man auch die Lebensgewohnheiten der Städter mit denen der Leute im Gebirge in Einklang bringen? Oder die der Beduinen und der Tuareg in der Wüste? Irgendwann muß ein Schnitt gemacht und neu angefangen werden. Es muß Gesetze geben, die für alle gelten, sonst gehen wir alle zusammen unter. Verstehst du das nicht?«

»Natürlich. Das versteht jeder, der eine Militärakademie besucht hat wie ich, oder eine französische Universität wie du.« Rahman unterbrach sich, wählte eine gebogene Tabakspfeife aus einem Dutzend, die an der Wand in einem hölzernen Ständer aufbewahrt wurden, und machte sich daran, die Pfeife in aller Ruhe zu stopfen. »Ich bezweifle jedoch«, fuhr er fort, »daß dies ein Mensch verstehen würde, der sein ganzes Leben in der Wüste verbracht hat. Schließlich haben wir es ja nicht einmal für nötig gehalten, ihn davon zu unterrichten, daß sich die Situation geändert hat. Wie soll er sich also von heute auf morgen damit abfinden können, daß seine Lebensweise, die Daseinsform seiner Väter und seiner Vorfahren, überholt ist? Wie können wir das von ihm verlangen? Und was haben wir ihm als Gegenleistung zu bieten?«

»Die Freiheit.«

»Besteht die Freiheit darin, in sein Zelt einzudringen, einen seiner Gäste umzubringen und den zweiten zu verschleppen?« ereiferte sich Rahman. »Du redest von politischer Freiheit wie manche Studenten auf dem Campus oder in einem Café, aber nicht wie jemand, der sich sein Leben lang für *wirklich* frei gehalten hat, ob nun die Franzosen, die Faschisten oder die Kommunisten am Ruder waren . . . Ein Mann wie Oberst Duperey, mochte er nun ein ›Kolonialist‹ sein oder nicht, hätte die Überlieferungen der Tuareg eher respektiert als Hauptmann Kaleb, dieses Schwein, obwohl der für unsere Unabhängigkeit gekämpft hat . . .«

»Du kannst Kaleb nicht als typisch hinstellen. Er war ein Dreckskerl.«

»Aber ausgerechnet solche Dreckskerle läßt man auf die

großartigsten Menschen los, die es in unserem Land gibt. Dabei sollten wir besonders auf sie achtgeben, denn sie sind das Lebendigste und Beste, was unser Volk im Verlauf seiner ganzen Geschichte hervorgebracht hat. Warum schickt man Leute wie Kaleb, Malik oder gar den Gouverneur ben-Koufra in die Wüste, wo doch sogar die Franzosen ihre besten Offiziere hierher abkommandiert haben?«

»Nicht alle waren wie Oberst Duperey, das weißt du genau. Oder hast du etwa die Fremdenlegion mit ihren Killern vergessen? Auch sie haben unter den Wüstenbewohnern fürchterliche Verheerungen angerichtet, sie haben sie dezimiert, ihnen die Brunnen und Viehweiden weggenommen und sie in die Steinwüste hinausgetrieben.«

Leutnant Rahman zündete seine Pfeife an und bemerkte mit einem Blick in Richtung Küche: »Das Fleisch brennt an.« Rasch fügte er hinzu: »O nein, ich habe nicht vergessen, wie brutal die Fremdenlegion war. Aber eines steht fest: Die Legionäre verhielten sich so, weil sie ständig gegen rebellische Stämme Krieg führen mußten. Sie machten weiter, bis sie die Oberhand hatten. Das war ihr Auftrag, und sie haben ihn erfüllt, genauso wie ich morgen losziehen werde, um diesen Targi einzufangen, der sich gegen die Staatsgewalt auflehnt.«

Rahman unterbrach sich und schaute zu, wie sie den Topf mit dem Fleisch vom Feuer nahm, das Fleisch auf die Teller legte und diese zum Eßtisch trug. »Wo liegt also der Unterschied?« fuhr er fort. »Im Krieg benehmen wir uns genauso wie die Kolonialisten, aber in Friedenszeiten schaffen wir es nicht einmal, sie nachzuahmen.«

»Du ahmst sie nach«, meinte Souad leise. Aus ihrer Stimme sprach Liebe, das war nicht zu überhören. »Du strengst dich an, die Beduinen zu verstehen und ihnen zu helfen, du befaßt dich mit ihren Problemen, und du opferst ihretwillen sogar Geld aus deiner eigenen Tasche...« Sie schüttelte ungläubig den Kopf. »Wieviel schulden sie dir schon, und wann werden sie es dir zurückzahlen? Seit Monaten habe ich nichts, aber auch rein gar nichts von deinem Sold gesehen. Dabei waren wir davon ausgegangen, daß wir hier etwas zurücklegen könnten.« Er wollte etwas sagen, aber sie hob abwehrend die Hand. »Nein, ich beklage mich nicht, mir reicht, was wir haben. Du sollst nur begreifen, daß es nicht in deiner Macht steht, alle Probleme zu lösen. Du bist nur Leutnant und befehligst einen Außenposten, der nicht einmal auf der Landkarte verzeichnet ist. Laß dir Zeit! Sobald du in Dupereys Fußstapfen getreten bist und als Militärgouverneur dieses Territoriums zu den engsten Vertrauten des Präsidenten der Republik zählst – dann kannst du vielleicht etwas ausrichten.«

»Ich glaube nicht, daß es dann hier noch etwas gibt, wofür ich mich einsetzen könnte«, erwiderte er und machte sich daran, langsam und bedächtig an dem Fleisch herumzukauen, das von einem alten Kamel stammte. Er selbst hatte befohlen, es zu schlachten, denn es wäre ohnehin bald an Altersschwäche gestorben. »Wenn wir so weitermachen, wird eine einzige Generation in diesem unabhängigen Land all das vernichtet haben, was bereits viele Jahrhunderte überdauert hat. Wollen wir so in die Geschichte eingehen? Was werden unsere Enkelkinder sagen, wenn sie sehen, welchen Gebrauch wir von der Freiheit gemacht haben?« Er wollte noch etwas sagen, aber ein leises Klopfen an der Tür unterbrach ihn. Er drehte sich um und rief: »Herein!«

Auf der Türschwelle erschien die riesige Gestalt von Sergeant Ajamuk. Er salutierte, indem er die Hand an den Turban legte. »Melde mich zur Stelle, Herr Leutnant!« sagte er und fügte höflich hinzu: »Guten Abend! Keine besonderen Vorkommnisse. Ich erwarte Ihre Befehle, Herr Leutnant!«

»Treten Sie bitte näher«, sagte Rahman. »Morgen geht es in aller Frühe los, Richtung Süden. Neun Männer und drei Fahrzeuge. Ich übernehme selbst das Kommando. Sie bleiben hier und vertreten mich. Bereiten Sie alles vor!«

»Wie lange bleiben Sie weg?«

»Fünf Tage, höchstens eine Woche. Sergeant Malik vermutet, daß dieser Targi den *erg* in Richtung Sidi-el-Madia zu durchqueren versucht.« Als Rahman sah, daß Ajamuk abwehrend die Hände hob, fügte er hinzu: »Mir paßt die Sache auch nicht, aber wir müssen unsere Pflicht tun.«

Sergeant Ajamuk kannte seine eigenen Grenzen genau, aber er kannte auch Leutnant Rahman und wußte deshalb, daß er sich einen Einwand erlauben durfte.

»Mit Verlaub, Herr Leutnant«, sagte er. »Sie sollten nicht zulassen, daß sich dieser Pöbel aus Adoras in Ihre Angelegenheiten einmischt.«

»Auch sie gehören den Streitkräften unseres Landes an, Ajamuk«, erwiderte Rahman. »Ob es uns nun paßt oder nicht ... aber nehmen Sie doch bitte Platz! Etwas Gebäck?«

»Vielen Dank, aber ich wollte Sie wirklich nicht stören.«

Souad hatte inzwischen die Teller mit dem nahezu ungenießbaren Kamelfleisch in die Küche gebracht. Sie kam mit einem Tablett voll selbstgebackener Kekse zurück. Beim Anblick des Gebäcks leuchteten die Augen des Sergeanten.

»Nun langen Sie schon zu!« sagte Souad lachend. »Wir kennen Sie doch! Ich habe die Kekse erst vor zwei Stunden aus dem Ofen geholt.«

Eine Hand streckte sich nach dem Gebäck aus, als hätte sie ein vom Willen des Besitzers unabhängiges Eigenleben. »Die Kekse sind mein Untergang!« seufzte Ajamuk. »Meine Frau kriegt sie nie so hin, mag sie sich auch noch so anstrengen.« Schon biß er mit seinen riesigen, schneeweißen Zähnen in einen der leckeren Mandelkekse und verdrehte dabei genießerisch die Augen. Mit vollem Mund sagte er zu Rahman: »Mit Verlaub, Herr Leutnant, aber meiner Meinung nach sollten Sie mir gestatten, Sie zu begleiten. Niemand kennt diese Gegend so gut wie ich.«

»Aber jemand muß hier die Stellung halten.«

»Korporal Mohammed ist ein zuverlässiger Mann. Und Ihre Frau kennt sich mit dem Funkgerät aus.« Er unterbrach sich kurz, um einen Bissen herunterzuschlucken. »Hier passiert sowieso nie was.«

Der Leutnant erwog das Für und Wider, während Souad den kochendheißen, stark gesüßten und köstlich duftenden Tee servierte. Rahman mochte den Sergeanten, fühlte sich wohl in seiner Gesellschaft. Außerdem war Ajamuk der einzige, dem man zutrauen konnte, daß er den flüchtenden Targi einfing. Vielleicht war das der Grund, warum der Leutnant seinen Untergebenen nur ungern mitnehmen wollte, denn im Grunde war er von Anfang an auf der Seite des Targi gewesen.

Die beiden Männer blickten sich über den Rand ihrer Teegläser hinweg an, und es war ihnen anzusehen, daß jeder die Gedanken des anderen erriet.

»Wenn ihn schon jemand fangen muß«, meinte Ajamuk, »dann lieber wir als Malik. Der würde den Targi einfach abknallen, und damit wäre der Fall für ihn erledigt.«

»Glauben Sie das wirklich?«

»Ich weiß es.«

»Und Sie glauben, daß es dem Kerl besser ergehen würde, wenn wir ihn an den Gouverneur auslieferten?« Als Ajamuk nicht antwortete, fuhr Rahman mit großer Eindringlichkeit fort: »Hauptmann Kaleb hätte sich ohne die Rückendeckung von ben-Koufra nicht getraut, den jüngeren der beiden zu erschießen. Ich wundere mich, warum der Gouverneur nicht auch Abdul-el-Kebir ermorden ließ.«

Rahman fing einen besorgten Blick seiner Frau von der Küchentür her auf. Er seufzte und murmelte verdrießlich: »Ja, ich weiß, das alles geht uns nichts an . . . Also gut, Sie kommen mit«, schloß er, an Ajamuk gewandt. »Wecken Sie mich um vier Uhr!«

Sergeant Ajamuk sprang auf wie ein Stehaufmännchen und salutierte, wobei er keinen Versuch machte, seine Zufriedenheit zu verbergen. An der Tür drehte er sich um und sagte: »Ich danke Ihnen, Herr Leutnant!« Und zu Rahmans Frau: »Gute Nacht . . . und vielen Dank für die Kekse!« Damit zog er die Tür hinter sich zu.

Nach einer Weile ging auch Leutnant Rahman nach draußen und setzte sich auf die Terrasse, um in die nächtliche Wüste hinauszublicken. Sie erstreckte sich vor ihm in der Dämmerung, soweit sein Auge reichte.

Souad kam ebenfalls auf die Terrasse. Lange saßen sie schweigend da und genossen nach dem drückend heißen Tag die saubere, frische Luft.

»Ich glaube nicht, daß du dir wegen dieser Sache große

Sorgen machen mußt«, meinte sie schließlich. »Die Wüste ist groß. Wahrscheinlich findest du ihn überhaupt nicht.«

»Aber wenn ich ihn finde, dann werde ich vielleicht befördert«, erwiderte Rahman, ohne sie anzublicken. »Hast du schon daran gedacht?«

»Ja«, gab sie ohne weiteres zu. »Ich habe daran gedacht.«

»Und?«

»Früher oder später wirst du sowieso befördert, aber hoffentlich wegen etwas, auf das du stolz sein kannst. Du bist doch kein Spürhund! Ich kann warten. Und du?«

»Ich würde dir gern ein besseres Leben bieten.«

»Was bedeutet schon ein Stern mehr oder weniger auf deiner Uniform, wenn du diese Uniform sowieso nie trägst und dich immer anpumpen läßt, so daß nichts von deinem Sold übrigbleibt? Man würde dir nur noch mehr Geld schulden, das wäre alles.«

»Vielleicht werde ich bald versetzt, und wir könnten in die Stadt zurückkehren, in unsere Welt . . .«

Sie lachte belustigt und rief: »Ach was, Rahman! Wem willst du etwas vormachen? Dies ist deine Welt, und du weißt es genau. Du wirst hierbleiben, bis man dich befördert. Und ich werde bei dir bleiben.«

Er wandte ihr lächelnd den Kopf zu. »Weißt du was?« sagte er. »Ich möchte gern, daß wir uns heute wieder draußen zwischen den Dünen lieben, wie neulich.«

Sie stand auf, ging ins Haus und kam mit einer Decke unter dem Arm zurück.

Gacel erreichte den Rand des Salzsees, als die Sonne schon hoch am Himmel stand und die Moskitos in ihre Schlupfwinkel unter Steinen und Sträuchern zwang.

Er hielt an und betrachtete die weiße Fläche, die zwanzig Meter unter ihm wie ein Spiegel glänzte. Die Helligkeit tat seinen Augen weh, obwohl er sie eng zusammengekniffen hatte. Das weiße Salz warf das Licht mit einer solchen Wucht zurück, daß er Gefahr lief, sich die Pupillen zu verbrennen. Dabei war er von klein auf an das grelle, fast violette Leuchten der Wüste gewöhnt.

Er bückte sich, hob mit beiden Händen einen schweren Stein auf und ließ ihn in die Tiefe fallen. Wie er es vorausgesehen hatte, zerbrach die trockene Kruste, und der Stein versank spurlos. Aus dem Loch quoll hellbrauner Schlamm.

Er schleuderte noch mehr Steine hinab und richtete es so ein, daß sie jeweils ein Stück weiter von dem schartigen Ufer entfernt auf die Salzfläche schlugen. Irgendwann hinterließen die Steine kein Loch mehr, sondern prallten ab. Da beugte er sich oben auf der Böschung vor und suchte mit den Augen nach den Stellen, wo Wasser durchsikkerte.

Anschließend verwandte er mehr als eine Stunde darauf, die Böschung zu untersuchen, um eine für den Abstieg geeignete Stelle mit möglichst geringem Risiko zu finden. Erst als er die absolute Gewißheit hatte, daß er nichts übersehen hatte, zwang er das Mehari niederzuknien, warf ihm zwei Handvoll Gerste vor, bereitete sich selbst ein Lager und war wenig später eingeschlafen.

Vier Stunden später – die Sonne sank schon langsam dem Horizont entgegen – schlug er die Augen auf, als hätte ihn ein Wecker aus dem Schlaf gerissen.

Wenige Minuten danach stand er auf dem Rücken seines Kamels und spähte angestrengt in die Richtung, aus der er gekommen war. Nirgends war eine Staubfahne zu sehen, aber er wußte, daß die Räder der Fahrzeuge den groben Sand des *erg* nicht aufwirbelten, zumal Autos wegen der zahllosen großen Steine in einer solchen Gegend nur langsam vorankamen. Geduldig wartete er ab, und diese Geduld lohnte sich: Plötzlich spiegelte sich weit in der Ferne die Sonne einen Augenblick lang auf einer metallenen Fläche. Er schätzte die Entfernung ab: Es würde noch mindestens sechs Stunden dauern, bis sie die Stelle erreichten, an der er sich befand.

Er sprang zu Boden, ergriff die Zügel seines Kamels und führte es trotz lautstarker Proteste an den Rand der Böschung. Mit unendlicher Vorsicht machten sie sich Schritt für Schritt an den Abstieg. Mensch und Tier achteten nicht nur darauf, daß sie nicht ausrutschten – denn die Höhe reichte aus, um sich den Hals zu brechen –, sondern sie übersahen auch keinen Felsbrocken und keinen flachen Stein. Hier, am Rand des Salzsees, wimmelte es nämlich von Skorpionen.

Erleichtert atmete Gacel auf, als sie unten angekommen waren. Er blieb stehen und untersuchte peinlich genau die Salzkruste, die vier Meter weiter begann. Dann trat er einen Schritt vor und prüfte mit dem Fuß die Tragfähigkeit. Die Kruste schien hart und fest zu sein.

Er packte den Zügel am äußersten Ende und wickelte ihn sich um das Handgelenk. Falls er einbrach, würde ihn das Mehari herausziehen, das wußte er. An der Wade spürte er den ersten Mückenstich. Die Kraft der Sonne ließ rasch nach. Bald würde sich dieses Gebiet in ein Inferno verwandeln.

Er ging los. Manchmal glaubte er ein klagendes Geräusch zu vernehmen, wenn er auf die Salzkruste trat. An manchen Stellen gab sie ein wenig nach, brach jedoch nicht. Das Mehari folgte gehorsam, aber nach ungefähr vier Metern schien es mit seinem scharfen Instinkt die Gefahr zu wittern. Es blieb unschlüssig stehen und brüllte übellaunig, als protestierte es gegen die riesige, von Salz bedeckte Ebene, in der nicht einmal der kümmerlichste Strauch gedieh.

»Na komm schon, du Dummkopf!« schimpfte Gacel. »Nicht anhalten!«

Das Tier antwortete ihm, indem es nochmals brüllte, aber ein kräftiger Ruck an den Zügeln und ein paar unflätige Schimpfworte gaben den Ausschlag: Das Kamel legte ungefähr zehn Meter zurück und schien sich in dem Maße sicherer zu fühlen, wie die Salzkruste fester wurde, bis sie schließlich einen harten, sicheren Untergrund bildete.

Gemächlich setzten sie ihren Weg fort, immer der Sonne entgegen, die schon dicht über dem Horizont stand. Als sie vollends verschwunden war, kletterte Gacel auf das Mehari, das unbeirrbar die Richtung beibehielt, während er hoch oben im Sattel in tiefen Schlaf versank. Er wurde durchgeschüttelt wie von den Wellen des aufgewühlten Meeres. Dennoch fühlte er sich so sicher und wohl, als befände er sich unter dem Dach seiner *khaima* an der Seite der schlafenden Laila.

Die Nacht hätte nicht stiller sein können. Der Wind klagte nicht wie sonst, und die samtweichen Hufe des Kamels machten auf dem Salz nicht das geringste Geräusch. Hier draußen in der Mitte der riesigen *sebkha* gab es weder Hyänen noch Schakale, die heulend ihre Beute belauerten. Der Mond ging auf, voll, leuchtend und rein. In seinem Schein versprühte die tischebene Salzwüste Milliarden silberner Funken. Von diesem Gleißen hob sich die Silhouette von Kamel und Reiter wie eine unwirkliche, geisterhafte Erscheinung ab, die in der Nacht aus dem Nichts aufgetaucht war und dem Reich der Schatten entgegenstrebte. Es war ein Bild absoluter Einsamkeit. Wahrscheinlich war noch nie ein Mensch so allein gewesen wie dieser Targi mitten auf dem Salzsee.

»Da ist er!« Sergeant Ajamuk reichte dem Leutnant das Fernglas. Rahman hob es an die Augen, drehte an der Scharfeinstellung und erkannte tatsächlich einen Reiter, der sich in der sengenden Vormittagssonne langsam von ihnen entfernte.

»Ja, das ist er«, meinte er, »aber ich habe den Eindruck, daß er uns gesehen hat. Er hat angehalten und zurückgeblickt.«

Wieder setzte Leutnant Rahman das Fernglas an und richtete es auf den Punkt, wo sich Gacel Sayah befand und unverwandt die Uniformierten am Rand der *sebkha* beobachtete. Rahman wußte, daß die an große Distanzen gewöhnten Adleraugen eines Targi genauso scharf waren wie die eines normalen Menschen mit einem Fernglas.

So blickten sich die beiden an, obwohl natürlich die Entfernung zu groß war, um mehr zu erkennen als verschwommene Silhouetten, die in der flimmernden Luft hin und her waberten. Rahman hätte gern gewußt, was in dem Targi vor sich ging, seit er entdeckt hatte, daß er mitten auf dem Salzsee ohne Aussicht auf Entkommen in der Falle saß.

»Es war leichter, als ich gedacht hatte«, meinte der Leutnant.

»Noch haben wir ihn nicht«, wandte Ajamuk ein.

Rahman drehte sich zu ihm um. »Wie meinen Sie das?«

»Genau wie ich es gesagt habe«, erwiderte der Sergeant leichthin. »Mit unseren Fahrzeugen können wir nicht runterfahren. Vielleicht könnten wir am Ufer eine geeignete Stelle finden, aber wir würden nur einbrechen und im Salz versinken. Und zu Fuß schnappen wir ihn nie.«

Leutnant Rahman wußte, daß der Sergeant recht hatte. Er griff nach dem Hörer des Sprechfunkgerätes. »Sergeant Malik!« rief er. »Können Sie mich hören?«

Aus dem Apparat kam ein Pfeifton, dann ein lautes Summen und schließlich ganz klar die Stimme von Malik-el-Haideri: »Ich höre Sie gut, Herr Leutnant.«

»Wir sind am Westufer der *sebkha*, in Sichtweite des Targi. Jetzt setzt er sich gerade in Bewegung und kommt auf uns zu. Leider müssen wir davon ausgehen, daß er uns gesehen hat.«

Rahman glaubte fast den unflätigen Fluch zu hören, der dem Sergeanten auf der Zunge lag. Erst nach mehrere Sekunden meinte Malik: »Ich komme hier nicht weiter. Wir haben eine Stelle gefunden, wo wir mit dem Jeep runterfahren könnten, aber die Salzschicht unten würde den Wagen nicht tragen.«

»Dann sehe ich keine andere Möglichkeit, als am Ufer auf und ab zu fahren, bis der Durst den Targi zur Aufgabe zwingt.«

»Aufgabe?« Aus Maliks Stimme sprach ungläubiges Staunen. »Ein Targi, der zwei Menschen getötet hat, wird sich nie ergeben, selbst wenn er hier draufgeht!«

Ajamuk nickte bestätigend mit dem Kopf.

»Schon möglich«, gab Rahman zu, »aber holen können wir ihn uns auch nicht. Wir müssen abwarten.«

»Zu Befehl, Herr Leutnant!«

»Richten Sie es so ein, daß Sie jederzeit per Funk erreichbar sind. Ende.«

Rahman schaltete das Gerät ab und wandte sich Ajamuk zu.

»Was ist denn mit dem los?« brummte er. »Meint der wirklich, wir würden hinter diesem Targi herlaufen, damit er eins seiner Spielchen mit uns treibt und uns von weitem abknallt?« Er überlegte kurz, dann befahl er einem der Soldaten: »Bringen Sie mir eine weiße Fahne!«

»Wollen sie etwa verhandeln?« fragte Ajamuk verblüfft. »Wozu soll das gut sein?«

Der Leutnant zuckte mit den Achseln. »Ich weiß es nicht, aber ich werde alles tun, was in meiner Macht steht, um weiteres Blutvergießen zu verhindern.«

»Lassen Sie *mich* gehen!« bat der Sergeant. »Ich bin zwar kein Targi, aber ich wurde in dieser Gegend geboren und kenne mich hier gut aus.«

Rahman schüttelte nachdrücklich den Kopf. »Ich bin jetzt der ranghöchste Offizier südlich von Sidi-el-Madia«, sagte er. »Vielleicht hört er auf mich.«

Er packte den Spatenstiel, an dessen Ende die Soldaten ein schmutziges weißes Taschentuch befestigt hatten. Nachdem er sich seiner Pistole entledigt hatte, begann er vorsichtig die tückische Böschung hinabzuklettern.

»Wenn mir etwas passiert, übernehmen *Sie* den Befehl, keinesfalls Malik!« rief er Ajamuk zu. »Ist das klar?«

»Jawohl, Herr Leutnant!«

Ständig in Gefahr, in die Tiefe zu stürzen, erreichte der Leutnant mehr rutschend als gehend den Fuß der steilen Böschung. Argwöhnisch betrachtete er die dünne Salzschicht. Er wußte, daß seine Männer ihn beobachteten. Kurz entschlossen gab er sich einen Ruck und ging los, der fernen Silhouette des einsamen Reiters und seines Kamels entgegen. Innerlich flehte er den Allmächtigen an, daß der Grund unter seinen Füßen nicht plötzlich nachgeben möge.

Nach einer Weile, als er sich ein wenig sicherer fühlte, begann er, die armselige weiße Fahne zu schwenken, während sich rings um ihn her die Welt in einen Schmelzofen verwandelte. Rahman bekam zu spüren, daß es in dieser Bodensenke, in der kein Lüftchen wehte, mindestens fünf Grad heißer war. Die Lunge brannte ihm bei jedem Atemzug.

Er sah von weitem, wie der Targi sein Kamel in die Knie zwang und sich neben das Tier stellte, das Gewehr im Anschlag. Der Leutnant hatte erst die Hälfte des Weges zurückgelegt, aber schon bereute er seinen Entschluß. Der Schweiß lief ihm in Strömen über den Körper und durchtränkte seine Uniform. Seine Beine konnten ihm jeden Augenblick den Gehorsam versagen.

Der letzte Kilometer war ohne Zweifel der längste seines Lebens. Als er schließlich zehn Meter von Gacel entfernt stehenblieb, brauchte er eine Weile, bis er sich soweit erholt hatte, um mit leiser Stimme fragen zu können: »Hast du einen Schluck Wasser?«

Der Targi schüttelte den Kopf. Sein Gewehr war noch immer auf die Brust des Leutnants gerichtet. »Ich brauche das Wasser selbst. Du kannst trinken, sobald du zurück bist.«

Rahman nickte. Er fuhr sich mit der Zunge über die Lippen, aber da war nur der salzige Geschmack von getrocknetem Schweiß. »Du hast recht«, meinte er. »Ich Idiot hätte ja auch eine Feldflasche mitnehmen können. Wie hältst du bloß diese Hitze aus?«

»Ich bin daran gewöhnt ... Aber bist du gekommen, um dich mit mir über das Wetter zu unterhalten?«

»Nein. Ich bin gekommen, um dich aufzufordern, dich zu ergeben. Du kannst uns nicht entkommen.«

»Das liegt bei Allah. Die Wüste ist sehr groß.«

»Aber nicht dieser Salzsee! Meine Männer fahren ständig am Ufer entlang.« Rahman warf einen raschen Blick auf die schlaffe *gerba*, die am Sattel des Kamels hing. »Du hast nur noch wenig Wasser. Lange hältst du nicht mehr durch.« Er dachte kurz nach, dann sagte er: »Wenn du mitkommst, verspreche ich dir ein gerechtes Verfahren.«

»Es gibt keinen Grund, mich vor Gericht zu stellen«, erwiderte Gacel selbstsicher. »Mubarrak habe ich im Zweikampf getötet, wie es die alten Bräuche meines Volkes forderten. Und den Offizier habe ich hingerichtet, weil er ein Mörder war, der die geheiligten Gesetze der Gastfreundschaft mißachtet hat ... Nach dem Recht der Tuareg habe ich also keine Straftat begangen.«

»Warum fliehst du dann?«

»Weil ich weiß, daß ihr unsere Gesetze genausowenig respektiert wie die ungläubigen *roumis*, die ihr nachäfft. Ihr vergeßt, daß wir hier in der Wüste sind. Für dich bin ich ein schmutziger ›Sohn des Windes‹, der einen von euch getötet hat, nicht ein *amahar* vom Kel-Tagelmust, der Gesetzen gehorcht, die Tausende von Jahre alt sind. Diese Gesetze gab es schon, als noch niemand von euch im Traum daran denken konnte, den Boden dieses Landes zu betreten.«

Leutnant Rahman ließ sich in die Knie sinken und setzte sich vorsichtig auf die harte Salzkruste. »Nein, für mich bist du kein schmutziger ›Sohn des Windes‹«, beteuerte er. »Du bist ein edler und tapferer *amahar*, und ich verstehe deine Gründe.« Er schwieg eine Weile, dann fuhr er fort: »Ich billige sie sogar. Wahrscheinlich hätte ich genauso gehandelt wie du und eine solche Beleidigung nicht ungesühnt gelassen.« Er seufzte vernehmlich. »Es ist jedoch leider meine Pflicht, dich der Justiz zu übergeben, möglichst ohne Blutvergießen. Deshalb bitte ich dich: Mach es dir und mir nicht unnötig schwer!«

Er hätte schwören mögen, daß der Targi unter seinem

Gesichtsschleier spöttisch lächelte, als er ihm kopfschüttelnd die ironische Antwort gab: »Schwer? Für einen Targi wird es erst dann wirklich schwer, wenn er seine Freiheit verliert. Unser Leben ist sehr hart, aber unser Lohn ist die Freiheit. Wenn man sie uns nimmt, verlieren wir die Grundlage unseres Daseins.« Nach kurzem Schweigen erkundigte er sich: »Was würde man mit mir machen? Mich zu zwanzig Jahren Gefängnis verurteilen?«

»So viele würden es bestimmt nicht sein.«

»Ach nein? Wie viele denn? Fünf? Acht?« Gacel machte eine wegwerfende Handbewegung. »Kein einziges Jahr wird es sein, verstehst du? Ich habe eure Gefängnisse gesehen, und man hat mir erzählt, wie das Leben darin aussieht. Ich würde nicht einen einzigen Tag überleben.« Mit einer herrischen Gebärde forderte er den Leutnant auf zu gehen. »Wenn du mich fangen willst, dann komm mich holen!«

Rahman kam nur mühsam auf die Beine. Der lange Fußmarsch, der vor ihm lag, erfüllte ihn mit Entsetzen. Noch immer nahm die Gluthitze zu. »Ich werde nicht kommen, um dich zu holen, darauf kannst du dich verlassen«, sagte er. Dann wandte er dem Targi den Rücken zu und machte sich auf den Weg.

Gacel schaute zu, wie er sich mit müden Schritten entfernte; der Schaufelstiel, den er als Fahnenstange benutzt hatte, diente ihm jetzt als Stütze. Gacel konnte sich vorstellen, daß der Leuntnant den Rand der *sebkha* nicht erreichte, sondern vorher das Opfer eines Hitzschlags wurde.

Nach einer Weile rammte Gacel seine *takuba* und die Flinte in den harten Salzboden und spannte das kleine Sonnendach auf. Er kauerte sich darunter und machte sich bereit, geduldig die beschwerlichsten Stunden des Tages zu überdauern.

Er schlief nicht, sondern hielt die Augen starr auf die Stelle gerichtet, wo die Militärfahrzeuge metallisch in der grellen Sonne funkelten. Noch immer nahm die Hitze zu, bis sie fast das Blut in den Adern zum Kochen brachte. Diese Hitze war so dicht, so schwer und drückend, daß sogar das Mehari einen Laut des Protestes von sich gab, ob-

wohl es in seiner Natur lag, auch besonders hohe Tempe-
raturen zu verkraften.

Lange würde er hier, mitten auf dem Salzsee, nicht am
Leben bleiben, das wußte Gacel. Er hatte noch Wasser für
einen Tag. Danach käme das Delirium und dann das Ende,
vor dem die Tuareg sich von klein auf fürchten. Es war die
schrecklichste aller Todesarten: der Tod durch Verdursten.

Sergeant Ajamuk prüfte kritisch den Stand der Sonne und untersuchte anschließend gründlich das Ufer des Salzsees. »Spätestens in einer halben Stunde fressen uns die Moskitos bei lebendigem Leib«, meinte er mit ernstem Gesicht. »Wir sollten uns zurückziehen.«

»Wir könnten ein Feuer machen.«

»Es gibt kein Feuer oder sonst einen wirksamen Schutz gegen diese Plage«, erwiderte der Sergeant. »Sobald die Biester richtig angreifen, laufen Ihnen die Soldaten davon.« Er lächelte. »Ich übrigens auch.«

Rahman wollte etwas sagen, aber ein Soldat kam ihm zuvor. Der Mann wies mit ausgestrecktem Arm auf den Salzsee hinaus und rief: »Seht nur! Er reitet fort!«

Der Leutnant nahm den Feldstecher und richtete ihn auf einen Punkt in der Ferne. Tatsächlich! Der Targi hatte sein armseliges Zeltlager abgebrochen und bewegte sich zu Fuß von ihnen fort. Das Kamel führte er am Zaum.

Nachdenklich wandte sich Rahman an Ajamuk: »Wohin der wohl will?«

Ajamuk erwiderte achselzuckend: »Wer kann schon wissen, was im Kopf eines Targi vorgeht.«

»Die Sache gefällt mir nicht.«

»Mir auch nicht.«

Sichtlich besorgt dachte der Leutnant eine Weile nach. »Ich vermute, er will sich heimlich in der Nacht davonmachen«, meinte er dann zögernd. »Ajamuk, Sie übernehmen mit drei Männern das Nordufer, und Sie, Saud, die Südseite! Malik liegt mit seinen Leuten im Osten, und ich kümmere mich um dieses Gebiet.« Er schüttelte den Kopf. »Wenn wir die Augen offenhalten, kommt er nicht durch.«

Der Sergeant sagte nichts, aber es war ihm anzumerken, daß er den Optimismus seines Vorgesetzten nicht teilte. Ajamuk war Beduine. Er kannte die Tuareg gut, genausogut wie seine Soldaten, die aus dem bergigen Norden des Landes stammten und hier ihren Militärdienst leisteten. Die Wüste verstanden sie nicht und hatten auch keine Lust, sie zu verstehen. Ajamuk bewunderte den Leutnant und rechnete es ihm hoch an, daß er keine Mühe scheute, sich den Lebensbedingungen in diesem Landesteil anzupassen. Offenbar war er fest entschlossen, ein echter Sahara-Experte zu werden, aber er mußte noch viel lernen, das war klar. Die Sahara und ihre Bewohner konnte niemand innerhalb eines Jahres verstehen lernen, nicht einmal in zehn. Und die Mentalität auch nur eines jener schlauen »Söhne des Windes« begreifen zu wollen, war sogar ein völlig aussichtsloses Unterfangen, obwohl diese Burschen nach außen hin ein so einfaches Leben führten. In Wirklichkeit waren sie jedoch äußerst komplizierte Menschen.

Ajamuk griff nach dem Fernglas, das auf dem Beifahrersitz lag, und richtete es auf den Punkt am Horizont, der immer kleiner wurde. Da war er wieder, der Targi mit seinem Kamel, das mit wiegenden Schritten hinter ihm herging. Warum begab er sich wieder mitten in diesen gräßlichen Backofen hinein? Ajamuk wußte keine Antwort darauf, aber er ahnte, ja er spürte fast körperlich, daß sich dahinter irgendeine List verbarg. Wenn sich ein Targi und sein Kamel mit so wenig Wasser überhaupt von der Stelle rührten, dann gab es dafür mit Sicherheit einen triftigen Grund. Ein hoher Pfeifton riß ihn aus seinen Grübeleien. Er sprang auf und schrie: »Die Moskitos! Los, machen wir, daß wir wegkommen!«

Sie sprangen in die Jeeps. Schon mußten sie sich mit den Armen fuchtelnd der Insekten erwehren. So schnell, wie es das unwegsame Gelände erlaubte, ließen sie den Salzsee hinter sich. Nach einer Weile fuhren zwei der Jeeps in entgegengesetzter Richtung davon.

Leutnant Rahman befahl seinen Männern, das Lager aufzuschlagen und Essen zu machen. Dann setzte er sich per Funk mit Sergeant Malik-el-Haideri in Verbindung, um ihn über seinen Standortwechsel und die Richtung zu informieren, die der Targi eingeschlagen hatte.

»Ich habe auch keine Ahnung, was der vorhat, Herr Leutnant«, gab Malik zu. »Aber eines weiß ich genau: Der Kerl ist sehr gerissen. Vielleicht ist es doch am besten, ihm zu folgen und ihn draußen auf dem Salzsee zu schnappen.«

»Wahrscheinlich will er uns genau dazu bringen«, erwiderte Rahman. »Vergessen Sie nicht, wie gut er zielen kann! Er hat nicht nur ein Gewehr, sondern auch ein Kamel. Zu Fuß hätten wir keine Chance gegen ihn, und deshalb müssen wir abwarten.«

Sie machten die ganze Nacht kein Auge zu. Zu ihrer Erleichterung schien der Mond sehr hell. Mit entsicherten Gewehren hielten sie Wache und zuckten beim geringsten Geräusch, das ihnen verdächtig vorkam, zusammen.

Doch es geschah nichts. Als sie Sonne über dem Horizont aufging, kehrten sie zum Ufer des Salzsees zurück. Von dort aus erblickten sie, fast genau in der Mitte, das Mehari, das sich auf dem Boden ausgestreckt hatte, und den Targi, der ruhig im Schatten seines Reittieres schlief.

Aus allen vier Himmelsrichtungen waren den ganzen Tag über an vier fast gleich weit voneinander entfernten Stellen vier Ferngläser auf die Stelle gerichtet, aber weder der Reiter noch das Kamel machten eine aus dieser Distanz wahrnehmbare Bewegung.

Als sich wiederum der Abend herabsenkte, kurz bevor die Moskitos aus ihren Schlupfwinkeln auszuschwärmen pflegten, beriet sich Leutnant Rahman mit seinen Männern. »Er hat sich nicht bewegt«, meinte er. »Was haltet ihr davon?«

Sergeant Malik mußte daran denken, was der Targi zu ihm gesagt hatte: *Man muß leben wie ein Stein und darauf achten, keine Bewegung zu machen, die Wasser verbraucht . . . Sogar nachts mußt du dich so langsam bewegen wie ein Chamäleon. Wenn du es schaffst, dich unempfindlich gegen Hitze und Durst zu machen, und wenn es dir sogar gelingt, die Angst zu besiegen und*

Ruhe zu bewahren, dann hast du eine kleine Chance zu überleben.

»Er geht sparsam mit seinen Kraftreserven um«, meinte Malik am Funkgerät zu Leutnant Rahman. »Aber heute nacht zieht er bestimmt weiter. Wenn wir nur wüßten, wohin.«

»Er braucht mindestens vier Stunden bis zum Ufer der *sebkha*«, schaltete sich Ajamuk ein. »Und es würde eine weitere Stunde dauern, bis er in der Dunkelheit die Böschung hinaufgeklettert ist und die Stelle erreicht hat, wo wir uns befinden.« Ajamuk rechnete im Kopf nach. »Wir müssen erst ab Mitternacht besonders wachsam sein. Wenn er länger wartet, bleibt ihm nicht genug Zeit, um einen ausreichenden Vorsprung herauszuholen – falls er überhaupt den Salzsee überlebt.«

»Wahrscheinlich würde ihm das Kamel durchgehen«, meinte Saud, der im Süden Stellung bezogen hatte. »Hier bilden die Moskitos richtige Wolken. Außerdem muß es einen unterirdischen Zufluß geben. Wenn er dem zu nahe kommt, bricht er mit Sicherheit ein und geht unter.«

Insgeheim war Leutnant Rahman davon überzeugt, daß sich der Targi lieber von dem Salzsumpf verschlingen als lebendig einfangen lassen würde, doch diese Meinung behielt er für sich und beschränkte sich darauf, seinen Leuten Anweisungen zu geben:

»Genau vier Stunden Schlaf«, sagte er, »aber danach höchste Alarmbereitschaft!«

Die Nacht wurde genauso lang und spannungsgeladen wie die vorangegangene. Der Mond schien mit unverminderter Helligkeit auf das tischebene Land hinab, und als der Morgen graute, waren die Männer todmüde und erschöpft. Ihre Augen waren gerötet, denn sie hatten die ganze Zeit angestrengt in die Dunkelheit hinausgespäht. Die Belastung war so groß gewesen, daß sie nun fast mit den Nerven am Ende waren.

Wieder fuhren sie zum Ufer des Salzsees, und wieder sahen sie an derselben Stelle in unveränderter Haltung den Targi und sein Kamel. Allem Anschein nach hatten die beiden seit gestern nicht die geringste Bewegung gemacht.

Die Stimme des Leutnants hatte einen nervösen Unterton, als er in das Mikrofon des Funkgerätes rief: »Was haltet ihr davon?«

»Der muß verrückt sein!« ließ sich Malik schlechtgelaunt vernehmen. »Mit Sicherheit hat er kein Wasser mehr. Wie will er noch einen Tag in dieser Gluthitze überleben?«

Darauf wußte keiner der Männer eine Antwort. Sogar dort, wo sie sich befanden, außerhalb der Bodensenke, jagte ihnen der Gedanke an jeden weiteren Tag in dieser Hölle einen gehörigen Schrecken ein, obwohl in den großen Kanistern noch genügend Wasser war. Der Targi jedoch schickte sich offenbar an, auch heute wieder reglos liegenzubleiben und die Zeit an sich vorüberziehen zu lassen.

»Das ist der reinste Selbstmord«, murmelte der Leutnant vor sich hin. »Ja, er bringt sich um, und ich hätte nie geglaubt, daß ein Targi dazu in der Lage ist. Er riskiert die ewige Verdammnis!«

Nie war ein Tag so lang gewesen – und nie so heiß. Funkelnd warf das Salz die Sonnenstrahlen zurück und vervielfältigte ihre Kraft, so daß das winzige Sonnendach fast keinen Schutz bot. Der Targi und sein Mehari lagen wie vom Blitz getroffen. Er hatte dem Tier die Beine zusammengebunden, sobald es sich hingelegt hatte, und es schmerzte ihn in der Seele, dem Kamel solches Leid zufügen zu müssen, nachdem es ihn so viele Jahre lang in der Wüste über Stock und Stein getragen hatte.

Seine Gebete verrichtete er wie im Traum, und wie im Traum ließ er die Stunden verstreichen. Reglos lag er da. Er hätte nicht einmal eine Hand erhoben, um eine Fliege zu verscheuchen, aber Fliegen gab es hier ohnehin nicht. Wie hätten sie auch in einer solchen Hölle leben sollen?

Er setzte alles daran, um gleichsam zu einem Stein zu werden. Seit er den letzten Tropfen Wasser aus seiner *gerba* getrunken hatte, versuchte er nicht mehr daran zu denken, daß er einen Körper mit ganz bestimmten Bedürfnissen hatte. Er spürte, wie seine Haut austrocknete, und er hatte das seltsame Gefühl, daß sich sein Blut verdickte und immer langsamer durch die Adern floß.

Am frühen Nachmittag verlor er das Bewußtsein. Mit weit aufgerissenem Mund lag er da, den Kopf an die Flanke des Kamels gelehnt. Er atmete kaum noch. Seine Lunge sträubte sich gegen die glühendheiße Luft.

Im Delirium hätte er sicherlich geschrien, aber seine Zunge war so geschwollen und die Kehle so trocken, daß er keinen Laut hervorbrachte. Später holten ihn eine Bewegung des Mehari und ein Klagelaut, der aus den Eingeweiden des armen Tieres zu kommen schien, ins Leben zurück. Er schlug die Augen auf, mußte sie jedoch gleich wieder schließen, geblendet vom gleißenden Weiß des Salzsees.

Kein Tag, nicht einmal der, an dem sein erstgeborener Sohn Blut und kleine Fetzen seiner von der Tuberkulose zerfressenen Lunge in den Wüstensand gehustet hatte, war ihm ähnlich lang vorgekommen, geschweige denn ähnlich heiß.

Endlich kam die Nacht. Langsam kühlte sich der Boden ab. Das Atmen bereitete Gacel weniger Schwierigkeiten, und er konnte die Augen öffnen, ohne das Gefühl zu haben, daß sich kleine Dolche in seine Netzhaut bohrten. Auch das Mehari erwachte aus seinem todesähnlichen Schlaf. Es schüttelte sich unruhig und brüllte kraftlos.

Er liebte dieses Tier, und es schmerzte ihn, daß es nun unweigerlich sterben mußte. Er hatte damals selbst zugesehen, wie es geboren wurde. Vom ersten Augenblick an hatte er gewußt, daß es eines Tages ein rassiges, ausdauerndes und edles Mehari sein würde. Deshalb hatte er es liebevoll gepflegt und ihm beigebracht, seiner Stimme und dem Druck seines Fußes zu gehorchen – eine Sprache, die nur sie beide verstanden. Kein einziges Mal in all den Jahren hatte er das Tier schlagen müssen. Nie hatte es versucht, ihn zu beißen oder anzugreifen, nicht einmal in den Tagen der hitzigsten Brunft. Ja, dieses schöne Tier hatte sich wirklich als ein Segen Allahs erwiesen. Doch nun war seine Stunde gekommen, und es schien dies genau zu wissen.

Er wartete ab, bis der Mond über dem Horizont erschien und mit seinen Strahlen, die sich auf der glitzernden Salzfläche brachen, die Nacht fast zum Tage machte. Erst dann zückte er seinen scharfen Dolch und schnitt dem Mehari mit einer kräftigen, ruckartigen Bewegung scheinbar ungerührt die weiße Kehle durch.

Ein feierliches Gebet hersagend, fing er das aus der tiefen Wunde spritzende Blut in einer seiner *gerba* auf. Als der Wassersack voll war, trank er von dem warmen, lebendigen Blut. Bald fühlte er sich erfrischt und gestärkt. Er wartete ein paar Minuten ab, dann gab er sich einen Ruck und betastete aufmerksam den Bauch des Kamels, das sich beim Sterben kaum bewegt hatte, da seine Beine zusammengebunden waren. Nur der Kopf des Tieres war nach einer Weile langsam zu Boden gesunken.

Als er sicher war, die richtige Stelle gefunden zu haben, wischte er den Dolch an der grobgewebten Satteldecke ab, stieß ihn mit ganzer Kraft tief in den Bauch des Kamels und bewegte ihn mehrmals ruckartig hin und her, um das Einstichloch zu vergrößern. Dann zog er die Waffe heraus. Zuerst sickerten ein paar Blutstropfen aus der Wunde, aber gleich darauf schoß ein Strahl grünlichen, stinkenden Wassers hervor, mit dem er die zweite *gerba* füllte, bis sie überlief. Er hielt sich mit einer Hand die Nase zu, schloß die Augen, legte die Lippen an die Wunde und trank die eklige Flüssigkeit, von der er wußte, daß mit Sicherheit sein Leben von ihr abhing.

Er hörte erst auf, als er auch den letzten Tropfen zu sich genommen hatte, obwohl sein Durst längst gelöscht war und ihm der Magen zu platzen drohte.

Wenig später stellte sich ein würgender Brechreiz ein, aber er wurde damit fertig, indem er sich zwang, an etwas anderes zu denken und den Geschmack des stinkenden Wassers zu vergessen, das sich mehr als fünf Tage lang im Magen des Kamels befunden hatte. Um dies zu bewerkstelligen, mußte er die ganze Willenskraft eines Targi aufbieten.

Irgendwann fiel er in tiefen Schlaf.

Er ist tot«, murmelte Leutnant Rahman. »Er *muß* einfach tot sein! Seit vier Tagen hat er sich nicht bewegt. Man könnte meinen, sein Körper hätte sich in Salz verwandelt.«

»Soll ich hingehen und nachschauen?« erbot sich einer der Soldaten, der wohl darauf spekulierte, zum Korporal befördert zu werden. »Die Hitze läßt schon nach...«

Rahman schüttelte langsam den Kopf. Er zog ein Luntenfeuerzeug mit einem langen, grob geflochtenen Docht hervor, eines dieser Dinger, die man häufig bei Seeleuten sieht und die sich auch in der windigen Sandwüste als äußerst praktisch erwiesen hatten. Nachdem er damit seine Tabakspfeife angezündet hatte, meinte er: »Ich traue diesem Targi nicht, und ich will nicht, daß er einen von uns im Dunkeln fertigmacht.«

»Aber wir können hier nicht mehr beliebig lange warten«, wandte der andere ein. »Es ist nur noch Wasser für drei Tage da.«

»Ich weiß«, sagte der Leutnant. »Wenn bis morgen nichts passiert, werde ich je einen Mann aus allen vier Richtungen losschicken. Wir wollen keine Dummheit machen und jedes unnötige Risiko vermeiden.«

Später, als er allein war, fragte sich Rahman jedoch, ob das größte Risiko nicht darin bestand, tatenlos abzuwarten und sich von dem Targi die Spielregeln diktieren zu lassen. Er kam nicht dahinter, was der Targi vorhatte, aber eines schien ihm sicher: Der Mann würde nicht kampflos an Durst und Hitze zugrunde gehen. Nach allem, was der

Leutnant über Gacel Sayah gehört hatte, war dieser einer der letzten wahrhaft freien Tuareg, ein edler *amahar*, fast ein Fürst unter den Männern seines Volkes. Er hatte sich ins »Land der Leere« gewagt und war heil davongekommen. Er war imstande, gegen ein ganzes Heer von Soldaten anzutreten, um sich für eine schwere Beleidigung zu rächen. Ein solcher Mann legte sich nicht einfach zum Sterben nieder, wenn er in der Falle saß. Selbstmord hatte in der Welt der Tuareg keinen Platz, genausowenig wie in den Köpfen der meisten Mohammedaner, denn sie wußten, daß niemand auf einen Platz im Paradies hoffen durfte, der das eigene Leben von sich warf. Es mochte durchaus sein, daß dieser Targi wie viele andere Menschen seines Volkes kein besonders gläubiger Muslim war, sondern sich eher den alten Bräuchen und Überlieferungen verpflichtet fühlte, aber selbst dann war es schwer vorstellbar, daß er sich selbst eine Kugel in den Kopf schoß, sich die Pulsadern aufschnitt oder tatenlos an Durst und Hitze zugrunde ging.

Nein, dieser Mann verfolgte einen Plan, soviel war gewiß. Und dieser Plan mußte zugleich teuflisch raffiniert und einfach sein. Alles, was den Targi umgab, und auch das, was er in seinem Leben gelernt hatte, spielte darin mit Sicherheit eine wichtige Rolle. Er würde versuchen, alles, sogar das, was ihm durch seine Geburt in die Wiege gelegt worden war, zu seinem Vorteil einzusetzen, überlegte Rahman. Doch so sehr sich der Leutnant auch den Kopf zerbrach – er kam nicht hinter des Rätsels Lösung. Er ahnte, daß der Targi mit seinem, Rahmans, Durchhaltevermögen und mit dem seiner Männer spielte. Gewiß wollte er sie alle glauben machen, daß kein menschliches Wesen so lange in einer derartigen Gluthitze überleben konnte. Sein Spiel bestand darin, daß er ihnen ganz allmählich, fast unmerklich, die Überzeugung eintrichterte, eine Leiche zu belauern, mit der Folge, daß sich ihre Wachsamkeit nach und nach verminderte, ohne daß sie sich dessen bewußt wurden. Irgendwann käme dann der Augenblick, wo er ihnen wie ein Geist durch die Finger schlüpfen und sich gleichsam in Luft auflösen würde, als hätte ihn die endlose Wüste verschluckt.

Rahmans Überlegungen waren absolut logisch, das wußte er selbst am besten. Es ist ausgeschlossen, daß ich mich irre, sagte er sich. Doch dann mußte er an die unerträgliche Hitze denken, die er bei seinem Marsch über den Salzsee hatte erdulden müssen. Er versuchte zu schätzen, wieviel Wasser ein Mensch brauchte, um an einem solchen Ort am Leben zu bleiben, ob er nun ein Targi war oder nicht, und mußte sich schließlich eingestehen, daß alle seine Theorien unhaltbar waren: Es gab keinerlei Hoffnung mehr, daß der Mann dort draußen noch lebte.

»Er ist tot!« sagte Rahman noch einmal. Plötzlich war er wütend auf sich und seine Ohnmacht. »Der verdammte Hurensohn ist mit Sicherheit tot!«

Aber Gacel Sayah war nicht tot. Ohne sich zu bewegen – genauso reglos, wie er vier Tage und fast vier Nächte lang dagelegen hatte – sah er zu, wie die Sonne hinter dem Horizont verschwand. Gleich würde sich fast übergangslos die Dunkelheit herabsenken. Gacel wußte, daß endlich die Nacht gekommen war, in der es zu handeln galt.

Es war, als würde sein Geist aus einem seltsamen Dämmerschlaf erwachen, in den er sich selbst hineingesteigert hatte, getrieben von der Hoffnung, für einige Zeit zu einem scheinbar leblosen Wesen zu werden, zu einer jener Pflanzen voll milchigen Saftes, zu einem Gesteinsbrocken in der Wüste, zu einem der Millionen Salzkörner der *sebkha*. Auf diese Weise wollte er den natürlichen Drang überwinden zu trinken, zu schwitzen oder gar zu urinieren.

Es war, als hätten sich die Poren seiner Haut geschlossen, als hätte seine Blase keine Verbindung mehr mit der Außenwelt, als wäre sein Blut zu einer dickflüssigen Masse geworden, die im Zeitlupentempo durch die Adern strömte, getrieben von einem Herzen, dessen Schläge sich auf ein Mindestmaß verringert hatten.

Um dies zu erreichen, mußte Gacel sein Denken, seine Erinnerungen und seine Phantasie sozusagen abschalten, denn er wußte, daß Körper und Geist untrennbar miteinander verbunden waren. Schon ein Gedanke an Laila, die

Vorstellung eines mit klarem Wasser gefüllten Brunnens oder der Wunschtraum, dieser Hölle endlich entkommen zu sein, hätten bewirkt, daß sein Herz unversehens schneller geschlagen hätte, so daß sein verzweifelter Versuch, sich in einen »Steinmenschen« zu verwandeln, unweigerlich gescheitert wäre.

Aber er hatte es vollbracht, und nun erwachte er aus seinem todesähnlichen Schlaf. Er blickte in die Dämmerung hinaus und aktivierte die Kräfte seines Geistes, damit sie seinen Körper aus der Erstarrung lösten, das Blut schneller fließen ließen und den Muskeln die dringend benötigte Ausdauer und Geschmeidigkeit zurückgaben.

Als es ganz dunkel geworden war und er sicher sein konnte, daß ihn niemand sah, begann er sich zu bewegen: Zuerst beugte er einen Arm, dann den anderen, schließlich die Beine und den Kopf. Nach einer Weile kroch er unter seinem kleinen Sonnendach hervor und stand mühsam auf, wobei er sich auf den Kadaver des Kamels stützen mußte. Von dem toten Tier ging schon der ekelerregende Geruch der Verwesung aus.

Er ergriff eine *gerba* und mobilisierte ein weiteres Mal seine unglaubliche Willenskraft, um die abscheuliche grüne Flüssigkeit zu schlucken, die breiig aus dem Wassersack quoll. Sie hatte kaum noch etwas mit Wasser zu tun, sondern ähnelte eher mit Galle verrührtem Eiweiß.

Anschließend zückte er seinen Dolch, schob den Reitsattel beiseite und schnitt mit ganzer Kraft das Fell über dem Höcker des Kamels auf. Er griff hinein und förderte ein weißliches Fett zutage, das so aussah wie erkaltetes Schmalz. Schon bald würde es ungenießbar sein, aber Gacel aß davon, denn er wußte, daß er nur durch das Fett wieder schnell zu Kräften kommen konnte.

Sogar nach dem Tod leistete ihm also sein treues Kamel noch einen Dienst. Es spendete ihm das Blut aus seinen Adern und das Wasser aus seinem Magen, damit er den Kampf gegen den Durst gewann. Es gab ihm seinen kostbaren Vorrat an Fett, damit er am Leben bleiben konnte.

Eine Stunde später – es war inzwischen finsterste Nacht geworden – warf Gacel dem toten Mehari einen letzten Blick voller Dankbarkeit zu. Dann ergriff er seine Waffen, hängte sich einen der Wassersäcke um und machte sich ohne Eile auf den Weg nach Westen.

Seine blaue *gandura* hatte er ausgezogen und trug jetzt nur noch das weiße Untergewand. Wie ein heller Fleck bewegte er sich lautlos über die weiße Ebene. Später ging der Mond auf, aber über sein leuchtendes Rund legten sich schon erste Schatten. Selbst jetzt wäre es unmöglich gewesen, Gacel aus mehr als zwanzig Metern Entfernung zu erkennen.

Er erreichte die Uferböschung, als sich die ersten Moskitos zu regen begannen. Da umwickelte er seinen Kopf vollständig mit dem *litham*, dem Gesichtsschleier, so daß nicht einmal ein Spalt für die Augen frei blieb. Er richtete es so ein, daß der Saum seines langen Gewandes auf dem Boden schleifte, denn er mußte verhindern, daß ihm die Insekten die Waden und Fußgelenke zerstachen.

Die Luft war erfüllt vom Sirren vieler Millionen blutrünstiger Moskitos. Zwar waren mitten in der Nacht weniger von ihnen unterwegs als in der Abenddämmerung oder im Morgengrauen, aber ihre schiere Zahl und ihre Unersättlichkeit waren dennoch erschreckend. Gacel mußte sie immer wieder von Hals und Armen abschütteln, denn es waren ihrer so viele und sie waren so groß, daß sie ihn manchmal sogar durch den Stoff des Gewandes stachen.

Er spürte, wie die Salzkruste unter seinen Füßen dünner und damit gefährlicher wurde, doch er konnte in der Dunkelheit nichts anderes tun, als Allah anflehen, seine Schritte sicher zu lenken. Erleichtert atmete er auf, als er endlich auf den ersten flachen Stein trat, der irgendwann vom oberen Rand der Böschung in die Tiefe gestürzt sein mußte. Er machte sich daran, nach einer für den Aufstieg geeigneten Stelle zu suchen. Dabei hätte er leicht auf Skorpione treten können, aber das kümmerte ihn nicht, denn er hatte schon genug andere Sorgen.

Ungefähr dreihundert Meter weiter links entdeckte er eine Stelle, an der er ohne größere Schwierigkeiten das Ufer hinaufklettern konnte. Als er den oberen Rand der Steilwand überwunden hatte und vor sich die endlose Weite des *erg* erblickte, kam ein leichter Windhauch auf und strich ihm über das Gesicht. Erschöpft ließ er sich in den Sand sinken und dankte dem Allmächtigen dafür, daß er ihn aus jener salzigen Mördergrube erlöst hatte, obwohl er sich schon fast selbst aufgegeben hatte.

Lange ruhte er sich aus und versuchte, nicht auf das Summen der Moskitos zu achten. Dann kroch er mit der Geduld eines Chamäleons, das einem Insekt auflauert, Meter für Meter vom Rand des Salzsees fort, bis er einen halben Kilometer zurückgelegt hatte. Dabei hob er seinen Kopf nicht ein einziges Mal auch nur einen Zoll breit über den Rand der großen Gesteinsbrocken, die überall herumlagen. Sogar als eine winzige Schlange dicht vor seinen Augen vorbeihuschte, blieb er ruhig und fuhr nicht in die Höhe.

Irgendwann drehte er sich auf den Rücken, blickte zu den Sternen auf und versuchte zu schätzen, wieviel Zeit noch bis zum Morgengrauen blieb. Anschließend untersuchte er seine nähere Umgebung und fand, was er suchte: eine Fläche von ungefähr drei Quadratmetern, die von grobem Schotter bedeckt und von schwarzen Felsbrocken umgeben war.

Er zog seinen Dolch aus dem Gürtel und begann, den groben Sand so leise wie möglich beiseite zu schieben, bis er einen Graben ausgehoben hatte, dreißig Zentimeter tief und so lang wie er selbst. Inzwischen graute schon der Morgen. Gacel legte sich hinein, und als die ersten Sonnenstrahlen über die Ebene huschten, war er gerade damit fertig, sich von Kopf bis Fuß mit Sand zu bedecken. Nur die Augen, die Nase und den Mund ließ er frei, aber er hatte es so eingerichtet, daß auch sie in den schlimmsten Stunden der Hitze um die Mittagszeit durch den Schatten von zwei großen Steinen geschützt sein würden.

Jemand hätte drei Schritte weiter pinkeln können, ohne zu bemerken, daß sich in nächster Nähe ein Mensch versteckt hielt.

Jeden Morgen, wenn sich der Jeep wieder einmal dem Rand der *sebkha* näherte, konnte man dem Leutnant ansehen, daß sich in seiner Seele zwei Empfindungen einen erbitterten Kampf lieferten: die Angst, wiederum jene reglose Gestalt an derselben Stelle zu erblicken – und die Angst, sie *nicht* zu erblicken.

Jeden Morgen wurde Leutnant Rahman zuerst von einem Gefühl der Wut und der Ohnmacht gepackt. Dann verfluchte er laut jenen »dreckigen Sohn des Windes«, der sich über ihn lustig zu machen versuchte. Aber gleich danach mußte er sich eingestehen, daß es ihn mit tiefer Genugtuung erfüllte, den Targi richtig eingeschätzt zu haben.

»Man muß sehr mutig sein, um bereit zu sein, eher an Durst zugrunde zu gehen als sich gefangennehmen zu lassen«, meinte er anerkennend. »Sehr mutig . . . Jetzt kann er unmöglich noch am Leben sein.«

In diesem Augenblick ertönte aus dem Lautsprecher des Funkgerätes die wütende Stimme des Sergeanten Malik. »Er ist weg, Herr Leutnant! Von hier aus sieht alles normal aus, aber ich habe das sichere Gefühl, daß er nicht mehr da ist.«

»Weg? Wohin?« fragte Rahman ungnädig. »Wohin könnte er schon ohne Kamel und ohne Wasser gehen! Oder ist das da draußen kein Kamel?«

»Doch, es ist eins«, gab Malik zu. »Und daneben scheint auch ein Mensch zu liegen, aber es könnte genausogut eine Puppe sein.« Malik machte eine kurze Pause und fuhr dann fort: »Ich bitte Sie in aller Form um die Erlaubnis, hingehen und nachschauen zu dürfen.«

»Einverstanden«, gab Rahman widerwillig klein bei. »Heute abend.«

»Nein, jetzt!«

»Nun hören Sie mal zu, Sergeant!« legte Rahman los und bemühte sich, möglichst viel Autorität in seine Stimme zu legen. »*Ich* trage hier die Verantwortung! Sie machen sich in der Abenddämmerung auf den Weg und richten es so ein, daß Sie vor Tagesanbruch zurück sind. Verstanden?«

»Jawohl, Herr Leutnant!«

»Und Sie, Ajamuk?«

»Verstanden, Herr Leutnant.«

»Saud?«

»Jawohl, Herr Leutnant! Ich schicke kurz vor Sonnenuntergang einen Mann los.«

»In Ordnung«, beendete Rahman die Unterredung. »Morgen will ich nach Tidikelt zurückkehren . . . Ich habe die Schnauze voll von diesem Targi, von der Hitze und der ganzen absurden Situation. Falls er nicht tot ist und sich nicht freiwillig ergibt, erschießen Sie ihn standrechtlich!«

Kaum hatte er diese Worte gesagt, da bereute er sie schon. Es war jedoch klar, daß es keinen Weg zurück gab, und daß Sergeant Malik den Befehl mit Freuden ausführen würde, um diesen Targi ein für allemal loszuwerden.

Im Grunde wäre das wohl die beste Lösung, mußte sich Rahman eingestehen. Schließlich hatte der Targi ja selbst überdeutlich zu verstehen gegeben, daß er lieber sterben als in einem dreckigen Gefängnis dahinvegetieren wolle.

Der Leutnant versucht sich jenen hochgewachsenen Mann mit der noblen Haltung und der bedächtigen Sprechweise vorzustellen, jenen Sohn der Wüste, der aus der Überzeugung heraus gehandelt hatte, einer Pflicht zu gehorchen, wie es die alten Bräuche von ihm forderten. Nein, er hätte es nicht überlebt, mit dem Pöbel, der die Gefängnisse bevölkerte, zusammengesperrt zu werden.

Rahman wußte, daß seine Landsleute größtenteils ungehobelte und primitive Menschen waren. Hundert Jahre lang hatten sie das Joch der französischen Kolonialmacht getragen. Die Franzosen hatten versucht, das Volk in Unwissenheit zu halten, und obwohl diese Nation seit einigen Jahren als frei und unabhängig galt, so hatte diese kurze Zeit natürlich nicht ausgereicht, um die Menschen dieses Landes gebildeter oder gesitteter zu machen. Im Gegenteil: Allzuoft war die Freiheit mißbraucht worden, denn viele Menschen schienen zu glauben, daß sie, nachdem sie sich der Franzosen entledigt hatten, wahllos draufl300swirtschaften und sich notfalls all das mit Gewalt nehmen durften, was die Franzosen zurückgelassen hatten.

Das Resultat war Anarchie, eine andauernde Krise und ständige politische Unsicherheit. Die Macht wurde zu einer heißbegehrten Beute für alle, die möglichst rasch reich werden wollten, nicht jedoch zu einem Mittel, das dem Wohl des ganzen Landes diente.

Folglich waren die Strafanstalten nicht nur mit allerlei Übeltätern, sondern auch mit politischen Gefangenen überfüllt. Und in keinem einzigen dieser Gefängnisse hätte es einen Platz für einen Menschen gegeben, der wie dieser Targi durch seine Geburt dazu bestimmt war, in den unermeßlichen Weiten der Wüste zu leben.

Als der Stein keinen Schatten mehr warf, schlug Gacel die Augen auf und blickte sich um, aber er bewegte sich nicht. Im Schlaf hatte er sich nicht ein einziges Mal gerührt. Jedes Sandkorn lag noch an derselben Stelle wie zuvor. Scheinbar unempfindlich gegen die Hitze und die Fliegen, hatte er es sogar geschehen lassen, daß eine Eidechse über sein Gesicht huschte. Nun saß das grün und weiß gescheckte Tier weniger als einen halben Meter von seiner Nasenspitze entfernt auf einem Stein und beobachtete ihn aus dunklen, kreisrunden, beweglichen Augen. Offenbar war der Echse das unbekannte Wesen, das nur aus Augen, Mund und Nase zu bestehen schien und das sich auf ihr Territorium vorgewagt hatte, alles andere als geheuer.

Gacel lauschte. Der Wind trug kein Raunen menschlicher Stimmen zu ihm herüber. Die Sonne stand schon sehr hoch, fast senkrecht: Dies war die Stunde der *gaila*, der Mittagsruhe. In der einschläfernden Hitze dieser Tageszeit wurden die meisten Menschen von Müdigkeit übermannt.

Gacel hob den Kopf, aber sein Körper bewegte sich dabei kaum. Über den Felsbrocken hinweg spähte er in die Ferne. Ungefähr einen Kilometer weiter, in südlicher Richtung, erblickte er am Ufer des Salzsees ein Fahrzeug, an dem ein schräges, straffes Zeltdach befestigt war. Unten hatte man es mit langen Seilen an zwei dicke Steine gebunden. Es war groß genug, um einem Dutzend Menschen Schatten zu spenden.

Gacel sah nur einen Wachposten, der ihm den Rücken zukehrte und auf die *sebkha* hinausblickte. Wie viele Soldaten gerade eine Siesta machten, konnte er nicht feststellen. Er wußte jedoch, daß die anderen Fahrzeuge mit den restlichen Soldaten weit fort waren und daß er sich ihretwegen keine Sorgen zu machen brauchte.

Er hatte seine Beute gestellt! Bis zur Abenddämmerung würde sie sich nicht von der Stelle rühren, sondern sich erst auf der Flucht vor den Moskitos weiter in den *erg* zurückziehen.

Gacel lächelte in sich hinein. Er versuchte sich vorzustellen, was jene Männer wohl für ein Gesicht machen würden, wenn sie wüßten, daß er sich so nahe an sie herangepirscht hatte. Unschwer hätte er sich im Schutz der großen Felsbrocken wie ein Reptil von hinten an sie heranschleichen und zuerst dem Wachposten, dann einem Schlafenden nach dem anderen die Kehle durchschneiden können.

Aber er tat nichts dergleichen. Er bewegte nur ein wenig seine Gliedmaßen und rückte einen der Steine zurecht, damit er ihn besser gegen die Sonne schützte. Die Hitze nahm immer mehr zu, aber der Sand war wie eine Isolierschicht. Eine leise Brise kam auf und machte das Atmen leicht, gemessen an der unsäglichen Quälerei mitten auf dem Salzsee. Der *erg* gehörte zu Gacels Welt, und er hätte nicht zu sagen vermocht, wie viele Tage er in seinem Leben schon unter einer Decke aus Sand verbracht hatte, während er einer Herde von Gazellen auflauerte.

Unter einer Decke aus Sand hatte er auch dem großen Gepard aufgelauert, der mehrere seiner Ziegen gerissen hatte. Das war ein wildes, blutrünstiges und listiges Raubtier gewesen, mit einem sicheren Gespür für drohende Gefahr und wie von einem bösen Zauber beschützt. Es hatte wehrlose Hirten angegriffen, die bei ihrer Herde wachten, und bevor Gacel mit seiner Flinte herbeieilen konnte, war es jedesmal verschwunden, als hätte es der Erdboden verschluckt. Deshalb hatte sich Gacel mit Sand zugedeckt und geduldig drei Tage lang auf das Erscheinen des Raubtieres gewartet, während sein ältester Sohn in der Nähe das Vieh hütete.

Endlich war der Gepard gekommen; dicht an die Erde geschmiegt, war er von Strauch zu Strauch geschlichen, und weder der kleine Hirte noch die Tiere ahnten die Gefahr. Der Gepard setzte schon zum Sprung an, da streckte Gacel ihn mit einem Kopfschuß nieder, bevor seine Pranken sich vom Boden abstießen. Das Fell jenes Raubtieres gehörte zu den Dingen, die Gacel mit Stolz erfüllten. Es sicherte ihm die Bewunderung aller Menschen, die ihn in seiner *khaima* besuchten. Die Art und Weise jedoch, wie er den Gepard erlegt hatte, trug nicht wenig dazu bei, daß er bis in entfernte Gegenden unter dem Beinamen der »Jäger« berühmt wurde.

Die vier Männer marschierten gleichzeitig los. Jeder kam aus einer anderen Himmelsrichtung, und jeder hatte den ausdrücklichen Befehl, sich um Mitternacht mit den anderen in der Nähe des Targi zu treffen, ihn notfalls zu erschießen und vor Anbruch des Tages zurück zu sein.

Sergeant Malik dachte nicht daran, einen seiner Untergebenen loszuschicken. Schon bevor sich die Moskitos zu rühren begannen, folgte er selbst den Spuren, die der Targi am Rand der *sebkha* hinterlassen hatte. Zwar war er überzeugt, daß sich der verdammte »Sohn des Windes« aus dem Staub gemacht hatte, aber er entsicherte dennoch seinen Karabiner, als er auf den Salzsee hinaustrat.

Wie sich der Flüchtende davongemacht hatte und wohin, das konnte Malik nicht wissen. Er fragte sich, wie der Targi zu Fuß und ohne Wasser in der Weite des *erg* zurechtkommen wollte. Der nächste Brunnen lag am Fuß der Berge von Sidi-el-Madia, und bis dorthin waren es mehr als einhundert Kilometer. Bestimmt finden wir in den nächsten Tagen seine von der Sonne ausgedörrte Leiche, wenn uns nicht die Hyänen und Schakale zuvorkommen, sagte sich Malik, aber im Grunde seiner Seele war er sich darin nicht sicher, denn der Targi hatte ihm ja selbst gesagt, daß er schon zweimal im »Land der Leere« gewesen war. Malik wußte, daß der Mann nicht gelogen hatte. Für diesen Targi war ein Fußmarsch von hundert Kilometern selbst in einer Gegend wie dieser keine Unmöglichkeit. Aber mußte er nicht damit rechnen, daß er, Malik, ihn am nächstgelegenen Brunnen erwarten würde, nachdem man seine Flucht entdeckt hatte?

Für Malik war diese Menschenjagd längt zu einer persönlichen Angelegenheit geworden. Ihm kam es nicht mehr nur darauf an, den Fall möglichst schnell zu erledigen, bevor die Militärbehörden intervenierten. Dieser Targi hatte sich in der Oase über ihn lustig gemacht, anschließend dem Hauptmann die Kehle durchgeschnitten, dann ihn, Malik, kreuz und quer durch die Wüste gescheucht und ihn schließlich ohne die geringste Ahnung, was eigentlich vorging, fünf Tage lang warten lassen.

Hinter seinem Rücken begannen die Soldaten schon zu murren, das wußte Malik. Nach der Rückkehr würden sie in Adoras erzählen, wie sich der von allen gefürchtete Sergeant Malik von einem Targi, der nicht einmal lesen und schreiben konnte, an der Nase hatte herumführen lassen. Dabei war es ohnehin schon schwer genug, diesen Haufen unter Kontrolle zu behalten. Das ging nur, indem er ihnen eine Heidenangst einjagte, aber ohne diese Angst würde einer nach dem anderen versuchen, durch die Wüste zu fliehen. Wenn es schon möglich war, einen Hauptmann umzubringen und ungestraft davonzukommen, warum sollte man dann nicht auch einen Sergeanten liquidieren und einfach abhauen können? So gesehen, ist mein Leben weniger wert als eine Handvoll Datteln, sagte sich Malik.

Als der Abend dämmerte, gab Leutnant Rahman Befehl zum Rückzug, fort von der fürchterlichen Moskitoplage. Während seine Männer das Zeltdach abbauten, das ihnen Schatten gespendet hatte, schickte Rahman dem Korporal, der mit festem Schritt auf die Mitte des Salzsees zusteuerte, einen letzten Blick hinterher. Dann richtete er wieder den Feldstecher auf die Stelle in der Ferne, um die all seine Gedanken kreisten. Seine Untergebenen hatten es längst aufgegeben, ihm Fragen zu stellen, denn allzuoft schon hatten sie sich vergeblich erkundigt, ob sich der Targi bewegt hatte. Für sie war es eine ausgemachte Sache, daß Tote sich nicht bewegten; und daß der Mann dort tot war, daran gab es für sie keinen Zweifel. Dieser »Sohn des Windes« hatte den Mut aufgebracht, sich von der Sonne wie ein Dörrfisch austrocknen zu lassen. Schon bald würden seine Leiche und der Kadaver des Kamels von einer Salzschicht überzogen sein. Wer weiß, vielleicht entdeckte jemand nach hundert Jahren die beiden unversehrten Mumien und fragte sich verwundert, warum sich der Reiter und sein Kamel wohl einen so entlegenen Ort zum Sterben ausgesucht hatten.

Leutnant Rahman lächelte versonnen. Er dachte daran, daß dieser Targi vielleicht Jahrhunderte später, nachdem sein Volk längst für alle Zeiten vom Angesicht der Erde verschwunden wäre, zu einem Sinnbild für den Geist der Tuareg werden könnte. Von seinen Feinden umzingelt, hatte dieser stolze *amahar* im Schatten seines Kamels ungerührt den Tod erwartet, durchdrungen von der Überzeugung, daß ein solcher Tod edler und würdiger war, als in einem Gefängnis dahinzuvegetieren.

Er wird zu einer Legende werden, sagte sich Rahman. Eine sagenumwobene Gestalt wie Omar Muktar o-Hamodu. Er wird der Stolz seines Volkes sein und es daran erinnern, daß früher alle *imohar* so waren wie er.

Die Stimme eines seiner Männer holte ihn in die Wirklichkeit zurück: »Es ist alles bereit, Herr Leutnant.«

Rahman blickte ein letztes Mal auf den Salzsee hinaus, dann setzte sich das Fahrzeug in Bewegung. Wieder einmal brachten sie sich vor den Moskitos in Sicherheit und fuhren zu der Stelle, wo sie jeden Abend ihr Lager aufschlugen.

Während einer der Soldaten auf einem kleinen Petroleumkocher eine einfache Mahlzeit zubereitete, schaltete Rahman das Funkgerät ein, um daheim im Stützpunkt anzurufen.

Souad meldete sich sofort. »Hast du ihn gefangen?« fragte sie atemlos.

»Nein, noch nicht.«

Es folgte ein längeres Schweigen, dann sagte sie rundheraus: »Es wäre eine Lüge, wenn ich behaupten würde, daß es mir leid tut . . . Wann kommst du zurück? Morgen?«

»Was bleibt mir anderes übrig! Wir haben kaum noch Wasser.«

»Paß gut auf dich auf!«

»Gibt es bei euch etwas Neues?«

»Gestern abend habe ich Geburtshelferin gespielt. Es ist eine kleine Stute.«

»Na schön. Also dann bis morgen!«

Er schaltete das Gerät ab, griff nach dem Feldstecher und betrachtete eine Zeitlang nachdenklich die Ebene, über die sich die Dämmerung wie eine graue Decke herabsenkte. Zu Hause hatte ein kleines Kamel das Licht der Welt erblickt, und er selbst rannte hier in der Wüste einem flüchtenden Targi hinterher! Seit einigen Tagen war endlich etwas los im Stützpunkt von Tidikelt, wo manchmal monatelang überhaupt nichts passierte.

Wieder einmal fragte er sich, ob dies das Leben war, das er sich beim Eintritt in die Militärakademie vorgestellt hatte – oder damals, als er die Biographie von Oberst Duperey gelesen hatte und in ihm der Wunsch erwacht war, in dessen Fußstapfen zu treten und zum Retter der Nomadenstämme zu werden. Im weiten Umkreis von Tidikelt gab es jedoch keine Nomadenstämme mehr, denn nach den unangenehmen Erfahrungen, die sie mit Adoras gemacht hatten, mieden sie den Stützpunkt und wollten mit den Militärs nichts mehr zu tun haben.

Es war traurig, aber wahr: Dem Militär war es nie gelungen, die Einheimischen auf seine Seite zu bringen. Jeder, der eine Uniform trug, wurde von ihnen als einer jener schamlosen »Ausländer« angesehen, die die Kamele der Nomaden beschlagnahmten, die Oasen besetzt hielten und sich an den Frauen fremder Leute vergriffen.

Die Nacht war über die steinige Ebene hereingebrochen. In der Ferne lachte eine Hyäne, und die ersten Gestirne blinkten schüchtern an einem Himmel, der schon bald von Sternen übersät sein würde – ein Anblick, den zu bewundern man nie müde wurde. Vielleicht war es die Ruhe dieses nächtlichen Sternenhimmels, die den Menschen nach einem langen Tag voller Hitze, Mühsal und Verzweiflung neue Kraft verlieh. »Die Tuareg spießen die Sterne mit ihren Lanzen auf, damit sie ihren Weg beleuchten«, lautete ein schöner Ausdruck der Wüstenbewohner. Nur ein paar Worte, aber wer sie prägte, hatte solche sternklaren Nächte gewiß oft erlebt. Sicherlich hatte er viele Stunden dagesessen und zum Himmel aufgeschaut.

Seit seiner Kindheit faszinierten Rahman drei Dinge: ein großes Lagerfeuer, das Meer mit den sich an einer Steilküste brechenden Wellen und die Sterne am wolkenlosen Nachthimmel. Schaute er in ein Feuer, vergaß er zu denken; betrachtete er das Meer, stiegen Erinnerungen an seine Kindheit in ihm auf; beobachtete er den nächtlichen Himmel, schloß er Frieden mit sich selbst, seiner Vergangenheit, der Gegenwart und – fast – mit seiner eigenen Zukunft.

Plötzlich tauchte er aus der Dunkelheit auf und stand vor ihnen. Den metallisch glänzenden Lauf seiner Flinte sahen sie zuerst.

Starr vor Staunen blickten sie ihn an. Er war nicht tot, und er war auch nicht mitten auf der *sebkha* zu einer Salzsäule erstarrt. Dort stand er, dicht vor ihnen, und seine Hände hielten das Gewehr mit festem Griff. In seinem Gürtel steckte ein Revolver. Von seinem Gesicht waren nur die Augen zu sehen, und ihr Ausdruck ließ keinen Zweifel, daß er beim geringsten Anzeichen von Gefahr den Abzug durchziehen würde.

»Wasser!« befahl er mit einer herrischen Gebärde.

Einer der Soldaten reichte ihm mit zitternder Hand eine Feldflasche. Der Targi trat zwei Schritte zurück, hob ein wenig seinen Schleier an, jedoch nur soweit, daß die Soldaten nichts von seinem Gesicht sehen konnten, und trank gierig. Das Gewehr hielt er in der anderen Hand.

Der Leutnant blickte sich verstohlen nach seiner Pistole um, die im Jeep auf dem Beifahrersitz lag, aber plötzlich war der Lauf der Flinte direkt auf ihn gerichtet, und er bemerkte, daß sich der Finger am Abzug ein wenig krümmte. Er blieb reglos sitzen und ärgerte sich über seine Unüberlegtheit, denn es war ihm klar, daß es sich nicht lohnte, wegen eines Mannes wie Hauptmann Kaleb das eigene Leben zu riskieren.

»Ich dachte, du seiest tot«, sagte er.

»Ich weiß«, erwiderte der Targi, als er sich sattgetrunken hatte. »Eine Weile fühlte ich mich auch so.« Er streckte den Arm aus, nahm einem der Soldaten den Teller weg und begann mit den Fingern zu essen, fast ohne den *litham* anzuheben. »Ich bin ein *amahar*«, sagte er zwischen zwei Bissen. »Sogar die Wüste empfindet Achtung vor mir.«

»Allerdings! Jeder andere Mensch wäre längst tot. Was hast du jetzt vor?«

Gacel wies mit einem Kopfnicken auf den Jeep. »Du wirst mich in die Berge von Sidi-el-Madia bringen. Dort findet mich niemand.«

»Und wenn ich mich weigere?«

»Dann muß ich dich töten, und einer deiner Männer wird mich hinfahren.«

»Sie werden es nicht tun, wenn ich es ihnen verbiete.«

Der Targi warf ihm einen langen Blick zu, als wäre er verblüfft über das Ausmaß der Dummheit, die aus solchen Worten sprach. »Niemand wird dir folgen, wenn du erst einmal tot bist«, sagte er dann mit Entschiedenheit. »Ich habe nichts gegen diese Männer – und auch gegen dich habe ich nichts.« Er unterbrach sich kurz, dann verkündete er in aller Ruhe: »Es ist gut zu wissen, wann man gewonnen und wann man verloren hat. Du hast verloren!«

Leutnant Rahman nickte. »Du hast recht, ich habe verloren. Bei Tagesanbruch fahre ich dich nach Sidi-el-Madia.«

»Nein, nicht bei Tagesanbruch, sondern jetzt!«

»Jetzt?« begehrte Rahman auf. »Mitten in der Nacht?«

»Bald geht der Mond auf.«

»Du bist verrückt!« rief Rahman. »Sogar bei Tag ist es schwierig, mit dem Auto durch den *erg* zu fahren. Die Steine ruinieren die Reifen und die Achsen. Nachts würden wir keinen Kilometer weit kommen.«

Der Targi antwortete nicht gleich. Er hatte dem zweiten Soldaten den Teller weggenommen und sich mit gekreuzten Beinen auf die Erde gesetzt, das Gewehr auf den Knien. Heißhungrig, fast ohne zu kauen, schlang er das Essen in sich hinein, so daß er sich mehrmals fast verschluckte.

»Hör zu!« sagte er nach einer Weile. »Wenn wir den Brunnen von Sidi-el-Madia erreichen, lasse ich dich am Leben, aber wenn wir es nicht schaffen, bringe ich dich um, auch wenn es nicht deine Schuld ist.« Er gab dem Leutnant ein wenig Zeit, über diese Worte nachzudenken, dann schloß er: »Vergiß nicht, daß ich ein *amahar* bin und immer mein Wort halte.«

Einer der Soldaten, ein noch ziemlich junger Bursche, platzte heraus: »Passen Sie auf, Herr Leutnant! Der Kerl ist verrückt und tut bestimmt, was er sagt.«

Der Targi machte nicht viele Worte. Er blickte den Soldaten starr an, richtete die Mündung seines Gewehrs auf ihn und befahl: »Ausziehen!«

»Was? Was sagst du da?« rief der junge Bursche verblüfft.

»Los, zieh dich aus!« wiederholte Gacel. Dann zielte er auf den zweiten Soldaten und fügte hinzu: »Du auch!«

Die beiden zögerten. Beinahe hätten sie sogar protestiert, aber in der Stimme des Targi hatte so viel Autorität gelegen, daß sie es lieber unterließen. Widerstrebend entledigten sie sich ihrer Uniformen.

»Die Stiefel auch!«

Sie legten alles vor Gacel auf den Boden. Er ergriff die Sachen mit der freien Hand und warf sie in den Jeep. Dann nahm er selbst hinten Platz und gab dem Leutnant mit dem Kopf ein Zeichen. »Der Mond ist aufgegangen. Los, fahren wir!«

Rahman betrachtete die beiden splitternackten Soldaten. Plötzlich begehrte alles in ihm auf. Fast hätte er sich zum Widerstand entschlossen, aber nachdem er mit seinen Männern einen verstohlenen Blick getauscht hatte, ließ er davon ab. Einer der beiden meinte bedrückt: »Machen Sie sich unseretwegen keine Sorgen, Herr Leutnant! Ajamuk kommt bestimmt bald und holt uns hier raus.«

»Aber in den frühen Morgenstunden ist es so kalt, daß ihr bestimmt erfriert!« Rahman wandte sich Gacel zu: »Gib ihnen wenigstens eine Decke!«

Zuerst schien es so, als wäre der Targi dazu bereit, doch dann schüttelte er den Kopf und meinte mit unüberhörbarem Spott: »Sie können sich mit Sand zudecken. Das schützt gegen die Kälte und macht schlank.«

Rahman salutierte kurz, ließ den Motor an und schaltete die Scheinwerfer ein, aber im selben Augenblick spürte er die Mündung des Gewehrs in seinem Rücken.

»Ohne Licht!« befahl der Targi.

Rahman schaltete die Scheinwerfer wieder aus, aber er schüttelte mißbilligend den Kopf. »Du bist verrückt!« brummte er mißmutig. »Total verrückt!«

Er wartete ab, bis sich seine Augen wieder an die Dunkelheit gewöhnt hatten. Dann beugte er sich weit vor, um unterwegs möglichst früh alle Hindernisse zu erkennen, und fuhr langsam los. Die ersten drei Stunden waren sehr mühsam, und sie kamen nicht sehr weit, aber dann erlaubte Gacel, daß die Scheinwerfer eingeschaltet wurden, so daß sie ein bißchen schneller fahren konnten – mit der Folge, daß wenig später einer der Reifen platt war.

Schwitzend und fluchend wechselte der Leutnant das Rad aus, und die ganze Zeit war Gacels Gewehr auf ihn gerichtet. Für Rahman war die Versuchung groß, in einem günstigen Augenblick mit dem großen Schraubenschlüssel auf Gacel loszugehen, um die demütigende Situation zu beenden und eine Entscheidung herbeizuführen. Aber er *wußte*, daß der Targi größer und stärker war als er. Selbst wenn es ihm, Rahman, gelänge, dem Targi das Gewehr zu entreißen, dann verfügte dieser immer noch über einen Revolver, ein Schwert und einen Dolch.

Es galt wohl, den Traum von einer raschen Beförderung aufzugeben und zu hoffen, daß sich die Dinge nicht noch mehr komplizierten. Sich von diesem Menschen umbringen zu lassen, wäre eine kaum zu überbietende Dummheit, sagte sich Rahman.

Genau um Mitternacht trafen sich die vier Männer an der Stelle, wo das tote Kamel lag. Es überraschte sie nicht sonderlich, daß der Targi verschwunden war. Sergeant Malik-el-Haideri ließ es sich trotzdem nicht entgehen, Gacel mit den unflätigsten Ausdrücken seines Kasernenhofjargons zu verwünschen, und da er schon einmal dabei war, schimpfte er auch über den »dummen Grünschnabel von einem Leutnant«, der sich von dem Targi hatte hereinlegen lassen.

»Was sollen wir jetzt machen?« fragte einer der Soldaten konsterniert.

»Was der Leutnant machen wird, weiß ich nicht, aber ich fahre zum Brunnen von Sidi-el-Madia, ob er damit einverstanden ist oder nicht. Auch ein Targi muß irgendwann trinken. So viele Tage ohne Wasser hält der Scheißkerl nicht aus.«

Der älteste der Soldaten hatte unterdessen den Kadaver des Kamels mit Hilfe einer Taschenlampe sorgfältig untersucht, wies dann auf die Wunde in der Bauchgegend und meinte: »Er hat Wasser. Es ist zwar eklig und würde jeden anderen Menschen umbringen, aber die Tuareg können mit solchem Zeug überleben. Er hat auch das Blut getrunken.« Der Soldat zögerte kurz, dann verkündete er: »Den finden wir nie!«

Sergeant Malik-el-Haideri antwortete nicht. Er warf einen letzten Blick auf das tote Kamel und ging dann zum Jeep zurück. Nach dem Zustand des Kadavers zu schließen war das Kamel schon seit über achtundvierzig Stunden tot. Der Targi hatte es also schon vor zwei Nächten geopfert. Falls er sich sofort auf den Weg gemacht hatte, was Malik bezweifelte, dann war er wohl nicht mehr einzuholen, doch wenn er einen weiteren Tag hatte verstreichen lassen, um die Wachsamkeit seiner Verfolger einzuschläfern, dann war er noch nicht weit gekommen. Vielleicht blieb noch Zeit, ihm den Weg abzuschneiden.

Malik hielt nichts von dem Versuch, den Targi im *erg* zu fangen, denn dieser würde sich sofort im Sand eingraben, sobald er von weitem ein Fahrzeug erblickte. Das mit Magensäften durchsetzte Wasser aus dem Bauch des Kamels wäre jedoch spätestens morgen vollends ungenießbar, so daß sich der Flüchtende unweigerlich etwas anderes einfallen lassen mußte. Die sogenannten *atankor* in den Tälern und Schluchten der Gebirgsmassive, wo man mit viel Glück einen Schluck trüben, brackigen Wassers ergattern konnte, wenn man nur tief genug grub, reichten nicht zum Überleben, sondern waren dem Reisenden, der sich in das

Labyrinth zwischen den zahllosen Felswänden hinein-
wagte, höchstens eine zusätzliche Hilfe.

Wenn man also den einzigen Brunnen weit und breit in
der Hand hatte, dann konnte man den Targi zur Aufgabe
zwingen – oder zum Tod durch Verdursten. Bei dieser
Vorstellung beschleunigte Sergeant Malik unwillkürlich
den Schritt. Er ertappte sich dabei, daß er fast zu laufen anfing.

Der Mond verbarg sich noch hinter dem Horizont, aber
nach so vielen Jahren in der Wüste war Maliks Orientie-
rungssinn beinahe so gut wie der eines Nomaden. Eine
Stunde vor Sonnenaufgang erreichte er mit seinen Männern die Uferböschung. Während er auf allen vieren hin-
aufkroch, verfluchte er die Moskitos, die sich gierig auf
ihn stürzten. Schon von weitem schrie er seinen zurückge-
bliebenen Männern etwas zu, während er sich ihnen im
Laufschritt näherte.

Sie umringten ihn erschrocken. »Was ist passiert?«
fragte Ali, der Schwarze.

»Was soll schon passiert sein! Er ist abgehauen! Was
dachtest du denn?«

»Und was machen wir jetzt?«

Der Sergeant antwortete nicht. Er packte den Hörer des
Sprechfunkgerätes und rief wiederholt: »Herr Leutnant!
Können Sie mich hören?« Als er jedoch auch beim fünften
Mal keine Antwort erhalten hatte, zischte er irgendeine
Obszönität und startete den Motor des Jeeps. »Wer weiß,
vielleicht ist er eingeschlafen, der Idiot! Los, wir fahren!«

In sicherer Entfernung vom Ufer des Salzsees ging es
nach Nordwesten. Der Jeep machte solche Bocksprünge,
daß sich die Männer mit aller Kraft festhalten mußten, um
nicht in hohem Bogen herausgeschleudert zu werden.

Kurz vor Tagesanbruch hielt Leutnant Rahman an, weil das Benzin zu Ende ging. Er leerte den Reservekanister in den Tank und drehte ihn um, damit Gacel sah, daß alles seine Richtigkeit hatte. »Damit kommen wir nicht weit«, sagte er dann.

Der Targi antwortete nicht. Er saß auf dem Rücksitz des Wagens und starrte angestrengt auf den Horizont, wo sich allmählich eine dunkle, unregelmäßige Linie abzuzeichnen begann. Einige Zeit später tauchte vor ihnen das Massiv von Sidi-el-Madia auf. Rot und ockerfarben erhob es sich schroff in der Ebene. Es verdankte seine Existenz einem gewaltigen Naturereignis, das sich lange vor Erscheinen des Menschen auf dem Planeten Erde ereignet hatte, und es sah so aus, als hätten es die Hände eines Riesen aus den Tiefen emporgehoben und mutwillig im Flachland liegengelassen.

Der ewige Wind der Wüste hatte im Lauf von Millionen Jahren die zackigen Gipfel des Gebirges blankgefegt. Hier gab es kein loses Sandkorn und nicht die geringste Spur von Vegetation. Das ganze Massiv bestand aus nacktem Fels und lag leuchtend unter der sengenden Sonne. Wegen des enormen Temperaturunterschiedes, der hier zwischen Tag und Nacht herrschte, war das Gestein überall geborsten.

Reisende, die sich früher einmal in diese Bergwelt hineingewagt hatten, hatten nach ihrer Rückkehr versichert, man höre dort Stimmen, Schreie und Klagen, aber in Wirklichkeit handelte es sich natürlich um die Geräusche, die die heißen Steine verursachten, wenn sie beim plötzlichen Abkühlen platzten.

Dies war ein unwirtlicher Ort, unwirtlicher noch als das Land, in dessen Mitte er lag. Von dieser Gegend der Welt hätte man meinen können, daß der allmächtige Schöpfer nach Vollendung seines Werkes alle Abfälle und Trümmer abgeladen und sie hier zu einem wilden Gewirr aus Stein, Salz und Sand übereinandergetürmt hatte.

In den Augen des Targi war das Massiv von Sidi-el-Madia jedoch keine gottverlassene Gegend, sondern ein Labyrinth, in dem sich ein ganzes Heer hätte verbergen können, ohne jemals gefunden zu werden.

»Wieviel Benzin haben wir noch?« fragte er.

»Für zwei Stunden, höchstens drei. Bei diesem Tempo und in diesem Gelände verbraucht der Jeep sehr viel.« Besorgt runzelte Rahman die Stirn. »Ich glaube nicht, daß wir es bis zum Brunnen schaffen.«

Gacel machte eine wegwerfende Handbewegung. »Wir fahren nicht zum Brunnen«, sagte er.

»Aber du sagtest doch . . .«

»Ich weiß, was ich gesagt habe«, unterbrach ihn der Targi.

»Du hast richtig gehört, und deine Männer auch. Sie werden es natürlich weitersagen.« Er dachte kurz nach und fuhr dann fort: »Als ich tagelang auf dem Salzsee allein war, habe ich mich gefragt, wie es möglich war, daß du mich so schnell einholen konntest, obwohl ich einen großen Vorsprung hatte. Aber gestern sah ich, wie du mit diesem Apparat gesprochen hast, und da wurde mir alles klar. Wie nennt man so ein Ding?«

»Funkgerät. Es funktioniert so ähnlich wie ein Radio.«

»Richtig, ein Radio. Mein Vetter Suleiman hat sich eins gekauft. Zwei Monate lang hat er Steine geschleppt, um sich etwas leisten zu können, aus dem Stimmen und Geräusche kommen . . . Ohne das Ding hättest du mich nicht so schnell gefunden, stimmt's?«

Leutnant Rahman nickte wortlos. Gacel streckte die Hand nach dem Hörer aus, zerriß mit einem kurzen Ruck das Kabel und warf alles weit fort. Dann zertrümmerte er mit dem Gewehrkolben den ganzen Apparat.

»Es ist nicht gerecht«, sagte er. »Ich bin allein, und ihr seid viele. Es ist nicht gerecht, daß ihr die Methoden der Franzosen übernehmt!«

Der Leutnant hatte unterdessen die Hosen heruntergelassen und erleichterte sich keine drei Schritte vom Jeep entfernt. »Manchmal glaube ich, daß du einfach blind bist für die Wirklichkeit«, meinte er leichthin. »Hier handelt es sich nicht um einen Kampf zwischen dir und uns. Es geht darum, daß du ein Verbrechen begangen hast und dafür büßen mußt. Man kann nicht ohne weiteres einen anderen Menschen umbringen!«

Gacel war Rahmans Beispiel gefolgt und hatte sich in einiger Entfernung ebenfalls hingehockt, allerdings ohne das Gewehr aus der Hand zu legen. »Dasselbe habe ich dem Hauptmann gesagt«, erwiderte er. »Er hatte kein Recht, meinen Gast zu töten.« Er schwieg eine Weile, dann fuhr er fort: »Aber niemand hat ihn dafür bestraft. Deshalb mußte ich es selbst tun.«

»Der Hauptmann hatte seine Befehle.«

»Befehle? Von wem?«

»Von seinem Vorgesetzten, nehme ich an. Vielleicht vom Gouverneur persönlich.«

»Und wer ist dieser Gouverneur, daß er solche Befehle erteilen kann? Wie kann er so einfach über mich, meine Familie, mein Zeltlager und meine Gäste verfügen?«

»Er ist der oberste Vertreter der Regierung in diesem Landesteil.«

»Welche Regierung?«

»Die Regierung der Republik.«

»Und was ist eine Republik?«

Der Leutnant seufzte resigniert. Suchend blickte er sich um und fand einen geeigneten Stein. Er säuberte sich damit, stand auf und knöpfte bedächtig seine Hose zu.

»Verlang jetzt bitte nicht von mir, daß ich dir erkläre, wie die Welt funktioniert«, sagte er.

Auch der Targi reinigte sich mit einem Stein, dann warf er sich von unten mehrmals eine Handvoll Sand gegen den After, wartete ein wenig ab und erhob sich ebenfalls.

»Warum nicht?« meinte er. »Du willst mir weismachen,

138

daß ich ein Verbrechen begangen habe, aber du kannst mir nicht erklären, warum. Das finde ich absurd!«

Rahman stand vor dem Wasserbehälter und füllte gerade den kleinen Blechnapf, der hinten am Jeep an einer Kette hing. Er spülte sich den Mund aus und goß den Rest des Wassers über seine Hände.

»Geh mit dem Wasser sparsam um!« befahl der Targi. »Ich werde jeden Tropfen davon brauchen.«

Rahman drehte den Hahn zu und wandte sich zu ihm um. »Vielleicht hast du recht«, meinte er. »Ich sollte dir wohl erklären, daß wir keine Kolonie mehr sind. Damals, als die Franzosen kamen, wurde für euch Tuareg vieles anders, und jetzt, da sie endlich fort sind, hat sich wieder alles geändert.«

»Aber wenn sie weg sind – warum kehren wir dann nicht zu unseren alten Lebensformen zurück?«

»Das ist unmöglich. Die letzten hundert Jahre sind nicht spurlos an diesem Land vorübergegangen. Es ist viel passiert. Die Welt – und damit meine ich die *ganze* Welt – ist nicht mehr so wie früher!«

Gacel wies mit einer schwungvollen Geste auf die Wüste rings um sie her. »Hier hat sich nichts verändert. Die Wüste ist noch dieselbe, und sie wird auch nach hundertmal hundert Jahren noch so sein. Niemand ist zu mir gekommen und hat gesagt: ›Da, hier hast du Wasser! Und nimm auch dieses Essen, diese Munition und diese Medizin! Die Franzosen sind fort. Deine Gebräuche, Gesetze und Überlieferungen können wir nicht mehr respektieren, obwohl sie dir von den Urahnen deiner Ahnen überliefert worden sind. Aber als Gegenleistung geben wir dir etwas Besseres und werden dafür sorgen, daß das Leben in der Sahara leichter wird, so leicht, daß du deine alten Sitten und Traditionen nicht mehr brauchst . . .‹«

Der Leutnant dachte eine Weile mit gesenktem Kopf über diese Worte nach. Wie er dort am Kotflügel des Jeeps lehnte und die Spitzen seiner Stiefel betrachtete, wirkte er wie jemand, der gerade ein Schuldbekenntnis abgelegt hat. Schließlich meinte er achselzuckend: »Es stimmt, so hätte man eigentlich mit euch reden müssen. Aber wir sind ein junges Land, das erst vor kurzem seine Unabhängigkeit errungen hat. Es wird noch Jahre dauern, bis wir uns in der neuen Lage völlig zurechtgefunden haben.«

»Wenn ihr nicht alles auf einmal bewältigen könnt, wie du selbst sagst, dann wäre es doch am besten, die Dinge vorerst so zu lassen, wie sie sind«, sagte Gacel mit einer in seinen Augen unwiderlegbaren Folgerichtigkeit. »Es ist dumm, etwas zu zerstören, ohne vorher etwas Neues gebaut zu haben.«

Rahman mußte zugeben, daß er diese Schlußfolgerung mit keinem Gegenargument entkräftigen konnte. Tatsächlich hatte er nie Antworten auf all die Fragen gewußt, die sich ihm manchmal aufdrängten, wenn er sich konsterniert Rechenschaft über den Verfall des gesellschaftlichen Systems ablegte, in das er hineingeboren worden war.

»Es ist wohl besser, wir hören auf damit«, sagte er. »Wir würden uns sowieso nie einig werden. Möchtest du etwas essen?«

Gacel bejahte, und Rahman öffnete die große hölzerne Proviantkiste. Er entnahm ihr eine Fleischkonserve und teilte sie mit Gacel. Dazu gab es ein paar Kekse und ein Stück harten, trockenen Ziegenkäse.

Unterdessen löste sich die Sonne immer weiter vom Horizont. Sie erwärmte die Erde und brach sich auf den schwarzen Felsen des Gebirgsmassivs von Sidi-el-Madia, das sich immer klarer in der Ferne abzeichnete.

»Wohin fahren wir?« erkundigte sich der Leutnant nach einer Weile.

Gacel wies auf einen Punkt zu seiner Rechten. »Dort hinten ist irgendwo der Brunnen. Aber siehst du die Steilwand weiter links? *Das* ist unser Ziel.«

»Ich bin einmal unten vorbeigefahren. Da kommt niemand hoch.«

»Doch, ich! Die Berge von Huaila sind ganz ähnlich, vielleicht sogar noch unwegsamer. Dort mache ich manchmal Jagd auf Mähnenschafe. Einmal habe ich an einem einzigen Tag fünf Stück erlegt. Wir hatten Dörrfleisch für ein ganzes Jahr. Meine Söhne schlafen noch immer auf den Fellen.«

»Gacel, der ›Jäger‹!« sagte der Leutnant bewundernd.

»Du bist stolz darauf, so zu sein, wie du bist – und vor allem bist du stolz darauf, ein Targi zu sein, nicht wahr?«

»Ja, sonst müßte ich mich ändern. Du freust dich doch auch, du zu sein, oder?«

Rahman schüttelte den Kopf. »Nein, nicht sehr«, gab er unumwunden zu. »Zur Zeit wäre ich lieber auf deiner Seite, aber so kann man natürlich kein Land aufbauen.«

»Länder, die durch Ungerechtigkeiten groß werden, bleiben nicht lange groß«, sagte der Targi mit Nachdruck. »Wir fahren jetzt besser weiter. Es ist schon zuviel geredet worden.«

Sie machten sich wieder auf den Weg, aber sie hatten schon bald erneut eine Reifenpanne. Zwei Stunden später fing der Motor an zu husten und blieb nach ein paar Fehlzündungen stehen. Bis zu der Felswand, die wie die Burg eines Zyklopen aussah, waren es noch fünf Kilometer.

»Willst du da wirklich raufklettern?« fragte Rahman.

Gacel nickte wortlos. Er sprang aus dem Jeep und begann, die Tornister der Soldaten mit Proviant und Munition vollzustopfen. Dann entlud er die Waffen, wobei er sich versicherte, daß keine einzige Patrone in der Kammer blieb. Sorgsam untersuchte er die Karabiner, wählte den besten aus und ließ sein eigenes Gewehr auf der Sitzbank des Jeeps zurück.

»Dieses Gewehr hat mir mein Vater geschenkt, als ich noch ein Kind war«, sagte er. »Ich habe nie ein anderes benutzt, aber jetzt ist es alt, und es wird immer schwieriger, Munition dieses Kalibers aufzutreiben.«

»Ich werde es als Museumsstück aufbewahren«, erwiderte der Leutnant. »Und ich werde ein kleines Schild mit der Aufschrift anbringen: ›Dieses Gewehr gehörte Gacel Sayah, dem berühmten Jäger und Banditen.‹«

»Ich bin kein Bandit!«

Rahman lächelte beschwichtigend. »Es war ja auch nur ein Scherz.«

»Solche Scherze macht man abends am Lagerfeuer im Freundeskreis! Ich will dir mal etwas sagen: Hör auf, mich zu verfolgen! Wenn ich dir noch einmal begegne, muß ich dich töten!«

»Aber ich werde dich trotzdem verfolgen, wenn man es mir befiehlt.«

Der Targi hatte seine alte *gerba* geleert und war gerade dabei, sie mit klarem Wasser auszuspülen. Verblüfft ließ er die Hände sinken. »Wie kannst du dein ganzes Leben davon abhängig machen, was dir andere befehlen?« fragte er. »Wie kannst du dich als ein freier Mann fühlen, wenn du dich einem fremden Willen unterwirfst? Wenn sie zu dir sagen: ›Verfolge einen Unschuldigen!‹, dann verfolgst du ihn. Und wenn sie dir befehlen: ›Laß diesen Hauptmann in Ruhe, auch wenn er ein Mörder ist!‹, dann läßt du ihn in Ruhe. Ich verstehe dich nicht!«

»Das Leben ist nicht so einfach, wie es hier in der Wüste aussieht.«

»Warum bleibt ihr denn nicht weg mit eurer Lebensart? Hier wissen wir immer, was gut, schlecht, gerecht oder ungerecht ist«, sagte Gacel. Er hatte inzwischen seinen Wassersack gefüllt und sich vergewissert, daß die Feldflaschen der Soldaten ebenfalls voll waren. Der Wasserkanister hinten am Jeep war hingegen fast leer. Dem Leutnant entging diese Tatsache nicht.

»Du wirst mich doch nicht ohne Wasser zurücklassen?« fragte er besorgt. »Gib mir wenigstens eine Feldflasche!«

Der Targi schüttelte den Kopf. »Ein bißchen Durst wird dich begreifen lehren, was ich auf dem Salzsee durchgemacht habe. Es kann nicht schaden, in der Wüste den Durst kennengelernt zu haben.«

»Aber ich bin kein Targi!« protestierte Rahman. »Ich kann nicht zu Fuß zum Lager zurückkehren. Es ist zu weit, und ich würde mich verirren. Bitte!«

Wieder schüttelte Gacel den Kopf. »Du mußt dich möglichst wenig bewegen«, riet er dem Leutnant. »Sobald ich die Berge erreicht habe, kannst du die Decken und die Kleidung der Soldaten anzünden. Die anderen werden den Rauch sehen und dich abholen.« Er dachte kurz nach. »Gibst du mir dein Ehrenwort, daß du warten wirst, bis ich die Berge erreicht habe?«

Rahman nickte wortlos. Er blieb im Jeep sitzen und schaute zu, wie der Targi sich mit den Tornistern, Feldflaschen, Waffen und mit dem Wassersack belud. Das Gewicht schien ihm nichts auszumachen. Zielstrebig und mit festem Schritt ging er rasch davon.

Gacel hatte schon hundert Meter zurückgelegt, als Rahman so lange auf die Hupe drückte, bis er sich umdrehte.

»Viel Glück!« rief ihm der Leutnant hinterher.

Der Targi winkte mit der Hand, drehte sich um und setzte seinen Weg fort.

Die Palmen haben den Kopf gern im Feuer und die Füße im Wasser«, lautet eine alte Redensart.

Vor Gacels Augen lag die Bestätigung dieses Sprichwortes, denn soweit er blicken konnte, erstreckte sich vor ihm ein Palmenhain, der aus mehr als zwanzigtausend Bäumen bestand. Die glühende Hitze machte ihnen nichts aus, denn ihre Wurzeln labten sich ständig an klarem, frischem Wasser aus hundert Quellen und zahllosen Brunnen.

Wahrlich, dies war ein schöner Anblick – selbst dann, wenn die erbarmungslos sengende Sonne senkrecht am Himmel stand. Denn drinnen in dem riesigen, dämmerigen Arbeitszimmer, von der Außenwelt durch dicke Scheiben und halb durchsichtige, makellos weiße Gardinen abgeschirmt, herrschte dank einer Klimaanlage Tag und Nacht zu jeder Jahreszeit eine solche Kühle, daß man fast fröstelte. Aber für den Gouverneur Hassan-ben-Koufra war das eine Selbstverständlichkeit: Er brauchte diesen Komfort, um sich bei der Arbeit wohl zu fühlen.

Die Sahara wirkte, von dieser Warte aus betrachtet – also mit einer Tasse Tee in der einen Hand und einer *Davidoff Ambassatrice* in der anderen –, durchaus erträglich, ja, man fühlte sich an gewissen Abenden sogar fast wie im Paradies, wenn die Sonne über den Wipfeln des Palmenhains, der in El-Akab den einzigen Horizont bildete, noch ein Weilchen zu zögern schien, bevor sie neben dem Minarett der Moschee unterging.

Unten, am Fuß der Balkone, in dem lieblichen Garten,

den Oberst Duperey angeblich selbst entworfen hatte, als der Palast nach seinem Willen errichtet worden war, erstreckten sich zwischen Apfel- und Zitronenbäumen Beete mit Rosen und Nelken, überragt von schattenspendenden Zypressen, in denen die Palmtauben zu Tausenden gurrten. Zur Zeit der großen Wanderschaft fielen dort auch die Wachteln in Scharen ein, um sich nach ihrem langen Flug auszuruhen.

El-Akab war schön, daran gab es keinen Zweifel. Dies war die schönste Oase der Sahara zwischen Marrakesch und den Ufern des Nils – und deshalb hatte man sie zur Hauptstadt einer Provinz erkoren, die größer war als viele europäische Länder.

Beherrscht wurde diese Provinz von Hassan-ben-Koufra, dem »exquisiten« Gouverneur, der in seinem kühlen Arbeitszimmer im Palast saß und sein Reich wie ein Vizekönig mit fester Hand, sparsamer Gestik und herrischer Stimme regierte.

»Sie sind ein Versager, Leutnant!« sagte der Gouverneur und blickte sein Gegenüber mit einem Lächeln an, das eher zu einem Glückwunsch als zu einer solchen Beleidigung gepaßt hätte. »Wenn Ihnen ein Dutzend Männer nicht reicht, um einen mit einer alten Flinte bewaffneten Flüchtling einzufangen – wie viele brauchen Sie dann? Vielleicht eine Division?«

»Ich wollte unnötiges Blutvergießen vermeiden, Exzellenz. Und ich wiederhole: Mit seiner alten Flinte hätte er uns einen nach dem anderen abgeknallt, wenn wir ihm zu nahe gekommen wären. Er ist ein sagenhaft guter Schütze, aber die meisten unserer Soldaten haben vielleicht vierzigmal in ihrem Leben auf den Abzug gedrückt, wenn es hochkommt.« Leutnant Rahman räusperte sich. »Außerdem haben wir Befehl, keine Munition zu verschwenden.«

»Gewiß, gewiß«, erwiderte der Gouverneur beschwichtigend. Er wandte sich vom Balkonfenster ab und begab sich wieder zu seinem pompösen Schreibtisch. »Ich selbst habe diesen Befehl erteilt. In Friedenszeiten halte ich es für Verschwendung, Rekruten zu erstklassigen Schützen auszubilden, die dann schon nach einem Jahr wieder nach

Hause fahren. Es reicht, wenn sie wissen, wie ein Gewehr aussieht.«

»Diesmal hat es nicht gereicht, Exzellenz! Verzeihen Sie mir, wenn ich Ihnen widersprechen muß, aber in der Wüste hängt das Leben eines Mannes oft von seiner Treffsicherheit ab.« Rahman holte tief Luft. »Diesmal war es so«, schloß er.

»Hören Sie zu, Leutnant!« erwiderte Hassan-ben-Koufra ungerührt, denn er verlor nie die Haltung. »Ich kann mir ein Urteil zutrauen, weil ich selbst Offizier bin. Das Leben von Untergebenen zu schonen, ist gewiß sehr löblich, aber es gibt Fälle – und dies ist einer dieser Fälle –, wo die Soldaten vor allem ihre Pflicht erfüllen müssen, weil die Ehre des ganzen Heeres auf dem Spiel steht. Zu erlauben, daß ein Beduine einen Hauptmann und einen unserer einheimischen Führer umbringt, daß er anschließend zwei unserer Soldaten splitternackt in der Wüste zurückläßt und einen Leutnant zwingt, ihn viele Kilometer weit zu fahren – all dies ist eine Schande für die Streitkräfte und damit auch für mich, den Oberbefehlshaber dieser Provinz.«

Leutnant Rahman nickte wortlos. Er mußte sich zusammenreißen, um nicht vor Kälte zu zittern, denn seine Uniform war viel zu dünn für die im Raum herrschende Temperatur.

»Ich hatte den Auftrag, einen Mann einfangen zu helfen und ihn den Behörden zu übergeben, Exzellenz«, sagte er und versuchte, seiner Stimme einen festen, zuversichtlichen Klang zu verleihen. »Mein Befehl lautete jedoch nicht, den Mann wie einen räudigen Hund abzuknallen.« Er zögerte kurz, dann fuhr er fort: »Um Polizeidienste zu verrichten, hätte es eindeutiger, konkreter Befehle von höherer Stelle bedurft. Mein Wunsch war es, mich in dieser Sache nützlich zu machen, aber ich muß zugeben, daß ich dabei keine sehr glückliche Hand hatte. Ehrlich gesagt glaube ich jedoch, daß es so besser ist. Besser, als mit fünf Leichen zurückzukommen.«

Der Gouverneur schüttelte bedächtig den Kopf und lehnte sich in seinem Sessel zurück. Für ihn schien die Unterredung bereits beendet, doch dann sagte er noch: »Das zu beurteilen, obliegt nur mir. Nach allem, was ich gehört habe, wären wir mit fünf Leichen besser bedient. Von den Franzosen hatten wir gewissermaßen die Achtung der Nomadenstämme geerbt, aber jetzt ist dieser Respekt zum ersten Mal brüchig geworden. Und all dies wegen dieses Beduinen und der Unfähigkeit, die Sie unter Beweis gestellt haben! Das ist schlimm, sehr schlimm.«

»Es tut mir leid . . .«

»Es wird Ihnen noch mehr leid tun, Leutnant, das versichere ich Ihnen! Vom heutigen Tag an übernehmen Sie die Nachfolge von Hauptmann Kaleb-el-Fasi als Kommandant der Garnison von Adoras.«

Leutnant Rahman merkte, wie ihm trotz der Klimaanlage der Schweiß ausbrach. Die Knie schlotterten ihm so sehr, daß sie aneinanderstießen.

»Adoras!« wiederholte er fassungslos. »Das ist ungerecht, Exzellenz! Mag sein, daß ich einen Fehler gemacht habe, aber ich bin kein Verbrecher!«

»Adoras ist kein Zuchthaus«, erwiderte der Gouverneur ruhig. »Es ist nur ein Außenposten. Ich bin befugt, jeden Untergebenen nach Belieben dorthin zu versetzen.«

»Aber alle Welt weiß, daß man dorthin das übelste Gesindel abschiebt, den Abschaum des Heeres!«

Gouverneur Hassan-ben-Koufra zuckte ungerührt die Achseln und wandte sich mit fingiertem Interesse einem Bericht zu, der vor ihm auf dem Schreibtisch lag. Ohne aufzublicken, meinte er: »Das ist Ihre private Meinung, aber keine offiziell anerkannte Tatsache. Sie haben einen Monat, um Ihre persönlichen Angelegenheiten zu regeln und Ihre Versetzung in die Wege zu leiten.«

Leutnant Rahman wollte noch etwas sagen, aber er begriff, daß es vergeblich gewesen wäre. Er salutierte steif und wandte sich zur Tür. Unterwegs betete er inständig, daß ihn seine Beine nicht im Stich ließen. Er wollte diesem Hundesohn nicht die Genugtuung geben, ihn vor sich am Boden liegen zu sehen.

Draußen lehnte er die Stirn an eine der Marmorsäulen und blieb so eine Weile stehen, denn er fühlte sich außerstande, unter den Augen Dutzender geschäftig vorbeieilender Angestellter die prunkvolle Freitreppe hinabzugehen, ohne kopfüber hinunterzustürzen und unten zwischen den Blumenbeeten zu landen.

Eine jener Amtspersonen, die geräuschlos an ihm vorbeiglitten, klopfte hinter ihm dreimal an die Tür des Gouverneurs und trat ein.

Der Gouverneur, der nicht mehr so tat, als studierte er den vor ihm liegenden Bericht, betrachtete im Sessel sitzend durch das geschlossene Fenster hindurch das Minarett der Moschee. Er begrüßte den Mann, der nach dem Eintreten respektvoll am Rand des Teppichs stehengeblieben war, mit einem kaum merklichen Kopfnicken und der Frage: »Was gibt es, Anwar?«

»Der Targi ist spurlos verschwunden, Exzellenz.«

»Das wundert mich nicht«, erwiderte der Gouverneur. »Solch ein ›Sohn des Windes‹ ist imstande, innerhalb eines Monats von einem Ende der Wüste zum anderen zu reiten. Wahrscheinlich ist er zu seiner Familie zurückgekehrt. Hat man festgestellt, um wen es sich handelt?«

»Er heißt Gacel Sayah und ist ein *amahar* aus dem Kel-Tagelmust, dem ›Volk des Schleiers‹. Als Nomade bewohnt er ein sehr ausgedehntes Gebiet in der Nähe des Huaila-Gebirges.«

Hassan-ben-Koufra blickte kurz auf die große Landkarte der Provinz, die einen festen Platz an der gegenüberliegenden Wand hatte.

»Das Huaila-Gebirge!« wiederholte er und schüttelte mißmutig den Kopf. »Die Grenze läuft mittendurch.«

»Die Grenze gibt es nur auf dem Papier, Exzellenz«, gab Anwar zu bedenken. »Ihr genauer Verlauf ist niemals festgelegt worden!«

»Nichts ist hier jemals genau festgelegt worden«, sagte der Gouverneur. Er stand auf und ging langsam in dem riesigen Arbeitszimmer auf und ab. »Einen Targi in diesen Weiten zu suchen ist so, als wollte man im Ozean einen bestimmten Fisch fangen.« Er blieb stehen und wandte sich dem anderen zu: »Legen Sie den Fall zu den Akten!«

Anwar-el-Mokri, ein tüchtiger Sekretär, der schon seit acht Jahren unmittelbar dem Gouverneur unterstand, erlaubte sich die Kühnheit, eine unzufriedene Grimasse zu schneiden. »Dem Offizierscorps wird das nicht gefallen,

148

Exzellenz«, sagte er. »Dieser Targi hat einen Hauptmann umgebracht . . .«

»Hauptmann Kaleb-el-Fasi war überall verhaßt«, erinnerte ihn der Gouverneur. »Er war keinen Schuß Pulver wert.« Ohne Eile zündete er seine Davidoff an. »Das gilt auch für Sergeant El-Haideri . . .«

»Aber nur Männer wie er können mit den Ganoven und Verbrechern in Adoras fertig werden.«

»Diese Aufgabe hat von jetzt an Leutnant Rahman.«

»Rahman?« rief El-Mokri verwundert aus. »Haben Sie Rahman nach Adoras versetzt? Der hält keine drei Monate durch!« Er lächelte amüsiert. »Jetzt verstehe ich, warum er da draußen an der Säule lehnte und so aussah, als könnte er jeden Augenblick ohnmächtig werden. Sie werden ihn zuerst vergewaltigen und dann einen Kopf kürzer machen.«

Der Gouverneur ließ sich in einen der voluminösen, mit schwarzem Leder bezogenen Polstersessel sinken, die in einer Ecke seines Arbeitszimmers eine Sitzgruppe bildeten. Er blies eine große Rauchwolke vor sich hin und meinte gelassen: »Vielleicht, vielleicht auch nicht . . . Wer weiß, vielleicht fängt er sich, kämpft um sein Leben und begreift endlich, daß man hier nicht herumsitzen, *Beau Geste* lesen und Oberst Duperey nachäffen kann.« Er schwieg lange, dann fuhr er fort: »Ich habe hier eine große Aufgabe zu erfüllen: Ich soll mit allem Schluß machen, was noch von dekadenter Romantik und überholtem Patriarchentum übriggeblieben ist, damit diese Provinz und ihre Bewohner endlich anfangen, dem Gemeinwohl zu dienen. Hier gibt es Erdöl, Eisen, Kupfer, Phosphat und tausend andere Bodenschätze, die wir benötigen, um aus unserem Land eine mächtige, fortschrittliche und moderne Nation zu machen.« Bei diesen Worten schüttelte er mehrmals den Kopf. »So etwas kann man nicht mit Männern wie Leutnant Rahman erreichen, sondern mit Kerlen wie Malik oder Hauptmann Kaleb. Es tut mir leid, aber die Tuareg haben mitten im zwanzigsten Jahrhundert keine Daseinsberechtigung mehr – genausowenig wie die Indios am Amazonas oder früher die Rothäute in Nordamerika. Können Sie sich die Sioux vorstellen, wie sie sich heute in den Prärien des Mittleren Westens herumtreiben und zwischen Fördertürmen der Erdölgesellschaften und Atomkraftwerken Büffelherden nachstellen? Es gibt Lebensformen, denen irgendwann im Verlauf der Geschichte die Stunde schlägt. Dann sind sie zum Untergang verurteilt. Mit unseren Nomaden ist es soweit, ob uns das nun gefällt oder nicht. Sie müssen sich anpassen oder verschwinden.«

»Das klingt sehr hart . . .«

»Es klang auch sehr hart, als wir zum ersten Mal sagten, die Franzosen müßten raus aus unserem Land, obwohl sie mehr als hundert Jahre lang hier gelebt hatten. Viele von ihnen waren sogar meine persönlichen Freunde. Wir waren zusammen zur Schule gegangen, und ich kannte ihre Namen und alles, was ihnen wichtig war. Doch dann kam der Augenblick, wo wir uns ihrer ohne Sentimentalität entledigen mußten. Es gibt Dinge, die man höher bewerten muß als die bürgerliche Moral. Das Nomadenproblem gehört dazu.« Wieder machte der Gouverneur eine lange Pause und dachte angestrengt nach. Dann schloß er: »Der Präsident weiß das genau, und er sagte zu mir: Hassan, die Nomaden sind eine Minderheit, aufgrund einer inneren Logik zum Untergang verurteilt. Falls es uns nicht gelingt, aus ihnen nützliche Arbeitskräfte zu machen, dann sollten wir ihr Verschwinden beschleunigen, um ihnen unnötiges Leid und uns selbst Probleme zu ersparen . . .«

»Aber bei seiner letzten Rede hat er . . .«, wagte der Sekretär zu bemerken.

»Ach was, Anwar!« unterbrach ihn der Gouverneur mit mildem Tadel, als ob er einen kleinen Jungen zurechtwies. »Solche Dinge kann man natürlich nicht in aller Öffentlichkeit aussprechen, wenn ein Teil dieser Nomaden zuhört und das Ausland voller Neugier auf uns blickt, um zu sehen, wie sich die Dinge bei uns nach der Unabhängigkeit entwickeln. Die Nordamerikaner zum Beispiel wurden im selben Augenblick zu großen Fürsprechern der Menschenrechte, als sie die Indianer in ihrem Land endgültig erledigt hatten.«

»Das waren andere Zeiten.«

»Aber dieselben Umstände! Die USA waren noch nicht

lange unabhängig. Es kam vor allem darauf an, alle natürlichen Reichtümer auszubeuten und einen schweren menschlichen Ballast abzuwerfen, der zu nichts taugte. Wir geben unseren Nomaden wenigstens Gelegenheit, sich in die Gemeinschaft einzufügen. Wir knallen sie nicht ab, und wir stecken sie auch nicht in Reservate.«

»Und wenn sie sich nicht anpassen wollen? Was ist mit denen, die wie dieser Gacel daran festhalten, daß ihr Leben in der Wüste immer noch von den alten Sitten und Gebräuchen bestimmt wird? Was fangen wir mit denen an? Sollen wir die abknallen wie die Amerikaner ihre Rothäute?«

»Nein, natürlich nicht. Wir werden sie einfach aus unserem Land jagen. Sie haben selbst gesagt, daß die Grenzen in der Wüste nicht genau festgelegt sind und daß die Nomaden diese Grenzen nicht respektieren. Dann sollen sie doch einfach gehen und sich in unseren Nachbarländern ihren Brüdern anschließen!« Der Gouverneur ballte eine Hand zur Faust und schüttelte sie. »Aber wenn sie hierbleiben, müssen sie sich entweder unserer Lebensweise anpassen oder, für den Fall, daß sie sich weigern, für die Folgen selbst geradestehen.«

»Sie werden sich nicht anpassen«, erwiderte Anwar-el-Mokri überzeugt. »Ich habe seit einiger Zeit viel mit ihnen zu tun und weiß daher, daß zwar einige wenige nachgeben, die Mehrheit jedoch zäh an ihrem Wüstendasein und an ihren Überlieferungen festhält.« Mit dem Finger deutete er auf den Turm der Moschee, der durch das Fenster hindurch in der Ferne zu sehen war. Gerade ertönte die Stimme des Muezzin. »Es ist die Stunde des Gebetes. Gehen Sie heute in die Moschee, Exzellenz?«

Der Gouverneur nickte wortlos. Er trat an seinen Schreibtisch, drückte die Havanna in einem schweren Kristallaschenbecher aus und blätterte in den Schriftstücken, die er an jenem Tag durchgegangen war. »Wir kommen danach wieder hierher zurück«, sagte er. »Eine Sekretärin soll sich bereithalten. Dies hier muß morgen früh in die Hauptstadt abgehen.«

»Werden Sie heute abend zu Hause speisen?«

»Nein. Bitte benachrichtigen Sie meine Frau.«

Damit verließen sie das Arbeitszimmer. Anwar erteilte einige Anweisungen, dann lief er eilig die Treppe hinunter und kam gerade recht, als der Gouverneur in eine schwarze, von einem Chauffeur gelenkte Limousine stieg, deren Klimaanlage auf Hochtouren lief. Schweigend legten sie die kurze Fahrt zurück.

In der Moschee verrichteten sie Seite an Seite ihre Gebete, umgeben von Beduinen, die respektvoll einen weiten Kreis um sie bildeten. Als sie wieder ins Freie traten, betrachtete der Gouverneur zufrieden den schattigen Palmenhain. Er liebte diese Tageszeit, denn zu keiner Stunde war es in der Oase so schön wie kurz vor Einbruch der Dämmerung. Nur die Sonnenaufgänge in der Wüste ließen sich damit vergleichen. Gern spazierte er gemächlich durch die Gärten, vorbei an Blumen und Brunnen. Voller Gefallen beobachtete er, wie Hunderte von Vögeln von weither kamen, um die Nacht in den Wipfeln der Palmen zu verbringen. Man hätte meinen können, daß um diese Stunde auch alle Düfte und Gerüche aus einem Dämmerschlaf erwachten, denn nun, nach einem heißen Tag unter sengender Sonne, war die Luft erfüllt vom Duft der Rosen, des Jasmins und der Nelken. Der Gouverneur Hassan-ben-Koufra war felsenfest davon überzeugt, daß an keinem anderen Platz der Welt die Blumen so betörend dufteten wie hier in dieser warmen, üppigen Oase.

Mit einem Kopfnicken beurlaubte er den Chauffeur und ging ohne Hast den schmalen Pfad im Garten entlang. Für ein paar Minuten vergaß er die tausend Probleme, die sein Amt in diesem trostlosen Landesteil mit seiner halbwilden Bevölkerung mit sich brachte.

Der getreue Anwar folgte ihm wie ein Schatten. Er wußte, daß sein Herr in solchen Augenblicken nicht gestört werden wollte. Aus Erfahrung kannte er alle Stellen, an denen der Gouverneur anhalten, sich eine Havanna anzünden oder eine Rose für seine Frau Tamat pflücken würde. Diese Spaziergänge waren zu einem fast alltäglichen Ritual geworden. Es mußte schon sehr heiß sein oder außergewöhnlich viel Arbeit geben, damit Exzellenz auf das verzichtete, was er als seine einzige körperliche Betätigung und seine liebste Zerstreuung erachtete.

Die Nacht senkte sich mit der für die Tropen bezeichnenden Schnelligkeit herab, als wollte die Natur verhindern, daß die Menschen sich allzu ausgiebig der Schönheit und dem Zauber der Abendstunde hingaben. Den Gouverneur und seinen Sekretär störte die von Minute zu Minute rasch zunehmende Dunkelheit jedoch nicht, denn sie hätten sich auch mit verbundenen Augen auf den Pfaden und zwischen den Brunnen zurechtgefunden. Außerdem wies ihnen der hell erleuchtete Palast von weitem den Weg.

Doch bevor sich an diesem Abend die Schatten vollends verdichteten, tauchte zwischen den Palmen unversehens eine dunkle Gestalt auf, als wäre sie plötzlich aus dem Erdboden gewachsen. Obwohl die beiden Männer keine Einzelheiten erkennen konnten und auch eher ahnten als wirklich sahen, daß der Unbekannte einen schweren Revolver in der Faust hielt, begriffen sie augenblicklich, wer dort auf sie wartete.

Anwar wollte schreien, aber er unterließ es, als er sah, daß die schwarze Mündung der Waffe genau auf seine Stirn gerichtet war.

»Still!« befahl der Unbekannte. »Dann tue ich euch nichts!«

»Wozu bist du dann gekommen?« fragte der Gouverneur mit unbewegtem Gesicht.

»Um meinen Gast zu holen! Weißt du, wer ich bin?«

»Ich kann es mir denken.« Und nach einer kurzen Pause: »Dein Gast ist nicht bei mir.«

»Wo ist er?«

»Sehr weit von hier. Gib's auf! Du wirst ihn nie finden.«

Die Augen des Targi schienen hinter dem Gesichtsschleier einen Augenblick lang noch intensiver zu glänzen, und der Griff, mit dem seine Finger die Waffe umspannt hielten, verstärkte sich. »Das werden wir sehen«, sagte er. Er wandte sich Anwar-el-Mokri zu und befahl: »Du kannst jetzt gehen! Wenn Abdul-el-Kebir nicht innerhalb einer Woche gesund, frei und allein im *guelta* nördlich der Berge von Sidi-el-Madia abgesetzt wird, schneide ich deinem Herrn die Kehle durch! Hast du verstanden?«

Anwar-el-Mokri brachte kein Wort heraus, so daß der Gouverneur an seiner Stelle antwortete: »Wenn du Abdul-el-Kebir suchst, dann kannst du mir genausogut sofort eine Kugel in den Kopf jagen! Auf diese Weise ersparen wir uns viele Scherereien. Sie werden ihn dir nämlich nie ausliefern.«

»Und warum?«

»Weil der Präsident es nie zulassen wird.«

»Welcher Präsident?«

»Welcher wohl? Der Präsident der Republik natürlich!«

»Auch dann nicht, wenn er dir dadurch das Leben rettet?«

»Auch dann nicht.«

Gacel Sayah wandte sich achselzuckend an Anwar-el-Mokri und sagte mit ruhiger Stimme: »Beschränke dich darauf, meine Botschaft zu überbringen! Und sag diesem Präsidenten, wer immer er auch sein mag, daß ich ihn umbringen werde, wenn er mir meinen Gast nicht zurückgibt.«

»Du bist wahnsinnig!«

»Nein, ich bin Targi.« Gacel gab ihm mit dem Revolver ein Zeichen. »Geh jetzt, aber vergiß nicht: innerhalb einer Woche im *guelta* nördlich der Berge von Sidi-el-Madia!« Er trat hinter den Gouverneur, gab ihm mit dem Lauf der Waffe einen Stoß in die Rippen und befahl: »Los! Vorwärts!«

Anwar-el-Mokri machte ein paar Schritte, dann drehte er sich gerade noch rechtzeitig um, um die beiden Männer in der Finsternis zwischen den Palmen verschwinden zu sehen. So schnell ihn seine Beine trugen, lief er zu dem hellerleuchteten Palast zurück.

Abdul-el-Kebir war die treibende Kraft der Unabhängig-
keitsbewegung, er war ein Volksheld und der erste Präsident der Nation. Hast du wirklich noch nie etwas von ihm
gehört?«

»Nie.«

»Wo bist du denn all die Jahre gewesen?«

»In der Wüste. Niemand hat mir jemals erzählt, was
während dieser Zeit geschehen ist.«

»Bist du keinen Reisenden begegnet?«

»Doch, aber es waren nur ein paar, und wir hatten wich-
tigere Dinge miteinander zu besprechen . . . Was passierte
mit Abdul-el-Kebir?«

»Der gegenwärtige Präsident stürzte ihn, er nahm ihm
die Macht weg, hatte jedoch soviel Respekt vor ihm, daß
er nicht wagte, ihn umzubringen. Sie hatten Seite an Seite
gekämpft und zusammen viele Jahre in französischen Gefängnissen verbracht.« Er schüttelte den Kopf. »Nein, er
konnte ihn nicht einfach umbringen lassen. Das konnte er
weder vor dem eigenen Gewissen noch vor dem Volk ver-
antworten.«

»Aber er ließ ihn einsperren, nicht wahr?«

»Er schickte ihn in die Verbannung in die Wüste.«

»Wohin genau?«

»Ich habe es doch schon gesagt: in die Wüste!«

»Die Wüste ist sehr groß.«

»Ich weiß, aber trotzdem hat ihn einer seiner Anhänger
gefunden und ihm zur Flucht verholfen. Jetzt weißt du,
wie er in deine *khaima* gelangt ist.«

»Wer war der junge Mann?«

»Ein Fanatiker.« Lange blickte der Gouverneur in das allmählich erlöschende Feuer und hing seinen Gedanken nach. Als er schließlich weiterredete, blickte er den Targi nicht an, sondern schien zu sich selbst zu sprechen. »Ein Fanatiker, der uns in einen Bürgerkrieg stürzen wollte. Wenn Abdul die Freiheit zurückerlangt, wird er vom Exil aus die Opposition organisieren. Dann ertrinkt unser Land in Strömen von Blut. Die Franzosen, die ihn damals verfolgt haben, würden ihn heute unterstützen. Sie schätzen Männer wie ihn mehr als uns.«

Er blickte auf, ließ den Blick langsam durch die enge Höhle schweifen und richtete ihn schließlich auf Gacel, der an einem Felsvorsprung lehnte und ihn seinerseits beobachtete. Seine Stimme klang aufrichtig, als er weiterredete: »Verstehst du jetzt, warum ich dir immer wieder sage, daß du mit mir nur deine Zeit vergeudest? Sie werden mich nie gegen Abdul eintauschen, und ich habe Verständnis dafür. Ich bin nichts als ein simpler Gouverneur, ein treuer, nützlicher Funktionär, der seine Arbeit so gut macht, wie er kann. Meinetwegen riskiert man keinen Bürgerkrieg. Es müssen noch viele Jahre vergehen, bis die Erinnerung an Abdul-el-Kebir verblaßt und er endgültig sein Charisma verliert.« So behutsam, wie es seine gefesselten Hände zuließen, ergriff er das Teeglas. Um sich nicht die Lippen zu verbrennen, schlürfte er laut. »Seit einiger Zeit ist bei uns vieles schiefgelaufen«, fuhr er fort. »Man hat Fehler gemacht und Irrtümer begangen, wie sie für junge Nationen mit unerfahrenen Regierungen typisch sind. Viele Menschen verstehen das nicht und sind unzufrieden . . . Abdul gab viele Versprechen, darin war er groß. Und nun erwartet das Volk von uns, daß wir diese Zusagen einlösen, aber das können wir natürlich nicht, weil sie viel zu utopisch sind.«

Er verstummte, stellte das Glas wieder neben das Feuer in den Sand und spürte dabei, wie ihn die ganze Zeit die Augen des Targi durch den Spalt im Gesichtsschleier hindurch anstarrten, als wollten sie ergründen, was hinter seiner Stirn vor sich ging.

»Du hast Angst vor ihm«, sagte Gacel nach einer Weile.

»Du und alle anderen, die so sind wie du – ihr alle habt furchtbare Angst vor ihm, nicht wahr?«

Der andere nickte zustimmend. »Wir hatten ihm Treue geschworen. Ich selbst nahm nicht an dem Komplott teil. Ich merkte erst, wo es langging, als alles vorbei war, und ich wagte nicht zu protestieren.« Er lächelte betrübt. »Sie erkauften sich mein Schweigen durch meine Ernennung zum allmächtigen Gouverneur eines riesigen Territoriums, und ich ging dankbar darauf ein. Aber du hast recht: Im Grunde genommen habe ich noch immer Angst vor ihm. Wir alle fürchten Abdul, weil wir jeden Abend mit der Gewißheit einschlafen, daß er eines Tages zurückkehrt und von uns Rechenschaft verlangt. Abdul ist einer von denen, die es immer schaffen.«

»Wo ist er jetzt?«

»Wieder in der Wüste.«

»Wo genau?«

»Das werde ich dir nie sagen.«

Der Targi ließ ihn nicht aus den Augen. In seinem Blick lag Strenge, und als er zu sprechen begann, verriet seine Stimme, daß er selbst glaubte, was er sagte: »Wenn ich es darauf anlege, wirst du es mir sagen«, versicherte er. »Meine Vorfahren waren berühmt für die Geschicklichkeit, mit der sie ihre Gefangenen folterten. Mittlerweile tun wir das zwar nicht mehr, aber die alten Methoden werden aus reiner Neugier mündlich weiterüberliefert.« Er griff nach der Teekanne und füllte die beiden Gläser. »Hör mir zu!« fuhr er dann fort. »Vielleicht verstehst du mich nicht, weil du nicht in dieser Gegend geboren worden bist, aber ich kann nicht in Frieden schlafen, solange dieser Mann, der damals plötzlich in der Tür meiner *khaima* stand, nicht wieder so frei ist wie das Licht des Tages. Falls ich dafür töten, zerstören oder sogar foltern muß, werde ich es tun, obwohl es mir leid tun würde. Ich kann dem Mann, der auf deinen Befehl ermordet wurde, nicht das Leben zurückgeben, wohl aber dafür sorgen, daß der andere freigelassen wird.«

»Das kannst du nicht!«

Eine seltsame Starre trat in Gacels Blick. »Bist du dir da sicher?« fragte er.

»Absolut. In ganz El-Akab weiß nur einer, wo er sich befindet, und das bin ich. Du kannst mich foltern, solange du willst. Von mir wirst du es nicht erfahren.«

»Du irrst«, erwiderte Gacel unbeirrt. »Es gibt noch jemanden, der es weiß.«

»Wen meinst du?«

»Deine Frau!«

Es freute Gacel zu sehen, daß er ins Schwarze getroffen hatte. Das Gesicht von Hassan-ben-Koufra hatte plötzlich einen anderen Ausdruck. Zum ersten Mal verlor er seine Gelassenheit. Er wollte halbherzig widersprechen, aber Gacel schnitt ihm mit einer Geste das Wort ab.

»Versuch nicht, mich zu täuschen!« warnte er. »Ich beobachte dich seit fünfzehn Tagen, und ich habe dich in ihrer Begleitung gesehen . . . Sie ist eine jener Frauen, denen sich ein Mann bedenkenlos anvertraut. Oder irre ich?«

Der Gouverneur betrachtete ihn aufmerksam. »Manchmal frage ich mich«, sagte er, »ob du wirklich nur ein schlichter, ungebildeter Targi aus der unwirtlichsten aller Wüsten bist, oder ob sich hinter deinem Gesichtsschleier mehr verbirgt.«

Gacel lächelte kaum merklich. »Es heißt, daß unser Volk schon klug, gebildet und mächtig war, als es in der Zeit der Pharaonen noch auf der Insel Kreta lebte. Angeblich war es so intelligent und stark, daß es versuchte, Ägypten zu erobern, aber eine Frau verriet meine Vorfahren, so daß sie die große Schlacht verloren. Einige flohen nach Osten und ließen sich am Ufer des Meeres nieder. Aus ihnen wurden die Phönizier, die Beherrscher der Ozeane. Andere flüchteten sich nach Westen und wurden die Herrscher der Wüste. Erst Tausende von Jahren später seid ihr gekommen, die Araber, nachdem Mohammed euch aus der finstersten Unwissenheit gerissen hat.«

»Jaja, ich kenne diese Sage, die euch zu Erben der Garamanten macht, zur Genüge, aber ich glaube nicht daran.«

»Mag sein, daß diese Sage nicht wahr ist, aber eines steht fest: Wir waren viel früher hier als ihr! Und wir waren immer viel intelligenter, zugleich aber längst nicht so ehrgeizig wie ihr. Uns gefällt unsere Lebensweise, und wir streben nicht nach mehr. Soll doch jeder über uns denken, was er mag! Wenn man uns allerdings provoziert, dann handeln wir.« Gacels Stimme klang kalt und hart, als er mit der Frage schloß: »Wirst du mir sagen, wo sich Abdul-el-Kebir befindet, oder soll ich mich bei deiner Frau erkundigen?«

Hassan-ben-Koufra erinnerte sich an die Worte, die der Innenminister zu ihm damals, am Vorabend seiner Abreise nach El-Akab, gesagt hatte: »Trau nicht diesen Tuareg! Und laß dich nicht durch den äußeren Anschein täuschen! Für mich steht fest, daß sie die schlauesten und listigsten Menschen des ganzen Kontinents sind. Man kann sie mit keinem anderen Volk vergleichen. Wenn sie es darauf anlegen würden, wären sie längst unsere Herren, von der Küste bis zum Hochgebirge. Ein Targi kann sich vorstellen, was ein Meer ist, ohne jemals dort gewesen zu sein. Er ist auch imstande, ein philosophisches Problem zu analysieren, zu dessen Verständnis uns sogar das begriffliche Rüstzeug fehlen würde. Ihre Kultur ist eben uralt, und obwohl es mit ihnen als Minderheit in dem Maß bergab gegangen ist, wie sich ihre Umwelt verändert hat und wie sie selbst ihren kriegerischen Geist eingebüßt haben, gibt es unter ihnen nach wie vor höchst bemerkenswerte Individuen. Nimm dich vor ihnen in acht . . .!«

»Ein Targi würde einer Frau nie etwas zuleide tun«, meinte der Gouverneur nach einer Weile. »Und ich glaube nicht, daß du eine Ausnahme bist. Die Achtung vor den Frauen ist euch ebenso wichtig wie das Gesetz der Gastfreundschaft. Würdet ihr ein Gesetz brechen, um einem anderen Geltung zu verschaffen?«

»Nein, natürlich nicht«, gab Gacel zu, »aber es wäre nicht nötig, ihr etwas zuleide zu tun. Ich muß ihr nur klarmachen, daß dein Leben davon abhängt, ob du mir den Aufenthaltsort von Abdul-el-Kebir verrätst oder nicht.«

Hassan-ben-Koufra dachte an Tamat, an die dreizehn Ehejahre mit ihr und an die Kinder. Er begriff, daß der Targi in jeder Hinsicht recht hatte und daß er Tamat keine Vorwürfe machen dürfte, denn er selbst würde nicht anders handeln als sie. Außerdem war Abdul-el-Kebir noch längst nicht frei, wenn sie dem Targi verriet, wo er sich aufhielt.

»Er ist im Fort von Gerifies«, sagte er laut und vernehmlich.

Gacel hatte unwillkürlich den Eindruck, daß der Mann die Wahrheit sagte. Im Geiste überschlug er die Entfernung. »Ich brauche drei Tage bis dorthin«, sagte er, »und einen weiteren Tag, um Proviant und Kamele zu besorgen.« Er dachte eine Weile nach, dann fuhr er fast amüsiert fort: »Anders ausgedrückt: Während man mir im *guelta* von Sidi-el-Madia auflauert, werde ich längst in Gerifies sein . . .« In aller Seelenruhe trank er einen Schluck Tee, und es war ihm anzusehen, wie sehr er sich freute. »Sie werden einen Tag lang auf uns warten, höchstens zwei, bis sie erraten, was tatsächlich los ist, und Alarm schlagen. Ich habe also Zeit genug. Ja, ich glaube, es wird reichen.«

»Und was machst du mit mir?« wollte der Gouverneur wissen. Seine Stimme bebte ein wenig.

»Eigentlich sollte ich dich töten, aber ich werde dir Wasser und Essen für zehn Tage dalassen. Wenn du mir die Wahrheit gesagt hast, schicke ich jemanden los, um dich hier herauszuholen. Falls du mich aber angelogen hast und ich Abdul-el-Kebir dort nicht antreffe, dann wirst du verhungern und verdursten, denn Riemen aus Kamelleder kann niemand zerreißen.«

»Und wie soll ich wissen, ob du mir wirklich jemanden schickst?«

»Du mußt mir einfach glauben! Hast du Geld?«

Der Gouverneur wies mit dem Kinn auf die Gesäßtasche seiner Hose. Der Targi griff hinein, zog eine Geldbörse heraus, entnahm ihr mehrere große Banknoten und zerriß sie in zwei Hälften. Die einen behielt er, die anderen steckte er wieder in die Geldbörse und warf sie achtlos neben dem Feuer auf den Boden.

»Ich werde mir irgendeinen Nomaden suchen, ihm diese halben Geldscheine geben und ihm erklären, wo er die andere Hälfte finden kann«, sagte er und lächelte hinter seinem Schleier. »Für einen solchen Betrag würde jeder Beduine einen Monat lang durch die Wüste reiten. Mach dir also keine Sorgen! Man wird dich hier herausholen. Aber jetzt zieh die Hosen aus!«

»Warum?« wollte der andere erschrocken wissen.

»Du wirst zehn Tage lang allein in dieser Höhle bleiben, an Händen und Füßen gefesselt. Wenn du dir die ganze Zeit in die Hose machst, wirst du bald ein paar böse Entzündungen haben. Es ist also besser für dich, ein Weilchen mit nacktem Hintern zu leben.«

Seine Exzellenz der Gouverneur Hassan-ben-Koufra, der höchste Würdenträger eines Territoriums, das größer war als ganz Frankreich, wollte protestieren, doch dann besann er sich, schluckte seinen Stolz herunter und machte sich mühsam daran, seinen Gürtel zu öffnen und seine Hose aufzuknöpfen. Gacel half ihm beim Ausziehen. Am Schluß nahm er ihm die Uhr und einen Ring mit einem großen Brillanten ab.

»Damit werde ich die Kamele und den Proviant bezahlen«, verkündete er. »Ich bin arm und mußte leider mein Mehari töten. Es war ein schönes Tier. Wahrscheinlich werde ich nie wieder ein ähnlich gutes besitzen.«

Er suchte seine Sachen zusammen und lehnte eine *gerba* und einen Beutel mit getrockneten Früchten an die Felswand der Höhle. »Geh sparsam damit um, vor allem mit dem Wasser!« sagte er und wies mit dem Finger darauf. »Versuche nicht, dich von den Fesseln zu befreien. Du würdest nur unnötig schwitzen und mehr trinken müssen. Vielleicht reicht das Wasser dann nicht zum Überleben. Schlaf soviel wie möglich! Es gibt nichts Besseres. Wer schläft, verbraucht wenig Kraft.« Damit ging er hinaus in die dunkle, mondlose Nacht.

Am Himmel funkelten unzählige Sterne. Hier in den Bergen schienen sie greifbar nahe zu sein. Fast hätte man meinen können, daß sie die schroffen Felszacken berührten, die ringsum in die Höhe ragten. Nachdenklich blieb Gacel ein paar Augenblicke lang stehen. Vielleicht orientierte er sich oder bestimmte im Geist die Richtung, der er folgen mußte, um auf geradem Weg zu dem entlegenen Fort zu gelangen. Zunächst galt es, Reittiere, eine große Menge Proviant und so viele Wassersäcke wie möglich aufzutreiben, denn ihm war bekannt, daß es im weiten Umkreis des *erg* von Tikdabra keine Brunnen gab. Weiter südlich erstreckte sich das große »Land der Leere«, von dem niemand genau wußte, wie ausgedehnt es war.

Er ging die ganze Nacht, ohne anzuhalten, mit jener für ihn bezeichnenden raschen und elastischen Gangart, die jeden anderen Menschen bald zur Aufgabe gezwungen hätte. Für einen Targi jedoch war sie eine unentbehrliche Voraussetzung seines Daseins.

Als die Sonne am nächsten Morgen aufging, stand Gacel auf einem Hügel, von dem aus er ein Tal überblicken konnte, durch das vor Jahrtausenden ein Bach geflossen sein mußte. Die Nomaden wußten, daß man in einem solchen Tal nur einen halben Meter tief zu graben brauchte, bis ein *atankor* so viel Wasser spendete, daß man bis zu fünf Kamele damit tränken konnte. Aus diesem Grund kamen hier alle Karawanen vorbei, die aus dem Süden des Landes zur großen Oase von El-Akab zogen.

Gacel erkannte von weitem längs des trockenen Flußbettes drei Zeltlager. Im ersten Licht des Tages wurden schon die Lagerfeuer neu entzündet, und man trieb auch die Tiere zusammen, die an den Hängen gegrast hatten, denn bald sollte die Reise fortgesetzt werden.

Der Targi schaute dem Treiben lange zu, aber er achtete darauf, daß er selbst nicht gesehen wurde. Als er sich überzeugt hatte, daß keine der Karawanen von Soldaten begleitet wurde, ging er zu dem nächstgelegenen Zeltlager und stellte sich vor die größte *khaima*, in der vier Männer saßen und ihren Morgentee schlürften.

»Assalamu aleikum!« grüßte er.

»Assalam!« kam die Antwort wie aus einem Mund. Einer der Männer fügte hinzu: »Setz dich zu uns und trinke mit uns Tee! Vielleicht hast du auch Lust auf ein bißchen Gebäck?«

Dankend nahm er an. Der Käse schmeckte fast ranzig, war aber dennoch appetitlich und nahrhaft. Zu dem duftenden, stark gesüßten Tee aß er ein paar saftige Datteln und spürte, wie ihm in der Morgenkälte der Wüste warm wurde.

Der Anführer der kleinen Gruppe, ein Beduine mit einem dünnen Bärtchen und listigen Augen, die ihn eingehend betrachteten, fragte beiläufig: »Du bist Gacel, nicht wahr? Gacel Sayah vom Kel-Tagelmust?« Als der Gefragte wortlos nickte, fuhr er fort: »Man ist hinter dir her.«

»Ich weiß.«

»Hast du den Gouverneur umgebracht?«

»Nein.«

Die anderen beäugten ihn voller Interesse. Sie überlegten so angestrengt, ob er die Wahrheit gesagt hatte oder nicht, daß sie fast das Kauen vergaßen.

Schließlich sagte der alte Beduine mit der allergrößten Selbstverständlichkeit: »Brauchst du etwas?«

»Ja, vier Mehara, ausreichend Proviant und soviel Wasser wie möglich.« Gacel entnahm einem Beutelchen aus rotem Leder, das an seinem Hals baumelte, die Uhr und den Ring. »Ich bezahle damit«, sagte er.

Ein alter, hagerer Mann mit den langen und feingliedrigen Händen eines Kunstschmiedes nahm den Ring und betrachtete ihn mit der Miene eines Menschen, der etwas von seinem Handwerk versteht. Unterdessen begutachtete der Beduine mit dem dünnen Bärtchen die schwere Uhr.

Nach einer Weile reichte der Alte den Ring an den Beduinen weiter und sagte: »Er ist mindestens zehn Kamele wert. Der Stein ist in Ordnung.«

Der andere nickte, steckte den Ring ein und hielt Gacel die Uhr hin. »Für den Ring kannst du dir nehmen, was du brauchst«, meinte er lächelnd. »Und das hier könnte dir noch nützlich sein.«

»Ich weiß damit nichts anzufangen.«

»Ich auch nicht, aber du kannst es jederzeit für gutes Geld verkaufen. Es ist Gold.«

»Sie haben ein Kopfgeld auf dich ausgesetzt«, berichtete der dürre Alte beiläufig. »Ein hohes Kopfgeld.«

»Kennst du jemanden, der es sich gern verdienen würde?«

»Von unseren Leuten keiner«, meldete sich der jüngste der Beduinen, der den Targi die ganze Zeit mit offenkundiger Bewunderung betrachtet hatte. »Brauchst du Hilfe? Ich könnte dich begleiten.«

Der Anführer, wahrscheinlich sein Vater, schüttelte mißbilligend den Kopf.

»Der braucht keine Hilfe«, sagte er. »Es reicht, wenn du den Mund hältst.« Er zögerte, dann fuhr er fort: »Wir sollten uns in diese Angelegenheit nicht einmischen. Die Militärs schäumen vor Wut, und wir haben mit ihnen schon genügend Scherereien.« Er wandte sich wieder Gacel zu: »Es tut mir leid, aber ich bin für meine Leute verantwortlich.«

Gacel Sayah nickte. »Das verstehe ich. Du tust schon genug für mich, wenn du mir deine Kamele verkaufst.« Er warf einen Seitenblick auf den Jüngling. »Außerdem hast du recht: Ich brauche keine Hilfe. Es reicht, wenn ihr schweigt.«

Der junge Mann senkte ehrerbietig den Kopf. Er stand auf und sagte: »Ich suche dir die besten Kamele aus und besorge alles, was du brauchst. Ich werde auch deine *gerba* füllen.« Dann verließ er mit raschen Schritten das Zelt. Die anderen blickten ihm nach. Ohne Zweifel war sein Vater stolz auf ihn, denn er sagte: »Er ist tapfer und edelmütig. Außerdem bewundert er deine Taten. Du bist dabei, der berühmteste Mann der Wüste zu werden.«

»Das ist es nicht, wonach ich suche«, erwiderte Gacel würdevoll. »Mir liegt nur daran, mit meiner Familie in Frieden leben zu können. Und ich will, daß unsere Gesetze geachtet werden.«

»Du wirst nie wieder friedlich im Kreis deiner Familie leben können«, erwiderte der Älteste der Runde. »Am besten verläßt du dieses Land.«

»Südlich vom ›Land der Leere‹ von Tikdabra gibt es eine Grenze«, sagte der Anführer. »Und drei Tagesmärsche östlich von den Huaila-Bergen gibt es auch eine.« Nachdenklich schüttelte er den Kopf. »Die im Westen ist sehr weit. Ich war noch nie dort. Im Norden liegen die Städte und das Meer. Da war ich auch noch nie.«

»Aber wie soll ich wissen, wann ich eine Grenze überschritten habe und in Sicherheit bin?« erkundigte sich Gacel interessiert.

Die Männer blickten sich betreten an. Darauf wußten sie keine Antwort. Einer von ihnen hatte bisher geschwiegen. Es war ein dunkelhäutiger *akli,* ein Nachkomme von Sklaven. Achselzuckend meinte er: »Das weiß niemand mit Gewißheit zu sagen. Niemand«, wiederholte er wie zur Bekräftigung. »Vor einem Jahr reiste ich mit einer

Karawane nach Süden bis zum Niger. Weder auf dem Hin- noch auf dem Rückweg wußten wir, wann wir uns in welchem Land befanden.«

»Wie lange brauchtet ihr bis zum Fluß?«

Der Dunkelhäutige dachte angestrengt nach. Schließlich meinte er sichtlich verunsichert: »Ich weiß nicht, vielleicht einen Monat.« Er schnalzte mit der Zunge, als wollte er unangenehme Erinnerungen verscheuchen. »Auf dem Rückweg brauchten wir doppelt so lange. Das lag an der Dürre. Die Brunnen versiegten, und wir mußten einen großen Bogen um Tikdabra machen. Als ich noch klein war, gab es lange, bevor man den Strom erreichte, ergiebige Brunnen und grüne Savannen. Aber jetzt bedroht die Wüste schon das Ufer des Flusses, die Brunnen sind leer und es wächst kaum noch ein Grashalm. Die Ebenen, in denen früher das Vieh der *geuls* weidete, taugen nicht einmal mehr für die hungrigsten Kamele, und von den früher so volkreichen Oasen, in denen man sich ausruhen konnte, ist nicht einmal mehr die Erinnerung geblieben.« Der Mann schnalzte wieder mit der Zunge. »Dabei bin ich noch nicht einmal alt«, fuhr er fort. »Nein, ich bin noch nicht alt. Es liegt an der Wüste. Sie breitet sich viel zu schnell aus.«

»Mich kümmert es nicht, ob die Wüste sich ausbreitet und andere Ländereien verschluckt«, entgegnete Gacel. »Mir geht es hier gut. Aber ich mache mir Sorgen darüber, daß nicht einmal diese Wüste groß genug zu sein scheint, damit man uns in Ruhe läßt. Je mehr sie wächst, desto besser! Vielleicht vergessen uns die anderen dann eines Tages.«

»Nein, sie werden nichts vergessen«, widersprach der Älteste der Beduinen. »Sie haben Erdöl entdeckt, und das ist es, was die *roumis* am meisten interessiert. Ich weiß es am besten, denn ich habe zwei Jahre lang in der Hauptstadt gearbeitet. Dort drehte es sich bei allen Gesprächen immer auf die eine oder andere Weise um Erdöl.«

Gacel betrachtete den Alten mit neu erwachtem Interesse. Die Schmiede wurden wie alle Handwerker, ob sie nun Silber oder Gold bearbeiteten, Leder oder Stein, von den Tuareg als eine niedere Kaste angesehen, halbwegs zwischen den *imohar* und den *ingad,* also den Vasallen. Manchmal galten sie sogar noch weniger als ein *ingad,* kaum mehr als ein *akli*-Sklave. Doch trotz dieses Standesunterschiedes erkannten die Tuareg bereitwillig an, daß die Schmiede wahrscheinlich die gebildetsten Menschen innerhalb ihrer Gesellschaftsordnung waren, denn manch einer von ihnen konnte nicht nur lesen und schreiben, sondern hatte auf seinen Reisen sogar die Länder jenseits der großen Wüste kennengelernt.

»Ich war ein einziges Mal in einer Stadt«, sagte Gacel zu dem Alten. »Sie war aber nur sehr klein, und damals waren noch die Franzosen an der Macht. Hat sich seitdem vieles verändert?«

»Sehr viel«, lautete die Antwort. »Damals standen die Franzosen auf der einen und wir auf der anderen Seite, aber jetzt streiten wir uns unter Brüdern. Der eine will dies, der andere das.« Der Alte schüttelte betrübt das Haupt. »Als die Franzosen gingen, teilten sie die Territorien durch Grenzen. Sie zogen auf der Landkarte Linien, so daß ein und derselbe Stamm, manchmal sogar eine große Familie, gleichzeitig in zwei verschiedenen Ländern leben. Wenn die Regierung in einem Land kommunistisch ist, gelten sie auch als Kommunisten. Genauso verhält es sich mit Faschisten und Monarchisten . . .« Er unterbrach sich und warf seinem Gegenüber einen durchdringenden Blick zu. Dann fragte er: »Weißt du überhaupt, was ein Kommunist ist?«

Gacel schüttelte den Kopf. »Nein, von denen habe ich noch nie gehört. Ist das eine Sekte?«

»Mehr oder weniger, aber keine religiöse, sondern nur eine politische.«

»Eine politische?« wiederholte Gacel verständnislos.

»Ja, sie behaupten, alle Menschen seien gleich und hätten dieselben Rechte und Pflichten. Ihrer Meinung nach sollten sich die Menschen alle Reichtümer teilen . . .«

»Wollen sie etwa, daß der Kluge und der Dumme, der *amahar* und der Sklave, der Arbeiter und der Nichtsnutz, der Krieger und der Feigling gleich sind?« rief Gacel verblüfft aus. »Sie sind wahnsinnig! Wenn Allah uns ungleich geschaffen hat, wie können sie dann wollen, daß wir uns alle gleichen?« Er holte tief Luft. »Was würde es mir dann noch nützen, als Targi geboren zu sein?«

»Die Sache ist viel komplizierter«, sagte der Alte entschieden.

»Das kann ich mir denken«, gab Gacel zu. »Es muß alles viel, viel komplizierter sein, sonst würden wir über eine solche Dummheit nicht so viele Worte verlieren.« Er verstummte zum Zeichen, daß das Thema für ihn erledigt sei. Dann fragte er: »Hast du schon einmal von einem gewissen Abdul-el-Kebir gehört?«

»Wir haben alle von ihm gehört«, sagte der Anführer der Beduinen, bevor der Schmied antworten konnte. »Er war es, der die Franzosen vertrieb und in den ersten Jahren danach regierte.«

»Was für ein Mensch ist er?«

»Ein Mann der Gerechtigkeit«, sagte der Beduine. »Er hat zwar vieles falsch gemacht, aber er will das Richtige.«

»Was hat er denn falsch gemacht?«

»Er hat anderen Menschen zu sehr vertraut. Irgendwann haben sie ihn gestürzt und ins Gefängnis geworfen. Das war sein größter Fehler.«

Gacel wandte sich wieder dem Ältesten der Männer zu. »Ist er einer von denen, die behaupten, wir seien alle gleich, ein ... ein ...«

»... ein Kommunist?« kam ihm der Schmied zu Hilfe. »Nein, eigentlich glaube ich nicht, daß er Kommunist ist. Sie nannten ihn einen Sozialisten.«

»Und was ist das?«

»Etwas anderes.«

»Etwas Ähnliches?«

»Das weiß ich nicht genau.«

Gacel blickte von einem zum anderen, aber die Männer zuckten nur mit den Achseln. Keiner von ihnen wußte Genaueres. Schließlich zuckte auch Gacel mit den Achseln und ließ die Sache auf sich beruhen, überzeugt, daß es zu nichts führte, solche Fragen zu stellen.

»Ich muß jetzt gehen«, sagte er und stand auf. »Assalamu aleikum!«

»Assalam!«

Nicht weit vom Zelt entfernt überprüften ein paar Beduinen noch einmal die Ladung der Kamele, die er gekauft hatte. Gacel sah mit einem Blick, daß alles seine Ordnung hatte. Er stieg in den Sattel des schnellsten Meharis, aber bevor das Tier aufstand, zog er eine Handvoll Geldscheine aus der Tasche und reichte sie dem Sohn des Anführers der Beduinen. »Die andere Hälfte findest du in einer Höhle in der Schlucht von Tatalet, eine halbe Tagesreise von hier. Warst du schon einmal dort?«

»Ja, ich kenne die Schlucht«, sagte der Beduine. »Hast du dort den Gouverneur versteckt?«

»Ihn und die Geldscheine«, erwiderte Gacel. »Wenn du in einer Woche auf dem Rückweg von El-Akab wieder hier vorbeikommst, reite hin und laß ihn frei!«

»Du kannst dich auf mich verlassen.«

»Danke! Aber vergiß nicht: erst in einer Woche, nicht vorher.«

»Keine Sorge. Möge Allah dich auf deinen Wegen begleiten!«

Der Targi gab dem Mehari mit dem Absatz einen leichten Schlag gegen den Hals. Das Tier stand auf; die anderen folgten seinem Beispiel und setzten sich ohne Eile in Bewegung. Wenig später verschwand die kleine Karawane hinter den Felsen. Der junge Beduine kehrte zu seiner *khaima* zurück und setzte sich vor den Eingang. Sein Vater lächelte bei seinem Anblick kaum merklich.

»Um den brauchst du dir keine Sorgen zu machen«, meinte er. »Er ist ein Targi, und es gibt in der ganzen Welt keinen Menschen, der hier in der Wüste einen Einzelgänger wie ihn einfangen könnte.«

Das Licht und die Stille weckten ihn. Die Sonne fiel in schrägen Bahnen durch das vergitterte Fenster auf die langen Bücherreihen im Regal und ließ den übervollen Aschenbecher aus Messing funkeln. Doch obwohl es schon so hell und der Tag schon so weit vorangeschritten war, drang aus dem Innenhof nicht das geringste Geräusch herein. Der Mann war sich plötzlich sicher, daß an diesem Morgen nicht wie sonst das Wecksignal geblasen worden war. Die Stille beunruhigte ihn. Im Verlauf der Jahre hatte er sich an eine starre, militärische Routine gewöhnt. Jede seiner Handlungen war einem Stundenplan von spartanischer Strenge unterworfen. Doch jetzt war diese Ordnung unversehens durcheinandergeraten. Die Tatsache, heute nicht wie sonst pünktlich um sechs Uhr, eine halbe Stunde vor dem Frühstück, aufgewacht und aus dem Bett gesprungen zu sein, erfüllte ihn mit einem unerklärlichen Unbehagen.

Diese Stille!

Um diese Tageszeit war der Innenhof sonst immer von Stimmengewirr erfüllt, wenn sich die Soldaten miteinander unterhielten, bevor es dafür zu heiß wurde. Doch heute herrschte eine solch unheimliche Stille, daß der Mann schleunigst von seinem Feldbett aufstand, in die Hose schlüpfte und ans Fenster trat.

Draußen war niemand zu sehen – am Brunnen nicht und auch nicht auf dem zinnenbewehrten Wachturm an der Westseite, dem einzigen Teil der Befestigungsanlagen, der von hier aus zu überblicken war.

»He!« rief der Mann beunruhigt. »Was ist hier los? Wo seid ihr alle?«

Keine Antwort. Da rief er noch einmal, aber wieder antwortete ihm niemand. Jetzt bekam er es richtig mit der Angst zu tun.

Sie sind abgehauen! durchzuckte es ihn. Sie haben mich im Stich gelassen und mich hier eingeschlossen, damit ich an Hunger und Durst zugrunde gehe!

Er lief zur Tür und stellte überrascht fest, daß sie nur angelehnt war. Als er in den Hof hinaustrat, schloß er geblendet die Augen. Das grelle Sonnenlicht wurde von den schneeweißen Wänden zurückgeworfen. Im Verlauf der vielen Jahre waren diese Wände wohl schon tausendmal von Soldaten gekalkt worden, die kaum andere Pflichten hatten, als für ihre makellose Reinheit zu sorgen.

Heute ließ sich jedoch keiner dieser Soldaten blicken. Niemand schob auf den vier Ecktürmen Wache, und am Tor, hinter dem sich die endlose Wüste erstreckte, stand kein Posten.

»He!« rief der Mann ein weiteres Mal. »Was geht hier vor? Meldet euch!«

Schweigen, nervtötende Stille. Kein Lüftchen rührte sich, kein lebendiges Geräusch erlöste diesen Ort aus seiner Versteinerung. Geduckt und wie erstorben lag das Fort unter der Sonne, die immer sengender vom Himmel herabschien.

Der Mann eilte mit zwei langen Schritten die vier Treppenstufen hinab und lief über den Hof auf den Brunnen zu. Dort angekommen, drehte er sich langsam im Kreis und rief in Richtung Schreibstube, Speisesaal und Truppenunterkunft: »Herr Hauptmann! Können Sie mich hören? Wo steckt ihr alle? Was soll das Theater?«

Plötzlich stand eine schattenhafte Gestalt in der Türöffnung zur dämmerigen Küche. Es war ein hochgewachsener, sehr schlanker Targi, der einen dunklen Gesichtsschleier trug. In der einen Faust hielt er einen Karabiner, die andere umklammerte ein langes Schwert.

Der Targi trat ein paar Schritte vor und blieb unter dem Vordach stehen.

»Sie sind alle tot«, sagte er.

Der andere starrte ihn ungläubig an. »Tot?« wiederholte er verständnislos. »Alle?«

»Alle.«

»Und wer hat sie umgebracht?«

»Ich.«

»Du?« Der Mann glaubte seinen Ohren nicht trauen zu können. Kopfschüttelnd ging er auf den Targi zu. »Willst du mir etwa weismachen, du hättest ohne fremde Hilfe zwölf Soldaten, einen Sergeanten und einen Offizier getötet?«

Der Gefragte nickte seelenruhig. »Sie schliefen«, sagte er.

Abdul-el-Kebir, der in seinem Leben schon Tausende von Menschen hatte sterben sehen, auf dessen Befehl viele Menschen hingerichtet worden waren und der vor seinen eigenen Kerkermeistern tiefste Abscheu empfand – diesem Abdul-el-Kebir drehte sich jetzt vor Ekel fast der Magen um. Er mußte sich an den hölzernen Stützpfeiler lehnen, der das Vordach trug, sonst hätte er wohl das Gleichgewicht verloren.

»Du hast sie im Schlaf ermordet?« fragte er. »Warum?«

»Weil sie meinen Gast umgebracht haben.« Gacel zögerte kurz, bevor er weitersprach: »Und weil sie zu viele waren. Falls auch nur einer von ihnen Alarm geschlagen hätte, dann wärst du zwischen den vier Wänden deines Gefängnisses an Altersschwäche gestorben.«

Abdul-el-Kebir betrachtete ihn wortlos. Dann nickte er, als könnte er sich endlich an etwas erinnern, das ihm von Anfang an bekannt vorgekommen war.

»Jetzt weiß ich wieder, wer du bist«, sagte er. Du bist der Targi, der uns als Gäste in seinem Zelt aufnahm. Ich sah dich, als sie mich fortschleppten.«

»Ja«, bestätigte der Targi. »Ich bin Gacel Sayah, du warst mein Gast, und ich muß dich über die Grenze bringen.«

»Weshalb hast du all dies getan?«

Gacel staunte über die Frage. »Weil es meine Pflicht ist«, meinte er dann. »Ich muß dich beschützen, weil du um meinen Schutz gebeten hast.«

»Vierzehn Menschen umzubringen, um mich zu beschützen – ist das nicht ein bißchen übertrieben?«

Der Targi würdigte ihn keiner Antwort, sondern wandte sich dem offenen Tor zu. »Ich bringe jetzt die Kamele«, sagte er. »Bereite dich auf eine lange Reise vor.«

Abdul-el-Kebir blickte ihm nach, wie er durch das Tor mit den beiden weit offenstehenden Flügeln ging und um die Ecke verschwand. Plötzlich fühlte er sich sehr allein in diesem ausgestorbenen Fort. Er fühlte sich sogar verlassener und hilfloser als an dem Tag, als er hier eingeliefert worden war und die unumstößliche Sicherheit gehabt hatte, daß ihm diese Mauern bis ans Ende seiner Tage zuerst als Gefängnis und schließlich auch als Grabstätte dienen würden.

Sekundenlang horchte er angestrengt in die Stille hinein, obwohl er wußte, daß kein Geräusch an sein Gehör dringen würde, denn hier wurde die Stille immer nur von den Stimmen der Menschen und vom Rauschen des Windes unterbrochen. Heute wehte jedoch kein Wind, und die Menschen waren tot. Vierzehn Männer!

Im Geiste sah er das Gesicht jedes einzelnen vor sich: das schmale, leichenblasse des Hauptmanns, der die Sonne haßte und die Dämmerung seines Arbeitszimmers liebte, aber auch die schweißnassen, prallen Hamsterbakken des Kochs oder den buschigen, schlecht gestutzten Schnurrbart des schmuddeligen Korporals, der seine Zelle gesäubert und ihm das Essen gebracht hatte.

Er kannte jeden Wachposten und jeden Laufburschen, denn er hatte mit ihnen gewürfelt, Briefe an ihre Familien verfaßt und ihnen manchmal sogar an einem jener Abende, die einem hier in der Wüste so endlos lang vorkamen, aus einem Roman vorgelesen. Denn im Grunde wurden sie hier, in dem Fort mitten in der Wüste, alle gefangengehalten.

Er hatte jeden einzelnen von ihnen gekannt, und jetzt waren sie alle tot. Was mag das für ein Mensch sein, fragte er sich, der einfach zugab, vierzehn Männer im Schlaf getötet zu haben? Der Tonfall seiner Stimme hatte sich bei diesem Geständnis nicht im geringsten verändert. Er hatte nicht versucht, sich selbst zu rechtfertigen, und nichts an ihm deutete darauf hin, daß er auch nur eine Spur von Bedauern empfand.

Natürlich, der Mann war ein Targi. Schon an der Universität hatte Abdul-el-Kebir gelernt, daß die Tuareg eine Rasse waren, die mit keiner anderen verglichen werden konnte, und daß ihre Moral und ihre Gebräuche nichts mit der Moral und den Gebräuchen aller anderen Sterblichen gemein hatten. Sie waren ein hochmütiges Volk, unbeugsam und rebellisch. Sie unterwarfen sich nur ihren eigenen Gesetzen, aber daß diese Gesetze es zulassen konnten, vierzehn Menschen im Schlaf kaltblütig zu ermorden – darauf war Abdul-el-Kebir nicht gefaßt gewesen.

»Moral ist eine Frage der Überlieferung. Niemals dürfen wir aus unserer Sicht der Dinge heraus die Handlungen jener verurteilen, die aufgrund althergebrachter Gebräuche eine andere Grundhaltung gegenüber dem Dasein haben als wir . . .« Das waren die Worte des »Großen Alten« gewesen, und Abdul-el-Kebir erinnerte sich noch so deutlich an sie, als wären inzwischen nicht viele Jahre vergangen. Er sah ihn noch hinter seinem riesigen Tisch thronen, die Hände und die Ärmel seines dunklen Jacketts weiß von Kreidestaub. Unermüdlich hatte er seinen Studenten eingebleut, daß sie, sobald dieses Land endlich unabhängig sein würde, die ethnischen Minderheiten nicht als minderwertig ansehen durften, weil jene weniger Kontakt mit den Franzosen gehabt und deshalb auch weniger von ihnen übernommen hatten.

»Eines der großen Probleme unseres Kontinents«, hatte er stets aufs neue versichert, »besteht in der unbestreitbaren Tatsache, daß die meisten afrikanischen Völker aus sich heraus noch rassistischer sind als die eigentlichen Kolonialmächte. Benachbarte Stämme, die eng miteinander verwandt sind, hassen und verachten sich. Seit eine Nation nach der anderen unabhängig wird, tritt immer klarer zutage, daß die schlimmsten Feinde von Farbigen andere Farbige sind, die vielleicht nur eine andere Mundart sprechen. Hüten wir uns, denselben Fehler zu machen! Ihr, die ihr eines Tages dieses Land regieren werdet, haltet euch stets vor Augen, daß die Beduinen, die Tuareg oder die *rifkabylen* aus den Bergen nicht minderwertig, sondern lediglich verschieden sind.«

Verschieden! Er, Abdul-el-Kebir, hatte nie gezögert,

wenn es darum gegangen war, ein Attentat gegen eines jener Cafés zu befehlen, in denen sich die Franzosen zu treffen pflegten. Nie hatte er sich von der Überlegung abhalten lassen, daß dabei auch viele Unschuldige ums Leben kommen könnten. Kein einziges Mal hatte es ihn Überwindung gekostet, mit der Maschinenpistole auf Fallschirmjäger und Legionäre zu feuern. Von seiner frühen Jugend an war der Tod sein Weggefährte gewesen, und so blieb es auch in den ersten Jahren seiner Amtszeit, als er Dutzende von Kollaborateuren an den Galgen schicken mußte. Folglich hatte er kein Recht, sich über den Tod seiner vierzehn Bewacher aufzuregen. Und dennoch: Er hatte jeden einzelnen persönlich gekannt, er hatte gewußt, wie jeder von ihnen hieß und welche Vorlieben er hatte. Und nun hatte er erfahren, daß sie alle im Schlaf dahingemeuchelt worden waren!

Langsam überquerte er den Hof, stellte sich vor das große Fenster der Mannschaftsquartiere, schirmte seine Augen mit der Hand gegen die Sonne ab und spähte ins Innere. Er erblickte eine Anzahl von Bündeln, die im Abstand von rund zwei Metern jeweils auf einem der Feldbetten lagen und von schmutzigen Laken bedeckt waren. Kein einziger Blutfleck zeigte sich auf diesen Laken, denn all das Blut war von den mit Stroh gefüllten Matratzen aufgesogen worden.

Nirgends ein Atemgeräusch, ein leises Schnarchen oder das wirre Gestammel eines Träumenden. Nirgends das leise Geräusch von Fingernägeln, die über trockene, von Sand und Wind gegerbte Haut kratzen.

Tiefe Stille. Nur ein paar Fliegen flogen immer wieder mit leisem Klopfen gegen die Fensterscheibe, als hätten sie sich an dem Blut sattgetrunken und wollten nun hinaus ins Licht und an die frische Luft.

Abdul-el-Kebir ging zehn Schritte weiter und stieß die Tür zur Wohnung des Hauptmanns auf. Zum ersten Mal seit langer Zeit strömte das Sonnenlicht ungehindert in das staubige, mit allerlei Gegenständen vollgestopfte Zimmer. Im Hintergrund zeichnete sich auf einem breiten Bett unter einem blütenweißen Laken eine schlanke Gestalt ab.

Abdul-el-Kebir wandte sich ab und zog die Tür hinter sich zu. Dann untersuchte er langsam jeden Winkel des Forts, aber weder auf den Wachtürmen noch in der Nähe des Tores entdeckte er weitere Leichen. Es war, als hätte der Targi sämtliche Toten in einem befremdlichen Ritual zu ihren Betten geschleppt und mit einem Leichentuch bedeckt.

In seine eigene Zelle zurückgekehrt, suchte Abdul-el-Kebir die Briefe, die Fotos von seinen Kindern und den zerfledderten Koran zusammen, der ihn begleitete, solange er sich erinnern konnte. Zusammen mit ein paar spärlichen Kleidungsstücken steckte er diese Gegenstände in einen Beutel aus Segeltuch. Dann setzte er sich in der Nähe des Brunnens unter das schattige Vordach.

Schon stand die erbarmungslose Sonne fast senkrecht am Himmel und vertrieb die Schatten auf der Erde. In der brütenden Hitze verfiel Abdul-el-Kebir in einen unruhigen Dämmerzustand, doch bevor er die Schwelle zum Schlaf vollends überschritt, fuhr er zusammen und war plötzlich wieder hellwach. Die Stille hatte ihn aus seinen Träumereien gerissen, das Schweigen und ein beklemmendes Gefühl der Leere. Der Schweiß lief in Strömen an ihm herab, und in den Ohren verspürte er fast so etwas wie Schmerz, als wäre er unversehens ins Nichts gestürzt. Er murmelte leise ein paar Worte, um seine eigene Stimme zu hören und um sich davon zu überzeugen, daß er sich noch in dieser Welt mit all ihren Geräuschen befand. Konnte man sich einen stilleren Ort vorstellen als dieses große Totenhaus, in das sich die kleine Festung mitten im Herzen der Sahara an diesem windstillen Tag verwandelt hatte?

Warum hatte man das Fort ausgerechnet hier, in der Mitte der weiten Ebene errichtet, weit entfernt von den bekannten Brunnen und den Karawanenstraßen, weitab auch von den Oasen und Landesgrenzen, im Inneren des absoluten Nichts? Das wußte wohl niemand zu sagen.

Das Fort von Gerifies, klein und nutzlos, hatte nur als eventueller Stützpunkt zur Sicherung des Nachschubs und als Rastplatz für Patrouillen im Gebiet der Nomaden einen zweifelhaften, rein theoretischen Wert. Die Stelle, die man für diesen Stützpunkt ausgesucht hatte, war nicht besser oder schlechter als alle anderen im Umkreis von fünfhundert Quadratkilometern. Man bohrte einen Brunnen, errichtete niedrige, zinnenbewehrte Mauern, brachte ein paar klapprige Möbel herbei, die zweifellos schon in anderen, mittlerweile aufgegebenen Garnisonen ihren Dienst getan hatten, und verurteilte eine Handvoll Männer dazu, ein Stück Wüste zu bewachen, das so wüst und leer war, daß sich nach allem, was man hörte, noch nie ein Reisender dorthin verirrt hatte. Man erzählte sich sogar, daß die im Fort stationierte Besatzung der französischen Fremdenlegion erst nach drei Monaten erfahren hatte, daß sie nicht mehr zu den Streitkräften einer Kolonialmacht gehörte, sondern bloß noch ein Haufen besiegter Ausländer war.

Irgendwo außerhalb der Mauern befanden sich sechs namenlose Gräber. Einst hatte sie sogar ein Kreuz mit einem Namensschild geschmückt, aber vor ein paar Jahren hatte der Koch die Kreuze verbrannt, weil ihm das Holz ausgegangen war. Oft hatte sich Abdul-el-Kebir gefragt, wer wohl diese Christen gewesen waren, die man dort fern der Heimat bestattet hatte. Welch seltsames Geschick hatte sie dazu gebracht, sich der Fremdenlegion anzuschließen und in der grenzenlosen Einsamkeit der Sahara die letzte Ruhe zu finden?

»Eines Tages wird man mich neben ihnen verscharren«, hatte er sich selbst eingeredet. »Dann sind es sieben anonyme Gräber, und meine Wächter können endlich darauf hoffen, daß ihre Tage in diesem Fort gezählt sind. Der Held des Unabhängigkeitskrieges wird für alle Ewigkeit neben sechs unbekannten Söldnern ruhen...«

Aber nun war es anders gekommen. Nicht *ein* neues, sondern vierzehn frische Gräber müßten ausgehoben werden, und gewiß würde sich niemand die Mühe machen, sie mit Namen zu versehen, denn wer hätte schon ein Interesse daran, daß die Welt erfuhr, wo ein gutes Dutzend untauglicher Gefängniswärter begraben lag?

Als gehorchte er einem inneren Zwang, blickte Abdul-el-Kebir wiederum zum großen Fenster der Mannschaftsquartiere hinüber. Er konnte sich nur schwer mit dem Gedanken abfinden, daß dort drüben, in einem erstickend heißen Raum, die Leichen jener vierzehn Männer, die diesen Ort noch tags zuvor mit ihren Stimmen und ihrer Gegenwart erfüllt hatten, langsam in Fäulnis übergingen.

Wie oft hätte er den einen oder anderen am liebsten eigenhändig erwürgt! Die meisten hatten ihn während seiner jahrelangen Gefangenschaft respektvoll behandelt, andere jedoch hatten ihn zum Opfer aller möglichen Erniedrigungen und Demütigungen gemacht, besonders in letzter Zeit, seit seiner Rückkehr nach der gescheiterten Flucht. Die Strafe für diesen Fluchtversuch hatte die ganze Garnison zu spüren bekommen: allgemeine Urlaubssperre für ein Jahr. Nicht wenige der Soldaten waren dafür gewesen, einen »Unfall« zu inszenieren, um ihn ein für allemal loszuwerden, denn nur so hofften sie einen Zustand zu beenden, der sie fast schon zu Mitgefangenen machte.

Die Aussicht, wiederum für unbestimmte Zeit auf der Flucht zu sein, erschreckte Abdul-el-Kebir. Während die Sonne Tag für Tag auf ihn herabbrannte, würde er nie wissen, wohin es eigentlich ging und ob die trostlose Einöde wirklich irgendwo endete. Mit Schrecken erinnerte er sich an den quälenden Durst und den unerträglichen Schmerz in jedem einzelnen seiner verkrampften Muskeln, und er fragte sich, warum er überhaupt hier im Schatten saß, das Bündel mit seiner Habe in der Hand, die Rückkehr eines Mörders erwartend, damit ihn jener wiederum hinausführte in die Sanddünen und Geröllhalden der Wüste.

Und dann erschien er tatsächlich! Plötzlich stand er neben ihm. Er führte vier beladene Kamele am Zügel. Die Tiere bewegten sich so geräuschlos, als wollten sie ihrem Herrn nacheifern oder als hätten sie mit wachem Gespür erraten, daß sie sich im Hof eines Totenhauses befanden.

Abdul-el-Kebir wies mit dem Kinn auf das Mannschaftsquartier. »Warum hast du auch die Wachposten in ihre Betten gelegt? Glaubst du, daß es ihnen dort besser ergeht als an dem Ort, wo du sie umgebracht hast? Was macht das noch für einen Unterschied?«

Gacel warf ihm einen Blick zu, als verstünde er nicht recht, worauf der andere hinauswollte. Dann meinte er achselzuckend: »Ein Aasgeier entdeckt eine Leiche, die unter freiem Himmel liegt, schon nach zwei Stunden, aber es dauert drei Tage, bis der Gestank durch die Türen und Fenster dringt. Dann sind wir jedoch schon in der Nähe der Grenze.«

»Welche Grenze?«

»Sind nicht alle Grenzen gleich gut?«

»Nur die im Süden und im Osten. Wenn ich die im Westen überschreite, komme ich sofort an den Galgen.«

Gacel antwortete nicht. Er war vollauf damit beschäftigt, Wasser aus dem Brunnen zu schöpfen und die unersättlichen Kamele zu tränken. Als er endlich damit fertig war, sagte er mit einem Blick auf den Leinwandbeutel: »Ist das alles, was du mitnimmst?«

»Es ist alles, was ich besitze . . .«

»Für jemanden, der früher Präsident dieses Landes war, ist es nicht viel.« Er wies auf die Küche. »Geh hin und hole alles, was eßbar ist! Suche auch alle Behälter zusammen, in denen man Wasser transportieren kann.« Voller Sorge schüttelte er den Kopf. »Das Wasser wird auf dieser Reise unser größtes Problem sein.«

»In der Wüste ist Wasser immer ein Problem, oder etwa nicht?«

»Ja, natürlich, aber nirgends ist Wasser so wichtig wie dort, wo wir hinwollen.«

»Und wo wollen wir hin, falls die Frage erlaubt ist?«

»Wohin uns niemand folgen kann – ins große ›Land der Leere‹ von Tikdabra!«

Wohin könnte er geflohen sein?«

Innenminister Ali Madani erhielt keine Antwort. Er war ein großer, kräftiger Mann mit glattem, glänzendem Haar und winzigen Augen, die er, um möglichst keine seiner Absichten erkennen zu lassen, gerne hinter großen, sehr dunklen Sonnenbrillen verbarg.

Der Minister blickte von einem der Anwesenden zum anderen, und als ihm noch immer niemand antwortete, sagte er ungehalten:

»Nun reden Sie schon, meine Herren! Ich bin nicht eintausendfünfhundert Kilometer gereist, um mich an Ihrem Anblick zu erfreuen! Angeblich sind Sie Sahara-Experten und kennen sich auch mit den Tuareg aus. Ich wiederhole: Wohin könnte er geflohen sein?«

»Überallhin«, erwiderte ein Oberst und machte eine vielsagende Gebärde. »Die Spuren führten zuerst nach Norden, aber der Targi hat diesen Kurs wohl nur eingeschlagen, weil der Boden dort sehr steinig ist. Seitdem haben wir seine Fährte verloren. Jetzt gehört ihm die ganze Wüste.«

»Soll das heißen«, sagte der Minister sehr leise, denn er wollte sich seinen Zorn noch nicht anmerken lassen, »daß ein Beduine, ein simpler Beduine, in einen unserer Stützpunkte eindringen, vierzehn Soldaten abschlachten, den gefährlichsten Staatsfeind befreien und in der Wüste untertauchen kann – in *seiner* Wüste?« Der Minister schüttelte ungläubig den Kopf. »Ich hatte geglaubt, daß die Wüste *uns* gehört, Herr Oberst! Und daß die Streitkräfte beziehungsweise die Polizisten das ganze Land unter Kontrolle haben!«

»Unser Land besteht zu neunzig Prozent aus Wüste, Exzellenz«, meldete sich der General, der den Oberbefehl über die fragliche Region hatte. Seine Stimme klang äußerst beunruhigt. »Die anderen zehn Prozent, genauer gesagt das Küstengebiet, beanspruchen jedoch alle unsere Kräfte und Ressourcen. Ich muß ein Gebiet, das halb so groß ist wie Europa, mit dem schlimmsten Abschaum unserer Streitkräfte und mit minimaler Ausrüstung unter Kontrolle halten. Pro tausend Quadratkilometer verfüge ich nur über einen einzigen Soldaten, und die Garnisonen in den Oasen und befestigten Stützpunkten sind ohne jede Logik willkürlich über die ganze Region verteilt. Glauben Sie wirklich, Exzellenz, daß wir angesichts dieser Lage behaupten können, die Wüste gehöre *uns*? Unsere Tiefenwirkung und unser Einfluß sind gleich Null. Zwanzig Jahre nach der Unabhängigkeitserklärung wußte jener Targi noch nicht einmal, daß unser Land eine freie Nation ist! Die wahren Herren der Wüste sind Leute wie er!« schloß der General mit großem Nachdruck.

Minister Madani schien bereit, ihm recht zu geben. Zumindest zog er es vor, nicht direkt zu antworten, sondern er wandte sich Leutnant Rahman zu, der weiter hinten respektvoll stehengeblieben war, dicht neben Sergeant Malik-el-Haideri.

»Sie, Herr Leutnant, haben nach allem, was ich höre, am längsten mit diesem Targi zu tun gehabt. Wie denken Sie über ihn?«

»Er ist sehr schlau, Herr Minister. Irgendwie schafft er es, genau das zu tun, was wir am wenigsten vermuten.«

»Beschreiben Sie ihn mir!«

»Er ist hochgewachsen und schlank.«

Madani blickte den Leutnant erwartungsvoll an, doch der redete nicht weiter. »Und was noch?« fragte der Minister ungeduldig.

»Nichts weiter, Exzellenz. Der Mann ist ständig von Kopf bis Fuß verhüllt. Man sieht von ihm nur die dunklen Augen und die kräftigen Hände.«

Der Minister stieß eine Verwünschung aus. »Zum Teu-

fel noch mal!« rief er und klopfte mehrmals mit dem Blei-
stift auf die Tischplatte. »Haben wir es hier mit einem Gespenst zu tun? Hochgewachsen, schlank, dunkle Augen,
kräftige Hände – ist das alles, was wir über einen Mann
wissen, der unsere gesamte Armee in Atem hält, dem Präsidenten schlaflose Nächte bereitet, einen Gouverneur
entführt und Abdul-el-Kebir befreit hat? Das ist ja wie im
Irrenhaus!«

»Nein, Exzellenz«, meldete sich der General erneut zu
Wort, »hier haben wir es nicht mit einem Irren zu tun. Die
Gesetze dieses Landes gestatten es den Tuareg, ihr Gesicht gemäß den Überlieferungen hinter einem Schleier zu
verbergen. Wenn wir bedenken, daß es schätzungsweise
dreihunderttausend Tuareg gibt, von denen etwas mehr
als ein Drittel diesseits unserer Landesgrenzen lebt, dann
paßt die Beschreibung dieses Targi auf mindestens fünf-
zigtausend erwachsene Personen.«

Der Minister erwiderte nichts. Er nahm die Brille ab,
legte sie vor sich auf den Tisch und rieb sich mit einer Geste tiefster Niedergeschlagenheit die Augen. Während der
vergangenen achtundvierzig Stunden hatte er kaum geschlafen. Die lange Reise und das heiße Klima von El-
Akab hatten ihn an den Rand der Erschöpfung gebracht,
aber er konnte sich jetzt nicht ausruhen, denn er wußte eines ganz sicher: Falls er diesen Abdul-el-Kebir nicht bald
einfing, waren seine Tage als Minister gezählt. Dann wäre
er nur noch irgendein obskurer Funktionär ohne Zukunft.

Abdul-el-Kebir war eine Zeitbombe, die die ganze Regierung in weniger als einem Monat in die Luft sprengen
konnte, falls er es bis zur Grenze schaffte und Paris erreichte, wo die Franzosen ihm bereitwilligst all das zur
Verfügung stellen würden, was sie ihm damals verweigert
hatten. Gegen das französische Geld und Abduls Volks-
tümlichkeit wäre kein Kraut gewachsen. Jene, die ihn verraten hatten, würden gerade noch Zeit haben, ihre Koffer
zu packen, und sie müßten sich auf ein jahrelanges Ver-
steckspiel im Ausland vorbereiten, immer darauf gefaßt,
von der Rache ihrer Feinde ereilt zu werden, mochten sie
sich noch so gut verstecken.

»Wir müssen sie finden!« sagte Madani schließlich. »Fordern Sie von mir, was Sie wollen – Männer, Flugzeuge, Panzer, was Sie wollen! Aber finden Sie ihn! Dies ist ein Befehl!«

»Herr Minister . . .!«

Madani blickte auf. »Ja, Sergeant?«

»Herr Minister«, wiederholte Sergeant Malik und nahm all seinen Mut zusammen. »Ich bin überzeugt, daß er sich in das ›Land der Leere‹ von Tikdabra geflüchtet hat.«

»Das ›Land der Leere‹? Das wäre ja der reinste Wahnsinn! Wie kommen Sie darauf?«

»Ich habe mir die Spuren beim Fort von Gerifies angesehen – vier schwerbeladene Kamele! Und im Fort selbst gab es keinen einzigen Behälter mehr, in den man Wasser hätte füllen können. Wenn es der Targi darauf abgesehen hätte, möglichst schnell zu fliehen, dann hätte er nicht vier Kamele mitgenommen, und schon gar nicht vier schwerbeladene . . .«

»Aber die Spuren führten nach Norden! Wenn ich mich nicht täusche, liegt das ›Land der Leere‹ im Süden.«

»Sie täuschen sich nicht, Herr Minister. Aber dieser Targi hat uns schon oft an der Nase herumgeführt. Ihm macht es nichts aus, einen ganzen Tag zu verlieren, indem er zunächst nach Norden reitet, um seine Fährte zu verwischen. Danach macht er kehrt und reitet in Richtung Tikdabra. Wenn er es bis auf die andere Seite der Grenze schafft, ist er in Sicherheit.«

»Kein Mensch hat jemals dieses Gebiet durchquert«, wandte der Oberst ein. »Genau aus diesem Grund wurde es zum Grenzgebiet erklärt. Es braucht keinen militärischen Schutz.«

»Kein Mensch könnte fünf Tage lang mitten auf einem Salzsee lagern und überleben, aber dieser Targi hat es geschafft, Herr Oberst«, erwiderte Malik. »Ich möchte Sie mit allem Respekt darauf hinweisen, daß wir es mit keinem gewöhnlichen Menschen zu tun haben. Seine Zähigkeit und sein Durchhaltevermögen sind unvorstellbar.«

»Aber er ist nicht allein! Abdul-el-Kebir ist schon fast ein alter Mann. Sein abenteuerlicher Fluchtversuch und die lange Gefangenschaft haben ihn geschwächt. Glauben

Sie wirklich, daß er dreißig Tage Durst bei mehr als sechzig Grad Hitze überstehen würde? Wenn die beiden verrückt genug sind, sich darauf einzulassen, dann garantiere ich, daß wir uns ihretwegen bald keine Sorgen mehr zu machen brauchen!«

Sergeant Malik-el-Haideri wagte nicht, ein weiteres Mal einem ranghöheren Offizier zu widersprechen. Doch da kam ihm der Minister selbst zu Hilfe: »Das mag in der Tat hirnverbrannt erscheinen«, sagte Madani, »aber der Sergeant und der Leutnant sind hier, weil sie die einzigen sind, die mit diesem Wilden direkt zu tun hatten. Ich lege auf ihre Meinung deshalb besonderen Wert. Was haben Sie dazu zu sagen, Leutnant?«

»Dieser Gacel ist zu allem fähig, Herr Minister. Notfalls hält er den alten Mann auch dann noch am Leben, wenn er selbst dabei draufgeht. Für ihn ist der Schutz eines Gastes wichtiger als das eigene Wohlergehen oder das seiner Familie. Wenn er glaubt, daß das Gebiet von Tikdabra ihm sicheren Schutz gewährt, dann wird ihn nichts davon abhalten, das ›Land der Leere‹ zu betreten.«

»Nun gut, dann werden wir eben auch dort nach ihm suchen.«

Der Minister dachte kurz nach. »Sie erwähnten da gerade seine Familie. Was ist über sie bekannt? Falls wir sie finden, könnten wir vielleicht mit dem Targi ein Tauschgeschäft machen . . .«

»Seine Familie hat das Weideland verlassen«, sagte der General, und es war ihm anzumerken, wie unbehaglich er sich fühlte. »Ich würde es für unter meiner Würde halten, Frauen und Kinder mit in diese Sache hineinzuziehen. Was würde man von unseren Streitkräften denken, wenn wir versuchen würden, unsere Probleme mittels solcher Methoden zu lösen?«

»Die Streitkräfte bleiben aus dem Spiel, Herr General«, sagte der Minister. »Meine Leute werden sich um den Fall kümmern.« Spöttisch fügte er hinzu: »Im übrigen glaube ich nicht, daß die Streitkräfte sich noch mehr blamieren könnten, als sie sich in dieser Angelegenheit schon blamiert haben.«

Fast hätte der General ihm eine heftige Antwort gegeben, aber er beherrschte sich mühsam. Ali Madani war seit einiger Zeit die rechte Hand des Präsidenten und folglich der zweitmächtigste Mann im Lande, während er selbst erst vor kurzem zum General befördert worden war. In alles steckten stümperhafte Politiker wie dieser Innenminister ihre Nase, obwohl die Führung der Streitkräfte viel effizienter war! Dies war jedoch nicht der Augenblick und der Ort, um sich auf eine Diskussion einzulassen, die ihm, dem General, nur Unannehmlichkeiten bringen konnte. So biß er sich denn auf die Zunge und hielt sich zurück. Wer weiß, vielleicht wäre dieser Minister längst von der politischen Bühne verschwunden, wenn er selbst eines Tages zum Brigadegeneral befördert wurde.

»Wie viele Helikopter haben wir?« fragte der Minister den Oberst.

»Einen einzigen.«

»Ich werde welche schicken. Flugzeuge?«

»Sechs, aber wir können sie nicht von ihrem Standort abziehen, weil die meisten Garnisonen nur aus der Luft versorgt werden können.«

»Ich werde ein ganzes Geschwader abkommandieren. Es soll die Umgebung von Gerifies abkämmen.« Der Minister dachte kurz nach. »Ich will auch, daß auf der anderen Seite von Tikdabra zwei Regimenter stationiert werden!«

»Aber das ist außerhalb unserer Landesgrenzen!« protestierte der Oberst. »Man würde es als Invasion eines Nachbarlandes auslegen.«

»Überlassen Sie solche Probleme getrost dem Außenministerium und beschränken Sie sich darauf, meine Befehle auszuführen!«

Er wurde durch ein Klopfen unterbrochen und blickte ungehalten zur Tür. Sie öffnete sich leise. Eine Ordonnanz erschien und flüsterte dem Sekretär Anwar-el-Mokri etwas ins Ohr.

El-Mokri hatte während der ganzen Besprechung geschwiegen. Nun nickte er mehrmals mit dem Kopf, dann schloß er sichtlich erregt die Tür hinter der Ordonnanz und sagte:

»Verzeihung, Exzellenz, aber ich habe soeben erfahren, daß der Gouverneur eingetroffen ist.«

»Ben-Koufra?« fragte Madani verblüfft. »Er lebt?«

»So ist es, Herr Minister. Er ist übel zugerichtet, aber er lebt und erwartet Sie in seinem Büro.«

Madani sprang auf, eilte grußlos hinaus, durchquerte – gefolgt von Anwar-el-Mokri – die große Vorhalle und betrat das weitläufige, dämmerige Arbeitszimmer des Gouverneurs. Dem Sekretär schlug er die schwere Tür vor der Nase zu.

Mit seinem zehn Tage alten Stoppelbart, den hohlen Wangen und den tief in den Höhlen liegenden Augen war der Gouverneur Hassan-ben-Koufra nur noch ein Schatten des hochmütigen, selbstsicheren Mannes, der er gewesen war, als er vor kurzem dieses Büro verlassen und sich in der Abendstunde zur Moschee begeben hatte. In sich zusammengesunken saß er in einem der schweren Sessel und blickte geistesabwesend aus dem Fenster. Er schien jedoch den Palmenhain nicht wahrzunehmen, sondern es war ihm anzumerken, daß er in Gedanken noch in jener Höhle war, in der er die schwerste Zeit seines Lebens durchlitten hatte. Er wandte Madani nicht einmal den Kopf zu, als jener eintrat. Der Minister mußte sich vor ihn hinstellen, damit er seiner gewahr wurde.

»Ich glaubte schon, ich würde dich nie wiedersehen«, sagte Madani.

Die müden, geröteten Augen weiteten sich erschrocken. Offenbar kostete es den Gouverneur Mühe, seinen Besucher zu erkennen. Schließlich flüsterte er kaum hörbar: »Ich auch nicht.« Er hob seine Handgelenke, die bis auf die Knochen durchgescheuert waren. »Sieh dir das an!«

»Immerhin bist du am Leben! Aber deinetwegen sind vierzehn Männer ermordet worden, und das ganze Land befindet sich in Gefahr!«

»Ich hätte nie geglaubt, daß er es schaffen könnte ... Ich dachte, er würde in Gerifies geradewegs in die Falle laufen. Dort waren unsere besten Leute stationiert.«

»Die besten?« rief der Minister aus. »Er hat ihnen wie Hühnern die Kehle durchgeschnitten, einem nach dem anderen ... Und Abdul ist jetzt frei! Ist dir klar, was das bedeutet?«

Der Gouverneur nickte. »Wir werden ihn wieder einfangen.«

»Wie stellst du dir das vor? Diesmal befindet er sich nicht in Begleitung eines jungen, unerfahrenen Fanatikers, sondern er wird von einem Targi beschützt, der die Wüste so gut kennt, wie sie keiner von uns jemals kennen wird.« Madani setzte sich Ben-Koufra gegenüber auf das Sofa und strich sich geistesabwesend über das Haar. »Wenn ich daran denke, daß du mir diesen Posten verdankst!«

»Es tut mir leid.«

»Leid?« Madani lachte kurz und höhnisch. »Wenn du tot wärst, dann könnten wir wenigstens sagen, man habe dich unmenschlich gefoltert. Aber da sitzt du vor mir und jammerst wegen ein paar Wunden, die schon nach fünfzehn Tagen verheilt sein werden! Jeder Hitzkopf von einem Studenten widersteht meinen Leuten länger, als du diesem Targi widerstanden hast! Früher hattest du mehr Mumm in den Knochen.«

»Ja, aber da war ich noch jung, und die Folterknechte waren französische Fallschirmjäger. Damals glaubten wir alle an eine gerechte Sache. Mag sein, daß ich es im Grunde für ungerecht hielt, Abdul bis an sein Lebensende gefangenzuhalten.«

»Du hattest nichts daran auszusetzen, solange dir dieses Arbeitszimmer und dein Amt als Gouverneur sicher waren«, erinnerte ihn der Minister. »Als wir gemeinsam beschlossen, was aus ihm werden sollte, hast du nicht protestiert, denn damals war er für dich nicht ›Abdul‹, sondern ein Feind, ein Teufel in Menschengestalt, der unser Land ins Chaos führen wollte und uns, seine Freunde von einst, von der Macht fernhielt. Nein, Hassan«, Madani schüttelte nachdrücklich den Kopf, »versuche nicht, mir etwas vorzumachen! Dafür kenne ich dich zu lange. Die Wahrheit ist, daß die Macht, die Zeit und die Bequemlichkeit dich ängstlich und weich gemacht haben. Es ist leicht, sich wie ein Held zu benehmen, wenn man nichts weiter als die Hoffnung auf eine bessere Zukunft zu verlieren hat. Wenn man jedoch in einem Palast wohnt und in der Schweiz ein Bankkonto unterhält ... Nein, streite es nicht ab!« schnitt er dem Gouverneur das Wort ab. »Vergiß nicht, daß es zu meinen Amtspflichten gehört, informiert zu sein. Ich weiß genau, wieviel dir die Erdölgesellschaften für deine hilfreichen Dienste bezahlen.«

»Bestimmt weniger als dir!«

»O ja, gewiß«, gab Ali Madani seelenruhig zu. »Aber im Augenblick sitzt *du* in der Klemme, nicht ich!« Er stand auf, trat ans Fenster und beobachtete, wie der Muezzin auf dem Minarett der Moschee die Gläubigen zum Gebet rief. Ohne sich umzudrehen, sagte er: »Bete zu Allah, daß wir alles geradebiegen können, was du kaputtgemacht hast! Sonst könnte es gut sein, daß du viel mehr verlierst als nur deinen Gouverneursposten.«

»Heißt das, daß ich abgesetzt bin?«

»Natürlich!« erwiderte Madani. »Und eines garantiere ich dir: Wenn uns Abdul durch die Lappen geht, dann werde ich persönlich dafür sorgen, daß du wegen Hochverrat verurteilt wirst!«

Hassan-ben-Koufra antwortete nicht. Er schien in die Betrachtung der Wunden vertieft, die die Lederriemen an seinen Handgelenken hinterlassen hatten. Vielleicht dachte er auch daran, daß er selbst vor wenigen Tagen, ähnlich wie Madani heute, in diesem Arbeitszimmer gesessen und wegen dieses Targi, der ihnen allen so viele Scherereien machte, einen Untergebenen schärfstens getadelt hatte.

Angst und Grauen packten ihn, als er sich noch einmal die Stunden und Tage in der Höhle vergegenwärtigte. Unablässig hatte er sich gefragt, ob der Targi ihm wirklich jemanden schicken oder ob er ihn wie einen Hund an Hunger und Durst krepieren lassen würde.

Er führte sich auch vor Augen, mit welcher Leichtigkeit der Targi ihm klargemacht hatte, wer von ihnen beiden der intelligentere war. Mühelos hatte er seine Schwächen erkannt und herausgefunden, wie er ihn sich gefügig machen konnte, ohne ihn anzurühren.

Hassan-ben-Koufra mußte sich eingestehen, daß er den Targi deswegen haßte. Und dieser Haß wurde noch dadurch verstärkt, daß der Targi tatsächlich sein Versprechen gehalten und ihm das Leben geschenkt hatte, indem er jemanden zu ihm schickte.

»Warum läßt dich ein Mann frei, der andere so kaltblütig tötet?« fragte Ali Madani in diesem Augenblick, als hätte er die Gedanken Ben-Koufras erraten.

»Weil er es versprochen hatte.«

»Ja, und ein Targi hält immer seine Versprechen. Trotzdem will es mir nicht in den Kopf, daß es ein Mensch für sein Recht erachtet, so viele Männer im Schlaf abzuschlachten, sich jedoch andererseits verbietet, ein Versprechen zu brechen, das er einem Feind gegeben hat.« Madani schüttelte ratlos den Kopf und setzte sich in den Sessel hinter dem schweren Schreibtisch, der bis vor kurzem seinem Gesprächspartner gehört hatte. »Manchmal frage ich mich, wie wir zusammen in demselben Land leben können, wo uns doch so wenig verbindet.« Als er fortfuhr, klang es, als redete er mit sich selbst: »Das ist wohl ein Teil der Erbschaft, die uns die Franzosen hinterlassen haben. Sie haben willkürlich bestimmt, daß wir ein einziges Volk zu sein hätten. Jetzt, zwanzig Jahre danach, sitzen wir da und versuchen vergeblich, uns gegenseitig zu verstehen.«

»Das wissen wir schon lange«, meinte Hassan-ben-Koufra mit müder Stimme. »Wir alle wissen seit langem Bescheid, aber niemand von uns kam auf den Gedanken, auf etwas zu verzichten, das uns nicht zustand. Niemand gab sich mit einem kleineren, stabileren Land zufrieden ...« Er öffnete und schloß mehrmals beide Hände, verzog dabei vor Schmerz das Gesicht. »Der Ehrgeiz machte uns blind. Wir wollten immer mehr Land, obwohl wir wußten, daß wir es nicht regieren konnten. So erklärt sich unsere Politik: Da wir es nicht schafften, die Beduinen zur Anpassung an unsere Lebensweise zu zwingen, mußten wir sie vernichten. Aber was hätten wir getan, wenn die Franzosen wenige Jahre zuvor angefangen hätten, *uns* auszurotten, weil wir uns weigerten, ihre Lebensform zu übernehmen?«

»Das, was wir dann ja auch tatsächlich getan haben: Wir hätten unsere Unabhängigkeit erkämpft. Vielleicht ist das die Zukunft der Tuareg – sich von uns unabhängig zu machen.«

»Hältst du das wirklich für möglich?«

»Haben es etwa die Franzosen bei uns für möglich gehalten, bis wir anfingen, Bomben zu werfen, und ihnen dadurch klarmachten, daß es durchaus möglich *war*? Dieser Gacel – so heißt er doch, nicht wahr? – hat den Nachweis erbracht, daß wir nicht unbesiegbar sind. Wenn sich alle Männer seinesgleichen zusammentäten, dann würden sie uns aus der Wüste vertreiben, das garantiere ich dir! Und die halbe Welt würde ihnen zu Hilfe kommen, als Gegenleistung für ein paar Erdölkonzessionen. Nein«, er schüttelte nachdrücklich den Kopf, »nein, sie dürfen nicht dahinterkommen, daß sie ihre Kamele ohne weiteres gegen vergoldete Cadillacs eintauschen könnten.«

»Bist du *deshalb* hier?«

»Ja. Aber ich bin auch gekommen, um endgültig mit Abdul-el-Kebir Schluß zu machen.«

Das Land sah aus, als wäre es von zahllosen nackten Frauenleibern bedeckt. Mit goldbrauner Haut lagen sie in der Sonne. Einige hatten auch kupferfarbene oder gar rötliche Rundungen: das waren die ältesten. Die Brüste dieser riesigen Frauenkörper waren zweihundert Meter hoch oder mehr, die Gesäße maßen oft einen Kilometer im Durchmesser – und dann waren da noch die langen »Beine«, die endlos langen, hinderlichen Beine, die die Kamele überqueren mußten, rutschend, bockend und beißend. Jederzeit konnte eines der Tiere straucheln und zusammengekrümmt in die Tiefe rollen, um sich nicht mehr zu erheben, sondern vom Treibsand verschlungen zu werden. Die *gassi*, wie die schmalen Durchgänge zwischen den einzelnen Dünen hießen, bildeten ein verschlungenes Labyrinth und führten den Reisenden oftmals nach langen Umwegen schließlich wieder zum Ausgangspunkt zurück.

Nur dank seines phänomenalen Orientierungssinnes und seines untrüglichen Gespürs vermochte Gacel Tag für Tag den Weg nach Süden fortzusetzen, ohne sich im Kreis zu bewegen. Abdul-el-Kebir, der geglaubt hatte, dieses Land, das er jahrelang regiert hatte, gründlich zu kennen, und der selbst eine Zeitlang mitten in der Wüste sein Dasein hatte fristen müssen, hätte sich in seinen schlimmsten Träumen nicht auszumalen vermocht, daß es auf diesem Planeten einen solchen Ozean aus Sanddünen gab. Selbst wenn man die höchste *ghourds* weit und breit erklommen hätte, wäre kein Ende dieser Wüste abzusehen gewesen.

Hier, im Randgebiet des großen »Landes der Leere«, gab es wirklich nichts weiter als Wind und Sand. Abdul-el-Kebir fragte sich, wie dieser Targi behaupten konnte, es existiere noch etwas »Schlimmeres« als dieses Meer ohne Wasser.

Tagsüber pflegten sie an einer windigen Stelle im Schatten eines großen, gelblichen Zeltdaches, das sie mit den Kamelen teilten, zu lagern. Erst wenn der Tag zur Neige ging, setzten sie ihren Weg fort und wanderten im Schein des Mondes und der Sterne die ganze Nacht hindurch. Bei Tagesanbruch bestaunten sie die prächtigen Sonnenaufgänge. Dann schienen die Schatten zwischen den Kämmen der *sif* genannten, säbelförmigen Sanddünen hin und her zu huschen. Diese Dünenkämme waren so messerscharf, daß man bei ihrem Anblick unwillkürlich dachte, die Sandkörner dort oben müßten zusammengeklebt sein, weil sie sonst unweigerlich in die Tiefe gerutscht wären.

»Wie weit ist es noch?« wollte Abdul-el-Kebir bei Anbruch des fünften Tages wissen. Es war gerade hell genug, damit er feststellen konnte, daß auch heute noch nicht der Beginn der großen Ebene am Horizont zu erkennen war.

»Ich weiß es nicht«, antwortete Gacel. »Niemand ist jemals aus dieser Gegend zurückgekehrt. Niemand hat hier im Wüstensand und im ›Land der Leere‹ die Tage gezählt.«

»Wartet also der Tod auf uns?«

»Wenn es noch niemand geschafft hat, so soll das nicht heißen, daß es nicht zu schaffen *ist.*«

Abdul schüttelte verwundert den Kopf. »Ich staune über dein Selbstvertrauen«, sagte er. »Ehrlich gesagt bekomme ich es allmählich mit der Angst zu tun.«

»Die Angst ist in der Wüste der größte Feind«, war die Antwort. »Die Angst führt zu Verzweiflung und Wahnsinn. Auf den Wahnsinn folgen Stumpfsinn und Tod.«

»Hast du nie Angst?«

»Vor der Wüste? Nein. Ich bin hier geboren und habe mein ganzes Leben hier verbracht. Wir haben vier Kamele. Die Stuten geben noch heute und morgen Milch. Nichts deutet auf einen *harmatan*, einen Sandsturm, hin. Wenn uns der Wind verschont, haben wir Grund zu hoffen.«

»Wie lange noch?« fragte Abdul.

Bevor er wenig später einschlief, versuchte Abdul auszurechnen, wie viele Tage der Hoffnung ihnen noch verblieben und wie lange sie dieses Martyrium noch erdulden mußten. Gegen Mittag weckte ihn ein fernes Brummen. Er schlug die Augen auf und erblickte Gacel, der unter dem Zeltdach im Sand kniete und aufmerksam den Himmel betrachtete.

»Flugzeuge«, sagte der Targi, ohne sich umzudrehen.

Abdul kauerte sich neben ihn. In einer Entfernung von ungefähr fünf Kilometern erblickte er ein kleines Aufklärungsflugzeug, das Kreise zog und langsam näher kam.

»Können die uns sehen?«

Gacel schüttelte den Kopf, ging jedoch trotzdem zu den Kamelen und fesselte sie an den Beinen, damit sie auf keinen Fall aufstehen konnten.

»Der Lärm erschreckt sie«, erklärte er. »Wenn sie weglaufen, werden wir entdeckt.«

Als er damit fertig war, wartete er geduldig ab, bis das kreisende Flugzeug für kurze Zeit hinter dem Gipfel der nächstgelegenen Düne verschwand. Erst dann sprang er auf und machte sich eilig daran, das Zeltdach notdürftig mit Sand zu bedecken.

Fünfzehn Minuten später entfernte sich das Motorengeräusch des Flugzeugs, das ein einziges Mal über ihre Köpfe hinweggeflogen war. Bald war es nur noch ein kleiner Punkt in der Ferne. Die verängstigten Kamele hörten auf zu brüllen, und auch die Kamelstute, die dreimal versucht hatte, die Männer zu beißen, beruhigte sich.

Gacel lehnte sich in der Dämmerung an den Rücken eines der Tiere, zog einen Lederbeutel hervor, entnahm ihm eine Handvoll Datteln und begann zu essen, als sei alles in bester Ordnung. Fast bot er das Bild eines Mannes, der seelenruhig in seiner gemütlichen *khaima* sitzt.

»Kannst du sie wirklich entmachten, wenn es dir gelingt, über die Grenze zu entkommen?« fragte er Abdul-el-Kebir, aber es war ihm anzumerken, daß ihn die Antwort nicht allzusehr interessierte.

»*Sie* glauben, daß es so ist, aber ich bin mir da nicht ganz sicher. Die meisten meiner Leute sind tot oder im Gefängnis. Die anderen haben mich verraten.« Dankbar nahm Abdul die Datteln, die der Targi ihm reichte. »Es wird nicht leicht sein«, fuhr er fort. »Aber falls es mir gelingt, kannst du von mir verlangen, was du willst. Ich verdanke dir alles.«

Bedächtig erwiderte Gacel: »Du schuldest mir nichts. Ich jedoch stehe in *deiner* Schuld, weil dein Freund unter meinem Dach das Leben verloren hat. Was ich auch tue und wie viele Jahre auch vergehen mögen – nie werde ich ihm, der sich mir anvertraut hat, das Leben zurückgeben können.«

Abdul-el-Kebir blickte Gacel lange an und versuchte, in den dunklen Tiefen seiner Augen zu lesen. Sie waren das einzige, was er bislang vom Gesicht des Targi zu sehen bekommen hatte.

»Ich frage mich, warum dir das Leben mancher Menschen so viel, das anderer jedoch so wenig bedeutet. Du konntest an jenem Tag nichts anderes tun, als tatenlos zuzusehen. Trotzdem scheint dich die Erinnerung zu verfolgen und zu quälen. Die Tatsache jedoch, daß du all die Soldaten erstochen hast, ist dir anscheinend völlig gleichgültig.«

Er erhielt keine Antwort. Der Targi hatte lediglich mit den Achseln gezuckt und fuhr fort, sich unter dem Gesichtsschleier eine Dattel nach der anderen in den Mund zu schieben.

»Bist du mein Freund?« fragte Abdul plötzlich.

Der andere blickte ihn überrascht an. »Ja, ich glaube schon.«

»Die Tuareg legen im Kreis ihrer Familie und ihrer Freunde den Schleier ab, aber in meiner Gegenwart hast du das noch nicht getan.«

Gacel dachte ein paar Augenblicke nach, dann hob er ganz langsam die Hand und ließ den Schleier fallen. Lächelnd sah er zu, wie Abdul-el-Kebir ausgiebig sein hageres, festes, von zahlreichen Falten zerfurchtes Gesicht betrachtete. »Es ist ein Gesicht wie jedes andere«, sagte er.

»Ich hatte es mir anders vorgestellt.«

»Anders?«

»Ja, vielleicht ein wenig älter . . . Wie alt bist du?«

»Ich weiß es nicht, ich habe nie nachgezählt. Meine Mutter starb, als ich noch ein Kind war. Nur die Mütter interessieren sich für das Alter ihrer Kinder. Ich bin nicht mehr so stark wie früher, aber ich fühle mich auch noch nicht schwach und müde.«

»Und ich kann mir dich nicht müde vorstellen! Hast du eine Familie?«

»Ja, eine Frau und vier Kinder. Meine erste Frau ist gestorben.«

»Ich habe zwei Söhne. Meine Frau ist auch tot, aber man hat mir nie gesagt, wann sie gestorben ist.«

»Wie lange warst du gefangen?«

»Vierzehn Jahre.«

Gacel schwieg. Er versuchte sich auszumalen, was vierzehn Jahre für das Leben eines Menschen bedeuteten. Er konnte sich jedoch nicht vorstellen, was es hieß, solange eingesperrt zu sein. »Warst du die ganze Zeit im Fort von Gerifies?« fragte er schließlich.

»Nein, nur die letzten sechs Jahre. Davor hatte ich schon acht Jahre in französischen Gefängnissen zugebracht.« Abduls Gesicht verzog sich zu einem bitteren Lächeln. »Das war damals, als ich noch jung war und für die Freiheit kämpfte.«

»Und du willst trotzdem zurückgehen, um weiterzukämpfen? Was ist, wenn man dich wieder verrät und ins Gefängnis wirft?«

»Ich bin einer von jenen Männern, die nur ganz oben oder ganz unten sein können.«

»Wie lange warst du ganz oben?«

»An der Macht? Dreieinhalb Jahre.«

»Das lohnt sich nicht«, sagte der Targi im Brustton der Überzeugung und schüttelte heftig den Kopf. »Vielleicht ist es schön, die Macht zu haben, aber für dreieinhalb Jahre der Herrschaft so viele Jahre Gefängnis einzutauschen – nein, das lohnt sich nicht, es würde sich nicht einmal lohnen, wenn es sich mit der Zahl der Jahre umgekehrt verhielte. Für uns, die Tuareg, ist und war die Freiheit immer das Wichtigste. Sie ist für uns so wichtig, daß wir keine Häuser aus Stein bauen, denn wir würden uns von den Mauern beengt fühlen. Mir gefällt die Vorstellung, daß ich jederzeit jede beliebige Wand meiner *khaima* hochheben und in die weite Wüste hinausblicken kann. Ich mag es, wenn der Wind durch das Schilfrohr der *seriba* streicht.« Er zögerte, dann sagte er: »Allah kann uns nicht sehen, wenn wir uns unter Dächern aus Stein verbergen.«

»Er kann uns überall sehen, sogar im finstersten Kerker. Er teilt uns das Maß unseres Leidens zu, und er belohnt uns, wenn wir für eine gerechte Sache leiden.« Abdul-el-Kebir blickte Gacel direkt in die Augen. »Und meine Sache ist gerecht!« schloß er.

»Warum?«

Abdul blickte den Targi verwirrt an. »Was meinst du mit ›warum‹?«

»Warum soll deine Sache gerechter sein als ihre? Ihr seid doch alle hinter der Macht her, oder etwa nicht?«

»Es gibt viele Arten, die Macht auszuüben. Die einen mißbrauchen sie zu ihrem eigenen Vorteil. Andere verwenden sie zum Nutzen ihrer Mitmenschen und für eine bessere Zukunft ihres Volkes. Das war auch meine Absicht, und deshalb konnten sie mir nichts anhängen und wagten es nicht, mich an die Wand zu stellen, nachdem sie mich verraten hatten.«

»Aber aus irgendeinem Grund müssen sie dich doch verraten haben!«

»Ich ließ es nicht zu, daß sie sich bereicherten«, erwiderte Abdul-el-Kebir lächelnd. »Meine Regierung sollte aus ehrlichen Männern bestehen, aber ich begriff nicht, daß es in keinem Land genug ehrliche Männer gibt, um mit ihnen eine Regierung zu bilden. Jetzt haben sie alle eine Yacht, eine Villa an der Riviera und ein Bankkonto in der Schweiz. Dabei hatten wir uns damals, als wir jung waren und Seite an Seite kämpften, geschworen, die Korruption aus dem gleichen Geist heraus zu bekämpfen, mit dem wir uns gegen die Franzosen erhoben hatten.« Er schnalzte mit der Zunge, als machte er sich über sich selbst lustig. »Das war ein idiotischer Schwur! Es war leicht, gegen die Franzosen zu kämpfen, weil wir selbst nie wie die Franzosen werden konnten – mochten wir uns auch noch so sehr anstrengen. Die Korruption zu bekämpfen war jedoch nicht so leicht, denn es kostet Mühe, nicht selbst korrupt zu werden.« Er warf seinem Gesprächspartner einen fragenden Blick zu. »Verstehst du, was ich damit sagen will?«

»Ich bin ein Targi, kein Dummkopf! Der Unterschied zwischen uns und euch besteht darin, daß wir Tuareg eure Welt zwar aus der Nähe betrachten, uns aber von ihr abwenden, sobald wir sie verstanden haben. Ihr hingegen nähert euch unserer Welt nicht und versteht sie darum auch nicht. Aus diesem Grund werden wir euch immer überlegen sein.«

Abdul-el-Kebir lächelte zum ersten Mal seit langer Zeit, weil er sich köstlich amüsierte. »Stimmt es, daß die Tuareg sich noch immer als Lieblinge der Götter betrachten?«

Gacel wies mit ausgestrecktem Arm in die Wüste hinaus. »Welches andere Volk hätte zweitausend Jahre lang in diesem Sandmeer überlebt? Falls uns das Wasser ausgeht, dann werde ich noch am Leben sein, während dich schon die Würmer fressen. Ist das etwa kein Beweis dafür, daß wir ein auserwähltes Volk sind?«

»Schon möglich, aber trotzdem könnt ihr jetzt alle verfügbare Hilfe gebrauchen. Denn was die Wüste in zwei Jahrtausenden nicht geschafft hat, das könnte den Menschen in zwanzig Jahren gelingen. Man will euch ausrotten, ihr sollt vernichtet werden und vom Angesicht dieser Erde verschwinden, obwohl man nicht einmal in der Lage ist, auf euren Gräbern etwas Neues zu errichten.«

Gacel schloß die Augen. Er schien diesen Worten, die eine Drohung und eine Warnung zugleich gewesen waren, keine große Bedeutung beizumessen. »Niemand wird die Tuareg jemals vernichten können«, verkündete er. »Niemand, nur die Tuareg selbst! Aber zwischen uns herrscht seit Jahren Friede.« Er verstummte und sagte dann, ohne die Augen zu öffnen: »Es ist besser, wenn du dich jetzt schlafen legst. Die Nacht wird sehr lang werden.«

Und es wurde in der Tat eine lange, anstrengende Nacht. Sobald die rote Sonne in den vor Hitze flimmernden Dunst eintauchte, der über den Dünenkämmen lag, setzten sie sich in Bewegung. Und sobald dieselbe Sonne wieder strahlend zu ihrer Linken aufging und dieselbe Landschaft mit den vielen riesengroßen, nackten Frauenleibern beschien, legten sie sich zur Ruhe. Aber vorher verrichteten sie ihre Gebete, das Gesicht nach Mekka gewandt. Wie jeden Morgen starrte Abdul-el-Kebir auf den Horizont und fragte: »Wie lange noch?«

»Morgen erreichen wir die Ebene«, antwortete Gacel. »Dann beginnt der schlimme Teil.«

»Wie kannst du das wissen?«

Der Targi wußte keine Antwort auf diese Frage. Es war so, als hätte er einen Sandsturm vorhergesagt oder eine unerträgliche Hitzewelle. Oder als hätte er jenseits einer Düne eine Antilopenherde erahnt oder unbeirrbar seinen Weg durch unbekanntes Land gefunden.

»Ich weiß es einfach«, meinte er schließlich. »Morgen früh erreichen wir die Ebene.«

»Ich würde mich freuen, wenn es stimmt. Ich habe es satt, Dünen hinauf- und hinunterzuklettern und im Sand einzusinken.«

»Nein, du wirst dich nicht freuen«, entgegnete Gacel. »Hier weht immer ein leichter Wind, der uns erfrischt und das Atmen leichter macht. Der Wind hat alle Dünentäler geformt. Aber das Land der Leere ist wie eine Bodensenke ohne Leben. Dort rührt sich nichts, und die Luft ist so heiß, daß sie einem zäh und dickflüssig vorkommt. Das Blut kocht fast in den Adern, die Lunge und der Kopf drohen zu bersten. Deshalb lebt dort kein Tier und keine Pflanze.« Gacel streckte den Arm aus und zeigte nach vorn. »Noch nie ist es einem Menschen gelungen, diese Ebene zu durchqueren.«

Abdul-el-Kebir schwieg. Ihn hatte nicht nur der Tonfall beeindruckt, mit dem der Targi zu ihm gesprochen hatte. Er hatte diesen Mann ständig beobachtet und ihn verstehen gelernt. Nie hatte er an ihm eine Spur von Furcht entdeckt. Er schien immer genau zu wissen, wohin er in diesem feindlichen Land den Fuß setzte. Dieser Targi war ein heiterer, zurückhaltender und selbstgenügsamer Mensch, der stets über allen Gefahren und Problemen zu stehen schien. Aber als er gerade vom »Land der Leere« gesprochen hatte, da hatte in seiner Stimme ein Respekt mitgeschwungen, der ihn, Abdul-el-Kebir, zutiefst beunruhigte. Für jeden anderen Menschen hätte schon der *erg*, den sie durchquert hatten, das Ende aller Wege, den Anfang allen Wahnsinns und den sicheren Tod bedeutet. Für diesen Targi jedoch war es nur ein »bequemer« Teilabschnitt einer Reise gewesen, die erst jetzt wahrhaft beschwerlich zu werden drohte. Es schauderte Abdul-el-Kebir, wenn er daran dachte, was dieser Mann wohl unter »beschwerlich« verstand.

Gacel seinerseits lag mit sich selbst im Zwist, denn er fragte sich, ob er nicht vielleicht seine eigenen Kräfte überschätzte, indem er einen Rat – oder war es ein Gesetz? – mißachtete, das in seinem Volk seit vielen Generationen mündlich weiterüberliefert wurde: *Hüte dich vor Tikdabra!*

Rub-al-Jali, im Süden der arabischen Halbinsel gelegen, und Tikdabra im Herzen der Sahara waren die unwirtlichsten Gegenden des Planeten Erde. Es hieß, daß die himmlischen Mächte dorthin die Seelen der blutrünstigsten Verbrecher, Kindesmörder und sonstigen Gewalttäter verbannten. Angeblich hausten dort auch die zu ewiger Verdammnis verurteilten Geister jener, die in den Heiligen Kriegen dem Feind den Rücken zugekehrt hatten.

Gacel Sayah hatte von klein auf gelernt, sich nicht von Geistern, Gespenstern und anderen Erscheinungen Angst machen zu lassen. Er kannte jedoch andere »Länder der Leere«, die weniger berühmt und schrecklicher waren als das von Tikdabra. Deshalb konnte er sich ausmalen, was in den nächsten Tagen auf sie beide zukommen würde.

Heimlich beobachtete er seinen Reisegefährten. Er hatte ihn von Anfang an nicht aus den Augen gelassen, und so war ihm auch nicht entgangen, daß sich Abdul-el-Kebirs Augen vor Schrecken geweitet hatten, als er, Gacel, ihm berichtet hatte, er habe die gesamte Besatzung des Forts umgebracht. Zweifellos war dieser Abdul-el-Kebir ein mutiger Mann mit außerordentlichem Durchhaltevermögen, denn sonst hätte er nicht so viele Jahre der Gefangenschaft erduldet, ohne sich geschlagen zu geben. Solch ein ungebrochener Kampfgeist, das war Gacel allerdings klar, hatte nichts mit dem Mut zu tun, den ein Mensch brauchte, um es mit der Wüste aufzunehmen. Mit der Wüste kämpfte man nicht, denn sie war nicht zu besiegen. Gegen die Wüste mußte man sich wehren; mit List und Tücke mußte man ihr das eigene Leben entreißen, wenn man ihr schon rettungslos ausgeliefert schien. Im »Land der Leere«, kam es nicht darauf an, ein Held aus Fleisch und Blut zu sein, sondern man mußte sich in einen Stein verwandeln. Denn einzig den Steinen gelang es, ein dauerhafter Bestandteil dieser Landschaft zu sein. Insgeheim hegte Gacel die Befürchtung, daß es Abdul-el-Kebir genau wie jedem anderen Menschen, der nicht als *amahar* auf die Welt gekommen und zwischen Sand und Steinen großgeworden war, in jeder Hinsicht an der Fähigkeit mangelte, sich in einen »Stein« zu verwandeln.

Wieder betrachtete er ihn verstohlen. Kein Zweifel, dies war kein Mann, der die Menschen fürchtete, aber dieser Mann litt unter der Einsamkeit und der Stille einer unbewegten Natur, deren Aggressivität sich hinter scheinbarer Sanftmut versteckte. Hier bestand alles aus sanften Kurven und ruhigen Farben, hier lauerte kein wildes Tier, kein Skorpion und keine Schlange in ihrem Versteck, hier schwirrte keine durstige Stechmücke in der Luft, wenn sich der Abend herabsenkte. Und dennoch glaubte man in diesem keimfreien Dünenmeer den Gestank des Todes wahrzunehmen, obwohl sich hier bereits vor tausend Jahren alle Gerüche verflüchtigt hatten.

Schon waren Abdul-el-Kebir die ersten Anzeichen von Angst anzumerken. Angesichts dieses schrankenlosen Meeres aus Sand begann sein Widerstand zu bröckeln. Dabei lagen die härtesten Bewährungsproben noch vor ihm. Mit jagendem Puls erkletterte er mühsam die höchsten Dünen, die uralten, rötlichen, basaltharten *ghourds*, und wenn er dann endlich auf dem Gipfel angelangt war, entdeckte er nur einen exakten Abklatsch der Landschaft, deren ewig gleiche Formen sich schon tausendmal vor ihm aufgetürmt hatten. Er reagierte mit Wut und Niedergeschlagenheit, wenn die Kamele wieder einmal ihre Last abwarfen oder sich in den Sand fallen ließen und so taten, als würden sie nie wieder aufstehen ...

Sie spannten das Zeltdach auf. Irgendwann im Verlauf des Vormittags tauchten zwei Flugzeuge am Himmel auf.

Immer wieder flogen die Maschinen über sie hinweg, ohne sie zu entdecken. Gacel war dies sehr recht, denn ihm war klar, daß das Erscheinen der Flugzeuge Abdul genau den Ansporn gab, den er brauchte; sie brachten ihm in Erinnerung, wie groß die Gefahr war und daß er, von seinen Verfolgern erneut aufgegriffen, wieder ins Gefängnis geworfen würde, wo ihn ohne Zweifel ein schmutzigerer und entwürdigenderer Tod erwartete als hier in der Wüste.

Beide Männer wußten, daß sie unweigerlich zu einer Legende würden, falls sie aus dem »Land der Leere« von Tikdabra nicht zurückkehren sollten – genau wie die Große Karawane oder wie tapfere Helden, die sich nie geschlagen gaben. Es würde hundert Jahre dauern, bis das Volk die Hoffnung auf eine Rückkehr seines Lieblings Abdul-el-Kebir aus der Wüste verlieren würde. Und da nie ein eindeutiger, greifbarer Nachweis seines Todes erbracht werden könnte, würden sich alle seine Feinde gleichsam mit einem Gespenst herumschlagen müssen.

Die Flugzeuge zerrissen mit ihrem Brummen die schreckliche Stille. Fast vermeinten die beiden Männer, einen leichten Benzingeruch wahrzunehmen, und manche Erinnerung wurde in ihnen wach. Als die Flugzeuge sich weit genug entfernt hatten, krochen Gacel und Abdul unter dem Zeltdach hervor und beobachteten, wie die Maschinen, gleich Geiern auf der Suche nach Aas, ihre Runden drehten.

»Sie ahnen, wohin wir wollen«, meinte Gacel.

»Wäre es nicht besser, umzukehren und es woanders zu versuchen?«

Der Targi schüttelte bedächtig den Kopf. »Ihre Vermutungen sind richtig, aber das heißt noch lange nicht, daß sie uns finden. Aber auch wenn sie uns finden, müßten sie uns hier herausholen, doch das schaffen sie nicht. Die Wüste ist jetzt unser einziger Feind – und auch unser Verbündeter. Denk nur daran und vergiß alles andere.«

Aber Abdul-el-Kebir konnte nicht vergessen, mochte er sich noch so bemühen. In Wirklichkeit wollte er nicht vergessen. Ihm war bewußt geworden, daß er zum ersten Mal in seinem Leben vor etwas panische Angst hatte.

Das Licht war anders: es warf keine Schatten. Es *gab* nämlich keinen Gegenstand, der auch nur einen winzigen Schatten auf die grenzenlose weiße Ebene hätte werfen können. Die Dünen wurden flacher und verschwanden schließlich ganz. Sie wirkten wie durstige Zungen oder lange Wellen, die einen unermeßlich breiten Strand hinauflaufen und versickern. Ohne ersichtlichen Grund hatte die launische Natur hier eine Grenze gezogen. Niemand hätte zu sagen gewußt, warum der Sand plötzlich aufhörte und warum ebenso plötzlich die flache Ebene begann.

Die Stille vertiefte sich so sehr, daß Abdul seinen beschleunigten Herzschlag und sogar das Pochen in seinen Schläfen hören konnte.

Er schloß die Augen, um das Bild dieser alptraumartigen Welt aus seinen Gedanken zu verbannen, aber er bemühte sich umsonst: Es hatte sich unauslöschlich in die Netzhäute seiner Augen eingeprägt. Abdul-el-Kebir hatte die unumstößliche Gewißheit, daß dies seine letzte Vision von der Welt sein würde, wenn es ans Sterben ging.

Keine Berge, keine Felsen, keine Bodenerhebungen. Weit und breit nur diese glatte Senke – ein riesiges Blatt Papier, groß genug, um alle Bücher dieser Welt darauf zu schreiben.

Inschallah!

Warum hatte es wohl dem Allmächtigen, dem Schöpfer aller Dinge, gefallen, hier dem absoluten Nichts auf so augenfällige Weise Gestalt zu verleihen?

Inschallah! Dies war die launischste all seiner Schöpfungen. Kein Zweifel, hier hatte Allah seinem eigenen Werk die Krone aufgesetzt, indem er eine Wüste innerhalb der Wüste geschafften hatte.

Gacel hatte recht: Der Wind hörte am Rand der Dünen schlagartig auf. Die Luft schien sich zu verdicken, und schon nach hundert Metern war die Temperatur um fünfzehn Grad gestiegen. Die heiße Luft traf die beiden Männer wie ein Schlag und zwang sie, sich wieder in den »milden« Schutz des Meeres aus Sand zu begeben, das ihnen noch vor kurzem so unerträglich vorgekommen war.

Sie brachen auf, als die Sonne schon hinter dem Horizont verschwunden war, was nicht bedeutete, daß es spürbar kühler wurde. Man hätte meinen können, daß dieser Ort der Verdammnis den simpelsten Naturgesetzen spottete. Die zu einer zähflüssigen Masse verdichtete Luft glich einer undurchdringlichen Glocke aus Glas, die das »Land der Leere« vom Rest des Planeten abtrennte.

Die Kamele brüllten angstvoll, denn ihr Instinkt sagte ihnen, daß der Weg über diesen harten, heißen, festen Boden zum Ende aller Wege führte.

Es wurde dunkel, und die Sterne begannen zu funkeln. Gacel wählte ein Gestirn, nach dem sie sich von nun an orientieren wollten. Wenig später erschien ein blasser Mond am Himmel und warf zum ersten Mal seit langer Zeit den Schatten von Lebewesen auf die weiße, geisterhafte Ebene.

Der Targi setzte mit der Monotonie einer gefühllosen Maschine einen Fuß vor den anderen, während Abdul auf dem Rücken des stärksten der Kamele saß. Die Strapazen und der Wassermangel schienen bisher spurlos an dieser jungen Kamelstute vorübergegangen zu sein. Erst als das milchige Licht des Morgens die Sterne am Himmel verblassen ließ, hielt Gacel an, zwang die Tiere niederzuknien und spannte über ihnen die breite Stoffbahn aus Kamelhaar auf.

Eine Stunde später hatte Abdul-el-Kebir das Gefühl zu ersticken. Seine Lunge weigerte sich, die heiße Luft einzuatmen.

»Wasser!« bat er flehend.

Gacel beschränkte sich darauf, lediglich die Augen zu öffnen und kaum merklich den Kopf zu schütteln.

»Aber ich sterbe!«

»Nein.«

»Wirklich, ich sterbe!«

»Beweg dich nicht! Bleib ganz ruhig liegen, wie die Kamele. Wie ich. Dann beruhigt sich dein Herz und schlägt ganz langsam. Nach einer Weile nimmt deine Lunge gerade so viel Luft auf, wie sie braucht. Du mußt aufhören zu denken.«

»Nur einen Schluck!« bettelte Abdul. »Einen kleinen Schluck!«

»Das macht den Durst nur schlimmer. Zu trinken gibt es erst am Abend.«

»Am Abend!« wiederholte Abdul erschrocken. »Das sind noch mindestens acht Stunden!« Er begriff jedoch, daß er vergeblich aufbegehrte. So schloß er denn die Augen, versuchte sich zu entspannen und vor allem an nichts zu denken: nicht an Wasser, nicht an die Wüste ringsumher und nicht an die Todesangst, die wie ein Alp auf seiner Brust hockte.

Er setzte alles daran, damit sein Geist und seine Seele sich von seinem Körper trennten und ihn, an die Flanke eines Kamels gelehnt, zurückließen. Ja, er wollte es so machen wie der Targi, der sein Ziel, sich in einen Stein zu verwandeln, schon erreicht zu haben schien. Im Geist sah er sich selbst: Er bestand aus zwei Hälften, einer, der nur eine Beobachterrolle zukam und die der Realität des Durstes, der Hitze und der Wüste gänzlich entzogen war – und einer zweiten, die nichts weiter darstellte als eine leere Schale, die äußere Hülle eines Menschen, der nichts mehr empfand und erlitt.

Ohne wirklich einzuschlafen, wurde er an ferne Orte entrückt und in weit zurückliegende, glücklichere Zeiten versetzt. Die Erinnerung an seine Kinder stieg in ihm auf. Er hatte sie zum letzten Mal gesehen, als sie noch klein waren. Gewiß waren sie inzwischen erwachsene Männer und hatten selbst Kinder.

In seinem Geist vermischte sich die Wirklichkeit mit allerlei Vorstellungen und Phantasiegebilden. Szenen aus seinem Leben, die ihn nachhaltig beeindruckt hatten, wechselten mit anderen ab, die noch realer wirkten und die dennoch nichts weiter waren als das Produkt seiner entfesselten Phantasie.

Zweimal wachte er auf, gequält von der Vorstellung, er befinde sich noch immer in Gefangenschaft, und jedesmal erwies sich die Wirklichkeit als noch quälender, denn er fand sich im größten Kerker wieder, den es auf dieser Welt gab.

Er fürchtete den Targi, er fürchtete und achtete ihn zugleich. Für seine Befreiung war er ihm dankbar, und er hielt ihn für einen der selbstsichersten, aufrechtesten und bewunderungswürdigsten Männer, denen er jemals begegnet war.

Dennoch gab es etwas Trennendes zwischen ihnen. Waren es die vierzehn toten Soldaten?

Vielleicht waren es auch nur die unterschiedliche Herkunft und Bildung. Vielleicht stimmte es, was Gacel behauptet hatte – daß ein Bewohner der Küstenregion niemals einen Targi verstehen und seine Lebensgewohnheiten akzeptieren konnte.

Die Tuareg waren das einzige mohammedanische Volk, das zwar die Lehren des Propheten getreu befolgte, andererseits jedoch an der Gleichheit der Geschlechter festhielt. Nie hielten die Frauen – ganz im Gegensatz zu den Männern – ihr Gesicht hinter einem Schleier versteckt, und bis zur Hochzeit erfreuten sie sich uneingeschränkter Freiheit und waren niemandem Rechenschaft schuldig – nicht ihren Eltern und auch nicht ihrem zukünftigen Gatten, den sie sich meist selbst aussuchten.

Die Feste der unverheirateten Tuareg, von ihnen selbst *ahal* genannt, waren in der ganzen Wüste berühmt. Am abendlichen Lagerfeuer erzählten sich die jungen Männer und Frauen beim Essen Geschichten, spielten auf der *amzad*, einem Instrument mit nur einer Saite, und tanzten bis tief in die Nacht hinein. Irgendwann griff sich dann jedes Mädchen den Burschen, der ihr am besten gefiel, und malte ihm mit dem Zeigefinger eines jener Zeichen, deren Bedeutung nur die Tuareg kennen, in die Handfläche. Mittels dieser Zeichen gaben die jungen Frauen den Männern zu verstehen, auf welche Weise sie gern den Liebesakt vollziehen wollten.

Eins nach dem anderen verschwanden die Pärchen dann zwischen den Dünen und breiteten eine weiße *gandura* über den weichen Sand, um die durch das geheime Zeichen in der Handfläche ausgedrückten Wünsche in Erfüllung gehen zu lassen.

Für einen strenggläubigen Araber, der bei seiner zukünftigen Ehefrau größten Wert auf Jungfräulichkeit legte oder als Vater eifersüchtig über die Ehre seiner Tochter wachte, gingen solche Sitten weit über einen simplen Skandal hinaus. Abdul wußte, daß in manchen Ländern, beispielsweise in Saudi-Arabien oder Libyen, aber auch in manchen Gegenden seines eigenen Landes, Menschen gesteinigt oder geköpft wurden, die sich viel geringerer »Vergehen« schuldig gemacht hatten.

Die *imohar* der Tuareg jedoch hatten schon in Zeiten, als sich die Lehre Mohammeds auszubreiten begann und der religiöse Fanatismus den Gläubigen größte Sittenstrenge abverlangte, das Recht ihrer Frauen auf eine freie Sexualität verteidigt und nicht nur dafür gesorgt, daß sie sich auch künftig nach eigenem Gutdünken kleiden durften, sondern daß sie gleichberechtigt bei allen Familienangelegenheiten mitbestimmen konnten.

Die Tuareg waren in der Tat ein Volk, das es von Anbeginn seiner Existenz verstanden hatte, das Beste aus seinen Daseinsbedingungen zu machen und alles von sich zu weisen, was der Freiheit und dem eigenen Wesen abträglich war. Mochte Abdul-el-Kebir diese Menschen für noch so unregierbar halten, so wäre er dennoch stolz und glücklich gewesen, wenn sie ihn als ihren Anführer akzeptiert hätten. Vielleicht wäre es ihm gelungen, ihnen klarzumachen, welche Ziele er verfolgte. Nie hätten sie ihn verraten oder mit anderen Verrätern gemeinsame Sache gemacht. Wenn die Tuareg einem *amenokal* Gehorsam schworen, dann hielten sie diesen Schwur bis ans Ende ihrer Tage.

Die Küstenbewohner jedoch, die ihm, Abdul-el-Kebir, wie von Sinnen zugejubelt hatten, als die Franzosen endlich vertrieben waren und als seine Landsleute als Bürger einer unabhängigen Nation zum ersten Mal einen Grund hatten, um so etwas wie Stolz zu empfinden – die Küstenbewohner hatten ihre Treueschwüre nicht gehalten. Sie versteckten sich im hintersten Winkel ihrer ärmlichen Behausungen, sobald die Situation kritisch wurde.

»Was ist ein Sozialist?« hatte Gacel ihn am ersten Abend gefragt, als sie beide noch Lust auf Gespräche verspürten und schaukelnd auf dem Rücken der Kamele nebeneinanderher durch die Wüste ritten.

»Das ist einer, der will, daß unter den Menschen Gerechtigkeit herrscht.«

»Bist du Sozialist?«

»Mehr oder weniger.«

»Du glaubst also, daß alle Menschen gleich sind, die *imohar* und die Sklaven?«

»Ja, vor dem Gesetz sind sie alle gleich.«

»Ich meine aber nicht das Gesetz. Ich wollte wissen, ob Herren und Diener in jeder Hinsicht gleich sind.«

»Ja, im Grunde sind sie gleich.« Abdul-el-Kebir überlegte, wie er seinen Standpunkt klarmachen konnte, ohne sich selbst zu kompromittieren. »Die Tuareg sind das letzte Volk der Welt, das noch Sklaven hält, ohne sich dessen zu schämen«, sagte er. »Das ist nicht richtig.«

»Ich habe keine Sklaven, sondern nur Diener.«

»Tatsächlich? Und was machst du, wenn einer wegläuft und nicht mehr für dich arbeiten will?«

»Dann fange ich ihn wieder ein, züchtige ihn mit der Peitsche und hole ihn zurück. Schließlich wurde er ja bei uns geboren, er hat unser Wasser getrunken, unser Essen gegessen und unseren Schutz in Anspruch genommen, wenn er ihn nötig hatte. Wie kann er das einfach vergessen und weglaufen, sobald er mich nicht mehr braucht?«

»Er hat ein Anrecht auf persönliche Freiheit! Wärst du bereit, einem anderen ein Leben lang zu dienen, bloß weil er dich als Kind ernährt hat? Wie lange dauert es, bis eine solche Schuld abgegolten ist?«

»Was geht das mich an? Ich wurde als *amahar* geboren, aber die anderen sind *iklan*.«

»Und wer sagt, daß ein *amahar* mehr ist als ein *akli*?«

»Allah! Wenn es nicht so wäre, hätte er die *iklan* nicht zu Dieben, Feiglingen und Dienern gemacht. Und wir wären nicht tapfer, ehrbar und stolz.«

»Zum Teufel!« entfuhr es Abdul. »Du bist ja noch fanatischer als der fanatischste Faschist!«

»Was ist ein Faschist?«

»Einer, der behauptet, seine Rasse sei allen anderen überlegen.«

»Dann bin ich ein Faschist.«

»Ja, das bist du wirklich!« erwiderte Abdul heftig. »Aber eines weiß ich genau: Wenn du wüßtest, was ein Faschist wirklich ist, dann wärst du lieber keiner!«

»Warum?«

»Das ist etwas, das ich dir nicht erklären kann, während ich auf dem Rücken eines Kamels sitze und durchgeschüttelt werde. Es ist besser, wenn wir ein anderes Mal darauf zurückkommen.«

Aber zu einem erneuten Gespräch war es seitdem nicht gekommen, und Abdul war mittlerweile überzeugt, daß sich die Aussichten mit jedem weiteren Tag verschlechterten, denn die Erschöpfung, die Hitze und der Durst setzten ihnen derartig zu, daß es einer schier übermenschlichen Anstrengung bedurfte, um überhaupt ein einziges Wort herauszubringen.

Es dauerte lange, bis Abdul-el-Kebir ganz wach war. Gacel hatte schon das Lager abgebrochen und war dabei, drei der Kamele zu beladen. Mit einer Kopfbewegung wies er auf das vierte und meinte: »Wir werden es heute nacht töten müssen.«

»Das tote Kamel wird die Geier anlocken, und nach den Geiern kommen die Flugzeuge!«

»Die Geier wagen sich nicht ins ›Land der Leere‹ vor.« Gacel füllte einen kleinen Zinnbecher mit Wasser und reichte ihn Abdul. »Hier ist die Luft sogar für Geier zu heiß.«

Abdul trank gierig den Becher leer und hielt ihn Gacel hin, aber der Targi hatte seine *gerba* schon fest verschlossen. »Mehr gibt es nicht«, sagte er.

»Das soll alles sein?« protestierte Abdul. »Meine Kehle ist noch ganz trocken!«

Erneut wies Gacel auf das Kamel. »Heute nacht wirst du von seinem Blut trinken und von seinem Fleisch essen. Morgen fängt der Ramadan an.«

»Der Ramadan?« wiederholte Abdul verblüfft. »Glaubst du etwa, wir könnten in unserer Lage das Gebot des Fastens einhalten?« Er hätte wetten mögen, daß der Targi hinter seinem Schleier lächelte.

»Wem könnte das Fasten leichter fallen als uns?« entgegnete Gacel. »Und womit ließen sich unsere Entbehrungen besser rechtfertigen?«

Die Kamele waren aufgestanden. Gacel streckte den Arm aus, um Abdul auf die Beine zu helfen. »Komm!« drängte er. »Der Weg ist noch weit.«

»Wie lange wird dieses Martyrium noch dauern?«

Gacel schüttelte den Kopf. »Ich weiß es nicht. Ich gebe dir mein Ehrenwort, daß ich es nicht weiß. Wir wollen beten, daß Allah es so kurz wie möglich macht, aber nicht einmal er hat die Macht, die Wüste zu verkleinern. Er hat sie so geschaffen, wie sie ist, und so wird sie auch bleiben.«

Sergeant Malik-el-Haideri schüttelte energisch den Kopf und sagte: »Niemand wird aus diesem Brunnen Wasser schöpfen und auch aus keinem anderen im Umkreis von fünfhundert Kilometern, solange ich nicht weiß, wo sich die Familie von Gacel Sayah versteckt hält!«

Der Greis hob ratlos die Schultern. »Sie sind fort. Sie haben ihr Lager abgebrochen und sind fortgezogen. Wie sollen wir wissen, wohin?«

»Ihr Tuareg wißt immer über alles Bescheid, was in der Wüste passiert. Hier stirbt kein Kamel und keine Ziege wird krank, ohne daß sich die Nachricht wie ein Lauffeuer verbreitet. Ich weiß nicht, wie ihr das anstellt, aber so ist es. Du hältst mich für dümmer, als ich bin, wenn du mir weismachen willst, eine ganze Familie könne mitsamt ihren *khaimas*, dem Vieh, den Kindern und dem Gesinde von einem Ende der Wüste zum anderen ziehen, ohne daß jemand etwas merkt.«

»Sie sind fort.«

»Wohin?«

»Ich weiß es nicht.«

»Dann finde es heraus! Sonst gibt es kein Wasser.«

»Mein Vieh wird verdursten! Und meine Familie auch!«

»Das ist nicht meine Schuld«, sagte Sergeant Malik und tippte dem Alten mehrmals mit dem Zeigefinger auf die Brust, womit er bewirkte, daß jener fast zu seinem Dolch gegriffen hätte. Mit der Miene eines Anklägers fuhr er fort: »Einer von euch ist ein heimtückischer Mörder! Er hat viele meiner Männer umgebracht – Soldaten, die euch gegen die Banditen beschützt, nach Wasser gesucht, Brunnen gegraben und andere Brunnen vor dem Versanden geschützt haben. Wenn sich eine Karawane verirrte, kamen sie ihr zu Hilfe und setzten dabei in der Wüste ihr Leben aufs Spiel.« Malik schüttelte mehrmals den Kopf. »Nein, ihr habt kein Anrecht auf Wasser, und meinetwegen könnt ihr krepieren, wenn ich diesen Gacel Sayah nicht bald finde.«

»Gacel ist nicht bei seiner Familie.«

»Woher weißt du das?«

»Weil ihr nach ihm im ›Land der Leere‹ von Tikdabra sucht.«

»Vielleicht ist das ein Fehler, und es kann sein, daß wir ihn nicht finden, aber eines Tages kehrt er bestimmt zu seiner Familie zurück.« Malik verlieh seiner Stimme einen zugleich versöhnlichen und beschwörenden Tonfall: »Wir wollen seiner Familie nichts zuleide tun, und wir haben nichts gegen seine Frau oder seine Söhne! Wir wollen nur mit ihm reden und deshalb bei seiner Familie auf ihn warten. Früher oder später taucht er bestimmt dort auf.«

Der Greis schüttelte verneinend den Kopf. »Er wird nicht kommen«, erwiderte er. »Solange ihr euch in der Nähe aufhaltet, wird er sich nicht blicken lassen, weil er die Wüste besser kennt als jeder andere.« Er zögerte, dann fuhr er fort: »Es ist eines Kriegers und auch eines Soldaten nicht würdig, Frauen und Kinder in Männerangelegenheiten hineinzuziehen. Das ist eine Sitte, ja sogar ein Gesetz, so alt wie die Welt.«

»Hör zu, Alter!« Maliks Stimme war wieder hart, drohend und von schneidender Schärfe. »Ich bin nicht gekommen, um mir von dir eine Moralpredigt halten zu lassen. Dieses Schwein, das Allah bestrafen möge, hat vor meinen Augen einen Hauptmann umgebracht, den Gouverneur entführt und ein paar unschuldige junge Männer im Schlaf abgestochen. Er glaubt wohl, daß er das ganze Land an der Nase herumführen kann, aber da täuscht er sich, das schwöre ich! Also entscheide dich!«

Der alte Mann stand wortlos auf und ging zum Brunnen. Er hatte noch keine fünf Schritte getan, da rief Malik ihm hinterher: »Vergiß nicht, daß meine Leute auch essen müssen! Wir werden jeden Tag eines deiner Kamele schlachten! Die Rechnung kannst du dann dem neuen Gouverneur in El-Akab schicken!«

Der Alte blieb sekundenlang stehen, ohne sich jedoch umzudrehen. Dann ging er mit schleppenden Schritten zu der Stelle, wo seine Söhne mit dem Vieh warteten.

Malik gab einem dunkelhäutigen Soldaten einen Wink. »Ali!« rief er.

Der Gerufene trat eilig vor. »Zu Befehl, Sergeant!«

»Du bist ein Schwarzer, genau wie die Sklaven von diesem Dummkopf. Er wird uns nichts sagen, weil er Targi ist und weil er glaubt, daß er seine Ehre auf alle Zeiten besudeln würde, aber die *iklan* sind bestimmt leichter zum Reden zu bringen. Sie erzählen immer gern alles, was sie wissen, und vielleicht verdient sich einer von ihnen gern ein paar Münzen, vor allem, wenn er dadurch seinem Herrn aus der Klemme hilft.« Malik dachte kurz nach, dann fuhr er fort: »Bring ihnen heute abend ein bißchen Wasser und etwas zu essen, als hättest du Mitleid mit ihnen. Du weißt schon: Solidarität zwischen Blutsbrüdern. Aber komm nicht ohne die Information wieder, die ich benötige!«

»Wenn sie dahinterkommen, daß ich sie nur aushorchen will, schneiden mir die Tuareg die Kehle durch.«

»Aber wenn sie es nicht tun, wirst du zum Korporal befördert!« Malik drückte ihm ein paar zerknitterte Geldscheine in die Hand. »Versuch sie damit zu überzeugen.«

Sergeant Malik-el-Haideri kannte die Tuareg gut, und er kannte auch ihre Sklaven. Er war noch nicht ganz eingeschlafen, da hörte er schon vor seinem Zelt Schritte.

»Sergeant!« rief jemand.

Er streckte den Kopf heraus und war nicht erstaunt, das lächelnde Gesicht des Schwarzen zu erblicken.

»Sie sind im *guelta* der Huaila-Berge, dicht beim Grab von Achmed-el-Ainin, dem Mozabiten.«

»Kennst du dich dort aus?«

»Ich persönlich nicht, aber man hat mir erklärt, wie man dort hinkommt.«

»Wie weit ist es?«

»Anderthalb Tage.«

»Sage dem Korporal Bescheid! Wir brechen vor Sonnenaufgang auf.«

Das Lächeln des Farbigen wurde noch breiter. »Jetzt bin *ich* Korporal«, erinnerte er Malik mit Nachdruck.

Auch Malik lächelte. »Du hast recht. Jetzt bist du Korporal. Sorge dafür, daß bei Sonnenaufgang alles bereit ist . . . und bring mir eine Viertelstunde vorher den Tee!«

Der Pilot schüttelte den Kopf. »Hören Sie, Leutnant«, sagte er. »Wir haben diese Dünen in knapp hundert Metern Höhe überflogen und hätten jede Maus erkannt, wenn es in dieser verdammten Gegend Mäuse gäbe, aber da war nichts, absolut nichts. Können Sie sich vorstellen, was für eine Spur vier Kamele im Sand hinterlassen? Wenn sie hier vorbeigekommen wären, hätten wir etwas gesehen.«

»Nein, nicht wenn ein Targi die Kamele führt«, erwiderte Rahman mit Bestimmtheit. »Und schon gar nicht, wenn es sich um den Targi handelt, den wir suchen. Er würde darauf achten, daß die Kamele nicht hintereinander, sondern nebeneinander laufen, so daß sie mit ihren Hufen keine tiefen Spuren im Sand hinterlassen. Außerdem: Dieser Sand ist so weich, daß der Wind Spuren in weniger als einer Stunde verwischen würde.« Er unterbrach sich, und die anderen blickten ihn erwartungsvoll an. »Die Tuareg reisen nachts und schlagen im Morgengrauen ihr Lager auf. Ihr startet jedoch nie vor acht Uhr morgens und kommt folglich erst gegen Mittag über dem *erg* an. Die paar Stunden reichen, damit im Wüstensand nichts mehr von den Spuren der Kamele übrig ist.«

»Und *sie*? Vier Kamele und zwei Männer! Wo halten die sich versteckt?«

»Na, hören Sie mal, Captain!« rief Rahman und breitete die Arme aus. »Sie überfliegen jeden Tag diese Dünen, Hunderte, Tausende, vielleicht Millionen von Dünen! Sagen Sie bloß, hier könnte sich nicht ein ganzes Heer eingraben! Eine Bodensenke, ein helles Tarnnetz und ein bißchen Sand drüber – fertig!«

»Ja, ich weiß«, gab der Pilot zu. »Sie haben natürlich

recht. Aber was sollen wir machen? Sollen wir hier herum-
fliegen und Treibstoff vergeuden? Wir finden sie ja doch
nicht! Nie im Leben!«

Leutnant Rahman schüttelte beschwichtigend den Kopf.
Er stand auf und trat vor eine große Landkarte der Gegend, die an einer Wand des Hangars hing.

»Nein«, meinte er. »Nein, ich will nicht, daß ihr weiter
über dem *erg* herumfliegt, aber ihr sollt mich zum ›Land
der Leere‹ bringen! Wenn ich mich nicht verrechnet habe,
müssen sie schon die Ebene erreicht haben. Könnte man
dort landen?«

Die Piloten blickten sich an, und es war klar, daß ihnen
der Vorschlag keinen Spaß machte. »Wissen Sie, wie heiß
es in der Gegend ist?« fragte einer von ihnen.

»Natürlich«, erwiderte der Leutnant. »Um die Mittagszeit kann der Sand eine Temperatur von bis zu achtzig
Grad Celsius haben.«

»Und wissen Sie auch, was das für ein paar alte, schlecht
gewartete Flugzeuge wie unsere bedeutet? Der Motor
kann heißlaufen, und es kann Probleme mit der Zündung
geben, von Turbulenzen und unvorhersehbaren Luftlö-
chern ganz zu schweigen. Natürlich könnten wir landen,
aber wir würden riskieren, für alle Zeiten unten zu bleiben. Oder uns fliegt die ganze Kiste um die Ohren, wenn
wir den Zündschlüssel umdrehen . . .« Der Pilot gab mit
einer Handbewegung zu verstehen, daß sein Entschluß
feststand. »Ich mache nicht mit«, schloß er.

Seinem Kollegen war anzusehen, daß er genauso
dachte. Dennoch gab Rahman nicht auf.

»Was ist, wenn wir Befehl von oben erhalten?« Unwillkürlich wurde seine Stimme leiser. »Wißt ihr überhaupt,
hinter wem wir her sind?«

»O ja«, bestätigte der Wortführer der Piloten. »Es gibt
da gewisse Gerüchte, aber das ist Sache der Politiker. Wir
sind Soldaten und sollten uns nicht einmischen.« Der
Mann wies mit einer großspurigen Geste auf die Landkarte. »Wenn man mir befiehlt, irgendwo in der Wüste zu
landen, weil sich unser Land im Krieg befindet oder weil
unsere Feinde einmarschiert sind, dann tue ich es, ohne
eine Sekunde zu zögern, aber ich werde es nicht tun, um

Abdul-el-Kebir einzufangen, denn er selbst würde so etwas nie von mir verlangen.«

Leutnant Rahman war zusammengezuckt. Unwillkürlich blickte er zu den Mechanikern hinüber, die am anderen Ende der großen Halle damit beschäftigt waren, die Maschinen startbereit zu machen. »Was Sie da eben gesagt haben, ist nicht ungefährlich«, meinte er sehr leise.

»Ich weiß«, erwiderte der Pilot. »Aber ich glaube, es wird nach so vielen Jahren allmählich Zeit, daß wir sagen, was wir fühlen. Wenn ihr Abdul-el-Kebir nicht aus Tikdabra herausholt, was ich übrigens für ziemlich schwierig halte, dann kann es nicht mehr lange dauern, bis er wieder ganz oben ist. Spätestens dann muß jeder von uns wissen, wo er steht.«

»Man könnte fast meinen, daß ihr euch freut, ihn nicht gefunden zu haben.«

»Mein Auftrag war, ihn zu suchen, und das habe ich so gut es ging getan. Es ist nicht meine Schuld, daß wir ihn nicht gefunden haben. Ehrlich gesagt ist mir nicht wohl bei dem Gedanken, was alles passieren könnte. Abdul in Freiheit – das bedeutet Uneinigkeit, Auseinandersetzungen, vielleicht sogar Bürgerkrieg, und so etwas kann niemand seinen eigenen Leuten wünschen.«

Als Leutnant Rahman wenig später den Hangar verließ und zu seiner eigenen Unterkunft zurückging, dachte er noch immer über diese Worte nach. Zum ersten Mal war offen ausgesprochen worden, wovor alle panische Angst hatten: die Möglichkeit eines Bürgerkrieges und die Gefahr einer Spaltung des ganzen Landes in feindliche Lager. Und all das wegen eines einzigen Mannes: Abdul-el-Kebir!

Nach mehr als einem Jahrhundert der Kolonialherrschaft waren die Menschen hierzulande noch in klar voneinander abgegrenzte Gesellschaftsschichten unterteilt, in sehr reiche und sehr arme. Noch entsprach das Leben hier nicht dem klassischen Schema der hochentwickelten Nationen: die Kapitalisten auf der einen, das Proletariat auf der anderen Seite – und beide in einen gnadenlosen Kampf um die Vorherrschaft ihres Systems verstrickt. Für die Menschen dieses Landes, von denen siebzig Prozent

Analphabeten waren und seit undenklichen Zeiten an Unterwerfung gewöhnt, zählte weiterhin hauptsächlich das Charisma der Führergestalten, ihre Überzeugungskraft und der Nachhall, den ihre Worte in den Herzen der Zuhörer hinterließen.

Was diese Dinge anbelangte, so hatte Abdul-el-Kebir alle Trümpfe in der Hand, das wußte Rahman. Sein nobles, freimütiges Gesicht erweckte Vertrauen, und seine Redekunst bewirkte vollends, daß die Menschen ihm folgten, wohin er wollte. Schließlich hatte er ja sein Versprechen erfüllt und sie aus der Kolonialherrschaft in die Freiheit geführt . . .

Der Leutnant lag auf seinem Bett und betrachtete geistesabwesend den Propeller des alten Ventilators, der auf Hochtouren lief und dennoch keine Kühle spendete. Er stellte sich selbst die Frage, welche Position er einnehmen würde, wenn er sich eines Tages entscheiden müßte.

Er erinnerte sich an den Abdul-el-Kebir seiner Jugend. Er hatte ihn wie einen Helden verehrt und die Wände seines Zimmers mit Bildern von ihm vollgeklebt. Dann dachte er an den Gouverneur Hassan-ben-Koufra und an alle Mitglieder von dessen Kamarilla. Da begriff er, daß seine Entscheidung schon vor langer Zeit gefallen war.

Seine Gedanken wanderten zu dem Targi, diesem seltsamen Mann, der dem Durst und dem Tod getrotzt und sich über ihn, Rahman, so souverän lustig gemacht hatte. Er versuchte sich auszumalen, wo sich die beiden gerade befanden, was sie in diesem Augenblick machten und worüber sie sich unterhielten, wenn sie sich nach einem langen Marsch ausruhten.

Ich weiß nicht, warum ich sie verfolge, sagte sich Rahman. Eigentlich würde ich mich ihnen am liebsten anschließen.

Sie hatten das Blut des Kamels getrunken, und sie hatten sein Fleich gegessen. Gacel fühlte sich stark, zuversichtlich, voller Energie und fähig, ohne Furcht den Kampf mit dem »Land der Leere« zu bestehen, aber die Angstzustände seines Begleiters machten ihm Sorgen. Der versank immer tiefer in dumpfe Lethargie, und aus seinen Augen sprach Verzweiflung, wenn ihm morgens das Licht des neuen Tages zuschrie, daß die Landschaft noch immer dieselbe war.

»Das ist nicht möglich!« waren die letzten Worte gewesen, die Gacel aus seinem Mund vernommen hatte. »Das ist nicht möglich!«

Er mußte ihm beim Absteigen von der Kamelstute helfen und ihn in den Schatten schleppen. Wenn er ihm zu trinken gab, stützte er seinen Kopf, als wäre Abdul ein kleines, furchtsames Kind. Er fragte sich, warum die Kräfte Abdul so schnell verließen und worin der böse Zauber bestand, den die grenzenlose Ebene auf ihn auszuüben schien.

Er ist ein alter Mann, sagte Gacel sich immer wieder. Ein vorzeitig gealterter Mensch, der die vergangenen Jahre als Gefangener zwischen vier Wänden verbracht hat und für den alles, außer Denken, eine übermenschliche Anstrengung ist.

Wie sollte er ihm klarmachen, daß sie die größten Strapazen noch vor sich hatten? Wasser war noch vorhanden – und drei Kamele, deren Blut sie trinken konnten. Es dauerte vielleicht noch Tage, bis auf dem Grund ihrer Augen Funken so grell wie tausend Sonnen zu sprühen begännen, untrügliches Anzeichen für das erste Stadium akuten Wassermangels. Aber der Weg war noch weit, sehr weit, und es bedurfte großer Willenskraft und eines unbeugsamen Wunsches zu überleben, um bis zum Ende durchzuhalten. Dabei war Gacel sich nicht einmal sicher, ob seine Anstrengungen von Erfolg gekrönt sein würden.

Hüte dich vor Tikdabra!

Er konnte sich nicht erinnern, wann er diese Warnung zum ersten Mal vernommen hatte. Vielleicht schon im Bauch seiner Mutter? Dennoch war er jetzt hier irgendwo im »Land der Leere« von Tikdabra und schleppte einen alten Mann hinter sich her, der inzwischen nur noch ein Schatten seiner selbst war. Trotzdem war er nach wie vor davon überzeugt, daß er, Gacel Sayah, der »Jäger«, *amahar* vom Kel-Tagelmust, Tikdabra ganz allein mit vier Kamelen hätte besiegen können. Er wäre der erste gewesen, und sein Ruhm hätte sich von einem Ende der Wüste zum anderen verbreitet, von Mund zu Mund, bis er zu einer Legende geworden wäre. Aber er hatte sich eine Last aufgebürdet, die immer unerträglicher wurde, ähnlich wie die Ketten, die manche Herren ihren aufsässigen Sklaven anlegten. Mit einer solchen Bürde, nämlich mit einem entkräfteten Mann, der sich schon nach einer Woche geschlagen gegeben hatte, konnte es weder ihm noch irgendeinem anderen Targi gelingen.

Es war Gacel klar, daß irgendwann der Augenblick kommen würde, an dem er vor die Wahl gestellt wäre, entweder Abdul durch einen gezielten Schuß von seinen Leiden zu erlösen und anschließend zu versuchen, sich selbst zu retten, oder aber weiterzumachen wie bisher und irgendwann zusammen mit Abdul den gräßlichsten aller Tode zu sterben.

Er wird mich selbst bitten, ihn zu töten, sagte er sich. Sobald er nicht mehr weiterkann, wird er mich anflehen, es zu tun, und mir wird nichts anderes übrigbleiben . . .

Es blieb nur zu hoffen, daß es dann auch für ihn selbst nicht schon zu spät war.

Falls dieser Mann, den er als seinen Gast zu schützen verpflichtet war, ihn aus freien Stücken um den Gnadentod bat, dann hatte er das Recht, ihm diesen Wunsch zu erfüllen; dann wäre er jeglicher Verantwortung enthoben, und es stünde ihm frei zu versuchen, sich selbst zu retten.

Fünf Tage, sagte er sich. Fünf Tage lang werde ich noch in der Lage sein, mich allein durchzuschlagen. Wenn er länger durchhält, wird es für uns beide zu spät sein.

Er täuschte sich nicht über die Zwangslage hinweg, in der er sich befand: Einerseits mußte er seinen Begleiter bei Kräften halten, ihm Mut machen und überhaupt alles tun, um ihn durchzubringen. Andererseits jedoch war ihm klar, daß er, indem er das Leben des anderen um Stunden oder Tage verlängerte, seine eigenen Überlebenschancen im selben Maß verringerte. Abdul-el-Kebir verbrauchte aufgrund seiner körperlichen Verfassung unter diesen für ihn ungewohnten Umständen dreimal soviel Wasser wie Gacel. Das bedeutete, daß sich die Aussichten des Targi, mit dem Leben davonzukommen, ohne Abdul vervierfacht hätten.

Gacel beobachtete ihn, während er schlief. Er wirkte unruhig, murmelte bisweilen unverständliche Worte und rang mit weit geöffnetem Mund nach Luft, aber diese Luft war so heiß, daß sich seine Lunge gegen sie sträubte. Gacel hätte ihm eine Wohltat erwiesen, wenn er ihm zur ewigen Ruhe verholfen und ihm das Grauen und die unsäglichen Qualen der vor ihnen liegenden Tage erspart hätte. Hatte Abdul nicht ruhiger geschlafen, als in seinem Herzen noch ein Rest der Freude über die wiedergewonnene Freiheit wohnte – und die Hoffnung, die Grenze doch noch zu erreichen?

Grenze? Welche Grenze?

Irgendwo dort vorne mußte sie sein – oder verlief sie schon hinter ihrem Rücken? Es gab niemanden auf dieser Welt, der ihren genauen Verlauf hätte bestimmen können. Das »Land der Leere« von Tikdabra duldete nicht die Gegenwart von Menschen, und noch weniger ließ es sich von Menschen willkürlich eine Grenze aufzwingen.

Diese Leere war selbst die Grenze, eine Grenze zwischen Nationen und Regionen – und sogar zwischen Tod und Leben. Dieses »Land der Leere« zeigte den Menschen ihre eigenen Grenzen. Es wurde Gacel bewußt, daß er es in gewisser Hinsicht liebte. Ihm gefiel der Gedanke, daß er sich hier aus freien Stücken befand. Vielleicht war er der erste Mensch seit Anbeginn der Zeiten, der bei vollem Bewußtsein erfuhr, was es hieß, der »Wüste der Wüsten« zu trotzen.

»Ich habe die Kraft, dich zu besiegen!« murmelte er, bevor ihn tiefer Schlaf umfing. »Ich habe die Kraft, dich zu besiegen, und ich werde deine Legende ein für allemal zerstören!«

Im Traum vernahm er jedoch immer wieder eine innere Stimme, die ihm einhämmerte: *Hüte dich vor Tikdabra!* Irgendwann trat die Gestalt Lailas aus den Schatten hervor. Sie strich ihm über die Stirn, reichte ihm Wasser aus dem tiefsten Brunnen und sang ein Lied, das nur für seine Ohren bestimmt war.

Laila!

Laila!

Sie war gerade dabei, Hirse zu mahlen, doch plötzlich hielt sie inne und richtete ihre großen dunklen Augen auf Suilems runzliges Gesicht. Der Alte wies auf den Gipfel der Steilwand, die das *guelta* überragte, und sagte nur ein einziges Wort: »Soldaten!«

Es waren tatsächlich Soldaten. Sie kamen von überall her mit schußbereiten Waffen, als wollten sie eine wichtige Stellung des Gegners erstürmen, nicht jedoch ein paar ärmliche Nomadenzelte, in denen nur Frauen, Greise und Kinder wohnten.

Laila erfaßte mit einem einzigen Blick, was hier vorging. Mit einer Stimme, die keinen Widerspruch duldete, sagte sie zu Suilem: »Versteck dich! Dein Herr wird von dir wissen wollen, was geschehen ist.«

Der Alte zögerte einen Augenblick lang, doch dann gehorchte er. Er schlich sich zwischen den *khaimas* und den *seribas* davon und verschwand gleich darauf im Schilf am Rand des kleinen Tümpels.

Laila rief alle Kinder ihres Mannes, die Frauen und die Diener zu sich. Ihren kleinen Sohn nahm sie auf den Arm. Hoch aufgerichtet und stolz wartete sie, bis der Mann, der die Soldaten zu befehligen schien, sich vor sie hinstellte.

»Was suchst du in meinem Lager?« fragte sie, obwohl sie die Antwort genau kannte.

»Einen Mann namens Gacel Sayah. Kennst du ihn?«

»Ich bin seine Frau. Aber er ist nicht hier.«

Sergeant Malik weidete sich am Anblick der schönen Targia, die ihn so trotzig und hochmütig anblickte. Sie trug keinen Schleier vor dem Gesicht, und ihre Arme, der Ansatz ihrer Brust und die kräftigen Beine waren nicht unter einem Gewand aus schwerem Tuch verborgen. Seit Jahren, genau gesagt seit dem Tag, als er in die Wüste versetzt worden war, hatte Malik nicht vor einer solchen Frau gestanden, und es kostete ihn Mühe, gewisse Gedanken zu unterdrücken. Mit der Andeutung eines Lächelns sagte er: »Daß er nicht hier ist, weiß ich selbst. Er ist sehr weit fort – in Tikdabra!«

Sie zuckte zusammen, als sie den gefürchteten Namen hörte, aber gleich darauf hatte sie sich wieder in der Gewalt. Niemand sollte jemals sagen können, er habe eine ängstliche Targia gesehen.

»Wenn du weißt, wo er ist – wozu bist du dann hier?«

»Um euch zu schützen . . . Ihr müßt leider mitkommen, weil dein Mann zu einem gefährlichen Verbrecher geworden ist und die Behörden befürchten, daß die Leute sich aus Empörung an euch vergreifen könnten.«

Angesichts der Unverfrorenheit und Dummheit dieses Kerls hätte Laila fast laut losgelacht, aber sie wies nur mit einer schwungvollen Gebärde in die Runde und sagte: »Leute? Welche Leute? Im Umkreis von zwei Tagesreisen würdest du keine Menschenseele finden.«

Malik-el-Haideri kicherte vergnügt. Zum ersten Mal seit langer Zeit verspürte er so etwas wie Glück und Freude. »In der Wüste verbreiten sich alle Nachrichten wie ein Lauffeuer«, sagte er. »Das weißt du genau. Wir müssen alle Zwischenfälle vermeiden, die zu einer Stammesfehde führen könnten. Deshalb müßt ihr mitkommen.«

»Und wenn wir uns weigern?«

»Dann müssen wir euch leider zwingen.« Er ließ seinen Blick über das Lager schweifen. »Sind alle da?« fragte er, und als sie stumm mit dem Kopf nickte, fuhr er zufrieden fort: »Na gut. Wir brechen sofort auf.«

Laila schaute sich um. »Erst müssen wir die Zelte abbrechen.«

»Die Zelte bleiben hier! Meine Männer werden hier warten, bis dein Mann zurückkommmt.«

Zum ersten Mal hätte Laila fast die Ruhe verloren. Ihre Stimme klang verändert, fast ein wenig bittend, als sie sagte: »Aber dies ist alles, was wir besitzen!«

Malik lachte höhnisch. »Viel ist es ja wirklich nicht«, sagte er. »Aber wo ihr hingeht, braucht ihr nicht einmal dies.« Er besann sich und fuhr fort: »Du mußt verstehen, daß ich nicht mit Decken, Teppichen und Töpfen beladen wie ein Trödler durch die Wüste ziehen kann.« Er gab einem seiner Männer ein Zeichen. »Macht ihnen Beine!« befahl er. »Ali! Du bleibst mit vier Männern hier. Du weißt schon, was du zu tun hast, wenn dieser Targi auftaucht.«

Eine Viertelstunde später drehte sich Laila noch einmal um, um zum letzten Mal von oben die kleine Bodensenke des *guelta* mit dem Tümpel, den *khaimas*, den *seribas*, dem Gatter für die Ziegen und dem kleinen Flecken Erde dicht am Schilfgürtel, wo die Kamele grasten, zu betrachten. Dies – und ein Mann – war alles gewesen, was das Leben ihr geschenkt hatte, abgesehen dem Sohn, den sie auf dem Arm trug. Plötzlich überfiel sie die Furcht, dieses Zuhause und auch ihren Mann für immer zu verlieren. Sie wandte sich zu Malik um, der neben ihr stehengeblieben war, und fragte ihn: »Was hast du eigentlich mit uns vor? Ich habe noch nie erlebt, daß Frauen, Greise und Kinder in Streitereien zwischen Männern hineingezogen wurden. Hat euer ganzes Heer so wenig Macht, daß ihr uns im Kampf gegen Gacel braucht?«

»Er hat einen Menschen in seiner Gewalt, der für uns sehr wichtig ist«, lautete die Antwort. »Aber jetzt haben auch wir etwas, das *ihm* viel bedeutet. Wir ahmen nur seine Methoden nach, und er kann uns dankbar sein, daß wir euch nicht einfach im Schlaf ermordet haben. Wir wollen ihm ein Tauschgeschäft anbieten: ein Mann gegen eine ganze Familie.«

»Wenn dieser Mann sein Gast ist, dann wird er nicht darauf eingehen. Unser Gesetz verbietet es.«

»Euer Gesetz gibt es nicht mehr!« Malik-el-Haideri hatte sich auf einen Stein gesetzt und zündete sich eine Zigarette an. Unterdessen machte sich der kleine Trupp Soldaten mit den Gefangenen an den Abstieg. Am Fuß des felsigen Steilhangs standen wartend ein paar Militärfahrzeuge. »Dieses Gesetz«, fuhr Malik fort, »habt ihr Tuareg euch selbst gegeben, und es war nur für euch bestimmt.« Er blies Laila den Zigarettenrauch ins Gesicht, dann fuhr er fort: »Wir haben versucht, deinem Mann das klarzumachen, aber er wollte uns nicht verstehen. Deshalb müssen wir es ihm jetzt auf die harte Tour erklären. Niemand kann tun, was er getan hat, und sich anschließend hinter euren Traditionen verschanzen. Er vertraut darauf, daß die Wüste für uns zu groß ist, aber eines Tages kommt er zurück, und dann wird er zur Verantwortung gezogen. Wenn er will, daß seine Frau und seine Kinder freigelassen werden, dann muß er sich ergeben und für seine Taten geradestehen.«

»Er wird sich niemals ergeben!« erwiderte Laila überzeugt.

»Dann mach dich mit der Vorstellung vertraut, nie wieder frei zu sein!«

Sie schwieg und blickte lange auf die Stelle im Schilfgürtel hinab, wo sich Suilem versteckt hielt. Dann, als kehre sie ihrer eigenen Vergangenheit endgültig den Rükken, wandte sie sich entschlossen um und folgte ihrer Familie hinab in die Ebene.

Malik-el-Haideri rauchte seine Zigarette zu Ende. Hingerissen blickte er der jungen Frau nach und weidete sich am sanften Schwung ihrer Hüften. Nach einem Weilchen warf er den Stummel mit einer verdrießlichen Geste fort und machte sich ebenfalls auf den Weg.

Er sah es im Morgengrauen, und zuerst glaubte er, seine Augen hätten ihn getäuscht. Aber je näher sie kamen, desto mehr war er davon überzeugt, daß dort vorn irgend etwas war. Er hätte jedoch nicht zu sagen vermocht, was da kaum merklich aus der Spiegelglätte der Ebene herausragte.

Die Hitze nahm rasch zu. Er wußte, daß der Augenblick gekommen war, um anzuhalten und das Lager aufzuschlagen, sonst konnte es geschehen, daß die seit Mitternacht lahmende Kamelstute sich fallen ließ und nicht wieder aufstand. Doch die Neugier war stärker: Er forderte von den Tieren eine letzte Anstrengung und hielt erst an, als sie nur noch einen Kilometer von der Stelle entfernt waren.

Er breitete die Decke über die Kamele und den Mann, der nur noch nutzloser Ballast war. Nachdem er sich vergewissert hatte, daß alles seine Ordnung hatte, machte er sich zu Fuß auf den Weg. Er zwang sich, Ruhe zu bewahren und seine restlichen Kräfte zu schonen, doch am liebsten wäre er losgelaufen, um die Stelle so schnell wie möglich zu erreichen.

Aus zweihundert Meter Entfernung gab es keinen Zweifel mehr: Dort vorn hob sich vom hellen, ebenen Boden ein weißer Fleck ab. Es war das zusammengekrümmte, unversehrte, von der trockenen Luft mumifizierte Skelett eines großen Kamels.

Gacel betrachtete es aus der Nähe. Die riesigen Zähne waren zum Gelächter des Todes gebleckt, die Augäpfel aus den Höhlen verschwunden. Risse im Fell zeigten, daß das Innere des Kadavers, von den Knochen abgesehen, leer war.

Das tote Kamel kniete; sein langer Hals war auf den Sand gebettet, und es schien in die Richtung zu blicken, aus der Gacel gekommen war, also nach Nordosten. Es war folglich aus Südwesten gekommen, denn bevor sie sterben, streben Kamele immer mit letzter Verzweiflung dem Ziel entgegen, das man ihnen gewiesen hat.

Gacel wußte nicht, ob er froh oder traurig sein sollte. Dieses Skelett eines Mehari unterbrach die Eintönigkeit der Umgebung, der sie seit vielen Tagen ausgesetzt waren, doch wenn das Tier hier verendet war, dann bedeutete dies, daß es in der Gegend, aus der es gekommen war, keine Spur von Wasser gab.

Bald würde auch die lahmende Kamelstute sterben. Kaum einen Kilometer von dieser Stelle entfernt würde sie ebenfalls zu einer Mumie verdörren. Die beiden Kadaver würden zueinander hinblicken, ohne sich zu sehen, jedes ein Sinnbild für die Hälfte des Weges. Durch den Tod dieser armen, für die Wüste geschaffenen Kreaturen berührten sich hier im »Land der Leere« von Tikdabra der Norden und der Süden. Welche Hoffnung gab es noch für ihn, Gacel, der er mit zwei abgemagerten, erschöpften Kamelen und einem Mann, der sich schon selbst aufgegeben hatte und den er, Gacel, mit Müh und Not am Leben hielt, seinen Weg fortsetzen sollte?

Diese Frage brauchte er sich nicht zu stellen, denn er kannte die Antwort; er fragte sich lieber, wer wohl einst der Besitzer jenes weißen Mehari gewesen war und wohin die Reise damals hätte gehen sollen.

Er untersuchte das Fell und die Schädelknochen, die aus dem Sand herausragten. In jeder anderen Gegend der Wüste hätte er bestimmen können, wie lange das Kamel schon tot war, aber bei der Hitze und Trockenheit, die in dieser Gegend herrschten, wo noch nie ein Regentropfen gefallen war und kein Lebewesen überleben konnte – hier konnte dieses Kamel genausogut seit drei Jahren wie seit einem Jahrhundert tot sein. Es war eine Mumie, und Gacel verstand nicht viel von Mumien.

Er wurde sich der mörderischen Hitze bewußt und ging zurück. Dankbar ließ er sich im Schatten nieder und betrachtete eingehend das Gesicht von Abdul-el-Kebir, der kaum noch richtig atmen konnte, sondern keuchend nach Luft rang.

Gacel schnitt der Kamelstute die Kehle durch. Dann flößte er Abdul ein wenig von ihrem Blut und den Rest der faulig stinkenden Flüssigkeit aus ihrem Magen ein, kaum sechs Finger hoch in dem kleinen Blechnapf. Gacel war froh, daß Abdul nicht aus seiner Ohnmacht erwachte, denn sonst hätte er das unsägliche Getränk gewiß verweigert. Gacel fragte sich allen Ernstes, ob Abdul vielleicht daran sterben könnte. Schließlich war er nicht wie die Tuareg daran gewöhnt, Wasser zu trinken, das fast ungenießbar war.

Es ist egal, ob er *daran* stirbt oder am Durst, sagte sich Gacel. Aber wenn er es übersteht, hilft es ihm ein bißchen weiter.

Er legte sich hin, um zu schlafen, aber diesmal überkam ihn nicht gleich der Schlaf, wie sonst nach einem langen, anstrengenden Marsch. Das Skelett des toten Kamels ging ihm nicht aus dem Sinn. Er mußte daran denken, wie es dort ganz allein mitten in der Ebene lag, und er versuchte sich den verrückten Targi vorzustellen, der vielleicht in Gao oder Timbuktu aufgebrochen war und sich auf dem Weg zu den Oasen des Nordens in die Hölle von Tikdabra hineingewagt hatte.

Irgendwann war das Mehari in die Knie gebrochen, aber das Tier hatte offenbar unterwegs seine Ladung abgeworfen. Das bedeutete, daß sein Besitzer schon vor ihm umgekommen war und daß es auf der Suche nach Rettung, die es nicht geben konnte, noch ein Stück weitergelaufen war. Genau wie die Beduinen nahmen auch die Tuareg ihren sterbenden Kamelen immer den Sattel und das Zaumzeug ab – und sei es nur zum Zeichen der Dankbarkeit für die geleisteten Dienste. Wenn der Besitzer dieses Tieres das nicht getan hatte, dann bedeutete es zweifellos, daß er dazu nicht mehr in der Lage gewesen war.

Wahrscheinlich finde ich heute nacht oder morgen irgendwo seine Leiche, und vielleicht blickt auch er aus leeren Augenhöhlen nach Nordosten, als suchte er nach dem Ende dieser unermeßlichen Ebene, sagte sich Gacel.

Aber Gacel fand nicht nur eine Leiche, sondern Hunderte! Er stieß auf sie in der Dunkelheit, er entdeckte sie im dämmrigen Schein des zunehmenden Mondes, und als der neue Tag anbrach, sah er sich von ihnen umgeben. Rings um ihn her lagen eine nicht zu bestimmende Zahl von Männern und Kamelen verstreut, so weit er blicken konnte. In diesem Augenblick begriff Gacel Sayah, der *amahar* vom Kel-Tagelmust, bei seinem Volk als der »Jäger« bekannt, daß er als erster Mensch die Reste der Großen Karawane entdeckt hatte. Die zerschlissenen Gewänder bedeckten nur notdürftig die Leichen von Führern und Kameltreibern. Viele von ihnen umklammerten ihre Waffen oder die leeren *gerbas*. Die Kamele selbst trugen zwischen ihren Höckern Tuareg-Sättel, die die Sonne ausgebleicht hatte. Ihr Zaumzeug war mit Silber und Kupfer beschlagen, und sie waren beladen mit großen Ballen und Bündeln, die im Lauf der Jahre aufgeplatzt waren. Der wertvolle Inhalt lag auf dem harten Sandboden verstreut.

Da gab es Stoßzähne von Elefanten, Schnitzereien aus Ebenholz, Seidenstoffe, die bei der geringsten Berührung zerfielen, Münzen aus Gold und Silber und, in den Beuteln der reichsten Händler, Diamanten von der Größe einer Kichererbse. Dies war sie also, die Große Karawane der Märchenerzähler, der uralte Traum aller Träumer in der Wüste. Hier lagen Reichtümer, wie sie nicht einmal eine Scheherazade in ihren Geschichten aus Tausendundeiner Nacht hätte ersinnen können.

Er hatte sie gefunden, aber er empfand bei ihrem Anblick keine Freude, sondern nur tiefen Kummer und unbezähmbare Angst. Denn als er die zu Mumien erstarrten Leichen jener armen Wesen betrachtete und von ihren Gesichtern den Ausdruck grauenhaften Leidens ablas, da war ihm, als blickte er zehn oder zwanzig Jahre voraus in die Zukunft, ja vielleicht hundert, tausend oder gar eine Million Jahre, und als sähe er sich selbst: Seine Haut hatte sich in Pergament verwandelt, seine leeren Augenhöhlen blickten ins Nichts, und sein Mund stand offen, als hätte er ein letztes Mal nach einem Schluck Wasser gestöhnt.

Gacel weinte. Er beweinte zum ersten Mal in seinem Leben andere Menschen. Er kam sich dumm vor und fand es absurd, wegen Menschen zu weinen, die vor so vielen Jahren umgekommen waren, aber wie er sie dort vor sich sah, begriff er das Ausmaß ihrer Verzweiflung in den letzten Augenblicken ihres Lebens. Er war so erschüttert, daß seine harte äußere Schale zerbrach.

Inmitten der Toten schlug er sein Lager auf. Er saß da, betrachtete sie und fragte sich, wer von ihnen wohl sein Onkel Gacel war, der sagenumwobene Krieger und Abenteurer. Er hatte sich als Beschützer der Karawane gegen Banditen und Wegelagerer verdingt, aber dann hatte er sie nicht einmal gegen ihren wahren Feind verteidigen können: gegen die Wüste. Gacel legte sich nicht schlafen, sondern hielt den ganzen Tag über Totenwache. Es war das erste Mal, daß jemand diesen Männern Gesellschaft leistete, seit der Tod sie auf ihrer Reise ereilt hatte. Gacel bat ihre Seelen, die vielleicht auf ewige Zeiten in dieser Gegend herumgeistern mußten, ihm behilflich zu sein, einem ähnlich tragischen Schicksal zu entgehen, indem sie ihm den richtigen Weg wiesen, den sie selbst zu ihren Lebzeiten vergeblich gesucht hatten.

Und die Toten sprachen zu ihm mit ihren Mündern ohne Zungen, mit ihren leeren Augenhöhlen und ihren Knochenhänden, die sich in den Sand gekrallt hatten. Zwar konnten sie ihm nicht den richtigen Weg sagen, aber die endlos lange Reihe der Mumien, die sich nach Südwesten hin in der Ferne verlor, schrie ihm zu, daß der Kurs, dem er folgte und dem auch sie gefolgt waren, der falsche war, denn er bedeutete nur viele Tage trostloser Einsamkeit und quälenden Durstes, bis es kein Zurück mehr gab.

Gacel folgerte, daß er nur noch eine einzige Chance hatte: Er mußte sich nach Osten wenden, nach einer Weile nach Süden abbiegen und darauf vertrauen, daß die Grenzen des »Landes der Leere« in jener Richtung näher lagen.

Gacel kannte die Karawanenführer der Tuareg gut und wußte deshalb, daß sie, wenn sie sich einmal in der Richtung getäuscht hatten, bis zur letzten Konsequenz an ihrem Irrtum festhielten, denn ein solcher Irrtum bedeutete, daß sie ihren Sinn für räumliche Verhältnisse, Entfernungen und die Bestimmung des eigenen Standortes völlig verloren hatten. Es blieb ihnen dann nichts weiter übrig, als an der eingeschlagenen Richtung festzuhalten und zu hoffen, daß ihr Instinkt sie zu einer Wasserstelle führen würde. Die Karawanenführer der Tuareg schreckten vor jeder Kursänderung zurück, zumal wenn sie nicht genau wußten, wohin ihr Weg sie führte, denn die jahrhundertealten Überlieferungen hatten sie gelehrt, daß in der Wüste nichts die ihnen anvertrauten Menschen mehr ermüdete und demoralisierte, als scheinbar ziellos in der Gegend herumzuirren. Deshalb hatte der Führer der Großen Karawane, als er sich aus unerfindlichen Gründen plötzlich in der unbekannten Welt des »Landes der Leere« wiedergefunden hatte, lieber am alten Kurs festgehalten, in der Hoffnung, daß Allah ihm den Weg verkürzen möge.

Und nun lag er dort, von der Sonne ausgedörrt, und erteilte Gacel eine Lektion, die jener dankbar hinnahm.

Es wurde Abend. Als die grimmige Sonne endlich schwächer wurde und aufhörte, das flache Land zu versengen, verließ Gacel den Schatten einer kleinen Zufluchtsstätte und machte sich daran, seinen Beutel mit schweren Goldmünzen und großen Diamanten zu füllen. Keinen Augenblick lang hatte er das Gefühl, die Toten ihres Besitzes zu berauben. Nach dem ungeschriebenen Gesetz der Wüste gehörte alles, was hier lag, dem Finder, denn diejenigen Seelen, die das Tor zum Paradies offen gefunden hatten, konnten sich dort aller ersehnten Reichtümer erfreuen. Die anderen jedoch, die bösen, denen das Paradies verschlossen blieb und die dazu verdammt waren, für ewige Zeiten herumzugeistern, hatten wohl kaum ein Recht darauf, dies mit prall gefüllten Beuteln zu tun.

Gacel teilte anschließend das restliche Wasser zwischen Abdul, der nicht einmal die Augen aufschlug, um ihm zu danken, und der jüngeren der Kamelstuten, die sich wohl noch ein paar Tage auf den Beinen halten würde. Er selbst trank das Blut des anderen Kamels, band den alten Mann auf dem Rücken des verbleibenden Tieres fest und machte sich wieder auf den Weg. Diesmal ließ er sogar die schattenspendende Decke zurück, denn sie wäre nur eine zusätzliche Bürde gewesen. Gacel wußte nämlich genau, daß sie nicht noch einmal rasten würden, auch nicht tagsüber. Die letzte Hoffnung auf Rettung bestand darin, daß das Kamel und er selbst die Kraft aufbrachten, solange weiterzugehen, bis sie das Ende dieser Hölle erreicht hatten.

Gacel betete für die Toten, für Abdul und für sich selbst, warf einen letzten Blick auf das Heer von Mumien, bestimmte seine Marschrichtung neu und setzte sich in Bewegung. Die Kamelstute führte er am Zügel. Sie folgte ihm ohne einen Laut des Protestes, als wüßte sie, daß nur blinder Gehorsam gegenüber dem Mann, der ihr voranging, ihr Leben retten konnte.

Gacel hätte nicht zu sagen gewußt, ob jene Nacht die kürzeste oder die längste seines Lebens war. Seine Beine bewegten sich, als wäre er eine Maschine. Wieder einmal half ihm seine übermenschliche Willenskraft, sich in einen »Stein« zu verwandeln, doch diesmal wurde er zu einem jener »reisenden Steine«, wie man die schweren Felsbrocken nennt, die auf mysteriöse Weise im flachen Gelände hin und her wandern und dabei breite Furchen hinterlassen. Niemand hätte mit Bestimmtheit zu sagen vermocht, ob sie von magnetischen Kräften, von den Geistern der Verdammten oder von einer spielerischen Laune Allahs bewegt wurden.

Korporal Abdel Osman schlug die Augen auf. Unwillkürlich entfuhr ihm ein Fluch. Die Sonne stand schon schräg am Himmel und erhitzte die Erde, genauer gesagt den weißen, harten, fast versteinerten Sandboden der Ebene, jener gnadenlosen Ebene, an deren Rand sie nun schon seit sechs Tagen kampierten. Hier herrschte die unerträglichste Hitze, die der Korporal während seiner dreizehnjährigen Dienstzeit in der Wüste jemals hatte erdulden müssen.

Er drehte den Kopf ein wenig zur Seite und beobachtete den dicken Kader, der sich heftig atmend im Schlaf bewegte, als wolle er mit aller Gewalt im Reich der Träume bleiben und nicht in die triste Realität zurückkehren.

Die Befehle hatten an Deutlichkeit nichts zu wünschen übriggelassen: ›Ihr bleibt dort und beobachtet das ›Land der Leere‹, bis wir euch abholen lassen. Das kann morgen geschehen, in einem Monat oder erst in einem Jahr. Wenn ihr abhaut, werdet ihr an die Wand gestellt!‹

In der Nähe gab es einen Brunnen: schmutziges, stinkendes Wasser, von dem man Durchfall bekam. Sogar ein wenig Wild gab es hier im Grenzbereich zwischen dem »Land der Leere« und der *hammada* mit ihren Geröllhalden, Dornbüschen und trockenen Flußbetten, in denen vor Jahrtausenden reißende Ströme zum fernen Niger und zum noch ferneren Tschad-See geflossen sein mußten. Ein guter Soldat – und für gute Soldaten hielt man sie offenbar alle – hatte die verdammte Pflicht, unter solchen extremen Bedingungen am Leben zu bleiben und solange durchzuhalten, wie man es von ihm erwartete. Daß sie in dieser Einsamkeit und in dieser unsäglichen Hitze verrückt werden konnten, interessierte diejenigen nicht, die ihnen Befehle erteilen konnten und die die Sahara in ihrem Leben wahrscheinlich noch nicht einmal von fern gesehen hatten.

Ein kleiner Schweißtropfen, der erste des Tages, perlte unter dem buschigen Schnurrbart des Korporals hervor und lief den Hals hinunter zur dichtbehaarten Brust. Mißmutig richtete sich Osman auf der schmuddeligen Decke zu sitzender Haltung auf und ließ den Blick aus halbgeschlossenen Augen mechanisch über das weiße Flachland gleiten.

Plötzlich stockte ihm der Atem. Er griff nach dem Feldstecher und richtete ihn auf einen Punkt in der Ferne, fast genau vor ihm. »Kader! Kader!« rief er aufgeregt. »Wach auf, du Scheißkerl!«

Der dicke Mohammed Kader öffnete widerwillig die Augen. Er war nicht gekränkt, denn er kannte den Korporal schon seit Jahren und hatte sich längst daran gewöhnt, daß der Korporal ihn jedesmal, wenn er seinen Namen aussprach, mit einem Schimpfwort bedachte, das jedoch nicht böse gemeint war.

»Was zum Teufel ist los?«

»Dort vorn! Was könnte das sein?« fragte der Korporal und reichte Kader den Feldstecher. Kader, der sich halb liegend auf einen Ellenbogen stützte, blickte in die angegebene Richtung. Dann sagte er seelenruhig: »Ein Mann und ein Kamel.«

»Bist du sicher?«

»Absolut.«

»Sind sie tot?«

»Es sieht so aus.«

Korporal Abdel Osman stand auf, kletterte hinten auf den Jeep, lehnte sich an das Maschinengewehr und blickte erneut durch das Fernglas, wobei er sich bemühte, möglichst wenig zu zittern.

»Du hast recht«, meinte er schließlich. »Ein Mann und ein Kamel.« Er suchte mit dem Fernglas die Umgebung ab. »Es ist nur einer. Der andere fehlt.«

»Das wundert mich nicht«, sagte der Dicke. In aller Ruhe faltete er die Decken zusammen, auf denen er geschlafen hatte, und räumte den kleinen Kocher fort, auf dem sie sich ihren Tee kochten und das Essen zubereiteten. »Erstaunlich ist nur, daß es dieser Targi bis hierher geschafft hat.«

Osman blickte ihn unschlüssig an. »Und was machen wir jetzt?«

»Wir gehen hin und schnappen ihn uns, was denn sonst?«

»Dieser Targi ist gefährlich. Beschissen gefährlich!«

Kader, der inzwischen alles im Jeep verstaut hatte, wies auf das Maschinengewehr, an dem sein Kamerad lehnte. »Du zielst und ich fahre. Bei der geringsten Bewegung machst du ein Sieb aus ihm.«

Der Korporal zögerte einen Augenblick lang, doch dann nickte er entschlossen mit dem Kopf. »Es ist auf jeden Fall besser, als hier herumzusitzen und abzuwarten. Wenn der Kerl wirklich tot ist, können wir noch heute von hier abhauen. Also los!«

Er begann, das Maschinengewehr feuerbereit zu machen, während sich der korpulente Mohammed Kader schwitzend hinter das Steuer des Jeeps klemmte, langsam anfuhr und Kurs auf die Stelle nahm, wo der Mann und das Kamel im Sand lagen.

In einer Entfernung von dreihundert Metern hielt Kader den Jeep an. Während er nach dem Fernglas griff, ließ er den Liegenden keine Sekunde lang aus den Augen, und auch der Korporal achtete darauf, daß er den leblosen Körper genau im Fadenkreuz des Maschinengewehrs behielt. »Es ist der Targi, daran gibt es keinen Zweifel«, sagte er.

»Ob er tot ist?«

»Bei soviel Kleidung kann man nicht feststellen, ob er atmet oder nicht. Aber das Kamel ist bestimmt tot. Es ist schon ein bißchen aufgebläht. Soll ich dem Kerl eins verpassen?«

Mohammed Kader schüttelte den Kopf. Der Korporal war zwar sein Vorgesetzter, aber er, Kader, war zweifellos der intelligentere – abgesehen davon, daß seine Ruhe, seine Kaltblütigkeit und sein dickes Fell im ganzen Regiment berühmt waren. »Es wäre besser, wenn wir ihn lebend einfangen könnten. Dann würden wir vielleicht von ihm erfahren, was aus Abdul-el-Kebir geworden ist. Dem Kommandanten würde das gefallen . . .«

»Vielleicht werden wir sogar befördert.«

»Kann sein«, stimmte ihm der Dicke mißmutig bei. Ihn interessierte es nicht im geringsten, befördert zu werden. Das brachte nur mehr Pflichten. »Vielleicht kriegen wir auch einen Monat Urlaub in El-Akab.«

Der Korporal faßte einen Entschluß. »Na gut. Fahr näher ran!«

Aus fünfzig Metern Entfernung konnten sie feststellen, daß der Targi keine Waffe in seiner Reichweite hatte. Seine Arme waren weit ausgebreitet, die Hände geöffnet und gut zu sehen. Ungefähr zehn Schritte vom Kamel entfernt war er zusammengebrochen, als hätte er noch versucht, den Weg allein fortzusetzen, bevor ihn gänzlich die Kräfte verließen.

Am Ende hielt das Fahrzeug keine sieben Meter von dem Targi entfernt. Der Lauf des Maschinengewehrs war genau auf seine Brust gerichtet. Bei der geringsten Bewegung wäre er wie ein Sieb durchlöchert worden. Mohammed Kader sprang aus dem Jeep, griff nach seiner Maschinenpistole und machte einen Bogen um das tote Kamel, um Korporal Osman nicht in die Schußlinie zu geraten. Er näherte sich dem Targi, dessen Turban ein wenig verrutscht war und fast den schmutzigen Gesichtsschleier verdeckte. Der Dicke stieß dem reglos Daliegenden den Lauf seiner Waffe in den Bauch, aber der Mann rührte sich nicht und gab auch keinen Laut von sich. Da versetzte er ihm einen Schlag mit dem Gewehrkolben und beugte sich schließlich über ihn, um festzustellen, ob sein Herz noch schlug.

Von seinem Posten hinter dem Maschinengewehr aus fragte der Korporal ungeduldig: »Was ist los? Lebt er oder ist er tot?«

»Mehr tot als lebendig . . . Er atmet kaum noch und ist halb verdurstet. Wenn wir ihm kein Wasser geben, hält er keine sechs Stunden mehr durch.«

»Durchsuch ihn!«

Das tat Kader sehr gründlich. »Er ist nicht bewaffnet«, verkündete er, öffnete einen Lederbeutel und schüttelte dessen Inhalt, eine wahre Flut von Goldmünzen und Diamanten, auf den harten Sandboden. »Mein Gott!« entfuhr es ihm.

Korporal Abdel Osman sprang vom Jeep herunter und war mit zwei langen Sätzen bei seinem Kameraden. Er streckte eine Hand nach den Münzen und dem Häufchen Edelsteine aus, die auf die Erde gerollt waren. »Was ist das?« rief er aus. »Der Scheißkerl ist steinreich! Wahnsinnig reich!«

Der dicke Kader legte seine Waffe neben sich und schaufelte alles wieder mit beiden Händen in den Lederbeutel. Ohne aufzublicken meinte er: »Ja, aber das weiß nur er – und jetzt auch wir!«

»Was willst du damit sagen?«

Der Dicke blickte dem Korporal gerade in die Augen. »Stell dich nicht dumm! Wenn wir ihn mitsamt seinen Reichtümern abliefern, gibt man uns einen Monat Urlaub, aber sobald er sich erholt hat, wird er das Geld und die Steine zurückfordern. Dann braucht der Kommandant keine Minute, um herauszufinden, wer das Zeug hat.« Er unterbrach sich kurz und fuhr dann fort: »Aber was ist, wenn wir den Kerl *leider* erst gefunden haben, als er schon tot war?«

»Wärst du imstande, ihn einfach verrecken zu lassen?«

»Damit tun wir ihm nur einen Gefallen«, verteidigte sich Kader. »Was glaubst du wohl, was die mit ihm machen, wenn er ihnen nach allem, was er angestellt hat, in die Hände fällt? Sie pfählen ihn, hängen ihn auf und drehen ihn durch den Fleischwolf! Oder etwa nicht?«

»Das geht mich nichts an. Ich tue nur meine Pflicht.« Der Korporal streckte den Arm aus und schob den Schleier beiseite, der das Gesicht des Ohmächtigen verdeckte. »Schau ihn dir an!« sagte er. »Willst du den einfach umbringen?«

Widerwillig warf Mohammed Kader einen Blick auf das Gesicht. Es war ausgemergelt, faltig und von eitrigen Geschwüren bedeckt. Der spärliche weiße Bartwuchs ließ es älter erscheinen, als es war. Am liebsten hätte Kader den Blick gleich wieder abgewandt, aber irgend etwas hinderte ihn daran. Plötzlich rief er aus: »Das ist nicht der Targi! Das ist Abdul-el-Kebir!«

Als hätte ihn diese Entdeckung vor einer drohenden Gefahr gewarnt, griff er nach seiner Waffe, aber in diesem Augenblick knallten zwei Schüsse, nur zwei. Der Korporal Abdel Osman und der Soldat Mohammed Kader machten einen Luftsprung, als hätten sie von einer unsichtbaren Hand einen Schlag erhalten. Dann brachen sie zusammen. Der eine fiel auf Abdul-el-Kebir, der zweite stürzte mit dem Gesicht nach unten in den Sand.

Es folgten einige Sekunden tiefster Stille. Der Korporal drehte mühsam den Kopf zur Seite und erblickte das Gesicht seines Kameraden, in dessen Stirn ein kleines rundes Loch war.

Der Korporal selbst hatte in der Brust und dicht über dem Magen starke Schmerzen, aber er riß sich zusammen, drehte sich zuerst auf den Rücken und richtete sich anschließend mühsam auf, um nach dem Schützen Ausschau zu halten.

Aber da war niemand! Die Ebene lag wie immer menschenleer da, trostlos und glatt. Sie bot keinem Scharfschützen ein Versteck. Doch dann, als sich der Blick des Korporals schon langsam zu trüben begann, tauchte plötzlich vor ihm ein Mann auf, halb nackt und mit Blut besudelt, wie ein Wesen aus einer anderen Welt. Es war ein schlanker, kräftiger Mann mit einem Gewehr in der Faust, und die tote Kamelstute schien ihn aus ihrem aufgeblähten Bauch geboren zu haben.

Nach einem kurzen Blick, mit dem er sich vergewisserte, daß keine unmittelbare Gefahr drohte, trat der Unbekannte neben den Verwundeten, schob mit dem Fuß die Maschinenpistole des Dicken beiseite und ging rasch auf den Jeep zu. Hastig kramte er in dem Fahrzeug herum, bis er eine Feldflasche mit Wasser fand. Er trank lange daraus, ohne jedoch den Blick von dem Sterbenden abzuwenden.

Er trank und trank. Das Wasser lief ihm über den Hals und die Brust. Er verschluckte sich und hustete, aber er trank weiter, als hätte er jahrelang Durst gelitten. Am Ende, als er den letzten Tropfen zu sich genommen hatte, rülpste er laut und stützte sich sekundenlang auf das Reserverad, wobei er wie nach einer ungeheuerlichen Anstrengung heftig um Atem rang.

Nach einer Weile nahm er eine zweite Feldflasche, trat zu dem reglos daliegenden Abdul-el-Kebir, stützte dessen Kopf und gab ihm so gut es ging zu trinken, aber das meiste Wasser rann nicht durch Abduls Kehle, sondern versickerte im Sand. Nachdem Gacel sich das Gesicht befeuchtet hatte, wandte er sich dem Verwundeten zu und fragte: »Willst du auch Wasser?«

Korporal Osman nickte. Der Targi beugte sich zu ihm hinunter, faßte ihn unter die Achseln, schleppte ihn zum Jeep und lehnte ihn gegen die schattige Seite des Fahrzeuges. Dann reichte er ihm die Feldflasche und half ihm beim Trinken. Mit einem Blick auf die Wunde in der Brust des Korporals, aus der das Blut in kleinen Stößen hervorquoll, meinte er kopfschüttelnd: »Ich glaube, du mußt sterben. Du brauchst dringend einen Arzt, aber hier gibt es weit und breit keinen.«

Osman nickte wieder und fragte mit schwerer Zunge: »Du bist Gacel, nicht wahr? Ich hätte daran denken sollen, und ich hätte mich auch an den alten Jägertrick erinnern müssen. Aber die Kleidung, der Turban und der Schleier haben mich getäuscht.«

»Genau das war meine Absicht.«

»Wie konntest du wissen, daß wir zu dir kommen würden?«

»Ich entdeckte euch im Morgengrauen und hatte Zeit genug, alles vorzubereiten.«

»Hast du das Kamel getötet?«

»Ja, aber es wäre sowieso gestorben.«

Der Korporal hustete. Ein dünnes rotes Rinnsal floß aus seinem Mundwinkel. Mit dem Ausdruck großen Schmerzes und tiefer Verzweiflung schloß er einen Augenblick lang die Augen. Als er sie wieder aufschlug, wies er mit einer schwachen Gebärde auf den Lederbeutel, der noch immer neben der Leiche des Dicken lag. »Hast du die Große Karawane gefunden?« fragte er.

Gacel machte eine zustimmende Bewegung und wies mit einer Kopfbewegung hinter sich. »Sie ist da hinten, drei Tagesreisen von hier.«

Der Korporal bewegte langsam den Kopf hin und her, als kostete es ihn Mühe, diese Behauptung zu glauben, aber vielleicht staunte er auch nur darüber, daß es die Große Karawane also wirklich gab. Er sagte nichts mehr, und zehn Minuten später war er tot. Gacel kniete bis zum Ende neben ihm und verfolgte voller Achtung den Todeskampf. Erst als er sah, daß dem Korporal der Kopf schlaff auf die Brust gesunken war, stand er auf und schleppte mit letzter Kraft den Körper von Abdul-el-Kebir zum rückwärtigen Teil des Jeeps. Er ruhte eine Weile aus, denn die Anstrengung war zu groß gewesen, dann zog er Abdul seine Gewänder aus, nahm ihm auch den Gesichtsschleier und den Turban ab und kleidete sich an. Als er damit fertig war, fühlte er sich todmüde. Er trank noch einmal, legte sich in den Schatten des Jeeps dicht neben den toten Korporal und war gleich darauf eingeschlafen.

Drei Stunden später weckte ihn der Flügelschlag der ersten Geier. Einige zerrten schon an den Eingeweiden des toten Kamels. Andere näherten sich vorsichtig den Leichen der Soldaten. Gacel schaute zum Himmel auf. Dort oben kreisten die Aasfresser schon zu Dutzenden. Dies war die Randzone des »Landes der Leere«, und die großen Vögel, die zwischen den Büschen und Sträuchern der nahen *hammada* hausten, waren urplötzlich wie durch Zauberei erschienen.

Gacel war besorgt, denn eine Schar kreisender Geier war kilometerweit zu sehen, und er wußte nicht, wie weit die nächste Patrouille entfernt war. Er untersuchte den Sand. Der Boden war hart, und obwohl es im Jeep Spitzhacken und Schaufeln gab, fühlte er sich außerstande, eine Grube auszuheben, in die die Leichen von zwei Männern und einem Kamel hineingepaßt hätten. Er ging zu Abdul, betrachtete aufmerksam sein Gesicht und sah, daß er ruhiger atmete, aber er schien noch weit davon entfernt, das Bewußtsein zurückzuerlangen. Wieder gab er ihm zu trinken. Dann stellte er fest, daß es zwei randvolle Wasserkanister, einen vollen Benzinkanister und mehr als genug zu essen gab. Lange überdachte Gacel die Lage. Es war ihm klar, daß er hier so schnell wie möglich verschwinden mußte, aber er hatte keine Ahnung, wie man einen Jeep in Gang brachte. In seinen Händen war ein solches Ding nur ein Haufen unnützer Schrott.

Er versuchte sich zu erinnern: Leutnant Rahman fuhr ein Fahrzeug, das genauso aussah, und es war ihm aufgefallen, wie Rahman an dem Lenkrad gedreht, unten auf die Pedale getreten und ständig eine lange Stange hin und her bewegt hatte, die sich rechts vom Fahrer befand und am oberen Ende eine schwarze Kugel hatte.

Gacel setzte sich auf den Fahrersitz und machte jede einzelne Bewegung des Leutnants nach. Er drehte am Lenkrad, trat mit ganzer Kraft nacheinander auf die Bremse, die Kupplung und das Gaspedal, und bemühte sich, die schwarze Kugel mal hierhin, mal dorthin zu schieben, doch der Motor blieb stumm. Nicht das geringste Geräusch war zu hören. Gacel begriff, daß alles, was er bisher getan hatte, zum eigentlichen Fahren gehörte und daß er es zuvor irgendwie schaffen mußte, den Motor anzulassen.

Er beugte sich vor und betrachtete aufmerksam die kleinen Hebel, Schalter, Knöpfe und Skalen des Amaturenbrettes. Er betätigte die Hupe, was die Geier erschreckte; er bewirkte, daß an der Windschutzscheibe vorne zwei Arme sich hin und her bewegten, aber noch immer war das ersehnte Brummen des Motors nicht zu vernehmen.

Als er es schon fast aufgeben wollte, entdeckte er einen Schlüssel, der in einem Schloß steckte. Er zog ihn heraus, und es geschah nichts. Da steckte er ihn wieder hinein. Wieder nichts. Aufs Geratewohl drehte er den Schlüssel um. Das mechanische Monstrum erwachte zum Leben. Es hustete dreimal, schüttelte sich und verstummte.

Gacels Augen leuchteten: Er war auf dem richtigen Weg! Mit einer Hand drehte er den Schlüssel im Schloß um, mit der anderen kurbelte er wie verrückt am Steuerrad. Das Resultat war dasselbe: Husten, Schütteln, Schweigen.

Er probierte etwas anderes: Schlüssel und Schaltknüppel gleichzeitig. Nichts.

Der Schlüssel und das rechte Pedal: Der Motor kreischte auf höchsten Touren, und dabei blieb es, doch als Gacel ganz langsam den Druck seines Fußes verminderte, merkte er zu seiner Zufriedenheit, daß der Motor nicht ausging, sondern behaglich schnurrte.

Danach probierte er die Bremse, die Kupplung, das Gaspedal, den Hebel der Handbremse. Alles, was er erreichte, war, daß das Fahrzeug einen Satz vorwärts machte. Die Hinterräder überrollten den Korporal Osman, aber nach drei Metern stand der Jeep wieder still.

Die Geier schlugen mißbilligend mit den Flügeln.

Gacel fing noch einmal von vorne an. Diesmal kam er zwei Meter vorwärts. Er ließ nicht locker, bis der Tag zur Neige ging, und als er sich schließlich geschlagen gab, trennten ihn nicht mehr als hundert Meter von den Geiern und den Leichen.

Er aß und trank, bereitete sich aus Mehl, Wasser und Honig eine Suppe, brachte Abdul-el-Kebir sogar dazu, von dieser Suppe etwas herunterzuschlucken, und dann, kaum daß es Nacht geworden war, breitete er eine der Decken auf dem Boden aus, rollte sich zusammen und fiel in tiefen Schlaf.

Diesmal weckten ihn nicht die Geier, sondern das Knurren der Hyänen und Schakale, die sich um das Aas stritten. Es war kurz vor Tagesanbruch. Ein paar Minuten lang, die ihm wie eine halbe Ewigkeit vorkamen, lauschte Gacel dem Gezänk der Aasfresser, dem Knacken von Knochen unter dem Druck starker Kiefer und dem Geräusch, das entsteht, wenn Fleisch in großen Fetzen von einem Kadaver abgerissen wird.

Gacel haßte die Hyänen. Auch die Geier und die Schakale verabscheute er, aber vor den Hyänen empfand er einen unüberwindlichen Ekel, seit er als Knabe, fast noch als Kind, eines Morgens entdeckt hatte, daß sie ein neugeborenes Zicklein und dessen Mutter gefressen hatten. Hyänen waren widerwärtige, stinkende Bestien, geduckte, feige, dreckige und grausame Verräter, die es sogar fertigbrachten, einen unbewaffneten Mann anzugreifen – sofern sie nur zahlreich genug waren. Warum Allah diese Scheusale in die Welt gesetzt hatte, das war eine der Fragen, die sich Gacel immer wieder gestellt hatte, aber er hatte darauf nie eine Antwort erhalten.

Er trat zu Abdul und stellte fest, daß sein Begleiter, dessen Atem sich normalisiert hatte, in tiefem Schlaf lag. Gacel flößte ihm etwas Wasser ein und setzte sich dann neben ihn auf den Boden. Während er den neuen Tag erwartete, grübelte er darüber nach, daß er, Gacel Sayah, dazu bestimmt war, als erster Mensch, der das »Land der Leere« von Tikdabra besiegt hatte, in die Geschichte einzugehen. Vielleicht würde eines Tages sogar bekannt, daß *er* es gewesen war, der schließlich doch noch die Große Karawane gefunden hatte.

Die Große Karawane! Ihre Führer hätten nur ein wenig nach Süden ausweichen müssen, dann wären sie gerettet gewesen, aber Allah hatte es nicht gewollt. Nur Allah selbst wußte, aufgrund welch schwerer Sünden er jene Männer mit einem so grauenhaften Schicksal bestraft hatte. Er war der Herr über Leben und Tod, und den Menschen blieb nichts anderes übrig, als sich seinem Willen demütig zu fügen. Gacel dankte ihm, daß er diesmal Güte hatte walten lassen und es ihm gestattet hatte, einen Menschen, der als Gast unter seinem Schutz stand, und sich selbst zu retten.

Inschallah!

Gacel konnte jetzt wohl davon ausgehen, daß er sich in einem anderen Land befand und folglich außer Gefahr war, aber die Soldaten waren weiterhin seine Feinde, und die Verfolgungsjagd war anscheinend noch nicht zu Ende.

Aber wie sollte die Flucht weitergehen? Das letzte Kamel wurde gerade von den Aasgeiern gefressen, und es würde noch Tage dauern, bis Abdul-el-Kebir auch nur einen Schritt machen konnte. Einzig und allein jenes Fahrzeug aus leblosem Metall konnte sie aus der Gefahrenzone herausbringen! Gacel wurde angesichts seiner Ohnmacht und Unwissenheit von grimmiger Wut gepackt.

Simple Soldaten, schmutzige Beduinen, ja sogar ein freigelassener *akli*-Sklave, der ein paar Monate bei den Franzosen zugebracht hatte – all diese Leute konnten ein viel größeres Vehikel vorwärtsbewegen, beispielsweise einen mit Zement beladenen Lastwagen. Er jedoch, Gacel Sayah, ein wegen seiner Klugheit, seiner Tapferkeit und seiner Listigkeit berühmter *amahar*, stand wie ein törichtes Kind ratlos vor dieser komplizierten, nicht zu enträtselnden Maschine.

Die Dinge dieser Welt waren schon immer seine Feinde gewesen. Er verabscheute sie, und als Nomade kam er mit höchstens zwei Dutzend unerläßlicher Gegenstände aus. Doch selbst diesen stand er innerlich abwehrend gegenüber. Als freiem Menschen und einsamem Jäger reichten ihm seine Waffen, seine *gerba* und das Zaumzeug seines Reitkamels. Die Tage, die er in El-Akab hatte verbringen müssen, als er auf einen günstigen Augenblick wartete, um sich des Gouverneurs Ben-Koufra zu bemächtigen, hatten ihn unversehens mit einer verwirrenden Welt konfrontiert. Er hatte sogar echte Tuareg gesehen, die einst so bedürfnislos gewesen waren wie er selbst, die sich inzwischen jedoch von »Dingen« hatten umgarnen lassen – lauter Dinge, die sie vorher nicht gekannt und gebraucht hatten und die ihnen nun so unverzichtbar vorkamen wie das Trinkwasser und die Luft, die sie atmeten. Besonders das Automobil, das die Menschen ohne ersichtlichen Grund von einem Ort zum anderen beförderte, war allem Anschein nach zum dringlichsten jener neuen Bedürfnisse geworden. Junge Nomaden gaben sich nicht mehr damit zufrieden, wie ihre Väter tage- und wochenlang ohne Eile zu Fuß durch das flache Land zu ziehen, wissend, daß sie irgendwo am Ende des Weges ihr Schicksal erwartete und daß dieses Schicksal auch nach vielen Jahrhunderten noch immer dasselbe wäre, egal wie langsam oder schnell sie ihm entgegengingen.

Doch nun lag Gacel, der die leblosen Dinge so sehr verachtete und haßte und der vor jedem mechanischen Fahrzeug einen abgrundtiefen Widerwillen empfand – nun lag ausgerechnet er neben einem dieser Vehikel, von dem sein eigenes und das Leben seines Gastes abhingen. Er verfluchte sich wegen seiner Unwissenheit und Unfähigkeit, dieses Fahrzeug mit Fußtritten dazu zu bewegen, durch die Wüste zu rollen, der Freiheit entgegen, die zum Greifen nahe schien.

Der Morgen graute. Gacel verscheuchte die Hyänen und Schakale, aber noch immer kamen die Geier zu Dutzenden herbei. Wie eine Plage hingen sie am Himmel oder zerfetzten mit ihren starken Schnäbeln die Leichen eines Kamels und zweier Männer, die noch vor vierundzwanzig Stunden vor Leben gestrotzt hatten. Krächzend verkündeten sie der Welt, daß die Menschen hier, am Rand der *hammada*, wo das »Land der Leere« von Tikdabra begann, wieder einmal eine Tragödie entfesselt hatten.

In dem Feldbett, auf dem du gerade sitzt, ungefähr um dieselbe Uhrzeit, hat dein Mann dem Hauptmann die Kehle durchgeschnitten, als alle schliefen. Damit hat er sich das Leben noch schwerer gemacht, als es ohnehin schon war.«

Instinktiv wollte Laila von dem Feldbett aufstehen, aber Sergeant Malik-el-Haideri legte ihr eine Hand auf die Schulter und hinderte sie daran.

»Du hast mich nicht gefragt, ob du aufstehen darfst«, sagte er. »Gewöhne dich daran, daß hier in Adoras niemand ohne meine Erlaubnis eine Bewegung macht! Das wird solange so sein, bis sie einen neuen Offizier schikken.«

Malik ging quer durch den Raum, setzte sich in den alten Schaukelstuhl, in dem Kaleb-el-Fasi vor seinem Tod täglich viele Stunden lesend verbracht hatte, und begann, langsam hin und her zu schaukeln, ohne die junge Frau aus den Augen zu lassen.

»Du bist sehr schön«, sagte er nach einer Weile, und seine Stimme klang ein wenig heiser. »Die schönste Targia, die ich jemals gesehen habe . . . Wie alt bist du?«

»Das weiß ich nicht. Und eine Targia bin ich auch nicht, sondern eine *akli*.«

»Eine *akli*? Die Tochter von Sklaven?« staunte Malik. »Sieh an! Dieser Targi muß ganz verrückt nach dir sein, sonst hätte er dich nicht zu seiner Frau gemacht. Aber ich kann ihn gut verstehen. Du siehst aus wie eine, die gut im Bett ist. Bist du gut im Bett?«

Er erhielt keine Antwort und schien auch keine erwartet zu haben. Aus der Brusttasche seines Hemdes kramte er eine Zigarette hervor, steckte sie mit dem Feuerzeug an, das früher dem Hauptmann gehört hatte, und rauchte genüßlich, während er sich am Anblick des Mädchens weidete. Laila betrachtete ihn ihrerseits hochmütig und trotzig.

»Weißt du, wie lange es her ist, seit ich zum letzten Mal eine nackte Frau gesehen habe?« fragte Malik mit säuerlichem Lächeln. »Nein, das kannst du nicht wissen. Ich weiß es ja selbst kaum noch, so lange ist es her.« Mit einer Kopfbewegung wies er auf einen alten Kalender, der über dem Bett an der Wand hing: »Diese dicke Nutte, die bestimmt schon hundert Jahre alt ist, war alles, was ich mir in letzter Zeit gönnen konnte. Ich weiß nicht, wie viele Stunden ich sie angeschaut, mich dabei selbst befriedigt und davon geträumt habe, eines Tages einer richtigen Frau aus Fleisch und Blut zu begegnen.« Malik zog ein schmuddeliges Taschentuch hervor und wischte sich den Schweiß ab, der ihm in Strömen über den Hals lief. »Und jetzt sitzt du da, genau wie ich es mir immer erträumt habe, aber du bist noch schöner und jünger als die Frau meiner Träume . . .« Er schwieg sekundenlang, dann sagte er leise, aber mit einer Stimme, die keinen Widerspruch duldete: »Zieh dich aus!«

Laila blieb reglos sitzen, als hätte sie ihn nicht verstanden. Aber tief in ihren großen, dunklen Augen erwachte die Angst, ein kleines, kaum wahrnehmbares Funkeln. Die Finger ihrer Hände, die neben ihr auf dem schmutzigen, groben Stoff der Strohmatratze lagen, krümmten sich ein wenig.

Malik-el-Haideri ließ sich Zeit. Er rauchte seine Zigarette zu Ende und legte die brennende Kippe behutsam so auf den Fußboden, daß sie ausgedrückt wurde, als er den Schaukelstuhl wieder in Bewegung setzte. Dann hob er den Kopf, blickte Laila starr an und sagte:

»Hör mir gut zu! Es gibt zwei Arten, einen Fall wie diesen zu regeln: auf die weiche oder auf die harte Tour. Ich persönlich ziehe die erste vor, weil nämlich dann beide Beteiligten ihren Spaß haben. Wenn du vernünftig bist, machen wir uns eine schöne Zeit. Als Gegenleistung sorge ich dafür, daß deine Gefangenschaft so angenehm wie möglich wird. Wenn du dich aber sträubst, dann muß ich dich eben zwingen, und es wäre mir absolut egal, was hinterher daraus wird – oder was deinen Leuten passiert.« Er lächelte hinterhältig. »Zwei Söhne deines Mannes sind sehr hübsch. Schöne junge Burschen! Ist dir nicht aufgefallen, was für Blicke einige, meiner Männer ihnen zuwerfen? Sie leben hier auch schon seit Jahren wie im Gefängnis. Mindestens acht von ihnen würden sich glücklich schätzen, wenn ich beide Augen zudrücke und ihnen heute nacht, wenn alle schlafen, erlaube, sich die beiden Bürschchen vorzuknöpfen . . .«

»Du bist ein Schwein!«

»Kein größeres Schwein als jeder andere, der in dieser verdammten Wüste soviel Zeit verbracht hat wie ich.« Er hörte auf zu schaukeln, beugte sich nach hinten und blickte durch das kleine Fenster hinaus auf die hohen Dünen, die die Oase umzingelt hielten. »Man lernt, die Dinge mit anderen Augen zu betrachten, wenn ein Jahr nach dem anderen vergeht und man immer mehr die Hoffnung verliert, daß man hier jemals rauskommt. Sobald man erst begriffen hat, daß sich nie wieder jemand für einen interessieren oder sogar Mitleid haben wird, werden einem auch die anderen immer gleichgültiger.« Er drehte sich um und blickte wieder zu Laila hin. »Mir schenkt niemand etwas, deshalb muß ich es mir eben nehmen! Und ich garantiere dir, daß es jeder andere an meiner Stelle genauso machen würde . . . Also los, zieh dich aus!« Diesmal war es ein Befehl.

Laila zögerte. Alles in ihr wehrte sich dagegen zu gehorchen, aber seit sie diesen Sergeanten Malik zum ersten Mal gesehen hatte, wußte sie, daß er zu allem fähig war. Ja, er würde seinen Männern sogar erlauben, sich bis zum Umfallen mit den Söhnen ihres Mannes zu vergnügen. Gacel hatte sie, Laila, jedoch gelehrt, seine Söhne zu lieben, als wären sie ihre eigenen.

Ganz langsam stand sie auf, kreuzte die Arme, ergriff den Saum ihres schlichten Gewandes, streifte es sich über den Kopf und warf es in eine Ecke. Ihr fester, junger, dunkelhäutiger Körper mit den kleinen Brüsten und dem harten Gesäß war nun splitternackt. Sergeant Malik betrachtete sie lange, ohne mit dem Schaukeln aufzuhören, als gefiele er sich darin, den Augenblick, wo auch er sich ausziehen würde, genüßlich hinauszuzögern.

Die Sonne stand schon hoch am Himmel. Der Gestank der Leichen wurde allmählich unerträglich, und die Geier waren zu einer Wolke geworden, gegen die jeder Widerstand vergeblich gewesen wäre.

Zuerst war es nur eine Staubwolke am westlichen Horizont, aber sie kam rasch näher. Gacel kletterte auf den Jeep und versuchte, den Mechanismus des Maschinengewehrs zu verstehen, denn er wollte sich nicht kampflos ergeben. Doch da sah er weit hinten in südlicher Richtung einen weiteren großen, grauen Fleck, der sich beim Näherkommen als ein schwerfälliges, nicht allzu schnelles Fahrzeug erwies. Es wurde von einer Art Turm gekrönt, aus dem der Lauf einer leichten Schnellfeuerkanone herausragte.

Gacel erkannte mit scharfem Blick, daß er gegen eine solche Waffe nichts ausrichten konnte. Er tröstete sich mit dem Gedanken, daß er immerhin Tikdabra, die Wüste der Wüsten, besiegt hatte und daß nur seine eigene Treue seinem Gast gegenüber daran schuld war, wenn er schließlich doch noch unterlag. Er nahm sein Gewehr und trat an den Rand der *hammada*, wo es keine Büsche und Felsbrocken gab, hinter denen er hätte in Deckung gehen können. Auf diese Weise blieb Abdul-el-Kebir in seinem Rücken außerhalb der Reichweite des Gegners. Mit dem Gewehr im Anschlag wartete er, daß das erste Fahrzeug nahe genug herankam, doch als er die Soldaten schon deutlich erkennen konnte und vor der Entscheidung stand, ob er zuerst den Fahrer oder den Schützen hinter dem Maschinengewehr erschießen sollte, erklang in der Ferne eine Detonation. Irgend etwas pfiff durch die Luft; der Jeep kam urplötzlich zum Stehen, als wäre er gegen eine unsichtbare Wand geprallt, und zerbarst Sekundenbruchteile später in tausend Stücke.

Eine verstümmelte Leiche flog über vierzig Meter weit.

Der andere Uniformierte war vom Erdboden verschwunden, als hätte er nie existiert, und vom Jeep war nur noch ein rauchender Schrotthaufen übrig.

Gacel Sayah, *amahar* vom Kel-Tagelmust, genannt der »Jäger«, blieb wie angewurzelt stehen und staunte. Zum ersten Mal in seinem Leben war etwas vor seinen eigenen Augen geschehen, das er absolut nicht verstand. Schließlich wandte er sich langsam zum zweiten der Fahrzeuge um, einem leichten Schützenpanzer, der geradewegs auf ihn zukam und zwanzig Meter von ihm entfernt stehenblieb, genau an der Stelle, wo die *hammada* an das »Land der Leere« grenzte.

Ein hochgewachsener Mann mit sorgfältig gestutztem Schnurrbart und mehreren Sternen am Ärmel seiner sandfarbenen Uniform sprang heraus und ging mit energischen Schritten auf den Targi zu.

»Abdul-el-Kebir?« fragte er.

Gacel wies nach hinten. Da lächelte der Offizier erleichtert und schüttelte den Kopf wie jemand, dem gerade ein großer Stein vom Herzen gefallen ist.

»Im Namen der Regierung – und auch in meinem eigenen Namen – heiße ich euch in diesem Land willkommen! Es wird mir eine Ehre sein, euch zum nächsten Stützpunkt zu begleiten und den Herrn Präsidenten Abdul-el-Kebir anschließend persönlich in die Hauptstadt zu bringen«, sagte er feierlich.

Langsam gingen sie zu dem Jeep, hinter dem Abdul lag. Unterwegs konnte es sich Gacel nicht verkneifen, einen langen Blick auf die qualmenden Trümmer des anderen Jeeps zu werfen. Der Offizier, dem dies nicht entging, schüttelte bedauernd den Kopf und sagte:

»Wir sind ein kleines, armes und friedliebendes Land, aber wir wehren uns, wenn man unsere Grenzen verletzt.«

Bei dem noch immer ohnmächtigen Abdul-el-Kebir angekommen, untersuchte er ihn sorgfältig. Nachdem er sich vergewissert hatte, daß Abduls Atem regelmäßig ging und er außer Gefahr war, hob er den Kopf und blickte lange in die grenzenlose Ebene hinaus, die sich vor ihnen erstreckte. »Ich hätte nie geglaubt, daß es irgendeinem

Menschen gelingen könnte, diese verdammte Wüste zu durchqueren«, sagte er zu Gacel.

Gacel lächelte kaum merklich und erwiderte: »Laß dir einen Rat geben: *Hüte dich vor Tikdabra!*«

Nach dreistündiger Fahrt berührte er leicht den Ärmel des Offiziers und sagte: »Bitte anhalten!«

Der andere brachte den Jeep zum Stehen und gab dem hinter ihnen herfahrenden Panzer mit erhobenem Arm ein Zeichen, ebenfalls anzuhalten. »Was ist los?« fragte er.

»Ich steige hier aus.«

»Hier?« wunderte sich der Uniformierte und warf einen ratlosen Blick auf die von Steinen und Dornenbüschen übersäte Ebene. »Was willst du denn *hier* anfangen?«

»Ich will nach Hause«, erwiderte der Targi. »Du fährst nach Süden, aber meine Familie befindet sich irgendwo im Nordosten, sehr weit von hier, im Huaila-Gebirge. Es wird Zeit, daß ich zurückkehre.«

Der Offizier schüttelte verständnislos den Kopf. »Zu Fuß? Und allein?« fragte er verwundert.

»Irgend jemand wird mir unterwegs ein Kamel verkaufen.«

»Der Weg ist weit, und du müßtest die ganze Zeit am Rand des ›Landes der Leere‹ entlanglaufen.«

»Ja, aber genau deshalb muß ich sobald wie möglich aufbrechen.«

Der Offizier drehte sich um und wies mit dem Kinn auf die reglose Gestalt von Abdul-el-Kebir. »Willst du nicht warten, bis er aufwacht? Sicher wird er sich persönlich bei dir bedanken wollen.«

Gacel lehnte rundweg ab. Er war schon ausgestiegen und griff nach seinen Waffen und seiner *gerba*. »Er ist mir keinen Dank schuldig«, sagte er. »Er wollte über die Grenze, und jetzt ist er drüben. Aber jetzt ist er *dein* Gast.« Gacel blickte lange und voller Wärme auf den Ohnmächtigen. »Sag ihm, daß ich ihm viel Glück wünsche!«

Der Offizier begriff, daß nichts in der Welt den Targi von seinem Entschluß abbringen konnte. »Brauchst du etwas?« erkundigte er sich. »Geld oder Proviant?«

Gacel schüttelte den Kopf und wies auf die weite Ebene. »Ich bin jetzt ein reicher Mann, und in dieser Gegend gibt es viel Wild. Mir fehlt nichts.«

Reglos stand er da und sah den beiden Fahrzeugen nach, die in Richtung Süden davonfuhren. Erst als sich die Staubwolke, die sie aufwirbelten, wieder gelegt hatte und das Brummen der Motoren in der Ferne verklungen war, blickte er sich um, bestimmte seine Marschrichtung, obwohl die Natur ihm hier im Flachland keinerlei Orientierungshilfe gab, und machte sich auf den Weg. Er wirkte so gelassen wie ein Mensch, der an einem schönen Abend über eine Wiese spaziert und nicht nur voller Bewunderung die Landschaft betrachtet, sondern sich auch an jedem Strauch, jedem Stein, jedem durch das Gras stelzenden Vogel und jeder über den Boden huschenden Schlange erfreut.

Er hatte Wasser, ein gutes Gewehr und Munition. Dies war seine Welt, dies war das Herz der Wüste, die er liebte. Vor ihm lag eine Reise, die er zu genießen gedachte und an deren Ende er seine Frau, seine Söhne, seine Sklaven, seine Ziegen und seine Kamele wiedersehen würde.

Eine sanfte Brise strich über das Land. In der Dämmerung verließen die Tiere ihr Versteck, um vom Laub der niedrigen Sträucher zu naschen. Gacel erlegte einen ansehnlichen Hasen und verzehrte ihn im Schein eines Feuers, das er mit trockenen Tamarisken fütterte. Danach betrachtete er die Sterne, die am Himmel funkelten, als wollten sie ihm Gesellschaft leisten. Freudig gab er sich seinen Erinnerungen hin: Lailas Gesicht und Körper, das Lachen seiner spielenden Söhne, die tiefe Stimme und die intelligenten Worte seines Freundes Abdul-el-Kebir – und das schöne, faszinierende, unvergeßliche Abenteuer, das ihm an der Schwelle zum reifen Mannesalter zu erleben vergönnt gewesen war. Bis ans Ende seiner Tage würde es sein Dasein prägen. Die alten Männer seines Volkes würden noch nach vielen Jahren davon erzählen und die Knaben das Staunen lehren, wenn sie von den Taten des einzigen Mannes erfuhren, der es mit einem ganzen Heer aufgenommen und gleichzeitig das »Land der Leere« von Tikdabra besiegt hatte.

Eines Tages würde er selbst seinen Enkeln erzählen können, was er an jenem Tag empfunden hatte, als er inmitten der Geister der Großen Karawane gesessen und ihnen seine Angst eingestanden hatte, in Tikdabra zugrunde zu gehen. Er würde den Kindern seiner Kinder berichten, wie die Mumien ihm mit dumpfer Stimme und fleischlosen Fingern den richtigen Weg gewiesen hatten und wie er, ohne ein einziges Mal anzuhalten, drei Tage und drei Nächte lang durch die Wüste gestolpert war, wissend, daß weder er noch das Kamel nach einem Halt die Kraft gefunden hätten, den Weg fortzusetzen. Dank seines unbeugsamen Willens hatten sie sich ungeachtet der Hitze, des Durstes und der Erschöpfung vorwärts bewegt, als wären sie keine Wesen aus Fleisch und Blut, sondern Maschinen.

Und jetzt ruhte er hier im weichen Sand aus, eine Hand auf der köstlich feuchten, prall mit Trinkwasser gefüllten *gerba*. Neben dem Feuer lagen die noch warmen, dampfenden Reste des Hasen. An seinem Gürtel baumelte ein Beutel voller Gold und Edelsteine, und er war mit sich selbst und mit der ihn umgebenden Welt zufrieden. Es erfüllte ihn mit Stolz, ein Targi zu sein, aber noch stolzer machte es ihn, bewiesen zu haben, daß niemand, nicht einmal die Regierung, sich den Luxus erlauben konnte, die Sitten und Gebräuche eines Volkes zu mißachten.

Er dachte auch darüber nach, wie seine Zukunft aussehen würde, fern von den altvertrauten Weidegründen und den Orten, an die er sich seit seiner Kindheit gewöhnt hatte. Die Vorstellung, vielleicht jenseits der Grenzen in einem anderen Land Zuflucht suchen zu müssen, beunruhigte ihn nicht, denn im Umkreis von Tausenden von Kilometern war die Wüste dieselbe, ganz gleich, zu welchem Land sie gehörte. Und er, Gacel, mußte nicht befürchten, daß ihm jemand den Sand, die Felsen und die Geröllhalden streitig machen würde, denn es war offenkundig, daß es mit jedem Tag weniger Menschen gab, die die Wüste zu ihrem Lebensraum machten.

Gacel hatte die Kriege und Kämpfe satt. Er sehnte sich nach dem Frieden seiner *khaima*, nach tagelangen Jagden und den Geschichten, die der alte Suilem bis spät in die

Nacht am Feuer erzählte, Geschichten, die Gacel schon seit seiner Kindheit kannte und an denen er sich nie satt hören würde – bis der getreue Diener eines Tages für immer verstummte.

Am späten Nachmittag des dritten Tages sichtete Gacel schon von weitem neben einer Wasserstelle eine Anzahl von *khaimas* und *seribas*.

Es stellte sich heraus, daß es sich um Tuareg vom »Volk der Lanze« handelte, arme, aber liebenswerte und gastfreundliche Menschen, die sich nicht nur bereit erklärten, ihm ihr bestes Mehari zu verkaufen, sondern die ihm zu Ehren auch ein Lamm schlachteten und daraus den leckersten Kuskus bereiteten, den er seit langem gegessen hatte. Anschließend luden sie ihn zu einem Fest ein, das am folgenden Abend stattfinden sollte.

Gacel wußte, daß er sie sehr kränken würde, wenn er die Einladung ausschlug. Dem kleinen roten Lederbeutelchen, das an seinem Hals baumelte, entnahm er eine schwere Goldmünze und legte sie vor sich auf den Boden. »Ich werde nur teilnehmen, wenn ich die Hammel bezahlen darf«, sagte er. »Das ist mein Preis.«

Das Oberhaupt der Tuareg ging ohne ein weiteres Wort darauf ein; er nahm die Münze und betrachtete sie interessiert.

»Davon sind kaum mehr welche im Umlauf«, meinte er nach einer Weile. »Jetzt gibt es nur noch schmutzige Geldscheine, deren Wert sich jeden Tag ändert. Wo hast du die her?«

»Von einem alten Karawanenführer«, antwortete Gacel wahrheitsgemäß, verschwieg jedoch wohlweislich die ganze Wahrheit. »Er hatte viele davon.«

»Mit solchen Münzen bezahlte man früher die Karawanenführer und die Kameltreiber«, meinte der andere sachkundig. »Aber man kaufte davon auch Tiere und Proviant. Soll ich dir was erzählen?« Er lächelte ironisch. »Ich ließ mich damals für die Große Karawane anheuern, aber zehn Tage, bevor es losgehen sollte, fing ich an, Blut zu spucken. Deshalb nahmen sie mich nicht mit. ›Du hast Tuberkulose‹, sagten sie. ›Bis Tripoli schaffst du es nie!‹« Der Mann schüttelte den Kopf. Offenbar hatte er sich noch immer nicht mit dem Scherz abgefunden, den das Schicksal sich mit ihm erlaubt hatte. »Bald werde ich mein neunzigstes Lebensjahr vollenden«, fuhr er fort, »aber von der Großen Karawane gibt es noch immer keine Spur.«

»Wie hast du dich von der Tuberkulose kuriert?« wollte Gacel wissen. »Mein ältester Sohn und meine erste Frau sind beide daran gestorben.«

»Ich habe mit einem Metzger in Timbuktu ein Abkommen geschlossen«, erwiderte der Alte. »Ich versprach ihm, ein Jahr lang ohne Lohn für ihn zu arbeiten. Dafür mußte er mir erlauben, soviel Fett aus den Höckern der von ihm geschlachteten Kamele zu essen, wie es mir beliebte.« Er lächelte belustigt. »Ich wurde dick und rund wie ein Faß, aber irgendwann hustete ich kein Blut mehr ...« Er schwieg ein Weilchen, dann rief er: »Zweihundert Kamelhöcker! Ich habe seitdem immer einen weiten Bogen um diese Viecher gemacht, und ich würde lieber drei Monate lang zu Fuß gehen, als auf einem Kamel reiten.«

»Du bist der erste *amahar*, der in meiner Gegenwart schlecht über Kamele redet«, bemerkte Gacel.

»Mag sein«, erwiderte der Alte kichernd. »Aber ich bin auch der erste *amahar*, der die Tuberkulose überlebt hat ...«

Das hübsche Mädchen mit den dünnen Zöpfen, der hohen Brust und den beringten, an der Innenseite roten Händen strich über die einzige Saite ihres geigenähnlichen Instrumentes und entlockte ihm einen durchdringenden Ton, der etwas von einem Klagelaut oder von einem schrillen Lachen hatte. Während der Blick des Mädchens unverwandt auf Gacel, den Fremdling, gerichtet war, als wollte sie ihm persönlich die Geschichte widmen, begann sie zu erzählen:

»Allah ist groß, sein Name sei gepriesen.

Was ich euch zu berichten habe, geschah nicht im Land der *imohar*, nicht bei den *tekna* und auch nicht in Marrakesch, Tunis, Algier oder Mauretanien, sondern im fernen

Arabien, unweit der heiligen Stadt Mekka, zu der jeder Gläubige zumindest einmal in seinem Leben pilgern muß. Dort lebten vor langer Zeit in der blühenden und volkreichen Stadt Mir, der Zierde der Kalifen, drei listige Kaufleute. Viele Jahre lang hatten sie gemeinsam Handel getrieben und eine erkleckliche Summe Geldes beiseite gelegt, die sie nun in ein neues Geschäft zu stecken beschlossen.

Nun verhielt es sich jedoch so, daß diese Kaufleute sich gegenseitig nicht vertrauten. Deshalb kamen sie überein, daß jeder von ihnen einen Beutel mit Gold in die Obhut der Frau geben sollte, der das Haus gehörte, in dem sie wohnten. Die Hausbesitzerin wurde ausdrücklich angewiesen, keinem der drei das Gold auszuhändigen, wenn nicht auch die anderen beiden zugegen waren.

Einige Tage später beschlossen sie, ein geschäftliches Schreiben in eine benachbarte Stadt zu senden, und da sie dafür ein Pergament brauchten, sagte einer von ihnen: ›Ich werde hingehen und die gute Frau darum bitten. Gewiß hat sie eines.‹

Als der Mann jedoch vor die Frau trat, sagte er zu ihr: ›Wir brauchen jetzt das Gold. Also gib es mir!‹

›Das werde ich nicht tun, sofern deine Freunde nicht dabei sind‹, erwiderte die Frau.

Der Kaufmann wiederholte seine Forderung, aber sie blieb standhaft. Da sagte der listige Händler zu ihr: ›Schau aus dem Fenster, damit dir meine Freunde, die unten auf der Straße warten, ein Zeichen geben können!‹

Die Frau tat, wie ihr geheißen, während der Kaufmann hinuntereilte, zu seinen Gefährten trat und leise zu ihnen sagte: ›Sie hat das Pergament, das wir brauchen, aber sie will es mir nur geben, wenn auch ihr sie darum bittet.‹

In ihrer Arglosigkeit riefen die beiden der Frau zu, sie solle tun, was der andere von ihr verlangte. So geschah es, daß sie ihm das Gold aushändigte. Der Betrüger floh damit aus der Stadt.

Als die beiden anderen Kaufleute ihm auf die Schliche kamen, beschuldigten sie jedoch die arme Frau und schleppten sie vor Gericht.

Es zeigte sich aber, daß der Richter ein besonnener, kluger Mann war. Er hörte beide Parteien an, dachte lange nach und verkündigte sodann das Urteil: ›Eurer Klage muß wohl stattgegeben werden‹, sagte er, ›und es scheint mir gerecht, daß die Frau euch das Gold oder eine entsprechende Summe Geldes aus ihrer eigenen Tasche zurückerstatten muß. Doch da ihr selbst vereinbart habt, daß der Beutel mit dem Gold nur dann einem von euch ausgehändigt werden darf, wenn alle drei Partner anwesend sind, verfüge ich hiermit, daß ihr beide euch auf die Suche nach dem dritten macht und mit ihm vor mir erscheint, sobald ihr ihn gefunden habt. Dann werde ich selbst dafür Sorge tragen, daß die Abmachung eingehalten wird . . .‹

So triumphierten am Ende die Gerechtigkeit und die Vernunft dank des scharfsinnigen Urteils eines einsichtigen Richters. Möge Allah dafür sorgen, daß es immer so ist! Er sei gepriesen . . .«

Als das Mädchen geendet hatte, ließ es wieder sein Instrument erklingen, als wollte es einen Schlußpunkt unter die Geschichte setzen. Dann sagte es, ohne die Augen von Gacel abzuwenden: »Du siehst aus wie jemand, der von weither kommt. Willst du uns nicht auch eine Geschichte erzählen?«

Gacel ließ seinen Blick über die kleine Schar wandern. Ungefähr zwei Dutzend junge Männer und Mädchen drängten sich um das Lagerfeuer, über dessen Glut zwei mächtige Hammel brieten. Ein starker, köstlicher Duft ging von dem Fleisch aus. »Was für eine Geschichte soll ich euch denn erzählen?« erkundigte sich Gacel.

»Deine eigene!« antwortete das Mädchen rasch. »Warum ziehst du allein durch die Wüste, fern von daheim? Warum bezahlst du alles, was du kaufst, mit schweren, alten Goldmünzen? Welches Geheimnis verbirgst du uns? Du trägst einen Gesichtsschleier, aber deine Augen verraten, daß du ein großes Geheimnis mit dir herumträgst.«

»Nein, deine eigenen Augen wollen ein Geheimnis sehen, wo es keines gibt«, beteuerte Gacel. »Es ist nur die Müdigkeit nach einer langen Reise, vielleicht der längsten, die jemals ein Mensch unternommen hat . . . Sie hat mich quer durch das ›Land der Leere‹ von Tikdabra geführt.«

Ein stämmiger Bursche mit fliehender Stirn, kaum merklich schielenden Augen und einer tiefen Narbe vom Kinn bis zur Kehle – er hatte sich den Feiernden als letzter angeschlossen – rief verblüfft: »Bist du etwa Gacel Sayah, der *amahar* vom Kel-Tagelmust, dessen Familie ihr Lager im *guelta* der Huaila-Berge aufgeschlagen hatte?«

Gacels Herz schlug schneller. »Ja, der bin ich.«

»Ich habe schlechte Nachricht für dich«, meinte der junge Bursche bedauernd. »Ich bin erst vor kurzem aus dem Norden gekommen . . . Das Gerücht hat sich wie ein Lauffeuer von Sippe zu Sippe verbreitet: Soldaten haben deine Frau, deine Kinder und alle anderen verschleppt. Nur ein alter Diener, ein Neger, ist entkommen. Er läßt dir ausrichten: ›Sie warten auf dich im guelta von Huaila, um dich zu töten . . .‹«

Gacel mußte mit aller Gewalt einen lauten Schluchzer unterdrücken, der tief aus seiner Kehle aufsteigen wollte. Es gelang ihm, sich nichts anmerken zu lassen, aber seine Selbstbeherrschung wurde auf eine härtere Probe gestellt als in den Weiten von Tikdabra.

»Wohin hat man sie gebracht?« fragte er schließlich mit einer Stimme, deren Ruhe nur vorgetäuscht war.

»Das weiß niemand. Vielleicht nach El-Akab, aber doch wohl eher nach Norden, in die Hauptstadt. Sie wollen deine Leute gegen Abdul-el-Kebir austauschen . . .«

Der Targi erhob sich und ging langsam in Richtung der Dünen davon. Die anderen blickten ihm nach. Sie schwiegen respektvoll, denn wie durch Zauberei hatte sich die fröhliche Stimmung des Festes verflüchtigt. Niemand schien darauf zu achten, daß einer der Hammel anzubrennen drohte. Der *gri-gri* des Unheils war den Flammen des Lagerfeuers entstiegen. Sein stinkender Atem erstickte die Begeisterung, die in den Augen der Feiernden gelegen hatte, und ließ die Vorfreude auf leibliche Genüsse ersterben.

Gacel war auf den Kamm einer Düne gestiegen. In der Finsternis ließ er sich auf die Knie fallen und vergrub sein Gesicht im Sand. Er mußte alle Kraft aufbieten, um den Schmerz in Zaum zu halten. Seine Fingernägel krallten sich in die Innenflächen seiner Hände, bis Blut hervortrat.

Jetzt war er kein reicher Mann mehr, der nach einem langen Abenteuer in den Frieden seines Heimes zurückkehrte. Er war auch kein Held, der Abdul-el-Kebir den Händen seiner Feinde entrissen, mit ihm das infernalische »Land der Leere« durchquert und ihn jenseits der Landesgrenze in Sicherheit gebracht hatte. Nein, jetzt war er nur noch ein armer Schwachkopf, der das, was er in dieser Welt am meisten liebte, verloren hatte. Er hatte es verspielt, weil er sich wie ein Idiot darauf versteift hatte, ein paar überlebten Wertvorstellungen, die niemandem mehr etwas bedeuteten, Geltung zu verschaffen.

Laila!

Ein Schauer lief ihm wie eiskaltes Wasser über den Rükken, als er sie in seiner Phantasie in der Gewalt jener Männer mit den schmutzigen Uniformen, breiten Ledergürteln und klobigen, übelriechenden Stiefeln sah. Er erinnerte sich noch an ihre Gesichter und sah sie vor sich, wie sie vor dem Eingang seiner *khaima* gestanden hatten, die Gewehre im Anschlag. Er hatte ihre schlampige Garnison kennengelernt und mit eigenen Augen gesehen, wie tyrannisch sie in El-Akab die Beduinen behandelten. Ein heiseres Schluchzen entrang sich Gacels Kehle, mochte er sich noch so anstrengen, es zu unterdrücken. Es half auch nichts, daß er sich in seiner Verzweiflung mit ganzer Kraft in den Handrücken biß.

»Nein, tu das nicht, halte es nicht zurück! Sogar der stärkste Mann hat das Recht, in einem Augenblick wie diesem zu weinen.«

Er hob den Kopf. Das hübsche Mädchen mit den dünnen Zöpfen hockte neben ihm. Sie streckte die Hand aus und streichelte sein Gesicht, als wäre sie eine Mutter und er ihr verängstigtes Kind.

»Es ist schon vorbei«, sagte er.

Sie schüttelte langsam, aber entschieden den Kopf. »Mir machst du nichts vor. Es ist nicht vorbei ... Es ist ganz tief in dir, wie eine Kugel, die steckengeblieben ist. Das weiß ich, seit mein Mann vor zwei Jahren gestorben ist. Nachts, wenn ich schlafe, suchen meine Hände noch immer nach ihm.«

»Aber sie ist nicht tot! Niemand wird es wagen, ihr etwas anzutun!« sagte Gacel beschwörend, als wollte er sich selbst überzeugen. »Sie ist ja fast noch ein Kind! Allah wird nicht zulassen, daß ihr etwas zustößt.«

»Allah ist so, wie wir ihn uns selbst ausmalen«, erwiderte das Mädchen verbittert. »Ob du ihm vertraust oder nicht, ist deine Sache. Schaden kann es nicht. Doch wenn du es geschafft hast, Tikdabra, das ›Land der Leere‹, zu besiegen, dann kannst du dir auch deine Familie zurückholen, dessen bin ich mir sicher.«

»Wie soll ich das anstellen?« fragte Gacel verzagt. »Du hast es ja selbst gehört: Sie wollen als Gegenleistung Abdul-el-Kebir, aber er ist nicht mehr bei mir!«

Das Mädchen blickte ihm im Schein des Vollmondes, der schon hoch am Himmel stand und die Nacht fast zum Tag machte, fest in die Augen. »Wärst du denn auf das Tauschgeschäft eingegangen, wenn er noch bei dir wäre?« fragte sie.

»Es geht um meine Söhne! Um meine Frau und um meine Söhne!« antwortete Gacel. »Sie sind das einzige, was ich auf der Welt habe!«

»Nein, du hast auch deinen Stolz als Targi«, erinnerte sie ihn. »Ich kenne dich zwar nicht, aber ich spüre, daß du der Stolzeste und Tapferste von uns allen bist . . . Vielleicht zu tapfer«, fuhr sie nach kurzem Nachdenken fort. »Wenn ihr Krieger in den Kampf zieht, nehmt ihr euch nie die Zeit, um darüber nachzudenken, wieviel Leid ihr über uns Frauen bringt, die wir zurückbleiben und nur die Schläge abbekommen, ohne an eurem Ruhm teilzuhaben . . .« Sie schnalzte mit der Zunge, als riefe sie sich selbst zur Ordnung. »Aber ich bin nicht gekommen, um dir Vorwürfe zu machen«, versicherte sie. »Was geschehen ist, ist geschehen, und du hast sicher deine Gründe gehabt. Ich bin gekommen, weil man einen Menschen wie dich in einem solchen Augenblick nicht allein lassen sollte . . . Möchtest du mir nicht von ihr erzählen?«

Gacel schüttelte den Kopf. »Sie war noch so jung, fast ein Kind!« schluchzte er.

Mit einem Knall flog die Tür auf. Sergeant Malik-el-Haideri sprang aus dem Bett und griff nach der Pistole, die auf dem Nachttisch lag. Aber dann erkannte er die Silhouette von Leutnant Rahman, die sich im grellen Gegenlicht abzeichnete.

Halbnackt wie er war, bemühte sich Malik dennoch, eine einigermaßen militärische Haltung anzunehmen. Er stand stramm, salutierte und versuchte sogar, die Hacken zusammenzuschlagen, was ziemlich lächerlich wirkte. Der Gesichtsausdruck des Leutnants zeigte sehr deutlich, daß er überhaupt nicht in der Stimmung war, um die Komik der Situation wahrzunehmen. Sobald sich die Augen des Leutnants an die im Zimmer herrschende Dämmerung gewöhnt hatten, trat er an eines der Fenster, öffnete die Läden und zeigte mit seiner Reitgerte auf eine große Baracke ganz in der Nähe.

»Was sind das für Leute, die dort eingesperrt sind, Sergeant?« fragte er.

Malik spürte, wie ihm schlagartig am ganzen Körper der kalte Schweiß ausbrach. Er bemühte sich jedoch, Haltung zu bewahren, und erwiderte: »Die Familie des Targi, Herr Leutnant.«

»Wie lange sind diese Leute schon hier?«

»Seit einer Woche.«

Rahman glaubte seinen eigenen Ohren nicht trauen zu können. Er fuhr herum und wiederholte entsetzt: »Eine Woche? Wollen Sie mir weismachen, Sie hätten eine Woche lang Frauen und Kinder in dieser höllischen Hitze schmoren lassen, ohne Ihren Vorgesetzten Bericht zu erstatten?«

»Das Funkgerät ist kaputt.«

»Sie lügen! Ich habe gerade mit dem Funker gesprochen! Sie selbst haben ihm Befehl gegeben, sich nicht zu melden. Deshalb konnte ich auch mein Kommen nicht ankündigen.«

Rahman verstummte plötzlich. Sein Blick war auf Laila gefallen, die splitternackt und verängstigt in der hintersten Ecke des Zimmers hockte. Dort lag auch eine schäbige Decke, auf der sie offenbar geschlafen hatte. Rahman blickte ein paarmal zwischen ihr und Malik hin und her, dann fragte er zögernd:

»Wer ist das?«

»Die Frau von diesem Targi . . . Aber es ist nicht so, wie Sie glauben, Herr Leutnant!« beeilte sich Malik hinzuzufügen. »Es ist ganz anders, sie hat es freiwillig getan, wirklich!« Dabei breitete er beschwörend die Arme aus.

Leutnant Rahman trat zu Laila, die ihre Blöße mit einem Zipfel der Decke zu verbergen suchte. »Stimmt es, daß er dich nicht gezwungen hat?« fragte er. »Hast du es wirklich freiwillig getan?«

Die Targia blickte ihn lange starr an, dann wandte sie sich dem Sergeanten zu und erwiderte mit fester Stimme: »Der da hat gesagt, er würde die Kinder an die Soldaten ausliefern, wenn ich mich sträube.«

Leutnant Rahman nickte wortlos. Dann wies er auf die Tür und befahl Malik: »Raus!«

Der Sergeant wollte nach seiner Kleidung greifen, aber der Leutnant kam ihm zuvor. »Nein, diese Uniform sollen Sie nicht noch einmal besudeln! Raus! So, wie Sie sind!«

Sergeant Malik-el-Haideri tat, wie ihm geheißen. Rahman ging hinterher, aber auf der Türschwelle blieb er stehen. Er sah sich der gesamten Besatzung des Lagers gegenüber. Auch seine eigene Frau und der hünenhafte Sergeant Ajamuk waren gekommen. Sie alle blickten Rahman erwartungsvoll an.

»Gehen Sie zu den Dünen!« befahl er.

Malik gehorchte, obwohl der glühend heiße Sand ihm die Fußsohlen verbrannte. Wortlos setzte er sich in Bewegung. Den Kopf hielt er gesenkt. Er blickte sich kein einziges Mal um. So gelangte er bis zum Fuß der Dünen. Viel weiter würde er nicht kommen, das war ihm klar. Deshalb machte er nicht einmal den Versuch, den sandigen Abhang hinaufzuklettern, sondern drehte sich um. Es schien ihn nicht zu überraschen, daß der Leutnant seine schwere Dienstpistole aus dem Futteral gezogen hatte.

Ein Kopfschuß setzte Maliks Leben ein Ende. Leutnant Rahman blieb noch einen Augenblick nachdenklich stehen und blickte zu dem toten Sergeanten hin. Dann steckte er die Pistole ins Futteral zurück, drehte sich auf dem Absatz um und trat zu den schweigenden Zuschauern, die sich nicht von der Stelle gerührt, sondern reglos alles mitangesehen hatten. Sein Blick wanderte von einem zum anderen, und er versuchte, in den Augen der Männer zu lesen. Als er zu reden begann, schien es, als hätte er sich endlich dazu durchgerungen, etwas zu sagen, das ihn schon seit langem quälte: »Ihr seid der Abschaum unserer Streitkräfte«, sagte er. »Männer wie ihr haben mich schon immer mit Abscheu erfüllt, und ich hätte mir nie gewünscht, solche Soldaten zu befehligen. Lauter Diebe, Mörder, Rauschgiftsüchtige und Triebtäter! Nichts als Dreck!« Er holte tief Luft. »Aber vielleicht seid ihr im Grunde selbst nur Opfer und das genaue Abbild dessen, was diese Regierung aus unserem Land gemacht hat.« Rahman gab den Männern ein paar Augenblicke Zeit, um über seine Worte nachzudenken, dann fuhr er lauter als zuvor fort: »Es wird allmählich Zeit, daß sich gewisse Dinge ändern! Präsident Abdul-el-Kebir, dem es gelungen ist, über die Grenze zu entkommen, hat alle, die die Wiederherstellung von Demokratie und Freiheit wünschen, dazu aufgefordert, sich zusammenzuschließen und an seiner Seite zu kämpfen.« Wieder unterbrach sich Rahman, als wäre er sich bewußt, daß jetzt unbedingt ein gewisses Maß an Pathos vonnöten war. »Ich werde mich ihm anschließen!« rief er aus. »Was ich heute gesehen habe, hat endgültig den Ausschlag gegeben. Ich bin entschlossen, mit der Vergangenheit zu brechen und für den einzigen Mann zu kämpfen, dem ich wirklich vertraue. Und *euch* will ich eine Chance geben! Wer bereit ist, mir zu folgen und mit mir über die Grenze zu gehen, um zu Abdul-el-Kebir zu stoßen, der soll es jetzt sagen!«

Die Männer blickten sich ungläubig an. Es wollte ihnen nicht in den Kopf, daß die Erfüllung des sehnlichsten ihrer Wunschträume, nämlich dem Inferno von Adoras zu entkommen und außer Landes zu gelangen, ihnen jetzt ausgerechnet von dem Offizier, den sie für ihren neuen Kermeister gehalten hatten, auf einem Silbertablett serviert wurde.

Viele Kameraden hatten im Lauf der Zeit zu fliehen versucht, aber immer waren sie wieder gefangen, standrechtlich erschossen oder bis ans Ende ihrer Tage eingesperrt worden. Doch nun stand dieser junge Leutnant in seiner adretten Uniform vor ihnen, begleitet von seiner attraktiven Ehefrau und einem hünenhaften, allem Anschein nach jedoch gutmütigen Sergeanten – er stand da und versuchte ihnen weiszumachen, daß das, was soeben noch als das schwerste Verbrechen gegolten hatte, plötzlich wie durch Zauberei zu einem Akt des Heroismus wurde.

Einer der Soldaten hätte fast laut losgelacht, ein anderer machte vor Freude einen Luftsprung, und als Leutnant Rahman, der sich über die wahren Motive dieses bunt zusammengewürfelten Haufens keinerlei Illusionen machte, verlangte, daß jeder, der bereit sei, ihm zu folgen, die Hand heben solle, da schossen sämtliche Arme in die Höhe, als wären diese Männer willenlose Marionetten.

Der Leutnant lächelte und tauschte mit seiner Frau, die sein Lächeln erwiderte, einen Blick. Dann sagte er zu Ajamuk: »Bereiten Sie alles vor! In zwei Stunden fahren wir los.« Mit der Reitgerte wies er auf die große Baracke, hinter deren vergitterten Fenstern sich die Familie von Gacel Sayah drängte und den Gang der Ereignisse verfolgte. »Die nehmen wir mit! Auf der anderen Seite der Grenze sind sie in Sicherheit.«

Es war eine lange Reise, und Gacel wußte nicht genau, wohin er sich wenden sollte, um nach Hause zu gelangen, ja er wußte nicht einmal, ob er überhaupt noch ein Zuhause hatte. Er suchte nach seiner Familie, ohne mit Sicherheit sagen zu können, ob es diese Familie noch gab.

Es war eine lange Reise.

Zuerst ging er einen Tag lang nach Westen, um das »Land der Leere« zu umgehen. Dann, als er davon überzeugt war, daß er Tikdabra hinter sich gelassen hatte, bog er nach Norden ab. Es war ihm klar, daß er irgendwann wieder die Grenze überqueren würde und daß jederzeit die Soldaten auftauchen konnten, die für ihn mittlerweile zu einem Alptraum geworden waren.

Es war eine lange Reise, eine traurige Reise.

Niemals, nicht einmal in den schlimmsten Augenblikken, als er sich mitten in Tikdabra befunden hatte, hatte er sich darüber Rechenschaft abgelegt, daß der Tod sein ständiger Reisegefährte war. Nie hätte er sich ausgemalt, daß die Dinge sich derartig zuspitzen könnten. Für ihn, den edlen Krieger aus einem ebenso edlen Kriegervolk, stellte nur der Tod eine endgültige Niederlage dar.

Doch jetzt entdeckte Gacel schlagartig, daß der Tod nichts bedeutete im Vergleich zu der Tatsache, daß er die liebsten Menschen zu Opfern seines Privatkrieges gemacht hatte. *Das* war die wirkliche Niederlage, und sie hätte nicht schlimmer sein können.

Vor seinem inneren Auge tauchten immer wieder zwanghaft die Gesichter seiner Söhne auf; er glaubte Lailas Stimme zu hören und sah noch einmal im Geiste jene unendlich vertrauten Alltagsszenen mit seiner Familie vor sich; er sehnte sich nach der Einsamkeit und dem Frieden seines Zeltlagers im Schatten von großen Dünen. Dort zogen die Jahre ruhig dahin, und niemand kam, um die Beschaulichkeit dieser schlichten, scheinbar eintönigen Daseinsform zu stören.

Die kalten Stunden vor Tagesanbruch, wenn Laila eng an ihn geschmiegt seine Wärme suchte; die langen Vormittage mit dem strahlenden Licht und der spannungsgeladenen Stille, wenn er, Gacel, sich an ein Stück Wild heranpirschte; die schwer auf den Menschen lastenden Mittagsstunden mit ihrer Backofenhitze und ihrer süßen Schläfrigkeit; die Abende, wenn der Himmel rot erglühte und die Schatten in der Ebene länger wurden, als wollten sie den Horizont berühren; die duftenden, stimmungsvollen Nächte, in denen man sich beim Schein des Lagerfeuers immer wieder die schönen alten Sagen erzählte, ohne sich an ihnen satt zu hören.

Die Furcht vor dem *harmatan*, der tosend daherkam, und vor der Dürre; die Liebe zum reglos daliegenden flachen Land und zur schwarzen Regenwolke, die sich öffnete, damit sich die Erde mit einem grünen Teppich aus *achab*-Sträuchern überzog.

Eine Ziege, die erkrankte und starb; eine junge Kamelstute, die endlich trächtig war; das Weinen eines Säuglings, das Lachen eines Kindes, Lailas lustvolles Stöhnen in der Dämmerung . . .

Das war sein Leben gewesen, und nach ihm sehnte er sich zurück. Nie hatte er im Dasein etwas anderes angestrebt, doch nun hatte er all dies verloren, weil sein Ehrbegriff als Targi es ihm nicht gestattet hatte, eine Kränkung hinzunehmen.

Wer hätte ihm einen Vorwurf machen können, hätte er es abgelehnt, es mit einem ganzen Heer aufzunehmen? Und wer konnte ihm jetzt *keinen* Vorwurf machen, da ihn dieses Abenteuer seine Familie gekostet hatte?

Gacel hatte keine Vorstellung von der Größe seines Landes. Er wußte nicht einmal, wie viele Menschen in ihm lebten. Dennoch hatte er sich gegen dieses Land erhoben, gegen seine Soldaten und seine Machthaber, ohne einen Gedanken an die Folgen zu verschwenden, die eine solche Unkenntnis der Tatsachen mit sich bringen konnte.

Wo in diesem gigantischen Land sollte er nach seiner Frau und seinen Kindern suchen? Und welcher Bewohner dieses Landes könnte ihm sagen, wo sie sich gerade aufhielten?

Während Gacel Tag für Tag weiter nach Norden wanderte, wurde ihm immer mehr bewußt, wie klein er selbst war – und das, obwohl es nicht einmal der riesengroßen Wüste gelungen war, während der vierzig Jahre seines bisherigen Daseins in ihm den geringsten Zweifel an sich selbst zu wecken. Aber jetzt kam Gacel sich winzig und machtlos vor, jedoch nicht angesichts der Größe dieser Welt, sondern wenn er an die Schlechtigkeit ihrer Bewohner dachte. Sie hatten nicht davor zurückgeschreckt, Frauen und Kinder als Waffen in einem Kampf zwischen Männern einzusetzen.

Gacel wußte nicht, mit welchen Waffen er sich solcher Menschen erwehren sollte. Niemand hatte ihm jemals die Regeln dieses Spiels erklärt. Wieder einmal mußte er an die alte Legende denken, die der schwarze Suilem ihm so oft erzählt hatte: Sie handelte von zwei Familien, die sich so sehr haßten, daß die eine Familie einen Knaben der anderen lebendig in den Dünen begrub und dadurch die Mutter des Kindes in den Wahnsinn trieb.

Aber das war in der ganzen Geschichte der Sahara nur ein einziges Mal geschehen, und dieser Vorfall erfüllte die Wüstenbewohner mit so großem Schrecken, daß die Erinnerung daran über all die vielen Jahre hinweg lebendig blieb und bei den nächtlichen Runden am Lagerfeuer mündlich weitergegeben wurde. Die Alten reagierten auf diese Geschichte immer mit Abscheu, den Jungen diente sie als Lehre: ›Seht nur, wie Haß und Streit nur Angst, Wahnsinn und Tod mit sich bringen!‹

Gacel hätte jedes Wort des Alten auswendig wiederholen können. Zum ersten Mal, seit er die Geschichte vor vielen Jahren kennengelernt hatte, dämmerte es ihm, welch tiefer Sinn in ihr lag. Seit Gacel eines Morgens beschlossen hatte, sein Mehari zu satteln und auf der Suche nach seiner verlorenen Ehre in die Wüste hinauszureiten, hatten schon so viele Menschen ihr Leben lassen müssen, daß er sich eigentlich nicht darüber entrüsten durfte, daß das Blut jener Toten nicht nur seine, sondern auch die Ehre seiner Familie besudelt hatte.

Gacel dachte an Mubarrak, dessen einzige Verfehlung darin bestanden hatte, eine Militärpatrouille auf die Spuren von zwei Männern zu bringen, die er überhaupt nicht kannte. Und dann der Hauptmann: Der hatte sich mit dem Hinweis verteidigt, einem Befehl gehorcht zu haben, wie es seine Pflicht war. Die vierzehnköpfige Wachmannschaft von Gerifies hatte den Fehler gemacht, sich von ihm, Gacel, schlafend überraschen zu lassen. Und dann waren da noch die Soldaten gewesen, die er am Rand des »Landes der Leere« umgebracht hatte, und die anderen, die mit ihrem Jeep in die Luft geflogen waren. Ihnen war nicht einmal Zeit geblieben, um dem nahenden Tod ins Auge zu blicken ...

Ja, es waren zu viele, und er, Gacel Sayah, hatte ihrem Tod nur sein eigenes Leben entgegenzusetzen – oder seinen Tod als Sühne für so viele Tote. Vielleicht hatte man ihm deshalb seine Familie genommen: als teilweise Begleichung einer riesigen Schuld.

Inschallah! hätte Abdul-el-Kebir ausgerufen.

Das Bild des alten Mannes erstand vor Gacels innerem Auge, und er fragte sich, was wohl aus ihm geworden war. Würde Abdul wirklich von einem anderen Land aus den Kampf um die Macht wieder aufnehmen?

»Er ist ein Verrückter«, murmelte Gacel ganz leise vor sich hin, »ein verrückter Träumer, einer von denen, die dazu geboren sind, vom Leben geohrfeigt zu werden. Der *gri-gri* des Unheils reitet immer neben ihnen; er hängt sich an den Saum ihrer Gewänder. Und der *gri-gri* ist diesmal so stark, daß sich ein Teil von Abduls Unglück eine Zeitlang sogar auf mich übertragen hat.«

Für die Beduinen waren *gris-gris* Geister des Bösen, die Krankheit, Unglück und Tod brachten. Und obwohl die Tuareg nach außen hin über solchen Aberglauben lachten, der eher zu Dienern und Sklaven paßte, machten selbst die vornehmsten *imohar* einen Bogen um Gegenden, die wegen ihrer bösen Geister berüchtigt waren, oder um gewisse Personen, von denen bekannt war, daß sie aus unerfindlichen Gründen die *gris-gris* anzogen.

Stets zeitigte es betrübliche – und tragische – Folgen, wenn sich ein *gri-gri* in einen Menschen vernarrte, und es hätte diesem Menschen nichts genützt, bis ans Ende der Welt zu fliehen, sich in der höchsten Düne zu vergraben oder zu Fuß die Hölle von Tikdabra zu durchqueren.

Die *gris-gris* klebten an der Haut wie Zecken oder wie der Geruch eines frischgefärbten Gewandes. Gacel hatte jetzt das sichere Gefühl, daß sich ein *gri-gri* des Todes seiner bemächtigt hatte. Er war der beharrlichste und »treueste« aller bösen Geister. Von ihm konnte sich ein Krieger nur befreien, indem er gegen einen anderen Krieger antrat, der von einem noch mächtigeren Todesgeist besessen war.

»Warum hast du gerade mich ausgewählt?« fragte Gacel manchmal, wenn er nachts im Sand saß und den bösen Geist auf der anderen Seite des Feuers zu erkennen glaubte. »*Ich* habe dich nicht gerufen! Es waren die Soldaten, die dich in mein Zelt schleppten, damals, als der Hauptmann den jüngeren meiner Gäste im Schlaf erschoß . . .«

Von jenem Tag an, von dem Augenblick an, als sein Gast unter seinem Dach ermordet worden war, hätte Gacel sich logischerweise damit abfinden müssen, daß sich der *gri-gri* des Todes an ihn, den Besitzer der *khaima*, geheftet hatte. Es war ähnlich wie mit dem *gri-gri* des Ehebruchs, der für alle Zeiten in jede Frau fährt, die einen Monat vor der Heirat ihren zukünftigen Gatten hintergeht.

»Es war nicht meine Schuld!« protestierte Gacel und versuchte, den bösen Geist zu verscheuchen. »Ich wollte den Mann verteidigen, und um ihn zu retten, hätte ich mein eigenes Leben hingegeben!«

Aber es war genau, wie der alte Suilem sagte: Die *gris-gris* waren taub für Worte, Bitten oder gar Drohungen der Sterblichen. Sie handelten nach eigenem Gutdünken, und wenn sie an einem Menschen hingen, dann hielten sie zu ihm bis ans Ende aller Zeiten.

»Es war einmal ein Mann«, begann eine der Geschichten des alten Suilem, »zu dem der *gri-gri* der Heuschrecken eine unwiderstehliche Zuneigung faßte. Der Mann wohnte in Arabien, und Jahr für Jahr verwüstete die verfluchte Plage unweigerlich seine und die Felder seiner Nachbarn.

In ihrer Verzweiflung schleppten ihn die Nachbarn vor Gericht und flehten den Richter an, den Mann hinrichten zu lassen, weil sie sonst selbst des Hungers sterben müßten. Doch der Richter, der begriff, daß der arme Mann keine Schuld an dem Unglück trug, kam ihm zur Hilfe und sagte: ›Wenn ich ihn töten lasse, wird der *gri-gri* der Heuschrecken, der seine Seele über den Tod hinaus liebt, Jahr für Jahr die Grabstätte heimsuchen. Deshalb befehle ich dem Angeklagten, jetzt, zu seinen Lebzeiten, aber auch als Geist nach seinem Tode, alle sieben Jahre zur Westküste Afrikas zu reisen und erst nach sieben Jahren zurückzukehren. Auf diese Weise können wir die Last wenigstens zu gleichen Teilen tragen, indem wir nach sieben Jahren des Überflusses sieben Jahre der Not auf uns nehmen. Denn auch die Heuschrecken sind Allahs Werk – und Allah dürfen wir nicht erzürnen.‹

Der Mann hielt sich sein Leben lang an dieses Urteil, und auch seine Seele befolgte es. So kommt es, daß die Plage uns immer nur alle sieben Jahre heimsucht, um hinterher dem Geist jenes Mannes bis zum Ort ihres eigenen Ursprungs zu folgen.«

Ob diese Sage nun auf Wahrheit beruhte oder nicht – richtig war auf jeden Fall, daß die Heuschrecken sich so verhielten. Und es stimmte auch, daß die Tuareg, die viel schlauer waren als die Bauern in Arabien, das Problem des Hungers auf eine viel praktischere Weise bewältigt hatten als durch die Hinrichtung eines Unschuldigen. Sie waren darauf verfallen, die schädlichen Insekten, die ihnen die Ernte auffraßen, zu verzehren. Über einem offenen Feuer geröstet oder zu Mehl gemahlen, bildeten die Heuschrecken für die Tuareg ein sehr beliebtes Nahrungsmittel. Wenn Millionen von Heuschrecken um die Mittagszeit den Himmel verdunkelten, dann bedeutete ihr Erscheinen keine Not, sondern im Gegenteil Wohlergehen und, während langer Monate, Nahrung im Überfluß. In drei Jahren war es wieder soweit. Dann würde Laila die Heuschrecken zu Mehl verarbeiten und dieses Mehl, mit Honig und Datteln verrührt, den Kindern als Leckerei zu essen geben.

Auch Gacel mochte diese köstliche Speise. Er sehnte sich nach den Abendstunden zurück, in denen er davon gegessen, kochendheißen Tee getrunken und die untergehende Sonne betrachtet hatte. Später, wenn die Frauen die Kamelstuten molken und die jungen Burschen die Ziegen zusammentrieben, pflegte er zum Brunnen zu schlendern, um den Wasserstand zu überprüfen.

Es wollte ihm nicht in den Kopf, daß dies für immer vorbei sein sollte und daß er niemals mehr zu seinem Brunnen, zu seinen Palmen, zu seinem Vieh und vor allem zu seiner Familie zurückkehren durfte, bloß weil sich ein unsichtbarer, böswilliger Geist an seine Fersen geheftet hatte.

»Geh fort!« bat er diesen Geist ein ums andere Mal. »Ich habe es satt, dich mit mir herumzuschleppen und andere Menschen zu töten, ohne zu wissen, warum ich das tue!«

Aber selbst wenn der *gri-gri* bereit gewesen wäre, ihn in Ruhe zu lassen – die ruhelosen Seelen von Mubarrak, dem Hauptmann und den Soldaten würden es ihm nie erlauben. Das wußte Gacel genau.

An jedem Wochenende verließ Anwar-el-Mokri sein bequemes, kühles Büro im Gouverneurspalast, stieg in seinen alten Simca, den er, mit Proviant und Wasser beladen, in einer nahen Gasse abgestellt hatte, und fuhr knatternd zu den nahen Ausläufern des Gebirges, an dessen Fuß El-Akab lag. Dort oben ragten die Ruinen einer einst uneinnehmbaren Festung in den Himmel. In Kriegszeiten hatte sie früher den Bewohnern der Oase als Zufluchtsort gedient.

In den Mauern der bis zur Unkenntlichkeit entstellten *alcazaba* gab es nichts mehr zu erforschen: Die Ruinen waren teilweise von den Franzosen abgetragen worden. Die ehemaligen Kolonialherren hatten mit den Steinen in El-Akab Verwaltungsbauten errichten lassen. Anwar-el-Mokri hatte jedoch entdeckt, daß es an den Felswänden und in den Höhlen hinter den eigentlichen Ruinen eine Unzahl primitiver Wandmalereien gab, die von der Urzeit der Sahara und ihren Bewohnern erzählten. Man mußte sie nur zu finden wissen und sie vom Staub der Jahrtausende befreien.

Elefanten, Giraffen, Antilopen und Leoparden. Jagdszenen und Bilder, die von Liebe und vom Alltag der Ureinwohner dieses Landes berichteten – sie alle kamen unter Anwars sachkundigen Händen zum Vorschein. Unendlich vorsichtig säuberte er das Gestein und ließ sich häufig nur von einer Art angeborenem archäologischem Instinkt leiten, der ihn genau dort nach einer Malerei suchen ließ, wo er sie logischerweise selbst in den Stein geritzt hätte.

Dies war Anwar-el-Mokris großes Geheimnis, aber es war auch sein Stolz. In seinem winzigen Junggesellenappartement häuften sich Hunderte von gelungenen Farbfotografien, das Ergebnis von zwei Jahren gründlicher Arbeit. Diese Fotos sollten eines Tages ein dickes Buch illustrieren, mit dem Anwar-el-Mokri die Welt zu überraschen gedachte. Sein Titel: »Die Fresken von El-Akab«.

Er war von der Gewißheit beseelt, daß er eines Tages auf das stoßen würde, wonach er von Anfang an gesucht hatte: auf eine Replik der »Marsmenschen von Tassili«, jener mehr als zwei Meter hohen Figuren, die aufgrund ihrer Haltung und Kleidung unwillkürlich den Gedanken nahelegten, daß sie Außerirdische darstellten, die in Urzeiten dieses Land besucht hatten, als es noch fruchtbar gewesen war und von allerlei exotischem Getier wimmelte.

Der Nachweis, daß hier, weit von Tassili entfernt, ebenfalls die Bewohner eines fremden Gestirns gelandet waren – dieser Nachweis wäre ohne Zweifel die Krönung aller Ambitionen gewesen, die der Sekretär des Gouverneurs dieser Provinz hegte. Für eine einzige jener Felsmalereien hätte er mit Freuden seine politische Karriere geopfert, mochte die Darstellung auch noch so »primitiv« sein.

An jenem glutheißen Mittag, als die Sonne senkrecht auf seinen recht extravaganten Strohhut hinabbrannte, fühlte Anwar beim Anblick einer glatten Felswand im Inneren einer winzigen, gegen Wind und Wetter geschützten Höhle in sich die Hoffnung auf einen neuen und vielleicht aufsehenerregenden Fund aufkeimen. Eine seltsame Nervosität bemächtigte sich seines ganzen Körpers wie in einer Vorahnung, und er merkte, daß ihm die Hände zitterten, als sein Blick auf eine tiefe Kerbe fiel, die durchaus zu den Konturen einer hohen, ziemlich dilettantisch dargestellten Gestalt gehören konnte.

Anwar-el-Mokri trocknete den Schweiß, der über seine Stirn lief und die Gläser seiner Brille beschlagen ließ. Dann zeichnete er mit weißer Kreide die sich deutlich abzeichnende Linie nach, nahm einen kleinen Schluck Wasser – und fuhr zu Tode erschrocken zusammen, als sich in seinem Rücken eine ihm bekannte, tiefe, furchteinflößende Stimme vernehmen ließ: »Wo ist meine Familie?«

Unwillkürlich drehte er sich halb um. Die Knie wurden ihm weich, so daß er sich an die Felswand lehnen mußte. Weniger als drei Meter von ihm entfernt erblickte er die dunkle Mündung eines Gewehrs und dahinter die hoch aufgerichtete Gestalt des Targi, der ihn bis in seine Träume verfolgte.

»Du?« war alles, was Anwar herausbrachte.

»Ja, ich!« lautete die trockene Antwort. »Wo ist meine Familie?«

»Deine Familie?« wiederholte Anwar verblüfft. »Was habe ich mit deiner Familie zu schaffen? Was ist geschehen?«

»Die Soldaten haben sie mitgenommen.«

Anwar-el-Mokri spürte, wie seine Beine nachgaben. Er setzte sich auf einen Felsbrocken, nahm den Hut ab und wischte sich mit der Handfläche über das schweißnasse Gesicht. »Die Soldaten?« wiederholte er ungläubig. »Das ist nicht möglich! Nein, das ist nicht möglich... Ich würde es wissen...« Mit zitternden Fingern zog er ein Taschentuch aus der Gesäßtasche, trocknete die Gläser seiner Brille und blickte Gacel aus kurzsichtigen Augen an. »Hör zu!« sagte er, und seine Stimme klang absolut ehrlich. »Der Minister erwog die Möglichkeit, deine ganze Familie zu verhaften und sie im Austausch gegen Abdul-el-Kebir freizulassen, aber der General war dagegen, so daß die Sache fallengelassen wurde. Das schwöre ich dir!«

»Welcher Minister? Wo wohnt er?«

»Der Innenminister Madani – Ali Madani! Er wohnt in der Hauptstadt. Aber ich glaube nicht, daß er deine Familie hat.«

»Wenn er sie nicht hat, dann haben die Soldaten sie.«

»Nein«, erwiderte Anwar-el-Mokri absolut überzeugt. »Die Soldaten auf keinen Fall. Der General ist ein Freund von mir. Zweimal in der Woche essen wir zusammen. Er würde so etwas nicht machen. Außerdem hätte er es mir erzählt.«

»Meine Familie ist aber nicht da! Einer meiner Diener sah, wie sie von Soldaten mitgenommen wurde. Fünf Soldaten lauern noch immer auf mich im *guelta* der Huaila-Berge.«

»Das sind bestimmt keine Soldaten«, beharrte Anwar-el-Mokri unbeirrbar. »Eher sind es Polizisten, Untergebene des Ministers.« Er schüttelte den Kopf und fügte verächtlich hinzu: »Der ist zu allem fähig! Der ist ein Schweinehund!« Damit setzte er sich die blitzsaubere Brille auf und betrachtete Gacel interessiert. »Bist du wirklich quer durch das ›Land der Leere‹ von Tikdabra gelaufen?« erkundigte er sich.

Als der Gefragte nur stumm nickte, schnaufte Anwar-el-Mokri kurz und geräuschvoll, als wollte er auf diese Weise sein Staunen oder seine Bewunderung zum Ausdruck bringen. »Phantastisch!« rief er. »Wirklich phantastisch ... Weißt du, daß Abdul-el-Kebir in Paris ist? Die Franzosen unterstützen ihn, und es ist gut möglich, daß du, ein Targi, der nicht lesen und schreiben kann, in unserem Land einen Kurswechsel von historischer Bedeutung bewirkt hast.«

»Ich habe kein Interesse daran, etwas zu ändern«, erwiderte Gacel. Er streckte die Hand aus, nahm die Feldflasche und trank daraus, wobei er kaum seinen Gesichtsschleier anhob. »Ich will nur meine Familie wiederhaben und in Ruhe gelassen werden.«

»Das wollen wir alle: in Ruhe gelassen werden. Du mit deiner Familie und ich mit meinen Höhlenmalereien. Aber ich zweifle daran, ob die anderen das zulassen.«

Gacel wies mit einer Kopfbewegung auf die mit Kreide nachgezeichneten Konturen an mehreren Felswänden. »Was ist das?« fragte er.

»Die Geschichte deiner Vorfahren. Oder die Geschichte der Menschen, die in diesem Land lebten, bevor sich die Tuareg zu den Herren der Wüste machten.«

»Warum befaßt du dich damit? Warum verlierst du deine Zeit mit solchen Dingen, statt in El-Akab zufrieden im Schatten zu sitzen?«

Der Sekretär des Gouverneurs der Provinz zuckte mit den Achseln. »Vielleicht, weil ich mich von der Politik enttäuscht fühle«, meinte er. »Erinnerst du dich an Hassan-ben-Koufra? Sie haben ihn abgesetzt. Er ging in die

272

Schweiz, wo er ein kleines Vermögen zusammengekratzt hatte. Aber schon nach zwei Tagen überfuhr ihn der Lastwagen einer Getränkefirma. Es ist lächerlich! Innerhalb weniger Monate hat er sich vom ›Vizekönig der Wüste‹ in ein weinendes Häufchen Elend mit gebrochenen Knochen verwandelt und befindet sich in einem Krankenhaus, auf dessen Dach Schnee liegt.«

»Ist seine Frau bei ihm?«

»Ja.«

»Dann ist es nicht schlimm«, meinte der Targi. »Die beiden lieben sich. Ich habe sie heimlich tagelang beobachtet.«

Anwar-el-Mokri nickte zustimmend. »Er war ein echter Schweinehund, ein skrupelloser Möchtegernpolitiker, ein Dieb, ein Verräter und ein Intrigant. Aber etwas Gutes war trotzdem an ihm: seine Liebe zu Tamar. Allein deshalb verdient er es, mit dem Leben davonzukommen.«

Gacel Sayah lächelte kaum merklich, doch das konnte der andere nicht sehen. Mit einem letzten Blick auf die Kreidezeichnungen an den Felswänden stand er auf und nahm sein Gewehr. »Vielleicht lasse ich dich nur am Leben, weil du soviel für die Geschichte meiner Vorfahren übrig zu haben scheinst«, sagte er. »Aber sieh dich vor! Lauf nicht los, um mich zu verraten! Wenn ich dich vor Montag in El-Akab sehe, schieße ich dir eine Kugel durch den Kopf.«

Anwar-el-Mokri hatte sich schon wieder seiner Kreide, den Bürsten und Lappen zugewandt, um mit der Arbeit fortzufahren. »Keine Angst!« sagte er. »Ich hatte nicht vor, dich zu verraten.« Und als sich der Targi mit raschen Schritten entfernte, rief er ihm hinterher: »Hoffentlich findest du deine Familie wieder!«

Der Autobus war uralt. Man konnte sich kaum vorstellen, daß irgendwo auf den Straßen dieser Welt ein ähnlich klappriges, schrottreifes und schmutziges öffentliches Transportmittel verkehrte. Mit asthmatischem Keuchen und einer Höchstgeschwindigkeit von fünfzig Stundenkilometern quälte er sich durch das mit spärlichem Buschwerk bewachsene, ebene Land, vorbei an den felsigen Ausläufern von Gebirgen und an riesigen Schotterhalden.

Ungefähr alle zwei Stunden hielt dieser Bus an, weil ein Reifen geplatzt war oder die Räder in einer tiefen Sandkuhle steckengeblieben waren. Dann forderten der Fahrer und der Schaffner die Passagiere auf, mitsamt Hunden, Ziegen und in Körben eingesperrten Hühnern auszusteigen und am Rand der Piste zu warten, bis der Schaden behoben war.

Alle vier Stunden ergab sich darüber hinaus die Notwendigkeit, Treibstoff zu tanken. Das geschah mittels eines simplen Verfahrens, genauer gesagt mit Hilfe eines Gummischlauchs, der an den Reservetank auf dem Dach des Busses angeschlossen wurde. Übrigens mußten die Fahrgäste an besonders steilen Steigungen aussteigen und solche Streckenabschnitte zu Fuß bewältigen. So ging das zwei Tage und zwei Nächte lang. Die Leute waren eng zusammengepfercht wie Datteln in einem Beutel aus Kaninchenleder; schwitzend und in der unerträglichen Hitze nach Luft ringend, fragten sie vergeblich, wie lange diese Qual noch dauern sollte und wann endlich das Ende dieser eintönigen Wüstenlandschaft in Sicht käme.

Bei jedem Halt mußte Gacel gegen die Versuchung kämpfen, dem verdreckten Vehikel den Rücken zu kehren und die Reise zu Fuß fortzusetzen, mochte der Weg auch noch so lang sein. Doch dann sagte er sich jedesmal, daß es wohl Monate dauern würde, bis er aus eigener Kraft die Hauptstadt erreichte. Jede Stunde und jeder Tag konnten jedoch entscheidend sein für das weitere Schicksal Lailas und seiner Söhne.

Deshalb hielt er durch, aber er, der die Einsamkeit und die Freiheit mehr liebte als alles andere auf der Welt, litt unsäglich. Er ließ das Geschwätz der Kaufleute, das Gekeife der Weiber, den Lärm der Kinder und den Gestank der Tiere über sich ergehen. Anders als im »Land der Leere« gelang es ihm hier nicht, sich in einen »Stein« zu verwandeln und sich von seiner Umgebung abzukapseln, indem er seinen Geist zwang, die körperliche Hülle für eine Zeitlang zu verlassen. Jedes Schlagloch, jedes heftige Schaukeln, jede Panne, jeder Rülpser seines Nachbarn holte Gacel in die Wirklichkeit zurück. Sogar in finsterster Nacht floh ihn der Schlaf, dessen er so dringend bedurft hätte, um neue Kraft zu schöpfen und im Traum eine Zeitlang bei den Seinen zu weilen.

Endlich, als zum dritten Mal der Morgen graute und ein scharfer, unangenehmer Wind den Reisenden grauen, beißenden Staub ins Gesicht blies, erreichten sie eine menschliche Siedlung, die aus ein paar Lehmhütten, einem ausgetrockneten Flußbett und einem kleinen, verwahrlosten Platz bestand. Mitten auf diesem Platz, auf dem früher Wochenmarkt abgehalten worden war, hielt der Bus an.

»Endstation!« rief der Schaffner und sprang aufs Pflaster.

Während er seine Arme und Beine reckte, betrachtete er die Umgebung mit den Augen eines Menschen, der kaum zu glauben wagte, daß er tatsächlich wieder einmal die verrückte Gewalttour nach El-Akab und zurück mit heiler Haut überstanden hatte. Allah sei gepriesen!

Gacel stieg als letzter aus. Er betrachtete das bröckelige Gemäuer einer kleinen Markthalle, die so aussah, als könne sie bei jedem Windstoß zusammenkrachen. Verwirrt trat er zu dem Schaffner und fragte: »Ist dies die Hauptstadt?«

»O nein!« erwiderte der Mann sichtlich amüsiert. »Aber wir können nicht weiterfahren. Wenn wir uns mit dieser Kiste auf der Landstraße sehen lassen würden, kämen wir alle ins Irrenhaus.«

»Was muß ich tun, um in die Hauptstadt zu gelangen?«

»Du kannst einen anderen Autobus nehmen, aber ich empfehle dir die Eisenbahn, die ist nämlich schneller.«

»Was ist eine Eisenbahn?«

Den Mann schien diese Frage nicht zu überraschen. Er hatte gewiß schon oft mit Beduinen zu tun gehabt, denn immerhin fuhr er seit nahezu zwanzig Jahren mit dem klapprigen Bus durch die Wüste. »Am besten, du gehst hin und schaust sie dir selbst an«, antwortete er. »Du brauchst nur diese Straße entlangzugehen. Drei Blöcke weiter siehst du dann ein braunes Gebäude. Da gehst du hinein.«

»Drei *was?*«

»Drei Blöcke, drei Seitenstraßen...« Der Schaffner machte eine großspurige Handbewegung. »Ach so, bei euch gibt es so etwas ja nicht... Geh einfach zu dem braunen Gebäude, du kannst es nicht verfehlen.«

Gacel nickte, nahm sein Gewehr, das Schwert und den Lederbeutel, der Munition, ein wenig Proviant und seine übrige Habe enthielt, und ging in der angegebenen Richtung davon, aber der Schaffner, der auf das Dach des Autobusses geklettert war, schrie ihm hinterher: »He! Hier kannst du nicht bewaffnet in der Gegend rumspazieren! Wenn sie dich so erwischen, geht es dir dreckig. Hast du einen Waffenschein?«

»Einen *was?*«

»Die Erlaubnis, Waffen zu tragen!« Der Schaffner hob abwehrend die Arme. »Schon gut, ich seh schon, daß du keinen Waffenschein hast. Versteck das Zeug, sonst landest du im Gefängnis!«

Gacel blieb unschlüssig mitten auf dem Platz stehen. Er war verwirrt und wußte nicht, wie er sich verhalten sollte. Da sah er, wie einer der Fahrgäste sich anschickte, in die entgegengesetzte Richtung davonzugehen. Er schleppte einen Koffer auf der Schulter, trug einen zweiten Koffer in der Hand und einen zusammengerollten Teppich unter dem anderen Arm. Gacel hatte eine Idee. Er lief zu dem Mann, hielt ihm eine goldene Münze unter die Nase und sagte: »Verkauf mir den Teppich!«

Der andere antwortete nicht einmal. Er nahm die Münze, überließ Gacel die Teppichrolle und ging rasch davon, als befürchtete er, Gacel könnte es sich noch anders überlegen.

Aber Gacel dachte nicht daran. Er rollte den Teppich auseinander, wickelte in ihm seine Waffen ein, klemmte sich das Bündel unter den Arm und machte sich auf den Weg zum Bahnhof. Oben auf dem Dach des Autobusses stand der Schaffner und schüttelte belustigt den Kopf.

Die Eisenbahn war noch schmutziger, unbequemer und lauter als der Autobus. Sie hatte zwar den Vorteil, daß ihre Räder nicht platzen konnten, aber dafür mußten die Passagiere Rauch und Ruß in Kauf nehmen. Außerdem hielt die Eisenbahn mit nervtötender Regelmäßigkeit in allen Städten und Dörfern, ja sogar bei einzelnen Häusern, die am Weg lagen.

Als Gacel den Zug fauchend und dicke Dampfwolken ausstoßend herannahen sah, mußte er unwillkürlich an ein Ungeheuer aus einer von Suilems Geschichten denken. Eine fast unkontrollierbare Panik packte ihn; er mußte seine ganze Tapferkeit als Krieger und die Gelassenheit eines *amahar* vom glorreichen »Volk des Schleiers« aufbieten, um sich von dem Gewoge der Fahrgäste in einen der ramponierten Waggons mit harten Sitzen aus Holz drängen zu lassen.

Er bemühte sich, das Verhalten der anderen Passagiere nachzuahmen. Den Teppich und den Lederbeutel legte er ins Gepäcknetz. Dann setzte er sich in den entferntesten Winkel und versuchte sich an den Gedanken zu gewöhnen, daß dies letztlich nur eine Art großer Autobus war, der auf stählernen Stangen lief und auf diese Weise nicht mit der staubigen Piste in Berührung kam.

Doch als ein lautes Pfeifen ertönte und sich die Lokomotive mit einem Ruck in Bewegung setzte, als eiserne Puffer aneinanderstießen und sich die Heizer etwas zubrüllten – da blieb Gacel vor Schreck fast das Herz stehen, und er mußte sich mit beiden Händen an die Sitzbank klammern, um nicht kopfüber durch das Fenster auf den Bahnsteig zu fliegen.

Später, als der Zug auf einer abschüssigen Strecke die Geschwindigkeit von fast einhundert Kilometern in der Stunde erreichte und die rauchgeschwängerte Luft ungehindert ins Abteil wehte, als Gacel dicht neben dem Zug Masten, Bäume und Häuser mit schwindelerregendem Tempo vorbeihuschen sah, da glaubte er, er würde all dies nie überleben. Um sich selbst daran zu hindern, laut zu schreien und flehentlich darum zu bitten, man möge diese infernalische Maschine zum Stehen bringen, biß er mit ganzer Kraft auf den Saum seines Gesichtsschleiers.

Am frühen Nachmittag tauchten in der Ferne Berge auf. Gacel glaubte zu träumen. Niemals hätte er sich vorzustellen gewagt, daß es solche gewaltigen Bodenerhebungen gab. Wie ein unüberwindliches Hindernis ragten die zerklüfteten, hochmütigen, von einer weißen Kruste überzogenen Gipfel in den Himmel.

Gacel drehte sich nach einer dicken Frau um, die hinter ihm saß und die die meiste Zeit damit verbrachte, zwei zum Verwechseln ähnlichen Säuglingen die Brust zu geben.

»Was ist das da hinten?« fragte er sie.

»Schnee«, antwortete die Frau und setzte die überlegene Miene eines Menschen mit großer Lebenserfahrung auf. »Schau zu, daß du dir etwas Warmes anziehst! Bald wird es hier sehr kalt sein.«

Und tatsächlich wurde es wenig später so kalt, wie es der Targi noch nie erlebt hatte. Die eisige Luft, die vereinzelt winzig kleine Schneeflocken mit sich führte, kühlte nach und nach den Waggon aus und zwang die schlotternden Reisenden, sich in alles einzuwickeln, was sie zur Hand hatten.

Als es fast schon dunkel war und der Zug irgendwo an einer winzigen Station im Gebirge hielt, verkündete der Schaffner, die Fahrgäste hätten zehn Minuten Zeit, um sich etwas zu essen zu kaufen. Gacel konnte der Versuchung nicht widerstehen. Er sprang aus dem Zug und lief bis zum Ende des Bahnsteigs. Dort bückte er sich und berührte den Schnee mit den Händen.

Die Beschaffenheit dieser weißen Masse erstaunte ihn mehr als die Kälte, die von ihr ausging. Er hatte das Gefühl, etwas unbeschreiblich Weiches zu berühren, das leise knirschte und sich zwischen seinen Fingern auflöste. Es war nicht wie Sand, aber auch nicht wie Wasser oder Stein, nein, es unterschied sich von allem, was er bis zu diesem Augenblick berührt hatte. Gacel war beeindruckt und verwirrt zugleich. Er staunte so sehr, daß es eine Zeitlang dauerte, bis er merkte, wie sehr es ihn an den nur mit leichten Sandalen bekleideten Füßen fror.

Langsam und nachdenklich ging er zurück. Seine Entdeckung hatte ihm einen großen Schrecken eingejagt. Bei einer Straßenhändlerin erstand er eine grobe Decke, bei einer anderen eine Schüssel mit heißem Kuskus. Dann nahm er wieder seinen Platz ein, und während er schweigend aß, blickte er in die Abenddämmerung hinaus. Er betrachtete die verschneite Landschaft, die im dämmerigen Licht immer mehr verschwamm, und auch die zerkratzte hölzerne Trennwand des Abteils, in die gelangweilte Fahrgäste während der langen Stunden unterwegs zum Zeitvertreib mit dem Messer allerlei Inschriften gekratzt hatten.

Als Gacel Sayah auf diesem kleinen Bahnhof im Schnee gestanden hatte, war ihm plötzlich klargeworden, daß die Prophezeiung der alten Khaltoum wahr zu werden drohte: Die Wüste, die geliebte Wüste, in der er geboren worden war, lag hinter ihm, irgendwo auf der anderen Seite der hohen Berge, die seit einiger Zeit nicht mehr weiß, sondern von grünen Wiesen und dicken Bäumen bedeckt waren. Er, Gacel, reiste blind und unwissend einem fernen, unbekannten und feindlichen Land entgegen, um sich, nur mit einem alten Schwert und einem miserablen Karabiner bewaffnet, den Mächtigen dieser Welt zum Kampf zu stellen.

Das Kreischen von Bremsen, ein heftiger Ruck und Stimmen wie aus einem Grab weckten ihn. Es waren schlaftrunkene Stimmen, und sie klangen wie ein Echo in einer riesigen, leeren Höhle.

Gacel blickte aus dem Fenster und staunte über die Höhe der Kuppel aus Eisen und Glas. Sie wurde nur von ein paar schwachen Lampen und verstaubten Leuchtreklamen erhellt, aber dadurch wirkte sie noch höher.

Die Fahrgäste, die die lange Reise bis zur Endstation gemacht hatten, stiegen schon mit ihren abgewetzten Pappkoffern aus und gingen müde davon, während sie innerlich die Unpünktlichkeit dieser vorsintflutlichen Eisenbahn verfluchten, denn wieder einmal war der Zug mit sechs Stunden Verspätung angekommen.

Gacel stieg auch diesmal als letzter aus. Er nahm seinen Teppich, den Lederbeutel und die schwere Decke und folgte den anderen Passagieren, die einer nach dem anderen hinter einer großen Tür aus milchigem Glas verschwanden. Die grandiose, luftige Bahnhofshalle versetzte ihn in Staunen. Er sah Scharen von Fledermäusen und vernahm das leise Fauchen der Lokomotive, die nach der ermüdenden Reise Atem zu schöpfen schien.

Gacel ging quer durch den großen Wartesaal mit dem schmutzigen Marmorboden und den langen Bänken, auf denen ganze Familien an ihr armseliges Gepäck gekrallt schliefen. Nachdem er durch die Tür ins Freie getreten war, fand er sich auf einer breiten Treppe wieder und blickte auf einen weitläufigen, von mächtigen Bauwerken umgebenen Platz hinab.

Fassungslos starrte Gacel auf die Mauern mit ihren Fenstern, Türen und Balkonen. Fast hermetisch umschlossen sie das große Areal des Platzes. Ungläubig schüttelte der Targi den Kopf, als ihm eine Vielzahl übler Gerüche in die Nase stieg. Sie waren ihm gänzlich neu und fielen über ihn her wie hungrige Bettler, die nur auf seine Ankunft gewartet hatten.

Dies war nicht der Geruch menschlichen Schweißes. So rochen auch keine Exkremente oder verwesendes Aas. Auch fauliges Wasser war es nicht, wie man es aus alten Brunnen schöpfte, oder ein brünftiger Ziegenbock. Nein, dieser Geruch war weniger streng und eindeutig, aber ihm, Gacel, dem an die Weite gewöhnten Wüstenbewohner, kam er mindestens so unangenehm und penetrant vor. Hier roch es nach zusammengepferchten Menschen, nach tausend verschiedenen Speisen, die gleichzeitig zubereitet wurden, nach überquellenden Mülleimern auf den Gehwegen, nach halbverhungerten Straßenkötern und nach Kloake, die stinkend durch unterirdische Kanalisationsrohre floß, als wäre die ganze Stadt auf einem Meer von Kot erbaut.

Kein Lüftchen rührte sich in dieser schwülen, stickigen Nacht. Die Luft war feucht, salzig, träge und warm. Sie schmeckte nach Schwefel und Blei, nach Abgasen und altem Bratfett.

Gacel stand wie angewurzelt. Er zögerte, ob er sich in die schlafende Stadt hineinwagen oder zurück in die Halle gehen sollte, um auf einer jener langen Bänke Zuflucht zu suchen und den Tagesanbruch abzuwarten. Ein Mann in einer abgewetzten Uniform und mit einer roten Mütze auf dem Kopf verließ in diesem Augenblick das Bahnhofsgebäude und ging dicht an Gacel vorbei. Als er schon unten auf der letzten Treppenstufe angelangt war, drehte er sich um und blickte zu Gacel hinauf. »Ist irgend etwas nicht in Ordnung?« fragte er, und als Gacel nur stumm den Kopf schüttelte, meinte er verständnisvoll: »Verstehe, du bist zum ersten Mal in der Stadt ... Hast du schon ein Nachtquartier?«

»Nein.«

»Ich wüßte etwas für dich, es ist nicht weit von meinem Haus ... Vielleicht kommst du da unter.« Als er sah, daß sich Gacel nicht rührte, forderte er ihn mit einer schwungvollen Gebärde auf, ihm zu folgen, und sagte aufmunternd: »Na komm schon! Vor mir brauchst du keine Angst zu haben. Ich bin nicht schwul, und beklauen will ich dich auch nicht.«

Gacel mochte das Gesicht des Mannes. Es wirkte müde und wie von einem schweren Leben gezeichnet. Die Hautfarbe war in vielen Nachtschichten fast gelblich geworden. Der Mann hatte blutunterlaufene Augen und einen schlaffen, von Nikotin verfärbten Schnurrbart.

»Komm mit!« sagte er noch einmal. »Ich weiß, was es heißt, in einer Stadt wie dieser allein zu sein. Als ich hier vor fünfzehn Jahren aus der Kabylei ankam, hatte ich noch weniger Gepäck als du – nur einen Käse unter dem Arm.« Er mußte über sich selbst lachen. »Schau her, was aus mir geworden ist! Ich trage eine schöne Uniform, eine Mütze und habe eine Trillerpfeife.«

Gacel ging zu ihm hinunter. Gemeinsam überquerten sie den Platz, in den auf der gegenüberliegenden Seite eine breite Allee mündete. Ab und zu fuhr ein Auto vorbei.

Fast genau in der Mitte des Platzes blieb der Mann stehen und betrachtete Gacel aufmerksam. »Bist du wirklich ein Targi?« fragte er.

»Ja.«

»Und du zeigst dein Gesicht nur deiner Familie und deinen engsten Freunden?«

»Ja.«

»Na, dann wirst du hier Probleme bekommen! Die Polizei erlaubt nicht, daß man mit vermummtem Gesicht herumläuft. Die wissen gern, mit wem sie es zu tun haben. Deswegen haben alle eine Kennkarte mit einem Foto und mit Fingerabdrücken. Du weißt wohl nicht, was eine Kennkarte ist, oder?«

»Nein. Was ist eine Kennkarte?«

»Siehst du?« Sie setzten ihren Weg fort, aber der Mann ging so langsam wie jemand, der es nicht eilig hat, sondern der sich vielmehr über diesen nächtlichen Spaziergang und die Unterhaltung freut. »Du Glücklicher!« fuhr er fort. »Du hast wirklich Glück gehabt, wenn du die ganze Zeit ohne all diese Dinge gelebt hast. Aber sag mal: Was zum Teufel hast du eigentlich hier in der Stadt verloren?«

»Kennst du den Minister?« fragte Gacel ihn unvermittelt.

»Minister? Welchen Minister?«

»Ali Madani.«

»Nein, glücklicherweise kenne ich Ali Madani nicht«, beeilte sich der andere zu antworten. »Und ich hoffe, daß ich ihn auch nie kennenlernen werde!«

»Weißt du, wo ich ihn finden kann?«

»Im Ministerium, nehme ich an.«

»Und wo ist das Ministerium?«

»Immer geradeaus, diese Allee entlang, und unten, an der Seepromenade, nach rechts. Es ist ein graues Gebäude mit weißen Jalousien.« Der Mann lächelte belustigt. »Aber ich rate dir, nicht zu nahe heranzugehen! Es heißt, daß man dort nachts die Schreie der Gefangenen hören kann, die in den Kellerräumen gefoltert werden. Jemand hat sogar behauptet, das sei das Wehklagen der Seelen all jener, die dort schon ermordet worden sind. Im Morgengrauen schleppen sie die Leichen durch die Hintertür ins Freie und laden sie in ein als Lieferwagen getarntes Auto.«

»Und warum bringen sie die Leute um?«

»Aus politischen Gründen«, antwortete der Mann mit einer Geste des Abscheus. »In dieser verfluchten Stadt dreht sich alles um Politik, besonders, seit Abdul-el-Kebir wieder frei herumläuft. Mein Gott, da braut sich vielleicht was zusammen!« Der Mann zeigte auf eine schmale Seitenstraße. »Hier lang! Komm mit!«

Aber Gacel schüttelte den Kopf und wies auf die breite Allee.

»Nein«, sagte er, »ich gehe zum Ministerium.«

»Zum Ministerium?« wunderte sich der andere. »Um diese Zeit? Was willst du denn *da*?«

»Ich muß den Minister sprechen.«

»Aber er wohnt da nicht! Er arbeitet dort nur tagsüber.«

»Dann warte ich auf ihn.«

»Ohne zu schlafen?« Der Eisenbahner wollte noch etwas sagen, aber statt dessen schaute er sich Gacel noch einmal gründlich an. Er sah die verdächtig schwere Teppichrolle, die sich Gacel fest unter den Arm geklemmt hatte, und ihm entging auch nicht die unbeugsame Entschlossenheit, die aus den schwarzen, in dem Spalt zwischen Schleier und Turban erkennbaren Augen sprach. Plötzlich hatte er, ohne zu wissen warum, ein unbehagliches Gefühl. »Es ist schon spät«, sagte er in einem Anflug von Angst. »Es ist schon sehr spät, und ich muß morgen wieder arbeiten.« Damit ging er eilig quer über die Straße und wäre fast von einem schweren Lastwagen überfahren worden. Bevor er in einer dunklen Seitenstraße verschwand, blickte er sich noch mehrmals um, als wollte er sich vergewissern, daß der Targi ihm nicht folgte.

Gacel rührte sich jedoch nicht von der Stelle. Er wartete ab, bis der stinkende Lastwagen außer Sicht war, dann ging er mutterseelenallein die breite, spärlich beleuchtete Allee hinunter. Seine hochgewachsene Gestalt mit den im Winde flatternden Gewändern wirkte absurd und anachronistisch in dieser Stadtlandschaft mit ihren klotzigen Gebäuden, dunklen Fensterhöhlen und vergitterten Toreinfahrten. Gacel fühlte sich als uneingeschränkter Herrscher über die schlafende Stadt, und diese Herrschaft wurde ihm nur von einem streunenden Hund streitig gemacht.

Nach einer Weile kam ein gelbes Auto vorbei, und als Gacel eine Toreinfahrt passierte, stand dort eine Frau, die ihm zuwinkte.

Respektvoll trat er näher, doch dann stellte er verwirrt fest, daß die Frau einen tiefen Ausschnitt hatte und einen geschlitzten Rock trug, so daß ein Bein bis oben zu sehen war. Noch verblüffter als er schien jedoch sie selbst zu sein, nachdem sie ihn im Licht einer Straßenlaterne gründlicher in Augenschein genommen hatte.

»Was willst du von mir?« fragte Gacel mit einer gewissen Scheu.

»Nichts, schon gut«, antwortete die Prostituierte beschwichtigend. »Ich hab dich nur mit einem Freund verwechselt. Gute Nacht!«

»Gute Nacht!«

Er ging weiter, und nach zwei Querstraßen vernahm er ein dumpfes Geräusch, das immer lauter wurde, je mehr er sich ihm näherte. Einen solchen monotonen, sich ständig wiederholenden Lärm hatte Gacel noch nie gehört. Es erinnerte ihn jedoch an das rhythmische Klopfen, das entsteht, wenn man mit einem großen Stein die Erde feststampft.

Schließlich erreichte er eine breite Promenade. Hier schien die Stadt zu Ende zu sein. Im Schein hoher Straßenlaternen erblickte er einen weitläufigen Strand, gegen den hohe, schäumende Wellen brandeten.

Wie vom Donner gerührt, blieb er stehen. Dort hinten

im Dunkeln lauerten so ungeheuerliche Wassermassen, wie er sie sich in seinen kühnsten Träumen nicht vorzustellen gewagt hätte. Immer wieder bäumte sich dieses Wasser auf, überschlug sich schäumend und prallte donnernd gegen das feste Land, um sich abermals rauschend zurückzuziehen und kurz darauf mit erneuter Wucht anzugreifen.

Das Meer!

Gacel begriff, daß dies das gewaltige Meer sein mußte, das Meer, von dem Suilem ihm so oft erzählt hatte. Abenteurer und Reisende, die er, Gacel, in seiner *khaima* als Gäste empfangen hatte, hatten stets voller Achtung vom Meer geredet.

Eine besonders hohe Welle kam schwungvoll den Strand hinaufgelaufen. Fast hätte sie Gacels Sandalen und den Saum seiner *gandura* benetzt. Er erschrak so sehr, daß er sogar vergaß, sich mit einem Sprung in Sicherheit zu bringen.

Dies war das Meer, dem vor undenklichen Zeiten seine Vorfahren, die Garamanten, entstiegen waren; das Meer, das die Küsten Senegals säumte und in das sich der große Strom im Süden am Rand der Wüste ergoß; das Meer, an dessen Ufern das Festland und überhaupt die ganze ihm bekannte Welt aufhörte und an dessen anderer Seite die Franzosen hausten. Nie hätte Gacel es sich träumen lassen, daß er dieses Meer eines Tages selbst kennenlernen würde, denn für ihn war es so fern gewesen wie der fernste Stern der entlegensten Galaxie, ein unüberwindliches Hindernis, mit dem der Schöpfer die Welt der »Söhne des Windes«, dieser ungebundenen Kinder der weiten Wüste, begrenzt hatte.

Gacel wußte, daß er am Ende seines Weges angelangt war. Dieses Meer war der Rand des Universums, und aus seinem wütenden Brüllen sprach Allahs Stimme, der ihm warnend zurief, daß er, Gacel, seine Kräfte überschätzt und weiter gegangen war, als es einem *amahar* aus dem Flachland des Südens geziemte. Es nahte der Augenblick, wo Allah von Gacel für dessen ungeheuerliche Vermessenheit Rechenschaft fordern würde.

»Du wirst fern von deiner Welt sterben«, hatte ihm die

alte Khaltoum vorausgesagt – und er hätte sich nichts vorstellen können, das seiner eigenen Welt fremder war als dieser tosende Wall aus weißem Schaum, der sich immer wieder voller Wut vor seinen Augen auftürmte und hinter dem sich sein Blick in der Finsternis der Nacht verlor.

Gacel setzte sich in den trockenen Sand, außerhalb der Reichweite der Wellen, überließ sich seinen Erinnerungen, gedachte seiner Frau, seiner Kinder und seines verlorenen Paradieses. Reglos saß er da, ließ die Stunden verstreichen und wartete auf die Morgendämmerung. Als sich endlich trübes, diffuses Licht über den Himmel verbreitete, konnte er die grenzenlose Ausdehnung der Wasserfläche bestaunen, die vor ihm lag.

Er hatte geglaubt, daß der Schnee, die Stadt und die Wellen seine Fähigkeit zu staunen für alle Zeiten erschöpft hätten, doch das Schauspiel, das die Morgendämmerung vor seine Augen zauberte, zeigte ihm, daß er sich wieder einmal getäuscht hatte: Dieses bleigraue, metallisch schimmernde, von weißen Schaumkämmen durchzogene bedrohliche Meer schlug ihn in den Bann und versetzte ihn in einen Zustand tiefer Trance, so daß er lange in sich versunken und starr wie eine leblose Statue dasaß.

Als die ersten Sonnenstrahlen das eintönige Grau in leuchtendes Blau und stumpfes Grün verwandelten, wurde das Weiß der schäumenden Brandung noch intensiver und bildete einen scharfen Kontrast zum bedrohlichen Schwarz einer Sturmwolke, die sich von Westen her näherte. Rings um Gacel entstand ein Gewoge von Farben und Formen, wie er es sich mit der ganzen Kraft seiner Phantasie nicht vorzustellen vermocht hätte. Er wäre dort wohl noch stundenlang reglos sitzengeblieben, hätte ihn nicht der ständig anschwellende Verkehrslärm in seinem Rücken aus der Versunkenheit gerissen.

Die Stadt erwachte.

Was in der Nacht nur hohe Mauern, abweisende Fensterfronten und scheinbar wahllos verteilte Grünflächen gewesen waren, wurde nun bei Tageslicht zu einer Farbenorgie: Das grelle Rot der Autobusse kontrastierte mit dem Weiß der Fassaden, das Gelb der Taxis mit dem Grün der

Baumwipfel und den schreienden Farben einer buntge-
würfelten Vielfalt von Plakaten, die man zu Tausenden an
die Wände geklebt hatte.

Und dann die Menschen!

Man hätte glauben können, daß sich an diesem Morgen
alle Bewohner des Planeten auf der breiten Uferpromenade ein Stelldichein gaben. Die Leute betraten oder verließen die hohen Gebäude, sie wichen sich aus und stie-
ßen auch manchmal zusammen, und ihr Kommen und Gehen war wie ein absurder Tanz. Ab und zu blieben sie alle
am Rand eines Gehweges stehen, um wenig später die
breite Straße zu überfluten, auf der Autobusse, Taxis und
Hunderte von Fahrzeugen unterschiedlichster Form so urplötzlich in Reih und Glied angehalten hatten, als wären
sie von einer mächtigen, unsichtbaren Hand gestoppt worden.

Nachdem Gacel diesem Treiben eine Weile zugeschaut
hatte, kam er zu dem Schluß, daß ein stämmiger Mann mit
puterrotem Gesicht die treibende Kraft hinter alledem
war. Unermüdlich fuchtelte der Uniformierte mit den Armen, als hätte sich der Wahnsinn seines Geistes bemächtigt. Mit Hilfe einer kleinen Pfeife erzeugte er derart
schrille und wütende Töne, daß die Passanten stehenblie-
ben, als käme dieses Pfeifen unmittelbar aus Allahs
Mund.

Dieser Mann war zweifellos wichtig. Daran änderte sein
gerötetes Gesicht nichts und auch nicht die Schweißflek-
ken auf seiner Uniform. Sogar die größten Lastwagen hielten an, wenn er die Hand hob, und sie wagten erst weiter-
zufahren, nachdem er ihnen die Erlaubnis dazu erteilt
hatte.

Und genau hinter dem Mann erhob sich das große,
graue, festgefügte, mit allerlei Verzierungen überladene
Gebäude, von dem der Eisenbahner gesprochen hatte! Es
hatte weiße Jalousien, einen kleinen Vorgarten mit ein
paar kümmerlichen Bäumen und war umgeben von einem
hohen, eisernen Zaun.

Dort also wohnte, genauer gesagt, arbeitete der Innenminister Ali Madani – der Mann, der seine, Gacels, Frau
und Kinder in der Gewalt hatte.

Gacel faßte einen Entschluß. Er raffte seine Habseligkeiten zusammen und ging schnurgerade über die Straße zu dem Dicken mit dem roten Gesicht. Der warf ihm einen langen, verwunderten Blick zu, ohne jedoch einen Augenblick lang davon abzulassen, mit den Armen zu fuchteln und die Trillerpfeife zu betätigen.

Gacel blieb vor ihm stehen. »Wohnt dort drüben der Minister Madani?« fragte er, und in seiner tiefen Stimme lag ein solcher Ernst, daß sie den Polizisten ebenso beeindruckte wie die wallenden Gewänder und der Gesichtsschleier.

»Was hast du gesagt?«

»Ob dort drüben der Minister Madani wohnt oder arbeitet . . .«

»Ja, dort drüben hat er sein Büro, und in fünf Minuten, um Punkt acht Uhr, wird er eintreffen. Aber jetzt mach, daß du weiterkommst!«

Gacel nickte wortlos und überquerte wiederum unter den Blicken des verwirrten Verkehrswächters, der sekundenlang bei seiner Arbeit aus dem Takt geraten war, die Straße.

Am Strand blieb er stehen und wartete.

Genau fünf Minuten später hörte er das Heulen einer Sirene. Zwei Motorräder tauchten auf, gefolgt von einem langen, schweren, schwarzen Automobil. In der Allee wurde der gesamte Verkehr angehalten, damit die Limousine mit ihrer Eskorte ungehindert vorankam. Schon fuhr sie majestätisch durch das eiserne Tor in den Vorgarten des grauen Gebäudes.

Von weitem konnte Gacel die Gestalt eines eleganten, hochmütigen Mannes erkennen. Feierlich von sich verbeugenden Türstehern und Funktionären begrüßt, stieg er aus dem Wagen und ging bedächtig die fünf Marmorstufen bis zum pompösen Eingang hinauf. Dieser Eingang wurde von zwei Soldaten mit schußbereiten Maschinenpistolen bewacht.

Sobald Madani verschwunden war, ging Gacel erneut quer über die Straße, sehr zum Verdruß des Schutzmannes, der ihn die ganze Zeit nervös aus dem Augenwinkel heraus beobachtet hatte.

»War das der Minister?« fragte Gacel.

»Ja, das war er. Aber ich habe dir doch gesagt, du sollst abhauen! Laß mich in Ruhe!«

»Hör zu!« erwiderte der Targi kurz und bündig, mit einem drohenden Unterton in der Stimme. »Ich möchte, daß du dem Minister etwas von mir ausrichtest: Wenn er bis übermorgen meine Familie nicht freiläßt, und zwar genau hier, an dieser Stelle, dann werde ich den Präsidenten töten!«

Der dickliche Polizist starrte ihn sprachlos an. Es dauerte eine Weile, bis er stotternd die Worte herausbrachte: »Was . . . was hast du da gesagt? Du . . . du willst den Präsidenten umbringen?«

»Genau das!« bestätigte Gacel und zeigte mit dem Finger auf das große Gebäude. »Sag ihm, daß ich, Gacel Sayah, Abdul-el-Kebir befreit und achtzehn Soldaten getötet habe – und daß ich auch den Präsidenten umbringen werde, wenn man mir nicht bis übermorgen meine Familie wiedergibt!« Er drehte sich auf dem Absatz um und ging zwischen Autobussen und Lastwagen hindurch davon. Die Fahrer hupten pausenlos, denn statt den Verkehr zu regeln, hatte sich der Polizist offenbar in eine Salzsäule verwandelt und starrte auf die Stelle, wo soeben die hochgewachsene Gestalt eines Targi vom Menschengewimmel verschluckt worden war.

Während der nächsten zehn Minuten strengte sich der Verkehrspolizist an, seine Nerven unter Kontrolle zu bekommen und dafür zu sorgen, daß der Verkehr wieder einigermaßen reibungslos floß. Er redete sich selbst ein, daß jener Vorfall nichts zu besagen hatte. Entweder hatte es sich um einen üblen Scherz gehandelt, oder er war so überarbeitet, daß er anfing, Gespenster zu sehen.

Aus den Worten jenes verrückten Beduinen hatte jedoch eine solche Entschlossenheit gesprochen, daß der Polizist zutiefst beunruhigt war, aber genausosehr beunruhigte ihn die Tatsache, daß sich der Kerl mit Abdul-el-Kebirs Befreiung gebrüstet hatte, wo doch mittlerweile alle Welt wußte, daß der Ex-Präsident sich nach seiner geglückten Flucht in Paris befand und von dort aus ständig seine Anhänger aufforderte, sich neu zu formieren.

Nach einer halben Stunde sah sich der Schutzmann außerstande, seiner Aufgabe weiterhin mit der gebührenden Konzentration nachzukommen. Er war sich darüber im klaren, daß er im Begriff war, ein heilloses Verkehrschaos oder einen schweren Unfall herbeizuführen. So verließ er denn seinen Posten, ging über die Straße, durchquerte den kleinen Vorgarten des Ministeriums und betrat mit schlotternden Knien die große Vorhalle mit den hohen Säulen aus weißem Marmor.

»Ich möchte mit dem Chef der Geheimpolizei sprechen«, sagte er zu dem erstbesten Pedell, der ihm über den Weg lief.

Eine Viertelstunde später wurde er beim Innenminister höchstpersönlich vorgelassen. Ali Madani saß mit besorgter Miene und gerunzelten Brauen hinter einem fast überirdisch schönen Tisch aus gelacktem Mahagoni.

»Hochgewachsen, schlank und mit einem Gesichtsschleier?« fragte er, als wollte er jeden Irrtum ausschließen. »Sind Sie sich da ganz sicher?«

»Absolut, Exzellenz! Ein echter Targi, einer von denen, die man sonst nur noch auf Postkarten sieht! Bis vor ein paar Jahren wimmelte es in der Kasbah und auf den Marktplätzen von ihnen, aber seit man ihnen das Tragen eines Gesichtsschleiers verboten hat, lassen sie sich nicht mehr blicken . . .«

»Kein Zweifel, das ist er!« meinte der Minister. Er nahm einen Zug aus seiner langen türkischen Filterzigarette und schien ganz in Gedanken versunken. Nach einer Weile sagte er: »Wiederholen Sie mir so genau wie möglich, was er zu Ihnen gesagt hat!«

»Daß er den Präsidenten umbringen wird, wenn man bis übermorgen nicht seine Familie dort draußen, mitten auf der Kreuzung, freiläßt.«

»Er ist verrückt!«

»Das habe ich mir auch gesagt, Exzellenz, aber manchmal sind auch Verrückte gefährlich . . .«

Ali Madani drehte sich zu Oberst Turki um, dem höchsten Sicherheitsbeamten des Landes, und warf ihm einen fragenden Blick zu.

»Welche Familie?« fragte der Oberst verständnislos.

»Soweit ich weiß, haben wir die Familie von diesem Targi absolut in Ruhe gelassen. Vielleicht handelt es sich um einen anderen?«

»Also wissen Sie, Turki! Es dürfte nicht allzu viele Tuareg geben, die von der Sache mit Abdul-el-Kebir und den toten Soldaten wissen. Nein, es kann sich nur um ihn handeln.« Ali Madani wandte sich wieder dem Verkehrspolizisten zu und sagte: »Sie können jetzt gehen. Aber bewahren Sie über diese Unterredung strengstes Stillschweigen!«

»Selbstverständlich, Exzellenz!« beeilte sich der Mann zu versichern. »Wenn es um ein Dienstgeheimnis geht, kann ich schweigen wie ein Grab.«

»Das möchte ich Ihnen auch raten«, erwiderte Madani trocken. »Wenn Sie den Mund halten, werde ich Sie für eine Beförderung vorschlagen. Andernfalls knöpfe ich Sie mir höchstpersönlich vor! Verstanden?«

»Gewiß, Exzellenz, gewiß!«

Nachdem der Polizist gegangen war, stand Madani auf, trat an das große Fenster und öffnete die Gardinen einen Spaltbreit, um lange aufs Meer hinauszublicken. Eine schwarze Wolke regnete sich gerade weit hinten über der Wasserfläche ab. Das ergab ein hübsches Spiel von Licht und Schatten.

»Er hat es also bis hierher geschafft«, sagte Madani mit lauter Stimme, damit der Oberst ihn hören konnte, obwohl er eigentlich eher zu sich selbst sprach. »Dieser verfluchte Targi ist nicht damit zufrieden, daß wir seinetwegen eine Million Probleme am Hals haben. Nein, er ist doch tatsächlich so frech, hier an unsere Tür zu klopfen und uns herauszufordern . . . Es ist unerhört! Lächerlich und unerhört!«

»Ich würde ihn gern persönlich kennenlernen . . .«

»Herrgott, ich auch!« rief der Minister. »Einem Kerl mit soviel Mumm begegnet man nicht oft im Leben.« Er drückte seine Zigarette an der Fensterscheibe aus und fragte übellaunig: »Was ist das für eine Geschichte mit seiner Familie?«

»Ich habe nicht die geringste Ahnung, Exzellenz.«

»Dann telefonieren Sie sofort mit El-Akab!« befahl Madani. »Finden Sie heraus, was mit der Familie dieses Irren los ist!«

Er riß einen Fensterflügel auf, warf den Zigarettenstummel hinaus und mußte mitansehen, daß er auf dem Dach seines eigenen, am Rand des kleinen Gartens geparkten Autos landete.

»Scheiße!« entfuhr es ihm. »Als hätten wir nicht schon genug mit Abdul zu tun!« Er drehte sich zu dem Oberst um und fragte: »Was zum Teufel ist mit Ihren Leuten in Paris los?«

»Die können nichts machen, Exzellenz«, entschuldigte sich der Oberst. »Die Franzosen lassen niemanden an ihn herankommen. Wir wissen noch nicht einmal, wo sie ihn versteckt halten.«

Der Minister trat an seinen Schreibtisch, packte einen Stapel Schriftstücke und hielt ihn dem Oberst vorwurfsvoll hin.

»Schauen Sie sich das an!« sagte er. »Diese Berichte handeln von desertierten Generälen, von Leuten, die über die Grenze gehen, um sich Abdul anzuschließen, und von geheimen Zusammenkünften in den Kasernen. Jetzt fehlt nur noch ein Targi, der versucht, den Präsidenten wie ein Stück Vieh abzuknallen! Suchen Sie ihn! Wie er aussieht, wissen Sie ja: hochgewachsen, wallende Gewänder wie bei einem Gespenst, ein Gesichtsschleier, hinter dem nur die Augen zu sehen sind. Ich glaube nicht, daß es viele wie ihn in dieser Stadt gibt.«

Was Gacel für seine Zwecke brauchte, fand er in Form eines alten Tempels der *roumis*. Es war eine jener kuriosen Kirchen, die die Franzosen während ihrer Herrschaft im ganzen Land hatten bauen lassen, obwohl sie genau wußten, daß es ihnen nie gelingen würde, auch nur einen einzigen Mohammedaner zum christlichen Glauben zu bekehren.

Diese Kirche stand in einer Gegend, die einmal fast zu einem eleganten Wohnviertel am Rand der Hauptstadt geworden wäre; doch was als überaus luxuriöser Vorort in unmittelbarer Nähe des Strandes und der Steilküste geplant gewesen war, fiel gleich zu Anfang der Revolution zum Opfer. Eines Nachts brach in der Kirche ein Feuer aus, das bis zum Morgengrauen brannte, denn weder die Nachbarn noch die Feuerwehr wagten die Flammen zu bekämpfen, weil sie wußten, daß sich im nahen Wald die Scharfschützen der Aufständischen verschanzt hatten und daß sie auf jeden schießen würden, der so unvorsichtig wäre, sich im Schein des Feuers blicken zu lassen.

Die ausgebrannte Kirche ähnelte inzwischen einem rauchgeschwärzten, langsam zerbröckelnden Skelett. In ihr hausten nur Ratten und Eidechsen, denn sogar Landstreicher machten einen weiten Bogen um sie, seit einer der ihren in der Ruine tot aufgefunden worden war – genau am zehnten Jahrestag der Feuersbrunst!

Das geräumige Mittelschiff hatte kein Dach mehr, und der Wind, der feucht vom Meer herüberwehte, machte es zu einer ungemütlichen Behausung, doch am anderen

Ende des großen Saales gelangte man durch eine Tür in fast unversehrte Räume. Sogar die Fensterscheiben waren fast alle heil geblieben.

Dies war ein stiller, abgeschiedener Ort, genau das, was Gacel nach dem aufregendsten Tag seines bisherigen Lebens brauchte. Er war durch die Stadt geirrt, und nun fühlte er sich verwirrt und schwindelig. Das hektische Treiben und der dichte Verkehr hatten ihn fast um den Verstand gebracht. Diese Welt empfand er als einen unerhörten Skandal. Alles schien darauf angelegt, die Trommelfelle aller Menschen, die wie die Tuareg an Stille und Frieden gewöhnt waren, zum Platzen zu bringen.

Erschöpft breitete Gacel in einem Winkel seine Decke aus, legte sich darauf, preßte seine Waffen an sich und war gleich darauf eingeschlafen. Monströse Alpträume überfielen ihn. Züge, Autobusse und geifernde Menschenmengen stürzten sich auf ihn und zerquetschten ihn, bis er nur noch eine unförmige, blutige Masse war.

Vor Kälte zitternd erwachte er im Morgengrauen, aber wegen der Alpträume war er auch schweißgebadet. In den ersten Augenblicken rang er nach Luft, als wollte ihn eine gigantische Hand erwürgen: Erstmals in seinem schon ziemlich langen Leben hatte Gacel unter einem Betondach und zwischen vier Wänden geschlafen.

Vorsichtig trat er ins Freie. Hundert Meter weiter lag ruhig das blaue Meer. Es sah ganz anders aus als das vor Wut schäumende Monstrum, das es noch gestern gewesen war. Heute schimmerte es silbern im Schein der starken, strahlend hellen Sonne.

Mit sparsamen Bewegungen, fast feierlich, öffnete Gacel ein Paket und legte all die Dinge, die er in den Läden der Kasbah erstanden hatte, nebeneinander auf die Decke. Dann stellte er einen kleinen Spiegel auf den Fenstersims und rasierte sich ohne Wasser mit seinem scharfen Dolch, wie er es sein Leben lang getan hatte. Danach nahm er eine Schere und schnitt sich das schwarze, struppige Haar ab. Lange betrachtete er sich im Spiegel. Fast hätte er sich selbst nicht wiedererkannt. Zum Schluß ging er ans Meer hinunter, wusch sich gründlich mit einem Stück duftender Seife, wobei er über den spärlichen Schaum, den bitteren

Geschmack des Wassers und das Salz staunte, das auf seiner Haut zurückblieb. Wieder in seinem Schlupfwinkel angelangt, zog er eine enge blaue Hose und ein weißes Hemd an. Er kam sich darin sehr lächerlich vor.

Voller Bedauern betrachtete er seine *gandura*, seinen Turban und seinen Schleier. Fast hätte er sie wieder angezogen, aber dann unterließ er es doch, denn ihm war nicht entgangen, daß er sogar in der Kasbah mit der für ihn so selbstverständlichen Kleidung Aufsehen erregt hatte.

Nach den Drohungen, die er gegen den mächtigsten Mann im Lande ausgestoßen hatte, suchten inzwischen gewiß die Polizei und die Soldaten der Streitkräfte nach einem Targi mit einem Gesichtsschleier, hinter dem nur die Augen zu sehen waren. Folglich kam es für ihn jetzt darauf an, die Tatsache zu nutzen, daß niemand auch nur eine Vorstellung davon hatte, wie er tatsächlich aussah. In den Sachen, die er jetzt trug, hätte ihn nicht einmal Laila wiedererkannt, dessen war er sich sicher.

Ihn schauderte bei dem Gedanken, daß nun wildfremde Menschen sein Gesicht sehen würden. Er schämte sich wie jemand, der gezwungen war, splitternackt auf eine von Menschen wimmelnde Straße zu treten. Vor vielen Jahren, am Ende seiner Kindheit, hatte ihm seine Mutter die erste *gandura* angezogen. Später, als er ein richtiger Mann und Krieger geworden war, hatte er sein Gesicht zum Zeichen seiner neuen Würde hinter dem *litham* verborgen. Der Verzicht auf diese beiden Kleidungsstücke war für ihn nun wie eine Rückkehr in die Kindheit, also in jene Zeit, als er sogar in den peinlichsten Situationen alle seine Empfindungen zeigen durfte, ohne daß sich jemand darüber aufgeregt hätte.

Er ging eine Weile in dem kleinen Raum auf und ab, dann trat er hinaus in das weitläufige Kirchenschiff ohne Dach. Hier wollte er solange herumwandern, bis er sich an seine neue Kleidung gewöhnt hatte. Die Hose zwickte ihn, und er fühlte sich durch sie auch daran gehindert, stundenlang mit angewinkelten Knien zu hocken, eine Stellung, die er als bequem empfand. Das Hemd scheuerte auf seiner Haut, es erzeugte ein Jucken und Stechen, von dem er nicht wußte, ob es von dem Stoff oder vom Salz des Meeres kam.

Irgendwann zog er sich aus, kauerte sich in die Decke gewickelt in eine Ecke und ließ auf diese Weise, ohne zu essen und zu trinken, den Rest des Tages verstreichen.

Als es in dem Raum dunkel wurde, schloß Gacel die Augen, und als er sie wieder öffnete, war es schon wieder hell. Er überwand seinen Ekel vor der neuen Kleidung und zog sich an.

Die Stadt war noch nicht richtig zum Leben erwacht, da stand er schon vor dem grauen Gebäude des Ministeriums. Niemand achtete auf ihn, niemand blickte ihm so nach, als wäre er splitternackt.

Schon bald fielen ihm die Polizisten auf, die, mit Maschinenpistolen bewaffnet, an strategischen Punkten postiert waren. Der Dicke in seiner verschwitzten Uniform regelte noch immer mit den Armen fuchtelnd den Verkehr. Aus irgendeinem Grund schien er heute nervöser als sonst zu sein, denn immer wieder blickte er sich verstohlen um.

Er sucht mich, sagte sich Gacel, aber in dieser Kleidung wird er mich niemals wiedererkennen.

Einige Zeit später, um Punkt acht Uhr, erschien am anderen Ende der breiten Allee der Konvoi des Ministers. Gacel beobachtete, wie Ali Madani rasch die Freitreppe hinaufging und grußlos im Inneren des Gebäudes verschwand.

Gacel setzte sich auf eine der Bänke am Rand der Allee, als wäre er einer der vielen Arbeitslosen, von denen es in der Stadt wimmelte. Er klammerte sich an die Hoffnung, daß Laila und seine Söhne jeden Augenblick aus jener Tür treten würden, doch in seinem Innersten flüsterte eine hämische Stimme, die er vergeblich zum Schweigen zu bringen versuchte, daß er hier nur seine Zeit vergeudete.

Gegen Mittag trat Madani aus dem Gebäude, brauste mit seiner Eskorte davon und kam nicht wieder. Gacel wartete bis zum Abend, und als er nicht mehr hoffen konnte, daß man ihm doch noch seine Familie wiedergeben würde, stand er von der Bank auf und wanderte ziellos durch die Stadt. Er wußte, daß es unmöglich war, die

Seinen in diesem Gewimmel zu finden, mochte er sich noch so anstrengen.

Seine Drohung gegen den Präsidenten hatte nichts genutzt. Er fragte sich, zu welchem Zweck man seine Familie einsperrte, wo sich doch Abdul-el-Kebir in Freiheit befand, aber er wußte keine Antwort auf diese Frage. Es konnte sich höchstens um die Rache von feigen Dummköpfen handeln, denen es Spaß machte, sich an wehrlosen, unschuldigen Menschen zu vergreifen.

Vielleicht haben sie mir nicht geglaubt, überlegte Gacel. Vielleicht meinen sie, ein armer, unwissender Targi käme auf keinen Fall nahe genug an den Präsidenten heran.

Und wahrscheinlich hatten sie sogar recht. Während der letzten Tage hatte Gacel einsehen müssen, wie klein er selbst im Vergleich zu dieser komplizierten, großstädtischen Welt war und daß ihm hier seine Kenntnisse, seine Erfahrung und seine Entschlossenheit nichts nützten.

Dieser von einem riesigen, salzigen Meer umspülte Häuserdschungel, in dem an vielen Straßenecken Brunnen sprudelten, aus denen an einem einzigen Tag mehr süßes Wasser floß als alles Wasser, das ein Beduine in einem ganzen Leben trinken konnte – diese Stadt, in deren steinharter Erde Tausende von Ratten Unterschlupf fanden, war ein Ort, wo sich der listigste, tapferste, edelste und klügste *amahar* vom gesegneten Volk des Kel-Tagelmust so hilflos fühlen mußte wie der niederste aller *iklan*-Sklaven.

»Kannst du mir sagen, wie ich zum Palast des Präsidenten komme?« Diese Frage mußte er fünfmal wiederholen, und fünfmal hörte er sich aufmerksam an, was man ihm antwortete. Das Labyrinth der Straßen, die sich alle täuschend ähnlich sahen, schien ihm unentwirrbar, aber er gab nicht auf. Irgendwann tief in der Nacht fand er sich am Rand eines weitläufigen, von einem hohen Zaun aus Eisen umgebenen Park wieder. Und in der Mitte dieses Parks stand das prachtvollste Bauwerk, das er jemals gesehen hatte.

Eine Ehrengarde, deren Mitglieder rote Uniformjacken und glänzende Helme mit Federbüschen trugen, paradierte vor dem Gebäude und führte präzis jedes Kommando aus. Als sie wenig später abrückte, blieben mehrere hochmütige Wachen zurück, die eher an Statuen als an Menschen aus Fleisch und Blut erinnerten.

Gacel schaute sich den wunderschönen Park genauer an. Sein Blick fiel auf eine Gruppe eng beieinanderstehender Palmen, ungefähr zweihundert Meter vom Haupteingang des Palastes entfernt und so hoch, daß sie alles andere überragten.

Schon oft in seinem Leben hatte Gacel irgendwo in der Wüste, die jetzt so weit fort war, tagelang im Wipfel einer hohen Palme gesessen, ja er hatte sich manchmal sogar an den breiten Stengel eines weit ausladenden Wedels gefesselt und nicht selten in dieser Stellung geschlafen, während er auf eine Herde von Gazellen wartete. Nur so konnte man diese Tiere überlisten, denn ihr hochentwickelter Geruchssinn warnte sie stets rechtzeitig, wenn ein Mensch in der Nähe war.

Gacel schätzte die Entfernung zwischen dem Zaun und der Palmengruppe. Er kam zu dem Schluß, daß er nachts auf einen der Bäume klettern konnte, ohne gesehen zu werden, und daß sein Schuß von dort oben mit großer Wahrscheinlichkeit den Präsidenten beim Betreten oder Verlassen des Palastes nicht verfehlen würde. Alles war nur eine Frage der Geduld, und an Geduld hatte es einem Targi noch nie gefehlt.

Das Telefon klingelte, und Ali Madani wußte sofort, wer ihn sprechen wollte: dies war die Direktleitung, die ausschließlich der Präsident benutzte.

»Ja, Herr Präsident?«

»Es geht um General Al-Humaid, Ali.« Der Mann am anderen Ende der Leitung unterdrückte zwar mühsam seine Erregung, aber seine Stimme klang eindeutig anders als sonst. »Er hat mich gerade angerufen und mich ›respektvoll‹ ersucht, binnen kürzester Frist Wahlen anzuberaumen, um Blutvergießen zu vermeiden.«

»Al-Humaid!« Ali Madani mußte sich eingestehen, daß auch seine Stimme heute anders klang als sonst. Auch er mühte sich vergeblich, Ruhe und Gelassenheit vorzutäuschen. »Aber dieser Al-Humaid verdankt Ihnen alles! Er war doch früher nichts weiter als irgendein obskurer Kommandeur . . .«

»Ich weiß, Ali, ich weiß!« fiel ihm der Präsident ungeduldig ins Wort. »Aber jetzt ist er Militärgouverneur und sitzt in einer Schlüsselstellung, weil ihm die meisten Panzer unterstehen . . .«

»Dann setzen Sie ihn doch ab!«

»Das würde die Entwicklung nur unnötig beschleunigen. Wenn er putscht, erhebt sich die ganze Provinz gegen uns. Die Franzosen warten nur darauf. Dann haben sie nämlich einen Vorwand, um eine ›provisorische Regierung‹ anzuerkennen. Diese Kabylen aus dem Bergland haben uns nie gemocht, Ali. Das wissen Sie besser als ich.«

»Aber Sie können unmöglich auf die Forderungen des

Generals eingehen!« erwiderte Madani. »Unser Land ist noch nicht reif für Wahlen.«

»Ich weiß«, pflichtete ihm der Präsident bei. »Darum geht es ja . . . Was gibt es Neues über Abdul?«

»Ich glaube, wir wissen jetzt, wo er ist. Sie halten ihn in einem kleinen Schloß unter Verschluß, in einem Wald nicht weit von Maison-Laffitte . . .«

»Ich kenne die Gegend. Wir haben uns einmal drei Tage lang in dem Wald versteckt, um ein Attentat vorzubereiten . . . Wie gedenken Sie vorzugehen?«

»Oberst Turki ist gestern abend via Genf nach Paris abgereist. Jetzt dürfte er gerade dabeisein, sich mit seinen Leuten in Verbindung zu setzen. Er kann jeden Augenblick anrufen.«

»Sagen Sie ihm, er soll sich beeilen!«

»Meiner Meinung nach sollte er nichts überstürzen, sondern erst handeln, wenn er absolut sicher ist, daß es klappt«, widersprach Madani. »Wenn es schiefgeht, geben sich die Franzosen kein zweites Mal eine Blöße.«

»In Ordnung. Halten Sie mich auf dem laufenden.«

Der Präsident legte auf, und der Innenminister tat dasselbe. Lange Zeit blieb Ali Madani reglos in seinem Sessel sitzen und dachte darüber nach, was geschehen konnte, wenn Oberst Turkis Attentat fehlschlug und Abdul-el-Kebir weiterhin das ganze Land in Aufruhr versetzte. General Al-Humaid hatte als erster die Stimme erhoben, aber er, Madani, kannte den General gut und wußte deshalb, daß Al-Humaid wohl kaum den Mut aufgebracht hätte, die Initiative zu ergreifen und sich an den Präsidenten zu wenden, wenn er nicht insgeheim davon überzeugt war, daß sich ihm die Offiziere anderer Garnisonen im Ernstfall spontan anschließen würden. Madani ging im Geist den Kreis der Männer durch, die in Frage kamen, und kam zu dem Schluß, daß sich mindestens sieben Provinzen, also ungefähr ein Drittel der Streitkräfte, von Anfang an auf Abdul-el-Kebirs Seite schlagen würden. Dann wäre es bis zum Ausbruch eines Bürgerkrieges nur noch ein kleiner Schritt, zumal den Franzosen an einem solchen Bürgerkrieg sehr gelegen war. Sie hatten die vor zwanzig Jahren erlittene Demütigung noch längst nicht vergessen und träumten nach wie vor davon, die natürlichen Reichtümer dieses Landes, das sie ein Jahrhundert lang als ihr Eigentum angesehen hatten, wieder unter ihre Kontrolle zu bringen.

Der Minister zündete sich eine seiner schönen türkischen Zigaretten mit den hübschen Mundstücken an, stand auf, trat ans Fenster und blickte auf das glatte Meer jenseits der Uferpromenade hinaus. Der Strand war um diese Jahreszeit noch menschenleer. Madani fragte sich, ob nicht vielleicht schon der Moment gekommen war, wo er sich für immer von diesem liebgewordenen Arbeitszimmer verabschieden mußte.

Er hatte einen langen Weg zurücklegen müssen, um es bis hierher zu bringen. Zu den Stationen dieses Weges hatte gehört, daß ein Mann, den er im Grunde bewunderte, ins Gefängnis geworfen wurde und daß er selbst, Madani, sich einem anderen Mann unterwerfen mußte, den er insgeheim verachtete. Gewiß, der Weg war lang und schwer gewesen, doch der Lohn hatte am Ende darin bestanden, daß er, Madani, über größere Macht und weitreichendere Befugnisse verfügte als jeder andere in diesem Land. Niemand, ausgenommen vielleicht jener verfluchte Targi, konnte ohne sein Einverständnis auch nur einen Schritt machen.

Aber jetzt begann diese Macht zu bröckeln, sie rieselte ihm durch die Finger wie ein von der Sonne getrockneter Lehmbrocken, der zu Staub zerfiel. Je mehr man die Faust ballte, um diesen Staub zu behalten, desto rascher entglitt er einem. Madani sträubte sich innerlich dagegen, daß der aufgeblähte Apparat, den sie mit viel Schweiß und fremdem Blut aufgebaut hatten, sich am Ende als so zerbrechlich erwies und daß der Widerhall eines einzigen Namens – Abdul-el-Kebir – ausgereicht hatte, um diesen Staat bis in seine Fundamente zu erschüttern. Tatsächlich ließen die jüngsten Ereignisse keinen Zweifel daran, daß es Zeit war, der Wahrheit ins Gesicht zu sehen und die Niederlage hinzunehmen.

Madani ging zu seinem Schreibtisch und nahm den Hörer ab, um daheim anzurufen. Er mußte kurz warten, bis ein Hausangestellter seine Frau geholt hatte. Als sie sich endlich meldete, sagte er zu ihr mit einer seltsam belegten Stimme, die fast so klang, als schämte er sich: »Pack die Koffer, Liebste! Ich möchte, daß du mit den Kindern für ein paar Tage nach Tunis fährst . . . Ich gebe dir Bescheid, wann du zurückkommen kannst.«

»Steht es so schlimm?«

»Das kann man jetzt noch nicht sagen. Alles hängt davon ab, was Turki in Paris erreicht.«

Er legte auf und starrte eine Weile unverwandt das große Porträt des Präsidenten an, das die ganze hintere Wand des Raumes beherrschte. Falls Turki versagte oder sich lieber auf die Seite des Gegners schlug, dann war alles verloren.

Madani hatte stets unbedingtes Vertrauen in die Tüchtigkeit und Loyalität des Obersten gehabt, doch nun fragte er sich auf einmal bang, ob dieses Vertrauen auch tatsächlich gerechtfertigt war.

Den größten Teil des Tages verbrachte Gacel damit, daß er mehrmals den Weg zwischen dem Präsidentenpalast und der Kasbah zurücklegte. Mit der Kasbah hatte er sich inzwischen so vertraut gemacht, daß er zu seinem Versteck zurückfand, ohne sich zu verirren, aber die einzelnen Straßen verwechselte er noch immer, denn sie unterschieden sich höchstens durch andere Läden oder Reklameschilder, aus denen er nicht klug wurde.

Auf einem kleinen Markt kaufte er eine größere Menge Datteln, Feigen und Mandeln, denn er wußte nicht, wie lange er sich im Wipfel der Palme versteckt halten mußte. Er fand auch eine große Feldflasche, die er an einem nahen Brunnen füllte. Danach kehrte er zu der ausgebrannten Kirche zurück, überprüfte noch einmal seine Waffen und setzte sich dann mit dem Rücken an die Wand gelehnt auf den Boden, um geduldig abzuwarten, bis es soweit war. Er versuchte, an nichts anderes zu denken, als an den Weg, den er zurücklegen mußte, um zum Palast zu gelangen.

Die Kasbah lag wie ausgestorben da, als er wiederum durch ihre dunklen Straßen ging. Ein paar Katzen suchten erschrocken das Weite, und gerade, als er in die erste der asphaltierten Straßen einbog, schlug eine Turmuhr bedächtig dreimal. Gacel blickte zu dem leuchtenden Zifferblatt auf, das wie ein großes Zyklopenauge auf ihn herabschaute. In der Schwärze der Nacht konnte er nicht einmal die Umrisse des Turmes unterscheiden. Beim Anblick der hellen, runden Scheibe mußte er unwillkürlich an ei-

nen dicht über dem Horizont schwebenden Vollmond
denken.

Die großen Alleen lagen verlassen da, weit und breit
war kein Autobus und auch kein Lastwagen der Müllab-
fuhr zu sehen. Die Stille beunruhigte Gacel; sie kam ihm
trotz der vorgerückten Stunde nicht normal vor.

Kurze Zeit später wurde diese Stille plötzlich durch das
Erscheinen eines schwarzen Polizeiautos unterbrochen.
Mit eingeschaltetem Blinklicht fuhr es über eine Kreu-
zung, und gleich darauf – Gacel schätzte, daß das Auto in-
zwischen die Strandpromenade erreicht hatte – heulte eine
Sirene.

Er beschleunigte seine Schritte, und eine immer größere
Unruhe bemächtigte sich seiner. Und dann mußte er sich
flach an den Pfeiler einer Toreinfahrt drücken, denn ein
zweites schwarzes Automobil tauchte nur zweihundert
Meter entfernt auf. Es hielt am Rand des Gehweges an,
und seine Scheinwerfer erloschen.

Gacel wartete geduldig ab, aber anscheinend hatten die
Insassen des Autos jene Straßenkreuzung aus strategischen Gründen gewählt, um dort die ganze Nacht hindurch Wache zu halten. Minutenlang überdachte Gacel
die Lage, dann entschied er sich dafür, in die nächste Seitenstraße hineinzugehen und möglichst einen Bogen um
das Polizeiauto zu machen.

Er mußte sich jedoch bald eingestehen, daß er sich verirrt hatte. Der Grund dafür war, daß er sich von dem mühsam auswendig gelernten Weg hatte abbringen lassen.
Eine Straße sah genauso aus wie die andere, sie ähnelten
sich wie die Laternen, die trübes Licht verbreiteten. Nirgends fand Gacel eine jener kleinen Orientierungshilfen
wieder, die er sich den ganzen Tag über eingeprägt hatte.

Allmählich bekam er es mit der Angst zu tun, denn je
weiter er ging, desto verlorener fühlte er sich. Hier gab es
keinen Wind, nach dem er sich hätte richten können, und
kein Stern wies ihm den Weg.

Ein Polizeiauto kam mit gellender Sirene die Straße hinauf. Gacel kroch schleunigst unter eine Bank. Als das Auto
vorbei war, setzte er sich auf die Bank. Vergeblich versuchte er, seine Gedanken zu ordnen und zu entscheiden,

in welcher Gegend dieser riesigen, stinkenden, monströsen Stadt der Palast des Präsidenten, die Kasbah und die anderen einigermaßen vertrauten Örtlichkeiten lagen.

Am Ende mußte er sich eingestehen, daß er die Partie verloren hatte. Wahrscheinlich war es klüger, zurückzukehren und es morgen noch einmal zu versuchen. Er kehrte also um, aber der Rückweg erwies sich als ebenso kompliziert wie der Hinweg. Lange irrte er herum, bis er schließlich von weitem die Brandung des Meeres hörte. Sie führte ihn zu der breiten Uferpromenade, und so kam es, daß er wenig später wieder vor dem Innenministerium stand.

Er atmete auf. Von hier aus würde er zu seinem Versteck zurückfinden. Schon beschleunigte er seinen Schritt und wollte gerade in eine gewundene Gasse einbiegen, die zur Altstadt hinaufführte, da flammten plötzlich die Scheinwerfer eines am Rande der Straße geparkten Autos auf und blendeten ihn. Eine barsche Stimme brüllte: »He, du da! Komm mal her!«

Gacels erster Impuls war, sich umzudrehen und die steile Gasse hinaufzulaufen, aber er riß sich zusammen, trat rasch aus dem Scheinwerferlicht, das ihm in den Augen schmerzte, und blieb neben dem Auto, dessen vorderes Seitenfenster heruntergelassen war, stehen. Drei Uniformierte blickten ihm aus dem dämmerigen Inneren des Wagens mit strenger Miene entgegen.

»Was treibst du dich um diese Zeit auf der Straße herum?« fragte der Mann, der Gacel gerufen hatte. Er saß neben dem Fahrer. »Hast du etwa nicht mitgekriegt, daß heute Ausgangssperre ist?«

»Ausgangs . . .?« wiederholte Gacel verständnislos.

»Ja, Ausgangssperre, du Idiot! Sie ist im Radio und im Fernsehen verkündet worden. Wo zum Teufel kommst du her?«

Gacel wies mit einer unbestimmten Handbewegung hinter sich. »Vom Meer . . .«

»Und wo willst du hin?«

»Nach Hause«, antwortete er und wies mit dem Kinn auf die enge Gasse.

»Na gut, dann zeig mir mal deinen Ausweis!«

»Ich habe keinen.«

Der Mann, der hinten im Wagen saß, machte die Tür auf und stieg aus. In der Hand hielt er eine kurze Maschinenpistole, aber er schien nicht gesonnen, von ihr Gebrauch zu machen. Langsam und mit arroganter Miene ging er auf Gacel zu. »Wie bitte? Du hast keinen Ausweis?« fragte er. »In dieser Stadt hat jeder einen Ausweis!«

Er war ein großer, hochgewachsener Kerl mit einem Schnauzbart, und er schien sich seiner selbst sehr sicher zu sein. Aber plötzlich krümmte er sich zusammen und heulte vor Schmerz auf: Der Kolben von Gacels Gewehr hatte ihn mit großer Wucht genau in die Magengrube getroffen.

Fast im selben Augenblick warf der Targi den Teppich über die Windschutzscheibe des Polizeiautos, und dann rannte er um eine Häuserecke in die enge Gasse hinein.

Sekunden später störte Sirenengeheul die Stille der Nacht und riß die Menschen in der Nachbarschaft aus dem Schlaf. Der Flüchtende hatte die Straße gerade zur Hälfte hinter sich gelassen, da erschien hinter ihm an der Straßenecke einer der Polizisten und schickte ihm, ohne zu zielen, einen kurzen Feuerstoß aus seiner Maschinenpistole hinterher.

Die Kugel traf Gacel mit einer solchen Wucht, daß er nach vorne geschleudert wurde und auf ein paar engen Treppenstufen in die Knie brach. Aber wie eine Katze fuhr er herum, riß sein Gewehr hoch und schoß. In die Brust getroffen fiel der Polizist um.

Gacel lud nach und ging hinter einer Hausecke in Deckung. Das Atmen kostete ihn Mühe, aber er empfand keinen Schmerz, obwohl die Kugel ihn glatt durchschlagen hatte. Schon färbte sich sein Hemd vorne an der Brust rot.

Unten, am Anfang der Gasse, erschien ein Kopf hinter der Hausecke, und dann schossen die Polizisten wahllos in die Nacht hinein. Die Kugeln prallten von den Häuserwänden ab und zertrümmerten ein paar Fensterscheiben.

Im Schutz des Mauervorsprungs machte sich Gacel daran, langsam die restlichen Treppenstufen zu erklimmen. Er schoß nur noch ein einziges Mal auf seine Verfolger, und dieser eine Schuß reichte, um ihnen begreiflich zu machen, daß sie es mit einem vortrefflichen Schützen zu tun hatten. Deshalb riskierten sie es lieber nicht, sich von ihm ein Loch in den Kopf schießen zu lassen.

Als der Targi Sekunden später im Zwielicht der labyrinthischen Kasbah mit ihren zahllosen Gassen und Winkeln verschwand, blickten sich die beiden Polizisten wortlos an, verstauten ihren verwundeten Kollegen auf dem Rücksitz des Autos und machten sich auf den Weg zum nächsten Krankenhaus. Sie wußten beide, daß man ein ganzes Heer gebraucht hätte, um den Flüchtenden in der düsteren Altstadt mit ihren tausend Verstecken zu finden.

Die schwarze Khaltoum hatte also wieder einmal mit einer ihrer Prophezeiungen recht behalten: Er, Gacel, sollte hier sein Leben beenden. Irgendwo in einem schmutzigen Winkel eines ausgebrannten Tempels der *roumis*, inmitten dieser von Menschen wimmelnden Stadt, sollte er sterben, während das Rauschen des Meeres bis zu ihm drang und er sich weiter, als seine Vorstellungskraft reichte, von der Wüste und ihrer schrankenlosen Einsamkeit entfernt fühlte – von der Wüste, über deren schweigende Ebenen der Wind strich.

So gut es ging verstopfte er die Wunde – ein sauberes Einschuß- und ein ebenso sauberes Ausschußloch. Mit Hilfe der langen Stoffbahn, aus der sein Turban bestand, legte er sich um die Brust einen festen Verband an und wickelte sich anschließend in die Decke. Vor Kälte und Fieber zitternd, kauerte er sich halb sitzend in eine Ecke und verfiel in einen unruhigen Halbschlaf. Seine einzigen Gefährten waren der Schmerz, seine Erinnerungen und der *gri-gri* des Todes.

Jetzt hätte es ihm nichts mehr genützt, sich in einen »Steinmenschen« zu verwandeln oder das eigene Blut so dickflüssig werden zu lassen, bis es aufhörte, den schmutzigen Turban zu durchtränken. All dies hing von seiner Willenskraft und seinem ungebrochenen Geist ab, aber jener starke Wille war unter dem Aufprall einer großkalibrigen Kugel zerstört worden, und Gacel wurde auch nicht mehr vom selben Geist beseelt, seit er alle Hoffnung aufgegeben hatte, seine Familie wiederzufinden.

Seht nur, wie die Kriege und Kämpfe zu nichts führen, denn die Toten auf der anderen Seite müssen mit Toten in den eigenen Reihen bezahlt werden ...

Immer wieder bewahrheiteten sich die Lehren des alten Suilem, und stets aufs neue wiederholte sich die alte Geschichte; denn mochten auch Jahrhunderte vergehen und mochte sich sogar das Aussehen der Welt verändern – die Menschen blieben immer dieselben. Sie waren die Hauptdarsteller in einer Tragödie, die sich schon tausendfach wiederholt hatte, unabhängig von Ort und Zeit.

Da konnten Kriege ausbrechen, weil ein Kamel ein Lamm zu Tode getrampelt hatte, das einer anderen Sippe gehörte. Oder es gab Blutvergießen, weil jemand einen alten Brauch mißachtet hatte. Manchmal lagen zwei ungefähr gleich starke Familien miteinander im Streit, aber es konnte auch, wie im Fall von Gacel, geschehen, daß ein einziger Mann gegen ein ganzes Heer antrat. Das Resultat war immer dasselbe: Der *gri-gri* des Todes fuhr in ein neues Opfer und drängte es allmählich an den Rand des Abgrundes.

Und hier lag er nun selbst am Rand des Abgrundes, bereit, in die Tiefe zu stürzen. Vielleicht würden die Entdecker seines Leichnams eines Tages betrübt feststellen, daß ihn die tödliche Kugel in den Rücken getroffen hatte, ihn, Gacel Sayah, der seinen Feinden sonst stets von Angesicht zu Angesicht gegenübergestanden hatte. In einem wachen Moment fragte er sich, ob er sich wohl durch seine Taten das Paradies verdient hatte oder ob er ganz im Gegenteil dazu verdammt wäre, für alle Zeiten im »Land der Leere« herumzugeistern. Der Gedanke, daß sich seine Seele möglicherweise den Seelen jener Männer anschließen müßte, die einst die Große Karawane begleitet hatten, erfüllte ihn mit tiefer Trauer. Später träumte er, er sei wieder bei der Großen Karawane. Er sah, wie die mumifizierten Kamele und die Skelette in ihrer zerlumpten Kleidung sich in Marsch setzten, durch das stille, flache Land zogen, einen großen Bahnhof durchquerten und in die schlafende Stadt eindrangen.

Gacel schüttelte so heftig den Kopf, daß er mehrmals gegen die Mauer stieß; er war felsenfest davon überzeugt, daß sie ihn holen kamen. Gleich würden sie in das große, leere Kirchenschiff strömen und dort ihr Lager aufschlagen, um so lange geduldig abzuwarten, bis er sich dazu durchgerungen hatte, mit ihnen zu ziehen.

Aber er wollte nicht mit ihnen in die Wüste zurückkehren! Er wollte nicht jahrhundertelang im »Land der Leere« von Tikdabra herumirren! Immer wieder flüsterte er ihnen zu – zum Schreien hatte er keine Kraft mehr –, daß sie ihn alleinlassen und ohne ihn weiterziehen sollten.

Irgendwann fiel er in einen tiefen Schlaf, der drei lange Tage währte.

Als er erwachte, war seine Decke von Schweiß und Blut durchtränkt. Die Wunde blutete jedoch nicht mehr, und der Verband war zu einer harten Hülle geworden, die an seiner Haut klebte. Er versuchte sich zu bewegen, aber der Schmerz war so unerträglich groß, daß er sich stundenlang nicht rühren konnte. Es dauerte lange, bis er sich traute, vorsichtig seine Wunde zu betasten. Später schaffte er es sogar, sich unter großen Mühen bis zu seiner Feldflasche zu schleppen. Er trank gierig und schlief danach gleich wieder ein.

Wie lange er zwischen Leben und Tod schwebte, zwischen wachem Verstand und Ohnmacht, zwischen Traum und Wirklichkeit – das hätte niemand zu sagen vermocht, Gacel am allerwenigsten. Aber es waren Tage, vielleicht sogar Wochen, und als er eines Morgens aufwachte und feststellte, daß er ohne Schmerzen atmen konnte und daß alles wieder so aussah wie früher, da war ihm, als habe er sein halbes Leben zwischen diesen vier Wänden verbracht und als seien schon Jahre, vielleicht sogar Jahrhunderte seit seiner Ankunft in der Stadt vergangen.

Mit gutem Appetit aß er Nüsse, Datteln und Mandeln und trank das restliche Wasser. Danach stand er mühsam auf, stützte sich an der Wand ab und machte vorsichtig ein paar Schritte, doch mußte er sich sofort wieder hinlegen, weil ihm übel wurde. Suchend blickte er sich um, und nachdem er auf sein lautes Rufen keine Antwort erhalten hatte, war er davon überzeugt, daß der *gri-gri* des Todes nicht mehr neben seinem Lager lauerte.

Vielleicht hat sich die alte Khaltoum doch getäuscht,

sagte er sich beglückt. Vielleicht sah sie mich in ihren Visionen verwundet und besiegt. Aber wie hätte sie auch ahnen können, daß ich eines Tages sogar den Tod besiegen würde!

In der darauffolgenden Nacht gelang es Gacel, halb gehend und halb kriechend, einen nahen Brunnen zu erreichen. Er wusch sich darin so gut es ging, und er konnte sich sogar seines Verbandes entledigen, der mit der Haut zusammengewachsen zu sein schien.

Vier Tage später hätte jeder, der sich in die alte, ausgebrannte Kirche hineingewagt hätte, vor Schreck einen Schock erlitten, denn er wäre einer geisterhaften, bis auf die Knochen abgemagerten Gestalt begegnet, die sich taumelnd durch das verödete Kirchenschiff schleppte, gegen die Müdigkeit und den Brechreiz ankämpfte und mit übermenschlicher Willenskraft alles daransetzte, um zu genesen und ins Leben zurückzukehren.

Gacel Sayah wußte, daß ihn jeder Schritt ein wenig weiter vom Tod wegführte und ihn zugleich der geliebten Wüste ein Stückchen näherbrachte.

Er ließ noch eine ganze Woche verstreichen, um wieder zu Kräften zu kommen, doch als ihm das Essen ausging, begriff er, daß der Augenblick gekommen war, seinen Unterschlupf für immer zu verlassen.

Er wusch seine Kleidung im Brunnen und badete auch selbst, wobei ihm zustatten kam, daß dieser düstere Stadtteil nachts immer verlassen dalag. Am nächsten Morgen, als die Sonne schon ziemlich hoch am Himmel stand, verstaute er den schweren Revolver, der einst Hauptmann Kaleb-el-Fasi gehört hatte, in seinem Lederbeutel und machte sich auf den Weg. Sein Schwert, sein Gewehr und seine schon ziemlich zerschlissenen *ganduras* ließ er voller Bedauern zurück.

Irgendwo in der Kasbah hielt er an, aß, bis er satt war, und trank süßen, kochendheißen Tee, der das Blut in seinen Adern schneller fließen ließ. Dann kaufte er sich ein neues Hemd in grellem Blau und fühlte sich ein paar Augenblicke lang fast glücklich.

Gestärkt setzte er seinen Weg fort. In der steilen Gasse, an der Stelle, wo er verwundet worden war, hielt er noch einmal an und betrachtete die Spuren, die die Kugeln in dem alten Gemäuer hinterlassen hatten.

Unten angekommen, bog er in die breite Allee ein und erblickte verblüfft eine vielköpfige Menschenmenge, die sich auf beiden Gehwegen drängte. Als er die Straße überqueren wollte, um zum Bahnhof zu gehen, wurde er von einem Polizisten daran gehindert. »Hier kannst du nicht rüber«, sagte der Uniformierte. »Du mußt warten.«

»Warum?«

»Weil hier gleich der Präsident vorbeikommt!«

Gacel wußte plötzlich, daß der *gri-gri* des Todes wieder bei ihm war, obwohl er ihn nicht sehen konnte. Woher er so plötzlich aufgetaucht war und wo er sich die ganze Zeit versteckt hatte, das vermochte er nicht zu sagen, aber er war wieder da, er klammerte sich an sein neues Hemd und kicherte leise, weil Gacel sich eine Zeitlang der törichten Hoffnung hingegeben hatte, frei zu sein.

Er hatte den Präsidenten vergessen! Er hatte vergessen, daß er geschworen hatte, den Präsidenten zu töten, falls jener ihm nicht seine Familie zurückgab! Jetzt, wo das Bahnhofsgebäude schon von weitem zu sehen war und ihn nur noch hundert Schritte von der Rückkehr in die Wüste, in seine Heimat, trennten – jetzt schien sich das Schicksal über seine wohlmeinenden Absichten lustig machen zu wollen, jetzt erlaubte sich der *gri-gri* des Todes einen tragischen Scherz mit ihm. Jetzt sollte der Mann, der ihm von Anfang an nur Leid und Unheil gebracht hatte, seinen Weg kreuzen!

Inschallah!

Wenn es Allahs Wille war, daß er sein Gelübde hielt und jenen Mann tötete, dann sollte Allahs Wille geschehen. Er, Gacel Sayah, war zwar ein edler *amahar* aus dem gesegneten Volk des Kel-Tagelmust, aber gegen den Willen des Allmächtigen vermochte auch er nichts auszurichten. Wenn Allah verfügt hatte, daß an diesem Tag und zu dieser Stunde Gacels Feind sich ein weiteres Mal zwischen Gacel und das Leben stellen sollte, für das er sich entschieden hatte, dann konnte dies nur bedeuten, daß es im Sinne Allahs war, diesen Feind zu vernichten, und daß Allah ihn, Gacel, zum Werkzeug seines Willens auserkoren hatte.

Inschallah!

Zwei Uniformierte fuhren mit Sirenengeheul auf Motorrädern vorbei, und im selben Augenblick begannen die Leute am oberen Teil der Allee zu schreien und zu applaudieren.

Nur darauf bedacht, seine Mission zu erfüllen, griff der Targi in den ledernen Beutel und tastete nach dem Griff des Revolvers.

Noch mehr Uniformierte auf Motorrädern bogen in Formation um eine leichte Straßenbiegung, und zehn Meter hinter ihnen fuhr langsam eine schwarze Limousine, die fast gänzlich einen zweiten, offenen Wagen verdeckte. Im Fond dieses Wagens stand mit zum Gruß erhobenen Armen ein Mann.

Die Polizisten hatten Mühe, die johlende und klatschende Menge unter Kontrolle zu halten. Aus den Fenstern der umstehenden Häuser warfen Frauen und Kinder Blumen und bunte Papierschnitzel auf die Straße.

Gacel umklammerte die Waffe und wartete. Die Uhr am Bahnhof schlug zweimal, als wollte sie ihn auffordern, alles auf sich beruhen zu lassen, doch diese Aufforderung wurde vom Heulen der Sirenen, von Schreien und Beifallsrufen übertönt.

Der Targi verspürte plötzlich den Wunsch zu weinen. Sein Blick trübte sich, und er verfluchte mit lauter Stimme den *gri-gri* des Todes. Ein Polizist, der mit ausgebreiteten Armen dicht vor ihm stand, drehte sich verblüfft um, denn er hatte ein paar Worte gehört, mit denen er nichts anzufangen wußte.

Die Formation motorisierter Polizisten übertönte alles mit dem Lärm ihrer Maschinen. Dann kam das große, schwarze Auto, und in diesem Augenblick warf Gacel den Lederbeutel auf den Boden, stieß den Polizisten heftig beiseite und sprang mit zwei langen Sätzen mitten auf die Straße. Drei Meter von dem offenen Wagen entfernt riß er den entsicherten Revolver hoch und zog den Abzug durch.

Der Mann, der mit erhobenen Armen der begeisterten Menschenmenge zugewinkt hatte, blickte Gacel an, und während sich Furcht und Entsetzen auf seinem Gesicht abzeichneten, streckte er die gespreizten Hände aus, als wollte er sich selbst schützen. Vor Angst schrie er laut auf. Gacel schoß dreimal. Instinktiv wußte er, daß die zweite Kugel den Mann mitten ins Herz getroffen hatte. Er blickte ihm ins Gesicht, um sich zu vergewissern, daß alles zu Ende war, aber da brach der Mann schon wie vom Blitz getroffen und mit einem Ausdruck ungläubigen Staunens auf den erstarrten Zügen zusammen.

Ein Feuerstoß aus einer Maschinenpistole: Gacel Sayah, der edle *amahar*, auch der »Jäger« genannt, stürzte rücklings aufs Pflaster. Sein Körper war von Kugeln durchsiebt, aus seinem Gesicht sprachen Ratlosigkeit und Schmerz.

Das Auto raste mit Vollgas davon. Mit heulenden Sirenen bahnte es sich einen Weg zum nächsten Krankenhaus. Es war der vergebliche Versuch, das Leben des Präsidenten Abdul-el-Kebir zu retten – am glorreichen Tag seiner triumphalen Rückkehr.

GLOSSAR

abankor	Wasserstelle
achab, acheb	kurzlebige Flora nach Regenfällen
ahal	abendliche Zusammenkunft der unverheirateten Tuareg-Jugend
akli	negroide Sklaven bzw. Vasallen, Plural: iklan
amahar	der »Freie« (Eigenbezeichnung der Tuareg), Plural: imohar
amenokal	»Ältester«, gewähltes Oberhaupt mehrerer Tuareg-Familien
atankor	Wasserstelle
erg	Sandwüste (mit oder ohne Dünen)
fennek	Wüstenfuchs
fesch-fesch	staubfeiner, sehr weicher Sand
gaila	Mittagsruhe, Siesta
gandura	hemdartiges Übergewand aus Baumwolle
gassi	Durchgang zwischen zwei Dünen
gerba	Wassersack aus einem Ziegenbalg
ghourds	sehr alte und feste Düne
gri-gri	Amulett zur Abwehr böser Geister, auch: böser Geist
guelta	offene Wasserstelle, von Regenwasser gespeister Tümpel im Schatten von Felswänden
gumia	Tuareg-Dolch
hammada	ebene Geröll- oder Steinwüste
harmatan	trockener, staubführender Wüstenwind aus Nord/Nordost
haussa	westafrikanische, islamisierte Bevölkerungsgruppe
iklan	s. akli

imgad	tributpflichtige Tuareg-Gruppen, Vasallen
imohar	s. amahar
Inschallah!	Wie Gott es will!
Islam	wörtlich: »Hingabe« (an Allah)
kasbah	Altstadt
kebir	groß (Abdul-el-Kebir = Knecht des Gro-ßen [Gottes])
kel-tagelmust	»Volk des Schleiers«
khaima	Nomadenzelt, meist aus Ziegenwolle
litham	Gesichtsschleier, meist turbanartig; wird nur von Tuareg-Männern getragen
mehari	Reitkamel, meist mit hellem Fell; gemeint ist das einhöckerige Kamel oder Drome-dar, das in Nordafrika und Südwestasien vorkommt. Plural: mehara
muezzin	der »Ausrufer«; ruft die Muslims täglich fünfmal zum Gebet
nails	Sandalen der Tuareg
Rahman	der »Gütige« (Beiname von Allah)
ramadan	islamischer Fastenmonat (Juni)
roumi	Europäer, Christ
sebkha	Salzsumpf, meist mit geschlossener Salz-decke
seguia	Wasserrinne, schmaler Bewässerungska-nal
senoussi	islamische, betont ausländerfeindliche Sekte (vor allem in Libyen verbreitet)
seriba	Hütte aus Schilf, Stroh oder Palmzweigen
sif	Säbel, auch Bezeichnung für langgezo-gene Düne
tabankar	Wasserstelle
takuba	zweischneidiges Tuareg-Schwert; wird am Schulterriemen getragen
targi, targia	Tuareg-Mann, Tuareg-Frau